汉译世界学术名著丛书

小说鉴史

旧制度与大革命的百年战争

〔法〕莫娜·奥祖夫 著

周立红 焦静姝 译

商务印书馆

2020年·北京

Mona Ozouf
LES AVEUX DU ROMAN
Le dix-neuvième siècle entre Ancien Régime et Révolution

中译本根据法国法雅出版社 2001 年版译出

感谢法国国家图书中心对本书译者的资助

Centre national du livre

汉译世界学术名著丛书
出 版 说 明

我馆历来重视移译世界各国学术名著。从 20 世纪 50 年代起，更致力于翻译出版马克思主义诞生以前的古典学术著作，同时适当介绍当代具有定评的各派代表作品。我们确信只有用人类创造的全部知识财富来丰富自己的头脑，才能够建成现代化的社会主义社会。这些书籍所蕴藏的思想财富和学术价值，为学人所熟悉，毋需赘述。这些译本过去以单行本印行，难见系统，汇编为丛书，才能相得益彰，蔚为大观，既便于研读查考，又利于文化积累。为此，我们从 1981 年着手分辑刊行，至 2018 年年底已先后分十七辑印行名著 750 种。现继续编印第十八辑，到 2019 年年底出版至 800 种。今后在积累单本著作的基础上仍将陆续以名著版印行。希望海内外读书界、著译界给我们批评、建议，帮助我们把这套丛书出得更好。

商务印书馆编辑部

2019 年 7 月

中译本前言*

《革命节日》《女性的话语》《小说鉴史》是这个中文版收集的三部著作。表面上看它们彼此之间没有什么关联。第一部论述自1789年起的那十年和革命事件；第二部描述了自18世纪到当代的一些女性形象，这些妇女的身份、抱负和成就各不相同；第三部专注于19世纪，分析了代表法国文学的几部小说。因此，这三部著作考察的年代不同，研究的对象不一致，研究的方法也各异——从历史学到集体心理学再到文学分析。更有甚者，在第一部和其他两部之间，人们甚至还能察觉到一种"对立"。《革命节日》强调的是关于整合法兰西的意志主义教育法。其他两部讲述的是对这种整合的抵抗以及呈现多样性的途径：或者是性别的多样性，或者是小说情节的无限多变性。

尽管如此，在我看来，我们可以为这三部著作主题之间的联系以及把这三部著作放在一起译成中文的内在逻辑加以辩护。因为三部著作都是围绕着什么构成了法兰西特性这个问题进行的思考。

首先，我们来看三部曲中的第一部《革命节日》。大革命显

* 该中译本前言是作者奥祖夫为其在商务印书馆出版的三部作品《革命节日》、《女性的话语》和《小说鉴史》而作。——译者

然是我们民族历史上具有象征意义的事件，在国外，谈起“革命”这个词就必然想到法国。当然，有人可能提出反对意见，说其他国家也如我们一样发生过革命：这里说到的是美国革命。美国革命也肯定了一些具有普世价值的原则；它甚至在法国大革命之前拟定了一份人权宣言，主张保护公民，反对任何损害他们自由的行为。由于两个民族受到的束缚不同，这两个事件呈现出了非常不同的特点。美国人的根本目标是与远方的宗主国决裂，并以英国人的自由传统的名义举行反叛。法国人则是在一个非常古老的国家内进行斗争，要与一个有着几百年历史的古老的君主政体决裂，并反对它的传统。他们的的确确希望恢复人的原始目标。与美国人的事业相比，这项事业张扬了一种唯意志论和一种激进观念；时至今日，这两点还是法国人性格的显著特征。

我们脑子里必须存有这样一个问题，法国人从抛弃国家的拱顶石——国王的人身——之时就不得不面对这个问题了。君主制秩序的根基是拟人化的，体现在一个具体的人身上，“共和国”则是用抽象观念打造的。后者的精髓在于用某些理念而不是用某些人来描述和代表法兰西。因此，她必须假定和主张共和国是统一而不可分割的，以便让人们忘记被她砍去头颅的国王，并且与曾经被国王代表的统一体竞争。正因为如此，革命者如此热衷于领土的统一，方言的统一，最终是世界的统一，以至于他们主张法兰西具有一种普世的使命，相信她有能力为全人类立法，而不管构成人类的具体人群的特性。

总之，这是一个完全反对特殊性的革命方案。先看看他们的时间设计：革命者确信可以用一个自由的共和元年作为开端，重新开创人类的历史；他们相信可以重建历法，取消礼拜日，废除地方性的旧圣徒，崇拜抽象的神灵诸如理性女神。再看看他们的空间设计：他们想合理地组织空间，清洗掉过去的印记，让按几何学设计的城市拔地而起，推倒钟楼，让垂直的钟楼不再凌辱住宅的平等。再看看他们的教育设计：他们希望为那些一直被视为荒唐混乱的人际关系提供一些固定模式，为成人设计一套公民教育。简言之，他们有一套全盘掌控社会的方案。

正是在这种总体性的教育蓝图中设计了革命节庆。在革命者创造一套节庆体制的计划中包含着某种吊诡的东西。这些人正忙于应付内战和对外战争，很显然，在倾注精力组织复杂的节庆外，他们还有其他事情要做。但我们可以做一个推测，他们都对刚刚完成的决裂心存隐隐的恐慌，都有一种对空虚的恐慌。他们觉得，没有了旧仪式，人们的生存丧失了意义。既然拒绝委托一个人来做权力的化身，就更应该考虑设计一套体现团结一致的剧目。

因此，革命者寄希望于节日发明一些交流手段，传递给所有法国人一些感受和一些统一、共同的情感。正因为如此，他们念念不忘地希望在全国各地同时举行节庆，处心积虑地想让节庆在一年内有规律地举行，并持续下去。借助于与旧制度的节庆截然不同的革命节庆，革命者希望强化一种情感，即法国是由一块单一的、相同的材料制成的。他们认为节庆是儿童学校向成年人的延伸。他们把节庆定义为“成人的学校”。在这里，我们发现了这种把学校变成建构民族统一性的核心的法国特性。

该系列的第二本书——《女性的话语》致力于探讨女性在

法国社会中的地位和角色。为何选定女性的角色作为法国独特性的标志呢？有一点确定无疑。无论是在18世纪或19世纪，所有游历法国的外国旅人都为法国女性所扮演的角色而震惊。他们注意到，人们乐意交予女性来维持家庭关系、社会联系，以及谈话交往：她们在私人空间内的主导地位不容置疑。此外，在一个女性与世隔绝的时代，较之于欧洲其他国家，法国女性则更加频繁地出现于各社会领域，拥有非同一般的社会权威与地位。于我而言，在思考女性主义在法国社会中的地位时，国家的独特性也呈现出来。法国的女性主义，除个别特例外，并不具有在其他地方，特别是北美地区所表现出的攻击性，以及强烈激昂的语气。这是一种温和的女性主义，至少迟迟才展开征服，选举权这一点便足以证明。此般退缩缘何而来呢？且为何极端女性主义的说辞在法国回音寥寥？

由此，我萌生了一个想法：让人们倾听18世纪至20世纪的十位女性之声。她们彼此相差迥异，但都对爱情、女性的生存条件、婚姻、母性、同男性的关系、命运之幸福与不幸进行了思考。或许，由于人生轨迹的不同，她们对于这些问题的看法也千差万别。但在我看来，某种深层次的东西将她们彼此相连：对于女子教育的信仰、学习的欲望、爱好传播，以及确信在男性与女性之间，能够达成幸福的交易。

因此，通过研究这些女性之声，我确信在法国存在一种同时体验差异与平等的独特方式，其中原因众多，包括长期习惯于混杂性、诱惑之文化、社会关系和习俗中的信任、贵族统治模式在共和体制中的复活——我所列举的女性之一斯塔尔夫人就鼓吹这一点。由此,我发现了一种法国式倾向,一种对社群主义的反叛:一方面是对那种接纳了两性之间幸福关系的贵族社会的怀念,另一方面是对平等观念不做任何限制的民主现状,二者竟如此独特地结合在一起。由此就出现了一个特殊的社会,在这个社会中平等是最根本的要求,但同时人们也要发挥差异性;人们对差异性不仅不会惶恐不安,而且会乐于加以利用,比如利用诱惑或感情关系的暧昧;总之,可以领略小说中的无限风光。

这正是我在该系列的第三本书——《小说鉴史》中着手探讨的。文学也是法兰西的一种特性,因为法国是这样一个国家,早在黎塞留时期,就已经隆重庆祝过文学与国家的联姻。因此,我这本书是对19世纪小说的纵览。动荡的革命实际上开启了一个既矛盾又混杂的世纪:它既投向未来,却又着迷于向过去回归,它既仿效古老的君主制,又反复叨念伟大的革命;从此以后,它迫使年轻人史无前例地创造自己的命运,但同样使他们背负上回忆、习俗、社会和道德准则的重负;最终,年轻人对于他们刚经历过的那场大震荡举棋不定,不知采取何种方式对待:是否定它,拒绝它,接受它,拥护它,还是仅仅去理解它?他们是否应该和自由主义者一道庆祝1789年、谴责1793年?还是和社会主义者一道庆祝1793年、质疑1789年?我们是应该忘记大革命,还是应该结束大革命呢?要么是再发动一场大革命?要么是对刚刚发生的大革命予以完善?这种困惑有时会让同一个人做出矛盾的反应,也能激起人们在一个世纪里做出千百次和解,一些和解是众望所归,一些和解被愤怒地拒绝,还有一些和解是人们在屈服与厌恶中达成的。

小说本身是一种复合体：从它善于包容一切来说，它具有民主特性；从它热衷的形式来看，它又具有贵族气质；小说的生存凭借的就是人的差异和混杂的欲望、情趣，因此，小说尤其适合阐释时代变迁。19世纪小说“供述”的是：在法国，大革命总是活色生香地存在着。但同时在新法国，18世纪的风度举止仍然留存，人们仍然能从宗教中获得慰藉，仍然对文学充满尊敬，女人的出场总能发挥有益作用，她们是家庭生活的主导、道德的守卫者、举止风范的教育者，是调停者和教化者。在这里我们又一次发现了法兰西民族的特性：法国是这样一个国家，尽管革命中有很多过激行为，它仍然知道从它的传统中吸取能提供掩蔽和庇护的东西，以对抗粗暴的民主生活方式。

革命，女性，文学。三个主题、三本书放在一起，可以让读者更清楚地理解，我长期探讨的问题是，自法国大革命这一基本事件以来民族特性是如何建构的。在革命节日这个个案里，人们是通过革命者的意志主义教育学，通过消除相异事物的热火朝天的事业来进行这种建构。在另外一些情况下，人们反其道而行之，通过抵制这种事业来从事这种建构。我们从中可以看到妇女或文学所扮演的角色：二者体现的不再仅仅是统一，而是多样性。

这三部著作展示了我的研究工作的两个方面。一方面是致力于理解为全人类寻求普世和抽象原则的动力——这也是法国大革命的邀约——是如何在一个纷繁复杂、邪恶横行的世界里建立民主的承诺。另一方面是致力于理解这种动力如何使人们发现一种文明的明显特征，用普世的启示来评价它的价值、魅力、潜在的精力以及抵抗能力。这两方面关系紧密，相辅相成。

关于第一本书的结论

三部曲的第一部《革命节日》探讨的正是普世性这一面。创建一个崭新的节庆体制对革命者而言既有必要，也颇有争议。之所以必要，是因为要展示新政权。之所以有争议，则是因为关于革命节庆的研究揭示出这一事业所面临的众多困难。首先是审美上的困难，因为在那样一个时代，仪式越来越被看作是一种惯例，君主庄重的典礼被看作是一种拟象。因此，应该给人民提供关于人民自己的另一种表象：所以，革命节庆的配景设计注定是贫乏粗劣的。其次是历史过程的困难，因为大革命几乎不能在一个统一的仪式中庆祝它自己的历史，因为那段历史充满了矛盾：那些大人物相互残杀，不同的阶段相互否定。最后是形而上的困难，因为超验性被驱逐出仪式：人们不再援引神圣的事物，被颂扬的崇高完全是一种人世间的崇高，不朽只是在人们的记忆中存在。因此，这部著作描写的是一个悲怆的事业：它对于保证民族统一极为迫切，而又令人绝望。

关于第二本书的结论

三部曲的第二部《女性的话语》侧重于多样性。在纪念大革命两百年之际，当听到人们反复谈论女性在这一重大事件中集体迷失时，我便想到要描绘一些女性的画像。我并不认同这一说法，因为大革命的核心就在于相信人人将得以改善。而女性立即便知晓这一承载着平等的想法——若非即刻，至少在未来——将赋予她们斗争的武器。

因此，我所描绘的女性并未因面对阴郁命运的安排而感到沦为囚徒；她们保留着一定的主动权，正如她们灵活、敏慧和讽刺的能力所呈现出的那般；她们并未感到需要融入男性的世界。在研究她们的策略时，我信服于法国是一个长期坚持内克尔所说的“基于尊重与教养的立法”，认为两性之间对话十分有益，并实践男女混处及诱惑之文化的国家。人们会说这是理想化的标准，充满幻想而不切实际。然而，女性就寄希望于此般心灵和思想上的理想关系。由此我想到，法国对于不可调和的女性主义——视所有男性为潜在敌人——表现出了特殊的抗拒：是为法国之独特性。

关于第三本书的结论

三部曲的第三部《小说鉴史》通过对19世纪几部伟大小说的巡礼来探讨多样性这个方面。19世纪变化多端，在被旧制度吞没的世界和因大革命产生的新世界之间存在着一场持久的较量，小说正适合描述这样一个世纪，因为小说本身就是一个变动不居的世界。

这本书讲述了小说家观察这种冲突以及可能出现的和解的诸多方式。一些小说中的人物以积极、实用的方式应对这种和解：诸如，巴尔扎克的小说总是泰然自若地记述革命带来的社会动荡。有一些小说家，诸如斯塔尔夫人或乔治·桑，对协商抱有兴趣，几乎把它当作一种信仰。我们可以把雨果也算作他们中的一位，他与他笔下的那些具有革新意识的主人公一样，对逝去的世界不抱有任何怀旧的忧伤。有一些小说用一种沮丧的顺从态度描写两个世界的和解,如福楼拜和阿纳托尔·法朗士的小说。有一些小说家,诸如巴尔贝·多尔维利,扬言两个世界绝对不可调和,他们不接受两者之间达成的任何妥协。还有司汤达这样的小说家,认为大革命仍在不断地产生影响,旧制度已经死亡,他幻想把共和国精神嫁接到贵族道德上,但却不相信这一点。对这些小说的巡礼使我们能够通过文学理解19世纪消化法国大革命这个大事件的方式—— 19世纪正是产生于这个大事件之中的,这是比通过历史作品更好的一种方式。

莫娜·奥祖夫

2009年

目　录

导论　百年战争*

7

“后人取代先人”，这句精练的话出现在1797年，足以概括那些让“现代人”与旧世界决裂的行为。“现代人”①是后来出现的词语，用来指代那些无所传承、亘古未有的新人。不等历史学家来追溯法国大革命，就有人将其视为一场大动荡。对于那些经历10年动荡岁月如同“消耗了6个世纪光阴”②的人来说，大革命就是这么一个大事件，它把时间一分为二，把现在从历史中连根拔出。自此以后，每一个个体都是全身裸露、战战兢兢地降临到一个空空如也的世界上，土地、血脉、门第、环境与他们脱离了关系，也束缚不了他们。

这种史无前例的断裂情绪萦绕在整个19世纪，人们想忘掉

---

* 百年战争通常指英法在1337—1453年间进行的战争，这里喻指法国大革命后的一个世纪内旧制度与大革命两种原则的对抗。——译者（*号注均为译者注，下同，不另注。）

① 约瑟夫·儒贝尔（Joseph Joubert）在他的《记事本》（第1卷，巴黎，伽利玛出版社1938年版，第137页）中提到“现代人”一词。（约瑟夫·儒贝尔［1754—1824］，法国伦理学家、作家，与达朗贝尔、狄德罗、夏多布里昂交好，生前没有著作，但喜欢把所思所想记在笔记本上，死后由他人整理成多种著作出版，1938年由安德烈·博尼耶［André Beaunier］整理出版的《记事本》即为其中之一。——译者）

② 弗朗索瓦·安托万·布瓦西·昂格拉斯（François Antoine Boissy d’Anglas）：《关于宪法计划的演说》（共和三年穑月5日），载《旧导报重印本》第25卷，第81页。

过去，却又做不到。首先人人都想休憩一下，都想抹去对过去那场悲惨风暴的纠缠不休的记忆。看来，时间可以帮助人们忘记：对恐怖岁月的记忆逐渐淡去，一位皇帝*竭力结束大革命，然后
8 一位新国王**把他的统治从皇太子1795年死于唐普尔监狱***时算起，泰然自若地抹去——至少他这么认为——他"缺席"（按照政治上的婉转说法）的四分之一个世纪****；流亡贵族归国，国王们像以往那样带队在城市游行，钟声响起向杰出的遇难者致敬，人们收集遗物，带着早已被忘却的虔诚将其排列到一起；文学与这个执意向后看的时代气味相投，不知疲倦地庆祝旧社会的可爱之处——封建世界的绚丽多彩、传统的奇妙无比以及宗教仪式带来的慰藉。古老的圣诞节、乡村里的节庆、烽火中美丽的城堡主夫人和无所畏惧的骑士，所有这些都借着小说家和诗人的生花妙笔得以重现。整整一代人沉浸在对民族历史的奇思幻想中，为昏暗的废墟呈现的魔力所着迷，为一座座坟茔所迷惑。

我们是否能真的从法国史的书中删掉革命的章节，然后从（1789年使）阅读中断的地方继续读下去？这个计划不可能实

---

* 指的是拿破仑，他1804年称帝。——译者

** 指的是路易十八。——译者

*** 指路易十六与玛丽·安托瓦内特的次子，他在1789年其兄长（时为太子）去世后成为太子。1792年8月13日，路易十六一家被关押到唐普尔监狱（这本是圣殿骑士团建于1240年的一个要塞，后来成为监狱）。1793年路易十六被送上断头台后，按王位继承顺序，他成为路易十七，被反法同盟和他的叔父、未来的路易十八予以追认。1795年，他死于唐普尔监狱，年仅10岁。——译者

**** 指的是1789—1814年这25年的时间，在此期间经历了法国大革命和拿破仑统治，法国发生了翻天覆地的变化，但是路易十八认为这期间他虽然流亡在外，但是王朝并没有中断，他从1795年皇太子死后就继承了王位。——译者

现,“复辟”一词就能说明这一点。实际上,复辟王朝的政治动机立即因过时遭到打击,复辟大典被笼罩上了一层阴郁的光芒:只要提一下查理十世荒谬、媚俗的加冕礼——夏多布里昂揭露了那种折中的安排——就足以说明这一点。人们早已树立了描写不同时代特征的观念,而美学上的怀旧情绪使其更加根深蒂固,这种情绪浓烈到我们用一个形容词“旧”充当修饰语,以盖棺论定的方式回溯离我们很远的那个制度。雷米萨写道:“对于被遗弃的制度,我们可以伸出双臂去拉它一把,但我们却无法回到过去,即便我们能回到过去,也无法生活于其中。”我们甚至还可以辩护道,正是想要忘却的愿望——其中夹杂着厌恶和努力——使关于大革命的记忆挥之不去。正因为如此,复辟政体吊诡地让年轻一代懂得了“他们时代的秘密”。①

那么,这个秘密是什么?这就是大革命还延续着,远没有穷 9
尽其能量,在很大程度上逃脱了人的掌控。这是公开的秘密,它淋漓尽致地揭露了这个时代,得到人们的共鸣,然而却不能把这个撕裂的世界再次统一起来。因为实际上承认大革命总是具有旺盛的生命力,可以解释许许多多形成强烈反差的情感:当我们像蒙洛西埃伯爵*——一个主张限制教皇权力、拥护法国教会的老封建主——那样等待着第一次地震后的余震时会感到害

① 夏尔·德·雷米萨(Charles de Rémusat):《文学批评与研究或过去与现在》,巴黎,迪迪埃出版社1850年版,第197、121页。

* 蒙洛西埃伯爵(comte de Montlosier,1755—1838),法国政治家。在大革命中任制宪议会代表,捍卫行政权,拥护君主制,1792年流亡国外。1800年回到法国,在外交部工作,他在1814—1815年归顺路易十八,但由于他反对耶稣会会士和教皇绝对权力主义,与复辟王朝的关系很微妙。——译者

怕，甚至比第一次地震时更加惊恐不安；[①]这些既没有走向新世界、又没有看清它的面目的人会感到慌乱不安，这正是从勒内到奥贝曼*这些时代之子的苦恼；当我们为打断的世系、中断的代际关系、遭到蔑视的过去以及摄人心魄的宗教——夏多布里昂眼中“可恶的圣职”[②]——伤心时，悲情涌上心头；如果我们对通向未来的新道路充满好奇，准备像斯塔尔夫人和邦雅曼·贡斯当那样迎接它带来的惊喜时，我们又会兴奋异常；当我们像巴朗什**——如同希腊罗马神话中的雅努斯神***一样——那样环顾过去与将来，重建因时间的流逝而散开的连接时，我们又会急切不安。

在不可能忘记和希望忘记之间左右摇摆会造成无休止的混

① 弗朗索瓦·多米尼克·蒙洛西埃伯爵：《论自第二次复辟以来的法国君主政体》，巴黎，吉德菲斯出版社1818年版，第152—153页。蒙洛西埃指出有两场革命。如果说只存在一场的话，就是1789年革命，在他看来，这仍是好时光。但这场“老”革命已经“进行过了”，只能逐渐缓和下来。哎呀，于是有了另一场革命，它“尚处于幼年，日日生长，时下的好学说、个体的精神、对过去的仇恨、人民主权以及数值上的大多数使它强大起来，当它的时代来到时，它打算获得和母亲一样的荣誉，取得一样的成功”。

* 勒内是夏多布里昂1802年出版的小说《勒内》中的人物，奥贝曼是埃蒂安·皮维尔特·德·塞南库尔（Etienne Pivert de Senancour）1804年出版的小说《奥贝曼》中的人物，两人都是浪漫主义忧郁的化身。——译者

② 夏多布里昂：《基督教真谛》第1卷，［1802］，巴黎，加尼埃-弗拉马里翁出版社1966年版，第434页。

** 皮埃尔-西蒙·巴朗什（Pierre-Simon Ballanche，1776—1847），法国作家，哲学家，法兰西学院院士。他在《论社会再生》（*Essais de palingénésie sociale*）中对过去与未来的关系进行了论述。——译者

*** 雅努斯（Janus）是希腊罗马神话中负责守卫天国之门的门神，他有前后两个面孔，一个看着过去，一个看着未来。——译者

乱,我们应该做的就是避免左右摇摆。但在政治方面,这毫无希望可言,因为在这个世纪,舆论摇摆不定,人们的政见瞬息万变,国王逃跑时有发生,恢复原有政体屡见不鲜。然而,任何一种“原路折返”——路易十八和查理十世的复辟君主制,路易-菲利普的改装君主制,徒具虚名的第二共和国,二次选择的帝国——都 10
未能阻断吐故纳新的革命记忆。只有当不再需要忘记时,忘记这件工作就完成了,但这几乎要用一个世纪的时间。

文学是考察旧制度与大革命之间这场百年战争的无与伦比的观象台。因为文学具有双重特性。文学形式多样,富有多种传统,与旧法国有着千丝万缕的联系,因而从本质上讲具有贵族趣味。但自19世纪初起,所有人尤其是以博纳尔* 为代表的传统主义者赋予文学解释社会的任务,因此它怎么能忽视新法国呢? 在这个意义上,不管文学是什么,它都承诺实现民主。文学最能表现冲突,还能在峰回路转之后提供解决冲突的方案。因此本书想做一次跨越整个19世纪的旅行,来探讨法国大革命后这种矛盾的局面,从热尔曼娜·德·斯塔尔的作品开始,以阿纳托尔·法朗士的作品结束,中间邀请19世纪伟大的小说家为伴,他们依次是巴尔扎克、司汤达、乔治·桑、雨果、巴尔贝·多尔维利和左拉。没有什么比他们的作品能更好地为我们解释两个法国——传统的法国和大革命的法国——之间艰难的和解了。

* * *

* 博纳尔（Louis de Bonald，1754—1840），法国政治家、哲学家。他是君主主义者和天主教徒，极力反对大革命的原则，攻击《人权宣言》，主张回到君主制，恢复罗马天主教会的原则。——译者

法国大革命的亲历者坚信未来出现的文学作品不会与大革命有关。有一种观念将会流传一个世纪，它认为恐怖与法国大革命两个词语之间有致命的联系，甚至那些还没有打算把革命的冲动简化为关于雅各宾派的凄惨回忆、派系恩怨和人性残忍的人们也赞成这种说法。

那段恐怖的插曲不仅是人类的杀手，也是文学的杀手。雅各宾派公开主张爱国主义应该主导人的一生，爱国主义可以合法地宣扬为了公共福利牺牲私人纽带：在这样的条条框框下，又
11 怎样来从事文学创作，哪怕仅仅是品味一下文学呢？他们要求公民顺从，但更可恶的是，要求公民打心底认同，反倒会让人认为意见和个人喜好没有多少价值。况且，如果文学本质上是反专制的话，只能靠情感的自由选择和对个体生命的拯救而存活。雅各宾主义还把妇女排除在外，但没有了妇女，又何谈对这个世纪的美好未来充满憧憬的文学？总之，雅各宾主义以简练、效率为借口，倾向于使用一种平庸的语言，粗俗到极致。针对大革命导致的这种语言变化，斯塔尔夫人专门发明了一个词“庸俗”（vulgarité）来抨击它，此后，“庸俗”也成为时代自我反思中一个经久不衰的主题。[1]

如果我们是作家，又怎会不相信言辞的力量呢？又怎会不相

① 热尔曼娜·德·斯塔尔：《论文学与社会制度的关系》，［1800年］，巴黎，加尼埃-弗拉马里翁出版社1991年版，第57页。她写道：“我第一次使用一个新词‘庸俗’，我发现没有足够的词汇来永久地摈弃所有描述形象中缺少优雅、表达中缺少精致的样式。”

信大革命在恐怖主义阶段偏爱的那些过火、粗野的术语是迫害的前兆，逐渐导致人们采取了野蛮的行为呢？反之，为什么不寄希望于一些漂亮、克制的语言来防止人们出现偏激行为呢？当我们写作时，总是或多或少地认为言辞会对行动施加影响，能带来好结果。如果我们承认两者之间有联系的话，那么也就认识到，一方面文学与雅各宾主义不能相容（甚至它憎恶这样一种民主，这种民主会抵消任何想要建立某种优势的企图），另一方面它与贵族统治结亲，而结亲的方式千差万别。

没有差别就没有贵族统治，文学更是如此。如果在一个民主社会中，很多差别变小甚至消失的话，它们在文学艺术领域却会存在下去：如果憎恶天赋的话，文学就没有活力。天资、想象力、真知灼见以及风格是人们识别作家的标志，并使他们从群众中脱颖而出。艺术家们为了声誉、名望和公众的认可而相互较 12
劲，这些东西的分布很不均衡。最后，观众和读者自身应该承认天才的突出作用：他们只是在为作品和艺术家分等级时才运用一下评判的癖好；这种评断是很难训练的，这需要兴趣、闲暇、谈吐，心有灵犀地阅读文本，与作者交流：所有这些不言而喻都发生在旧文人世界。

这可以解释这些作家——如果他们是民主主义者的话，除了少数例外，为什么对受之于上一个世纪的些许恩泽表现出宽容，为什么对大革命把这些恩泽斩草除根而惋惜。司汤达写道：“我喜欢高雅、欢快的大老爷。一个社会如果没有这些欢快、迷人、活泼的生灵，只被悲剧主导，在我看来就像是一年里没有了春天。"[1] 雷米萨认为大革命推进了道德观念中严肃精神的发展，他急切地想知道往后从哪里寻找"这种追求心智成功的品味，尽管只是自爱启发了这种品味，但它的起源因其目的而变得高贵起来"。[2]这种品味在哪里呢？确实存在于文学中，自此之后只有在文学中才能找到。当王权和圣职倒塌时，只有文学能成为取代它们的最后一项活动。巴尔扎克在《幻灭》的序言中写道："法国的四百名立法者应该清楚文学高于他们自身。恐怖、拿破仑、路易十四、提比利乌斯以及最粗暴的权力，像最牢固的制度一样都在时代的代言人——作家——面前消失殆尽。"[3]

此外，没有"风度"就没有贵族统治。换句话说，正是这种风度支配着人际关系，是对社会交往必不可少的尊重，这种社会交往产生于惯例而非舆论，产生于民俗而非法律；这种风度是一种
13 礼节，是社会和道德生命的共同职责；这种风度是指用语考究，精挑细选。没有上述内容，就更没有文学。新世界要求一种不加修饰的简朴，势必要摒弃斯塔尔夫人笔下的"抒情精神"，大革命中出生的人认为涡形装饰和花边衬物矫揉造作，甚至是伪善。但并不能因此认为文学能以平等为借口，免去本来应该属于它的精练、优雅、精雕细琢的语言，拒绝精美的形式。但倘若通过虚假我们能看到风度对现实添加的装饰，那么虚假本身就不需

---

① 司汤达：《政治与历史杂集》，《全集》第1卷，巴黎，藏书人俱乐部（Cercle du Bibliophile）1971年版，第249—250页。

② 雷米萨：《时间的道德》，载《文学批评与研究》，前引书，第243页。

③ 巴尔扎克：《幻灭》，《人间喜剧》第5卷，"七星文库丛书"，巴黎，伽利玛出版社1976—1981年版，第120页。

要被完全摒弃。

实际上，风度不仅能使人变得温和，也能使生活丰富充实，充满乐趣，多姿多彩，同时也含义模糊：为此我们需要解释生活，破译生活。正如文学允许人们经历多样的生活，风度授权人们，甚至强迫人们比自身更为丰富。如果以简单透明的人际关系（像雅各宾主义的乌托邦，那里的人际关系就冷酷而具有杀伤性）为名拒绝风度，文学将受到毁灭性的打击。这是一个跨越世纪的主题，为风度辩护将把因法国大革命惊恐万分的人与寻找本质上“法国式”文学道路的人联合在一起。换句话说，这种文学使用于一个因法国大革命受到震荡的民族，但与旧文学体制同样有着渊源关系。这正可以解释在贵族统治灭亡之后，对贵族礼仪的颂扬仍旧存在了很长时间，甚至在宣扬民主观念的著作里也可以找到颂扬之辞。

最后，没有代际相传，不向过去乞灵，就没有贵族政治，更别说有文学了。代际相传和向过去乞灵不仅能保障人们胸怀大志，还能使他们的行为和思想合法化，因为所有文学著作都建立在回忆之上，要参考一些事例，扎根于别的著作之中。在政治生活中，有时人们相信可以开辟新的航程；实际上，这是大革命主角们的幻想，明眼人从一开始就明白，与美国人不同，他们在一片非常古老的土地上建基，这片土地很长时间以来有人在上面耕 14
耘劳作，由习惯和数个世纪的回忆培育而成。但在文学界，从来没有一块白板。所有作家，不管他们想不想成为新派作家，都受到过去著作的滋养，都经过古代文明长时间的培养和塑造，这是不允许被遗忘的。对这些作家来说，他们应该对风俗习惯感兴趣，以便使用它，并最终颠覆它。这不是诞生,而是再生,是承认。

* * *

不过,贵族统治和文学界持久的亲缘关系不足以抹去新时代的事实,也就是能让意见相左的人们达成和解(尽管他们自己并没有意识到)。正如司汤达所说,将属于“穿着刺绣礼服、戴着硕大的黑色假发套的侯爵”的文学赠送给“从莫斯科撤退”的法国人,是否有失妥当?[①]为什么不思考一下自由和政治平等能带给文学什么东西?为什么不想象一下文学这个老态龙钟的妇人将如何适应时下年轻的时代呢?

如果在不明确的年份的话,人们不会认为这些问题有紧迫性。然而在世纪拂晓之时,人人都认为问题迎面扑向他们,都与博纳尔和贡斯当一样确信文学与塑造它的社会不可分离。人人都在颤栗之中预感到某种事情将要发生变化,尽管很少有人大胆地为“某种事情”下定义。我们需要斯塔尔夫人这样一位勇敢而有作家担当的人,她为了挑起争论、引人深思而写下《论文学与社会制度的关系》,这个书名很有说服力,因为说的是“在文学与社会制度的关系”中思考文学。夏多布里昂很不满意被别人超过,不情愿地承认前者领先一步。[②]他坚持认为,随着他本人以
15 及所著的《基督教真谛》中的军号声——此书在斯塔尔夫人的著作出版两年后问世,新文学才飞跃发展起来。

---

① 司汤达:《拉辛与莎士比亚》,巴黎,基梅出版社1996年版,第39、15页。

② 关于这个主题,参见热拉尔·让热米布(Gérard Gengembre)为《论文学与社会制度的关系》(前引书)写的精彩序言。

两位候选人均以文学更新的使者的名义自居，[1]但两人观点截然不同。斯塔尔夫人相信人类能变得更加完善，夏多布里昂对此提出异议。前者激情满怀地展望未来，后者痛并快乐地反思过去。前者拒绝承认祖先的权威，后者予以尊崇。前者赞美18世纪，后者则贬斥18世纪褒扬17世纪。日内瓦清教徒的女儿从"纯洁"与理性的宗教中得到满足。布列塔尼天主教徒的儿子则鼓吹一种神秘的宗教，它装点了个人的生命，也为其提供依赖。同时代人并没有搞错，他们认为两者的作品分别代表进步与传统，理性与情感。1800年12月22日，夏多布里昂本人在《法兰西信使报》上发表了关于"文学"[2]的长篇论战性书评。

关于此事最具有洞察力的是邦雅曼·贡斯当，他发现两本书有一种隐秘的亲缘关系：斯塔尔夫人将这归因为可完善性，夏多布里昂仅限于将它归因于基督教，基督教能促成进步，保证相似的人权利平等。其实，敌对双方都强烈地感到在前方与过去截然对立的两者之间存在一种断裂。有一道顶界线以无可比拟的方式将时间一分为二，夏多布里昂时而回望过去，时而远眺未来，在年代的混杂、日期的交错以及意识的摇摆不定中获取文学写作的绝佳素材。斯塔尔夫人则更果决地偏向未来。但两人深知大革命改变了想象领域，加重了人们对有限性的焦虑，使人更

① 我们可以再加上皮埃尔·西蒙·巴朗什（Pierre Simon Ballanche），他太谦逊了，以至于他1801年出版的著作总是被遗忘，其实这本书比《基督教真谛》预感到的东西更准确（参见《论情感与文学和艺术的关系》，里昂，巴朗什和巴雷出版社1801年版）。

② 夏多布里昂：《关于斯塔尔夫人的著作再版给丰塔纳公民的一封信》，《法兰西信使报》第3卷，1800年12月22日，第14—38页。

16 加伤感，打开了表达爱的未知路径。至少随着年龄的增长，夏多布里昂会变得更加公正，他在《墓畔回忆录》中提到新文学的特殊表达方式时，承认了这一点：“最先说这种语言的是斯塔尔夫人、邦雅曼·贡斯当、勒梅西埃[*]、博纳尔和我。”①

这种新文学以什么面貌呈现呢？要从它不再是什么样子说起倒是比较容易。首先应该注意的是一种公众的消失。以前，文人及其读者都来自同一个有教养的世界，他们经常出入沙龙，讲究文雅，遵照内行人心照不宣的规则。以后，这类文人失了势，斯塔尔夫人自1798年就坚信这一点。②至于公众，开始大批出现，有可能抵制主导旧文学界的模式，拒绝支配这类文学样式的品位规则。模式的概念不容于民主时代，因为民主时代坚信或幻想真理与艺术家之间必须是透明的：援引伟大先人会有意无意地设置一道虚假的屏障，从而危害到这种透明性。不久以前还受到高度评价的模仿一下子受到了冷落，规则成了专制的代名词；习俗，如斯塔尔夫人所言，与“政府里的贵族阵营”③不可分割，因此也是特权的同谋。开创一种新文学，就必须放弃那些空洞无物的形式。

这些反思宣布了古典悲剧的终结，这种古典悲剧失去了心爱

---

* 勒梅西埃（Népomucène Lemercier，1771—1840），法国诗人、剧作家，法兰西学院院士。——译者

① 夏多布里昂：《墓畔回忆录》，［1850年］，第1卷，巴黎，伽利玛出版社1951年版，第487页。

② 热尔曼娜·德·斯塔尔：《论可以结束法国大革命的现实环境与应该在法国建立共和国的原则》，日内瓦，德罗兹出版社1979年版。

③ 热尔曼娜·德·斯塔尔：《论文学与社会制度的关系》，前引书，第354页。

的英雄——国王，也失去了惯常的动力——作为大体上具有排他性激情的爱情。当现代活动唤起了公民对其他事情的兴趣时，我们很难想象爱情具有优先权，说得更远一些，很难想象伟大的激情——这也是托克维尔论述的主题——可以在平庸乏味的世 17
界中存在。这种悲剧最愿意描述性格刚硬之人的人生起伏。贡斯当想知道，如何通过把这种人生转变限制在一个单一的地方和一天的时间里来进行描绘？他在改编舍勒的悲剧时，由于过于尊重"我们的习惯和风俗"[1]而使它屈服于古典悲剧可怕的枷锁，为此他感到自责。他因没有预测到一场政治革命必然引发一场文学革命而有一种负罪感。古典悲剧应因它的刻板庄重而衰亡。对于可预见的古典悲剧的消亡，雷米萨的解释很有说服力：在民主时代——包括复辟时期（正是在这期间，他写下了这些话），悲剧"终结是因为它与那些将人民排除在外的心胸狭隘的政府相似"[2]。

告别悲剧，至少是告别法国古典时期*典型的悲剧。但也要与喜剧告别吗？喜剧靠等级差异引发的笑料存活，嘲弄那些竭力否认等级差异的人们，这种僭越等级的行为读者立刻就能辨认出来。但社会差别在现实中消失了，或者至少在象征层面消失了。这足以预告喜剧最终的没落：斯塔尔夫人确信，社会笑料

① 邦雅曼·贡斯当：《论三十年战争》，《贡斯当文集》，巴黎，伽利玛出版社1964年版，第887页。

② 雷米萨：《论莎士比亚的戏剧》，《文学批评与研究》，前引书，第243页。

* 古典时期指的是16、17世纪。——译者

“在政治平等得以确立的国家里应该少得多”[①]。无疑，人与人之间总会有差异，我们甚至认为差异会更多，因为财产、功德、职业继续使他们产生分化，也使他们的关系复杂化。但是上述差异瞬息万变，“赞同平等的呼声要比反对它的呼声高”[②]。这是雷米萨的高见。

18 此外，如何才能将嘲讽商人、工人和农夫的戏剧搬上舞台？或者像司汤达所说，我们胆敢嘲弄“律师阶层、医生阶层和责骂罗西尼*的作曲家阶层吗”[③]？如果有人竟敢嘲笑他们，所有这些分化为利益集团的阶级就会求助于他们天然的保护者。因此在一个酷爱工作、追逐功利、不再无忧无虑的时代里，在巴尔扎克如同司汤达一样怀疑笑声已被扼杀的时代里，我们不能再挖苦任何人。虽然喜剧灭亡是历史趋势，但是宣告其死亡却经历了一个世纪，直到巴尔贝·多尔维利为其画上句号。在这一个世纪中，职位向所有法国人开放，所有的抱负都是合法的。

那还有什么留给现代作家呢？我们看到有这样一种趋势露头，即把小说赞美为民主需要的一种样式。只是“露头”，因为在19世纪初，盛行着这样一种传统，即把小说看作是一种低贱和轻浮的文体，对女人们来说恰到好处，对姑娘们来说有害无

① 热尔曼娜·德·斯塔尔：《论文学与社会制度的关系》，前引书，第345页。

② 雷米萨：《论时代的风俗》，《文学批评与研究》，第361页。他评论道：“的确，许多抱负在这种平等中存在，但这些抱负毕竟只产生了一些轻率的言行，这些轻率的言行证明了它们违反的普遍的事实；这种事实，就是平等。”

* 罗西尼（Gioachino Rossini，1792—1868），意大利作曲家。——译者

③ 司汤达：《拉辛与莎士比亚》，前引书，第83页。

益。[1]然而，小说旨在通过描述这个介于旧有的回忆和新的形势之间的时代来探寻真理，以此来快速地驱散这些迟疑，并令小说成为最有启发性的文学形式。尽管小说常常引起历史学家的恐惧，但它作为一种事实迫使我检视它。

小说在更具启发性的同时，也更具真实性，因为它有能力解释和讲授一切典型性的东西。雷米萨认为小说更完善，因为它包含批评和想象，[2]提供信息，给予激励——既是资料、神话，也是教训——，因为它抓住了柴米油盐中降临的大事件。小说写作起来更自由，更具有个体性，它既不需要社会交往，也不需要戏剧所依 19
赖的奢华娱乐。小说只需要更有活力，因为它需要引起读者的注意，那些读者由于见过人头在标枪上晃动以及国王脑袋落地，对“华丽的”文学不再感兴趣了。就此我们可以与德斯杜特·德·特拉西[*]一样认为，“我们只有在小说中才能达到真实”。[3]

＊　＊　＊

① 朴实无华的《一旬》杂志的观念学者们对小说的不信任是出于庄重的名义，他们把庄重当作他们的纲领：在他们看来，大革命把伟大的悲剧赋予个人的情感，把力量赋予集体的激情，使装饰华丽的文学失去功效，对无根无据、辞藻堆砌的文学嗤之以鼻，指责它虚假伪善。根据他们的说法，现在轮到这种严肃和灰色的文学登场了，这是观念学者们的爱好和探讨的范围。（《一旬》［*La Décade philosophique, littéraire, et politique*］是1794年创办的哲学、文学、政治杂志，1807年停刊。——译者）

② 雷米萨：《文学批评与研究或过去与现在》，前引书，第121页。

* 德斯杜特·德·特拉西（Destutt de Tracy，1754—1836），法国贵族，哲学家，曾创办“观念学家”小组，“观念学”这一概念是他首次提出。——译者

③ 这是司汤达的主张，他认为：“自从民主创造了新的公众以来，我把小说看作是19世纪的喜剧。”（《文学杂议》第3卷，巴黎，勒迪旺出版社1923年版，第417页。）

上述形成强烈反差的看法暗含了两种窘境：我们不可能不试图再现民主要求的新生的文学，我们也不可能不在文学中发现贵族价值这个宝藏。解决这种矛盾有时寄希望于流逝的时间和生存的方式。贡斯当写道："我认为应该用礼貌的方式对待过去，首先是因为过去的一切并不都是坏的，其次是因为礼貌可以使过去较平缓地隐去。我晚些时候把这一原则应用在了政治和文学上，我还要这么做。"[1]拒绝继承，这是诞生自大革命的精神的特征，并不意味着与过去粗暴决裂。

"较平缓地"：我们在这里说到了这本书不断遇到的一个主要问题。贡斯当指出，迫使过去为未来让位，但要"平缓地"进行，他绝对不是鼓吹从文学上回归旧制度。这种回归只能是矫揉造作，行吟文学就是这样，雷米萨抨击它空虚浮华、虚情假意，顺便也嘲讽了一把夏多布里昂[2]。因此便有了这个雄心勃勃的计划：由于那些捍卫过去的人太倾向于使过去成为不可超越的典范，只看着过去在时间的流逝中衰微，所以要把过去从那些卫道士手中夺回来。

因此在新生的文学中，坚持古老的价值，尊重过去，但绝不要有倒退的想法。新生的文学应该兼具贵族的内涵与大革命的遗产。一种中庸的解决办法总是体现在对既不能这样也不能那

① 邦雅曼·贡斯当：《论悲剧》，《贡斯当文集》，前引书，第927页。

② 雷米萨写道："您知道这种文学，从名称上是神圣的，从实质上看是世俗的，宗教看上去只是由这些神话组成的。"（雷米萨：《文学批评与研究或过去与现在》序言，前引书，第40页。）

样的平衡中。在卡巴尼斯*看来，在趣味方面，我们不能“永远停留在那个狭隘、卑屈、善于模仿的圈子里”，也不能“沉迷于伪造的样式中”。平衡意味着“尊敬地使用前人创造的最实用的东西，勇敢地踏上新的道路”[1]。这种折中主义优于自由思想，它是这个世纪的法则。

但这种过去与创新的混杂可行吗？我们是否可以整理从过去继承的遗产，种瓜得瓜，同时又进行创新呢？大声呼喊创新，像雷米萨希望的那样，“披着时间的外衣（……）与旧法国的灵魂进行战斗？”[2]难道现代社会懂得把贵族生活中过时的魅力与新精神结合在一起吗？懂得用进步的宗教培育对过去的尊重吗？懂得保留风度的同时剥下习俗和贵族价值的外衣吗？懂得接受等级制度吗？尽管这个世界把它视为一种不能容忍的不平等制度。文学是否可以指望一些新精英？他们出身于民主社会的底层，但在道德习俗和生活方式上保留了贵族品味。

托克维尔用怀疑主义回应了这些棘手的问题，他怀疑民主时代的文学是否“如同在贵族时代那样，能够呈现秩序、规则、科学和艺术”[3]。至于那些给予肯定回答的人，他们应该首先重新定 21

* 卡巴尼斯（Pierre Jean Cabanis，1757—1808），法国医生、生理学家，哲学家。——译者

① 皮埃尔·让·卡巴尼斯：《就贺拉斯的诗句写给M.T.的信》，《文选》（G.普瓦耶编），巴黎，路易·米肖出版社，第219页。

② 雷米萨：《论法国诗歌的历史》，《文学批评与研究或过去与现在》，前引书，第295页。

③ 托克维尔：《论美国的民主》第2卷，巴黎，伽利玛出版社1961年版，第64页。

义"贵族政治"。这个词自此以后仅指代一种天然的贵族统治,建立在功德和才能的基础上,致力于推崇个人的优越性。这是一种充满矛盾、颇成问题的贵族政治,因为它不再涉及代际传承。我们可以把这种贵族政治看作是大革命的起源。如果我们相信海涅的话,大革命的事业早已找到一批拥护者,"他们是才华横溢的平民,与上层贵族一起平等地出席巴黎的沙龙,但对方脸上时不时显露出一种封建主子的微笑,不易察觉但伤人更甚,这无疑提醒他们,自己与贵族之间存在一种巨大而侮辱人的不平等关系。"[①]

只要重新思考贵族统治,文学就可以成为协调旧与新的一个场所,适宜于描写新旧混合的现象,因为文学本身就是混合而成的。那些像夏多布里昂一样追溯过去的人,既应该把古老的宗教看作是颠覆因素,也应该像《基督教真谛》中已经做的那样,阐明福音精神和自由之间的亲缘关系。而那些像司汤达一样展望未来的人,应该在他们身上看到一种不可战胜的"贵族习性"[②]。这个时代让保皇党人成为预见未来之士,又让共和主义者成为厚古之人。

本书要探讨的正是这两种对立运动之间的紧张关系。它尽力去理解一个世纪以来的作家如何阐述这种新旧混合的现象,

① 海因里希·海涅:《哈尔茨山游记》,巴黎,米歇尔·莱维出版社1865年版,第239页。

② 司汤达写道:"我直率地宣布反对一切贵族10年后,又屈从于我的贵族习性了。"(《罗马、那不勒斯与佛罗伦萨》,"Folio丛书",巴黎,伽利玛出版社1987年版,第307页。)

如何在书中讲述两个法国，即传统法国和大革命法国的相遇。我们将会看到，不同的著作探讨的方式不同。然而，几乎所有的著作——如果我们在这个陈列廊里排除坚决反对这种现象的巴尔贝·多尔维利——都尽力描写这种混合现象。这也是小说的优势所在。

与诗歌不同，小说没有在已逝世界的和谐中心甘情愿地寻找 22
避难所，而是用平静的笔调记载现代生活中的不和谐。在小说中，一切皆有可能，当人们大声地索要并且获取权利，并以得到个人幸福为目标时，这种可能成倍递增。小说是一种混合的题材，比其他题材更易描述一个交相混杂的世界，在这个世界里，对新世界的向往和兴趣碰撞着对旧世界的回忆及其价值观。诞生于大革命的社会变幻莫测、混杂不清、极不稳定，深受原子化的个体骚动之苦，小说提供给它的是灵活多样的形式、变幻不定的风格，它善于处理时间延续，内涵极其丰富。混合社会需要一种混合的样式。小说必然看上去是描述现代性的一种绝妙的智力工具。

* * *

我要解释一下在这个世纪浩如烟海的小说中为什么选择了这几篇。首先，在追溯旧制度和大革命之间漫长的和解工作中，为什么要通过这几本著作，而不是通过这些著作的作者表达出的观点？这首先是因为，作家们受旧世界与新世界关系的启发产生的明晰思想，没有他们展现这种思想并使其在小说中活灵活现的方式重要。这当然不是说他们的政治主张不重要，但也不是说司汤达在对教士党*的仇视态度上不是斩钉截铁，就像巴尔扎克的正统主义声明一样。我们应该拒绝这种诱惑，即彻头彻尾地塑造一个不明是非的作家，为其所憎恨的事业服务，对此却一无所知，而傲慢和无所不知的读者则擅自为他提供自己信奉的信念：我们总是很惊奇地看到巴尔扎克被纳入进步主义者阵营，不管巴尔扎克对此会怎么说，好像这么长时间来是个时尚似的。

23 实际上，这本书涉及的任何一位作者我们都不是轻易将其吸收进来的，他们的言辞和思想要符合这个世纪惊涛骇浪的历程：国王为了不被押上奔赴断头台的两轮囚车**，便坐着四轮出租马车***逃之夭夭，君主政体灰飞烟灭，帝国土崩瓦解，共和政体昙花一现，人们在皈依、转变、背弃与懊悔之间摇摆。作家们无法摆脱这种混乱状态。依据这些作品，读者可以为自己制造一个刺杀暴君的司汤达或一个贵族司汤达，一个惩罚妇女独立的巴尔扎克或一个颂扬妇女独立的巴尔扎克。于是，我决定不再追溯作者的文学生涯，也不再追踪他们的政治轨迹，而仅限于探讨具体的作品。

如果说小说不会叙说与它的作者表达意图相反的意思，那么它表达的总是比这更深一层。推进民主的工作可以在敌视民主

---

* 教士党（le parti prêtre）是小册子作者蒙洛西埃伯爵最先使用的说法。他在1827年写了一本小册子《1827年的耶稣会、圣会和教士党》，用于批判那些想介入政治事务的修会修士，相反，他主张教会与国家严格分离。——译者

** 两轮囚车（charette）是法国大革命期间往断头台押犯人的囚车。——译者

*** 四轮出租马车（Fiacre）是出租车的前身，它有四个座位，四个车轮。17世纪，巴黎Saint-Fiacre客栈的门前停着一些这样的车用于出租，因此旅店的名字被用作车的名字。——译者

的小说中被观察到,对贵族统治的固执坚守可以在“民主的”小说中找到。我愿意关注一下这些具体的著作表达的复杂言说,而不过多地去弄清它们是否呈现了思想上的连贯性。在这点上,巴雷斯对巴尔扎克的评论可谓一语中的:“不要再费功夫讨论巴尔扎克是社会主义者还是反动分子了。他的思想囊括的内容要比政客的词汇表达的东西宽泛得多。我们应该像在森林中漫步一样聆听这些天才的心声。”[①]

正是在这个地方我们碰到了阿兰,小说的伟大读者:在他看来,小说中包含的思想要比思想家头脑中的思想多得多。我们也可以说,小说讲述的故事与历史学家讲述的故事不同。精于构思的历史,如同亲身经历一样,根据时间轴线安排事件,注重逻辑联系;小说则追随一条混乱的线索:突然断裂,向后倒退,
无法预见的断层,使读者一再充满期待和不断地制造惊奇的新 24
起点。如果小说家任凭他的小说屈从于个人信仰,如同乔治·桑那样总是弄些布道的说辞,他会一下子停滞不前:当小说与观念完全一致时,就没有什么内容要叙述了。

从另一方面看,小说与历史叙述不同,它将政治寓于家庭之中。我们在这本书中将要评论的所有小说都描述了大革命在家庭生活中的延续,阐述了历史进程危及家庭生活的安全以及挑战家庭生活中的权威的方式。当事件正式结束时,事情还会延

① 莫里斯·巴雷斯:《我的记事本》,《巴雷斯文集》第13卷,巴黎,有教养之人俱乐部(Club de l’Honnête Homme),第291页。(巴雷斯[Maurice Barrès,1862—1923],法国作家、政治家,极右翼民族主义思潮代表人物。——译者)

续很长时间，与其说它从观念中，倒不如说从回忆和想象中吸取营养，这种事情引发了根深蒂固的仇恨，掀起了无法克制的激情：狂热、恐惧以及介于两者之间各种程度的情感。历史剧目延续下来，并波及一系列私人剧目，我们从中看到的不只是对信仰正面的冲击，而且还有各个地点、各个年龄段之间间接的、隐晦的对立。沙龙、餐厅、街道、乡村勾画出在追求平等的过程中，开放或封闭的空间中对立的地理景观。社会景象使这些奔向未来的人与仍旧属于18世纪，甚至是属于11世纪的人共处，这与肖利厄公爵在《两个新嫁娘》中的描述如出一辙。[①] 一种拼凑的社会学就这样形成了，它把出生得太早的人与出生得太晚的人混搭在同一个舞台上。

基于此，我们可以理解为什么许多小说家吁请人们认识到他们的作品对历史的理解超过历史学家，尽管他们像巴尔扎克一样对历史毕恭毕敬。之所以超过历史学家，是因为他们的作品更深刻。在巴尔扎克看来，小说家的天才展现在“对能产生一系列事实的缘由的描述中，揭露被历史学家忽视的人物心灵的奥秘。小说中的人物应该比历史人物展现更多的理性。前者要求
25 生存下去，而后者已经生存过了”[②]。个人生活的行为举止具有新的意义。阿兰提到《幽谷百合》时，曾明确地阐明小说把重大的政治决定与动荡的个人生活联系在一起的能力。他把《幽谷百

① 巴尔扎克：《两个新嫁娘》，前引书，第1卷，第243页。

② 巴尔扎克：《关于文学、戏剧与艺术的通信》，《巴尔扎克全集》第14卷，巴黎，法国图书俱乐部（Club français du livre）1952年版，第1053—1054页。

合》解释成百日政权*的历史。但是从"卢瓦河的城堡上看到的"①百日政权，换句话说，在一个特别的地方，事件因距离遥远而变得缓和，在图尔的温柔中变得平和，使城堡主夫人与国王使者之间荒诞的激情燃烧起来。

* * *

如果我们承认小说展现的历史与历史本身不相一致，如果小说是对现代性进行解密的地方（巴尔扎克就是这样认为，他让《老姑娘》的女主人公通过阅读小说了解命运的走向），那么为什么不把小说家与历史学家的洞察力结合起来，选择一些与历史关系更直接、带有"历史小说"标签的著作？为了阐明旧制度和大革命的战争与和平，为什么没有考虑《九三年》《舒昂党人》《诸神渴了》这些小说呢？这首先是因为这些小说直接呈现历史事件，使得作者的意图显露的方式太鲜明、太生硬；其次是因为这些小说很少讲述政治变动对个人生活带来的滞后影响；最后是因为，在小说的情节中引进大人物——丹东、罗伯斯庇尔或波拿巴，就立刻使次要人物黯淡无光：大人物遮住了寻常百姓的光芒，他们的高谈阔论淹没了小人物的窃窃私语。

余下的困难是如何把事件的日程表与人物内心时间的日程 26

* 指的是1815年3月20日，已经宣布退位并被流放到厄尔巴岛的拿破仑重返巴黎，路易十八逃出巴黎，由此拿破仑开始了大约一百天的统治，他请贡斯当草拟《帝国宪法补充条款》，宣称将在法国建立所谓的自由制度。然而，欧洲各国君主再次联合起来，组成第七次反法同盟，使拿破仑兵败滑铁卢。6月22日，拿破仑在巴黎签署第二次退位诏书，"百日政权"结束。——译者

① 阿兰：《巴尔扎克》，"Tel丛书"，巴黎，伽利玛出版社1999年版，第28页。

表衔接起来。历史小说对待这个问题的方法带着几分刻板。它多少强加给人物一种统一的节奏。相反,小说中显示出的历史允许人物对事件表示冷漠,竭尽全力忽视它们,或者通过误会、幻觉或对信仰的选择、背弃和放弃解释它们。小说和真理相互损害。在夏多布里昂看来,把小说与历史混合起来是一种错误。他指责"苏格兰著名诗人"沃尔特·司各特"歪曲小说和历史(……)。小说家开始写作历史小说,历史学家开始写作小说般的历史"。[①]

如果我在这里着重强调看上去与历史不相干的小说的话,这是因为我相信,在19世纪历史充斥一切。有一些评论毫无怨言地承认《人间喜剧》"仅仅是偶然暗示了扭转乾坤的1789年的动荡"。[②]这既是因为评论者没有考虑巴尔扎克本人的忠告,他告诉人们,"大革命的纵情狂欢"如果说不再有的话,只是简单地被转移到了"看起来平静的精神、工业和政治领域"。[③]也是因为评论者认为小说讲述的是一种极其狭隘的关于历史的思想。

因此,这些小说与严格意义上的历史小说相差很远。我这里汇聚的小说家几乎都拒绝写历史小说,尽管他们知道自己的小说曾在历史的母液中浸泡过。司汤达对沃尔特·司各特充满敬意,承认他立下了"历史功绩"。但下面的话也不是恶语中伤:"描

① 夏多布里昂:《论英格兰文学》,巴黎,菲内出版社1863年版,第297页。

② 马克西姆·内莫:《我憎恨巴尔扎克》,《欧洲》,1965年1—2月,第429—430期,第324—331页。

③ 巴尔扎克:《贝娅特丽克丝》,《人间喜剧》,前引书,第2卷,第106页。

写中世纪一个农奴的服装和铜项链要比描写人类心灵的活动容易得多。"[1]雨果认为他从来没有写过历史小说，他给编辑拉克鲁 27
瓦写的信看上去不像是出自《巴黎圣母院》的作者之手。像沃尔特·司各特指出的那样，雨果也认为历史小说是个"好题材"，但并不是为他雨果设立的。他说，"相对于历史来说，他更相信小说，因为（他）喜欢道德真理甚于历史真理。"[2]通过道德真理，他领会到被历史忽视的无名小卒展示的真理以及仍旧不为人所知的事实。

巴尔贝·多尔维利在这方面与雨果极为相近，他为这种适宜于小说的深奥思想做出了贡献。他指出小说有两副面孔：一副可见，一副不可见。第一副面孔包含"所有关于社会道德的研究"，巴尔贝把沃尔特·司各特列入其中；第二副包括"所有亲密和具有人的内在本质的东西，我们不能弄错了！这也是一种普遍性，是更高程度的普遍性，因为第二副不可见的面孔是以原本的面貌呈现出来，未遭受一丝一毫的改变，换句话说是最高程度的普遍性"。[3]左拉本人提供了小说依附于一个时代和一个门第的整体历史的典型例子，却让别人识破他对这类小说的不信任，这种小说拒绝讲述个人经历，用过于普遍的视野或太过沉重

---

① 司汤达：《文学杂议》，前引书，第3卷，第306—307页。

② 雨果：《论沃尔特·司各特》，《文学与哲学杂集》，《雨果全集》第5卷，巴黎，法国图书俱乐部1967年版，第1834页。后来，雨果明确提到："当我描述历史的时候，鉴于历史人物的性格，我总是据实描述他们，也尽可能少地对他们进行虚构。我的方式是通过虚构的人物形象讲述真实的事情。"（第14卷，第1254页）

③ 朱尔·巴尔贝·多尔维利：《〈不会死亡的事物〉前言》，《浪漫主义作品全集》第2卷，"七星文库丛书"，巴黎，伽利玛出版社，第1367—1368页。

的理论侮辱个人存在。1866年4月9日，他在《事件》[*]中吐露心声：“我喜欢小说就是小说。在我看来，对一出戏剧的最大困扰就是把政治或社会科学投放到故事情节中。”①

* * *

28 我最后要说的是，在19世纪为数众多的小说中，是什么决定了我的偏爱。我将书单的终止点毫不犹豫地放在德雷福斯事件引发震荡之前，这时政权走马灯似的变动貌似停歇了，共和政体在法国扎下根基，旧制度与大革命之间的和解完成了。在这些小说中，我倾向于选择没有招致太多批评的作品，比如我选择《吕西安·娄万》而不是《红与黑》，《贝娅特丽克丝》而不是《幻灭》。至于那些从主题和反响来说不可能被忽视的小说，比如《悲惨世界》，我重点放在其中一个人物的特殊历程上。我有时在一个章节中谈论两本小说：有时是因为它们发生在同一个地方，描写的是同样的人物，只是时间不同，如果对过去怀有感情的话，这会造成一点立体声技术的效果（巴尔扎克关于阿朗松的两本小说就是如此）；有时虽然两本小说有时间差，但描述的是同一个问题，即小说与乌托邦之间交锋的问题（乔治·桑的小说就是这种情况）。

但我也不掩饰在这些选择中，我的个人趣味发挥了很大作用。

---

* 《事件》是雨果于1848年8月在巴黎创立的日报。——译者

① 埃米尔·左拉：《事件》，1866年4月9日，转引自弗雷德里克·威廉·海明斯：《左拉》，牛津大学出版社1966年版，第75页。

第一章 《黛尔菲娜》：文学新体制

《黛尔菲娜》

如果一部小说在作者的眼中值得用“新”这个字修饰的话，写于1802年，也就是19世纪拂晓之际的《黛尔菲娜》就称得上是这样一部“新”小说。“新”首先是指写作日期“新”：小说展现了1789年至1792年间法国人刚刚经历过的最初几幕历史大动荡；“新”同时也指它的抱负“新”：它与上个世纪浅薄、卑微的文学体裁一刀两断；“新”还指其信念“新”：人类精神的可完善性今后也应该通过文学表现出来；“新”最后还体现在，它认为小说有能力使人有自知之明，斯塔尔夫人在《黛尔菲娜》的序言中写道：“我认为生活经历教给人们经得住考验的真理要比建立在这些真理基础上的小说少。”

然而在《黛尔菲娜》中，新东西包裹着旧东西。主人公的悲剧实际上要归因于旧制度在他们生活中的残存。但我们不能从负面把这种残余看作是要战胜的偏见，应该废除的弊端。因为文学应该对主题，而不是对形式进行革命。如果在革命时代允许与某些过时的风俗决裂的话，那么也不应该摒弃文学著作的品位和精致。斯塔尔夫人请求进行调和：在应该保存的古老形式与应该考虑更新的主题之间进行调和；在品位与天资之间进行调和，因为对品位排他性的挂虑对天资是致命的，但天资正如莎士比亚的戏剧有时表现的那样对品位也是致命的；最后，在自由促发的冲动与在传统引发的尊重之间进行调和。《黛尔菲娜》的所有赌注就压在这种和解上。

33 文学新体制

热尔曼娜·德·斯塔尔夫人性格十分暴烈，却怀揣着一个温和不变的信念：她相信法国大革命使人类进入了新时代。这种信念是否源于她对父母的自豪感和民族自尊，从而让她相信旧世界在法兰西的旗帜下重获新生？有时她给别人这样的印象，但这完全是另外一回事。她亲身经历了1789年，体验到了一种从未有过的带来强烈震撼感的生活，她将这视为一份绝妙的礼物：这才是她激情满怀投入大革命的关键所在。斯塔尔夫人一直认为1789年是“一个让人直抒胸臆的幸福时刻”，直到写作《法国大革命》[*]——这本渗透着幻灭情绪的未竟之作时，她才认为无论是革命还是共和，时机都未成熟。她从来没有认为，让人们投身革命的只是物质利益；更多的是，历史重新起航，生活重

* 《法国大革命》（*Considérations sur les principaux événements de la Révolution française*）：在斯塔尔夫人去世后由德·布罗格利公爵和德·斯塔尔于1818年出版。2015年，吉林出版集团有限责任公司出版了这部著作的中译本，由李筱希翻译。——译者

新开始，清晨满怀喜悦，“这种兴奋使人感到时间疾驰，不会让人心灵空虚，充满焦虑。”

两个神奇的词使19世纪充满革新、势不可挡，这就是自由与平等，两者紧密联系，不可分割。自由——斯塔尔夫人自《关于让-雅克·卢梭性格与作品的信札》中就承认它——并不是如此可爱，因为它拒绝在人与人之间安排天性之外的其他差异。平等则保障人们获得的自由既不多也不少。斯塔尔夫人哲学的 34
要义在于确信自此以后人际联系是在自由的个体之间形成的，人们自由是因为他们平等，平等则是因为他们自由。然而要注意的是：斯塔尔夫人眼中的平等与一个蛊惑人心的共和国所推行的平等并不是一回事儿，后者不能容忍任何差异，任何以令人憎恶的“贵族”为名义的差异也包括在内；所以雅各宾统治时期社会生活变成了一场混战，在那里掀起的只是“战争的喧哗声和狂热”。

关于贵族应该统一意见。对斯塔尔夫人来说，有两种贵族。一种贵族的确可憎；但另一种贵族则产生自天才和功德的不平等：这种贵族不专制，对社会生活大有裨益，能确保世界充满情趣、丰富多彩，由于环绕在旧君主政体周围的所有魅力和光荣回忆都消失了，这种贵族就更加不可或缺。道德等级就是这样：谁敢说残忍优于怜悯，礼貌——在斯塔尔夫人看来，礼貌是衡量人际关系的精确尺度——劣于凶残呢？知识等级仍旧如此：雅各宾派憎恨天才，认为这是不能容忍的不平等，这一传统波拿巴欣然接受。谁愿意使伟大的著作和伟大的作者屈尊于雅各宾派的平等呢？斯塔尔夫人的平等主张建议对人和著作重新分类。有人说这种分类源自不平等。但这种不平等是天然的，它无法被继承，因此也就不会无休止地重新分配下去，这一点至关重要。

这个世界因自由和平等彻底改变，必然使文学进入到一个新时代。这个时代无疑朴实无华，因为文学共和国要求禁止庸俗，摒弃不文雅，发明一种活力四射的语言：所有的共和国都颂扬道德和英雄主义。但并不完全是旧世界的道德和英雄主义。从此以后，人人获得自由，个人成就发挥作用，每个人都有鲜明的形象特征。斯塔尔夫人不会觉察不到由此引发了作家们的一场激烈辩论，她预感到注定会有一个美好的未来。在新世纪，许多轻视民主的人反对这样的体制：压制个性强的人，磨平“鲜明的道德”——巴尔扎克认为这对小说写作必不可少。但她相信民主给个人赋予权利的同时，相反为文学夺得了一个新领地，激发了人们更强烈的竞争意识，而以前，囿于更加局促和传统的环境，竞争意识没有发展起来。

这种竞争意识越强烈，就越会引发悲惨的后果。在这个由彼此没有关联的个人组成的王国里，个人仅与自己的劳动和美德相关，因而必须付出一种代价：人类的不幸变得更加深切。因为当不幸与外在环境（比如人力不能抗拒的出生与财产的际遇）的关联变弱时，人就会对命运中任何“不完善”的地方更加敏感。也正因为如此，“荣耀”在共和国时期的文学里，远远不及“不幸”这种最容易与人分享的东西。因此伤感是此类文学的主旋律，主宰这种情绪的是同情：这尤其是一种现代情绪，因为它面对的是任何人，哪怕是平庸的人，哪怕是一无是处、穷苦伶仃的人，所以它在这方面具有民主性。

这足以表明妇女（作为女主人公和小说作者）在新文学体

制中应该占据中心位置。女人对法国大革命做出了如此多的抵制，令斯塔尔夫人震惊不已，如拒绝恐怖统治，本能地憎恶管制措施，躲避所有对私人领域的侵犯，厌恶揭发亲友的行径。从《对王后诉讼案件的反思》到《法国大革命》，斯塔尔夫人不停地提及，女人除了进行政治反思，还总是站在受害者一边。由此她坚信，怜悯是女性的特征。女人象征着同情，孕育着所有利他主义的价值，构成一道壁垒抵御公共侵入私人领域——再晚一些 36
托克维尔将会发现这一点。斯塔尔夫人认为女人扮演的角色应当得到"文学上的新视角"称颂。

斯塔尔夫人具有大无畏精神。在1800年描绘下个世纪的文学地图，令文字屈尊进步的准则，绝对称得上冒险之举。两年后，她挥笔写作《黛尔菲娜》，则是下了一个更为大胆的赌注。她明白这是一次冒险，因为她的小说将被人从预言或期望的角度来评判。她清楚人们将审查这本小说赋予法国大革命的命运。他们会寻思小说是如何阐明了《论文学》中提出的文学具有可完善性的观点。他们将判断她是否在《黛尔菲娜》中创造了现代式的悲怆情怀，她曾为其降临而致敬。人人都伺机报复斯塔尔夫人，从当时的评论可以看出，《黛尔菲娜》的出版遭到极大的诋毁。尽管如此，小说异乎寻常的成功却促使批评家们也关心起斯塔尔夫人勾勒的女主人公的命运来。

* * *

斯塔尔夫人把她本人的所有天赋都一股脑地慷慨赠送给她的女主人公。这位黛尔菲娜是一位才智超群的年轻女子，已经寡居，丈夫生前对于她来说扮演的是个仁慈、开通的教育家的角色，他满脑子都是慷慨的女子教育的思想，用对自由的热爱培养她。读者朋友可以通过一位表妹描绘的形象加深对黛尔菲娜的了解。这位表妹对黛尔菲娜没有任何发自内心的同情心，但也把她介绍成是位年轻、富有、慷慨、具有独立和高傲精神的女子。小说接着描写这位女子正如她的造物主一样，因在交际中表现出夺目的才华而显得光彩照人，总是吸引众人的目光和注意力，赢得公众的爱戴。而且不仅仅如此，斯塔尔夫人甚至赋予黛尔菲娜她本人不具有的魅力：黛尔菲娜是位金发女郎，国色天香，
37 优雅动人，浑身散发着女性气息；对这一形象的塑造，斯塔尔夫人一点都不吝啬她的恩惠，体现了充分的主动性。

但对黛尔菲娜的情夫雷翁斯，斯塔尔夫人却没有这般慷慨。诚然，他也英俊潇洒，忠勇可嘉，但却生性多疑，嫉妒心强，一旦听到人们说长道短，他就担心黛尔菲娜会做出不轨行为，轻而易举地相信对她不利的指责。夏多布里昂说过，这位傲慢刻板之人没激起他什么同情心，读者总是认为斯塔尔夫人钟爱的强硬人物——黛尔菲娜，以及稍后出现的柯丽娜[*]——却钟情懦夫，令人不可思议。黛尔菲娜自从阅读雷翁斯的第一封信起，就觉察到他们之间的差异，小说情节也正是在这种差异中展开的。这首先是指两人性格的反差，她出于本能意识到这一点，并对他产生怀疑。但并不仅仅如此，两人的经历也为彼此设置障碍：黛尔菲娜从她那位因美国独立战争而出名的保护人那里继承了自

* 这是斯塔尔夫人1807年出版的小说《柯丽娜》的主人公。——译者

由思想，雷翁斯则从笃信宗教的母亲身边接受了“西班牙式”的教育。

在好仙女[*]斯塔尔夫人塞给黛尔菲娜的一箩筐美德，唯独缺少一种：机智，或者说是洞察力，她的对手沙里埃夫人[**]认为此种品质对于联合所有其他人必不可少。用司汤达说的话更直接：伪善。读过《黛尔菲娜》后，他给妹妹波利娜写信，说在君主制社会中——对他来说等于是堕落的社会——女人应该伪善。《黛尔菲娜》表明，由于遗忘了这种必要的谨慎，给一个女人带来了多少灾难。

其实，在故事的每个峰回路转之处，由于黛尔菲娜这位年轻女子狂躁不安，言行轻率，不善于模仿、理解他人的品质，而对自己与生俱来的优点信心百倍，这些每每让她与命运的转机失之交臂。在小说的末尾她自己也承认，因误会、意外、背信弃义和背叛造成的逆境并不是导致她不幸的唯一原因。要想“掌控她的
命运”，她就应该抵制冲动。但她缺少这种出自诡计和妥协的尘 38
世的机智。小说中有一位阿尔特拉斯夫人，身上尽是“对社交有益的缺陷”，绞尽脑汁想给黛尔菲娜传授一些秘诀却最终无功而返。黛尔菲娜的大姑子，那位贫穷、丑陋、仁慈的阿尔贝玛小姐给她谈起更复杂和精微的智慧：就是以谨慎的限制为代价，尽量

---

* 好仙女是欧洲童话中经常出现的形象，能带给主人公美好的馈赠，比如灰姑娘的仙女教母和睡美人中的三个好仙女。——译者

** 伊莎贝尔·德·沙里埃（Isabelle de Charrière，1740—1805），荷兰的一位女作家，后半生生活在瑞士。她发表过小说、小册子、戏剧等多种作品，与贡斯当等文人保持过密切的通信联系。——译者

不让痛苦有可乘之机。我们“过一天算一天，这样过了一年、两年，然后就是一辈子”。

自小说的第一部分开始，黛尔菲娜就听任自己鲁莽的慷慨冲动：她把一部分财产遗赠给表妹玛蒂尔达，好让她嫁给某位雷翁斯·德·蒙德维尔。她刚这样做完，就通过一个故事、一封信、一幅肖像觉察到自己爱上了雷翁斯。当这个年轻男子从西班牙赶来时，他也爱上了黛尔菲娜，意识到这是个聪明健谈的人，与那个沉默寡言的未婚妻有天壤之别。他准备迎娶黛尔菲娜，拒绝规划好的婚姻，不惜激怒他的严母。然而就在这时，黛尔菲娜同情一个婚姻不幸的女友，为她提供了一个临时居所，好让她与情人诀别，但此举让事态变得严重起来：女友的丈夫破门而入，在一场决斗后不幸殒命，对黛尔菲娜不公正的谣言四起，而她出于轻信将辩护交由一个虚伪的女人，而这位妇女更乐意让她名誉尽毁，因为她就是玛蒂尔达的母亲。雷翁斯受到这位凡尔龙夫人的欺骗，相信那个幸存的决斗者是黛尔菲娜的情人，他两天后就娶了玛蒂尔达，埋葬了他爱之人也是爱他之人的命运。

在第二部分，真相被痛苦地慢慢揭开。黛尔菲娜明白了有奸诈的朋友从中作梗。雷翁斯从一个小女孩天真无邪的嘴中明白了一切，他返回巴黎，看破红尘，疯疯癫癫。他看到凡尔龙夫人在黛尔菲娜怀里奄奄一息，后者刚刚做出尊重玛蒂尔达幸福的承诺，如果我们知道女主人公的品德的话，这将为他们设置新障
39 碍。于是小说中出现了第三个犹豫不决的时段：雷翁斯与黛尔菲娜既不能生活在一起，又不能分开。两人在一波三折之后达成一份协议，即黛尔菲娜隐退乡间，雷翁斯白天与她一起度过，

不越雷池一步，晚上回到合法妻子身边，*这份协议事实证明也无法维持下去。这个年轻男子要求黛尔菲娜不要参加她喜欢并且也让她大放光彩的社交生活，但这么做付出的代价太大。不仅要牺牲虚荣心，还要毁掉名声：人们在沙龙里窃窃私语，说她退隐乡间只是为了更好地掩护情人。他血气方刚，任凭自己对一位离婚女人——根据她信奉胡格诺教的故乡的法律，她算得上是离婚女人——做些不合时宜的慷慨举动，诽谤之声再次泛滥起来。此外，雷翁斯的愿望变得极为迫切，他利用一个妇女**戴上初学修女面纱的庄重时刻，要求黛尔菲娜做最大限度的献身，她晕倒在地，这一恰逢其时的举动救了她。

第四部分又出现了许多新的苦恼。革命形势愈发临近，雷翁斯看来要加入叛军***，借此要挟黛尔菲娜。一个粗暴的情人突然来临，下定决心要得到这位年轻女子。她欠了这位瓦罗布一笔人情债：他过去曾救了她恩人一命。由于他受瓦伦之逃****的牵连，

---

* 在原著中，雷翁斯是晚上7点赶到黛尔菲娜身边，午夜回去。参见斯塔尔夫人：《黛尔菲娜》，刘自强、严胜男译，花城出版社2003年版，第314页；Madame de Staël, *Delphine*, Paris:Charpentier, 1851, p.290。——译者

** 指黛莱丝·德·爱尔宛。——译者

*** 叛军（L'armée émigrée）是指法国大革命爆发以来，流亡国外的贵族、富裕资产阶级、教士组成的军队，他们与法国革命政府对抗，试图恢复旧制度和君主统治。——译者

**** 瓦伦之逃：随着大革命的进行，越来越无法忍受的路易十六逐渐坚定了逃离巴黎、向外国势力求助的想法。于是在1791年6月21日凌晨，在瑞典贵族费尔桑伯爵的安排下，路易十六携带家眷向法国东北部边境出逃，当天晚上在瓦伦被扣留，次日，制宪议会要求把国王带回巴黎，6月25日，路易十六一行被押送回巴黎，制宪议会宣布暂停国王权力。瓦伦之逃是法国大革命中重要的转折点，自此，国王的信誉一落千丈，为王权的覆灭和革命的激进化埋下了伏笔。——译者

一张传票使他陷入险境，黛尔菲娜同意把他藏起来：她有为其提供庇护的道义。然而，当瓦罗布身穿一件遮掩不全的大衣去敲她门时，正好雷翁斯经过。

黛尔菲娜必然遭受公众的凌辱。但最坏的莫过于玛蒂尔达的来访，其情其景，令人心碎。黛尔菲娜身上最脆弱、最令人感动的一点是能体会到别人的痛苦，这正使玛蒂尔达有机可乘。玛蒂尔达告诉黛尔菲娜她怀孕了，便得到了她出走的承诺。于是，在第五部分，我们这位女主人公漂泊到瑞士的一家女修道院，在那里，她希望忘掉过去，摆脱雷翁斯可能出走带给她的焦
40 虑，摆脱瓦罗布。但瓦罗布并不气馁，再次使她的荣誉受到影响。偏偏倒霉的是，修道院院长是雷翁斯的姨妈，后者急着让黛尔菲娜发出修女誓愿，说这是免受屈辱的唯一机会。

第六部分让众人走向解脱。瓦罗布死了，玛蒂尔达去世了，她怀里抱着的孩子也夭折了，雷翁斯自由了。但黛尔菲娜却不再是自由身。但是束缚她的誓愿是由人强迫所致，法国法律不再承认它们，这对情侣本可以返回法国，从此过上幸福的生活。但羞耻的幽灵再次在心头盘旋，对舆论的恐惧以及成见的压力再次将他们分开。雷翁斯下不了决心战胜这些恐惧，反而想去叛军那边寻死。结果他被共和国巡逻队逮住，旋即被枪决。在雷翁斯被枪决前，黛尔菲娜当着他的面服毒自尽。

小说在一连串不幸中展开故事情节——其实我已经过度简化了故事主线——最后走向孤独的深渊。导致这个结局的并不只是两位主人公不可调和的个性，小说中那些无可紧要的人物也负有责任。黛尔菲娜那些慷慨大度的朋友绞尽脑汁想在公众中为她恢

复形象，但因受到一个世俗而冷酷的小圈子的阻挠只能是白忙了一场。这个小圈子里的女人都很奸诈：凡尔龙夫人很实际，爱耍阴谋；修道院院长泰尔南夫人冷酷无情、精于算计；雷翁斯的母亲蒙德维尔夫人伪善专横、鼠目寸光。斯塔尔夫人极力避免落入俗套：她尽力从她们的过往经历中借用一些情节，以减轻这些女人的罪过。凡尔龙夫人遭受一段可憎的婚姻之苦，这使她相信女人的处境迫使她们伪善；泰尔南夫人则处于美人迟暮的伤感中；玛蒂尔达·蒙德维尔受到的是天主教关于恐惧的教育，用来抑制她太顽固的性格。除此之外，还有可怜的阿尔贝玛小姐，她相貌丑陋，使她远离了婚姻的幸福和做母亲的欢愉，甚至社交中最简单的快乐。戴莱丝·德·爱尔宛因不道德的爱情遭到谴责，勒邦赛夫人和贝尔蒙夫人，虽然从隐居生活中获得平静和幸福，但也 41
为此付出了代价。小说中所有的女人，即便是那些造成别人不幸的人，也多多少少是受害者。所有这些人都是牺牲品，她们或者是为了丈夫、兄长、父亲和神甫，或者是因荒谬的教育和闲言碎语的冷酷无情造成的。因此斯塔尔夫人有充分理由认为，她在《黛尔菲娜》中“从各个方面”探讨了女性命运的问题。

* * *

在这本小说中，妇女的悲惨命运令人泪如泉涌：我们为丧礼上的骨灰盒掉眼泪，听到古老的曲调会抽泣，会为一个孩子天真无邪的欢愉动情，会因回忆和希望而伤感。不祥的预感自一开篇便笼罩着整个剧情，富于戏剧性的誓言、昏厥、决斗、逃跑、追逐、谵妄性发热、作为隐居之所的修道院、一死了之的自杀，这一切一股脑地呈现在读者面前，所使用的词汇始终有些空洞。恶毒的费耶维*讽刺道：女主人公“结过婚，守过寡，又心花怒放，谈了场恋爱，拥有宗教情怀，逃跑过，几乎失去理智，然后吞下毒药，倒地身亡，但不失为一个圣女”。

读者被卷进了情感的大旋涡中，关注点一直放在黛尔菲娜和雷翁斯的故事上，很少注意外面的世界。用斯塔尔夫人自己的话说，在该书中，祖国并没有占据人们的心灵。但无论如何，故事发生在1789年至1792年间，是个多事之秋：三级会议召开、农民骚动、国王逃跑、关于流亡贵族的法律出台、九月大屠杀**。小说中的情节也在影射大革命的一波三折，故事以悲剧收场：雷翁斯被错误地指控拿起武器对抗法国，尽管对这个犹豫不决的人来说，只是一时的想法，并没有付诸行动，但他因此遭到逮捕，然后被枪决，这导致黛尔菲娜自杀。大革命应对这悲伤的结局负责，借助大革命我们可以对小说中的人物进行分类：有拥护这场大变局的朋友（都是些慷慨、独立的人）和反对它的敌人（他们心胸狭隘、斤斤计较，要不就是像雷翁斯这样的人，从过往的经

---

* 约瑟夫·费耶维（Joseph Fiévée，1767—1839），法国记者、作家、高官和密探。——译者

** 九月大屠杀（Massacres de Septembre）：1792年8月30日，普鲁士围困凡尔登，在巴黎造成恐慌，巴黎公社逮捕了600名“嫌疑犯”，他们和现有的2000名囚犯一起被关押在巴黎的监狱里。人们开始谣传，囚犯密谋在奥地利-普鲁士人到来时屠杀爱国者。马拉在《人民之友报》上呼吁：拯救祖国的唯一办法是屠杀在押的犯人。于是在这种氛围的影响下，9月2日，一群拿着武器的群众跑到监狱，在进行模拟审判后，便开始屠杀犯人。屠杀行为一直延续到9月5日，据估计造成大约1300人死亡，其中四分之一是妇女。在外省，尤其是巴黎大区、罗纳河谷和普罗旺斯，大概有244人丧生。——译者

历中走不出来)。第一类人往往是自然神论者,把博爱与一种新 42
教教义结合在一起,支持没收教士财产,宣扬宽容;第二类人是天主教徒,笃信婚约不可解除,因神甫们宣扬的痛苦主义的阴森宗教而惊恐不安。

因此,我们无法忘记革命正在进行。至于小说的政治含义,评论者意见不一,有些混乱。一些人,诸如阿贝尔·索雷尔*认为,书中除了有一些关于热爱自由、爱国主义和法国人的义务的论述,除此之外,没有什么地方透露出大革命的存在。还有一些人,诸如皮埃尔·福希里**,认为革命背景起的作用只是给这些趋俗、陈腐的动机穿上哀婉动人的刺绣饰物。在他们看来,《黛尔菲娜》中的大革命只是一幅远景,用以暗喻,有些不适宜。的确他们可以引用斯塔尔夫人对历史小说漠不关心的例子作为他们的论据。小说中某些主角确实精神独立,但这并不应归因于大革命。再说,即便最同情大革命的人,如女主人公本人,也总是准备在爱情的威力面前委屈他们的信念。

另一方面,对另一些人来说,如西蒙娜·巴拉耶***,不仅可以,而且必须从政治视角阅读《黛尔菲娜》。他们辩解道,黛尔菲娜被不幸击败之前,她光芒四射的形象应在很大程度上得益于她在美国独立战争的拥护者旁边度过了青年时光。书中慷慨大度的人

---

* 阿贝尔·索雷尔(Albert Sorel, 1842—1906),法国历史学家,著有《斯塔尔夫人》一书。——译者

** 皮埃尔·福希里(Pierre Fauchery),在1972年出版有《18世纪欧洲小说中的妇女命运:1713—1807年》一书。——译者

*** 西蒙娜·巴拉耶(Simone Balayé, 1925—2002),斯塔尔夫人著作的编辑者和研究者。——译者

物都被纳入了1789年的轨道：塞尔勃拉勒，如同此时众多外国旅行者一样，他从托斯卡纳来到法国，想看看帷幕从大革命这一奇异场景上升起——正如他在剧院里做的那样，然后决定在这个为自由而战的国度定居下来。勒邦赛，一个新教徒的绅士，不知疲倦地评论着可以影响甚至有时影响了主人公个人命运的所有革命
43 事件：离婚法、废除修道院誓愿、贵族流亡。对于小说的这种历史解释，西斯蒙第*如是说：如果本书的主题是偏见与言论自由的争斗，那么法国大革命比任何时期作为背景都更适合。

要想在上述评论者中分出高低来，最明智的办法就是拷问作者。斯塔尔夫人的声明并没有澄清所有模棱两可之处。当她自1800年开始写作《黛尔菲娜》时，她给一个通信者写道，不管小说中的年代让人想起什么，书中不会有一句政治术语，她百思不得其解的是，这一沉默为什么还引发这么多评论。在小说的前言中，她又回到了这一主题：她说她有意尽可能删去书信体小说中所有“能与当时的政治事件产生联系的内容”，小说第一部分的草稿证实了这一点。因为她知道或是预感到，人们会怀疑她的谨慎，于是她补充道，她这么做并不想掩藏她的观点，只是为了让主角在舞台上有更大的施展空间。

但斯塔尔夫人在给夏多布里昂的信中写道，正是出于这种相对的谨慎，她才选择把小说的背景放置到大革命时期：一方面，她希望——这正是西斯蒙第的主张——阐释理性与偏见之

* 西斯蒙第（1773—1842），瑞士历史学家、政治评论家和经济学家。他支持自由事业，经常出入于斯塔尔夫人的沙龙。——译者

间的冲突以何种惊心动魄的特征展现出来；另一方面，她承认她是在巴德发生的最后几幕的悲剧氛围中写作整本书的。黛尔菲娜本可能解除修道院誓愿，最终离开修道院，嫁给已是鳏夫的雷翁斯。但过去仍旧向她施展淫威，阻碍她寻找幸福。两位主人公一走进城市，就被一群心怀仇恨的群众包围，他们叫嚷着反对一个修女的婚姻，又一次吓着了意志薄弱的恋人。斯塔尔夫人曾为《黛尔菲娜》写过另一个结局，情节更具有张力。按照这个结局，男女主人公打算在蒙德维尔举行婚礼，这是雷翁斯的出生地，与旺代为邻。但很快传开一个丑闻：当地的领主娶了一位修 44
女。镇长、农民和一位年老的职位所有人串通一气，反对他们眼中这种堪称罪过的离经叛道之举；所有这一切应该在由西班牙运回的黑色大理石墓前结束，那里安葬着雷翁斯崇敬的心胸狭隘而又专断的母亲。与这悲惨的场景——小说从不吝啬这些场景——形成呼应的，是九月大屠杀的消息传到村子里。

在斯塔尔夫人看来，需要大革命把两种对立的情势结合起来：一方面，黛尔菲娜可以轻而易举地放弃誓愿，她有很多绝佳的理由去设想并最终实践它；但另一方面，解除誓约对很多人来说有失礼仪，首先是对雷翁斯，无疑黛尔菲娜也隐约这样认为。斯塔尔夫人自问道，在大革命之前，何种障碍能具有如此悲剧性的力量？女人的过失？可能是这样，但明确地说，黛尔菲娜的纯洁、天真使故事显得更加哀婉动人。情人间的等级差异是否为小说平添了许多浪漫情节，并且仍将发挥它的作用？但由于平等的世界已经降临，上述趋俗的障碍已经过时了，这个平等的世界也触犯了主角真正的贵族身份，这种身份已经与等级无关。

要想使个人的决定——从今以后是支配者——和随波逐流的习俗之间的冲突完全呈现出来，并显出悲恸动人的一面，以便掂量一下舆论施加的沉重负荷，那么需要事态的进展从理论上能够被个人的能量所改变。每当本来允许出现的事情被不可思议地禁止时，内在的悲剧就进一步深化了。

那么读了这些精深的见解后，我们是否应该把《黛尔菲娜》看作是一本政治小说，认为它上演的是一出大革命的故事？这个结论我们是无论如何不能得出的。因为如果说大革命为冲突推波助澜的话，它却没有创造冲突。尤其是对于大革命的一波三折，小说只是蜻蜓点水式地一笔带过。在小说的第一部分，倡导自由和拥护立宪政体的大革命（这是斯塔尔夫人唯独钟情的）
45 仅仅是激情论辩的对象。在第二部分，阴森的预兆依次呈现出来，恐怖甚嚣尘上，对“原则”的狂热减退了，此时，大革命的发展态势“难以估量”，无法对此进行比较、分析甚至思索。小说在“血腥之日”面前陡然结束了。斯塔尔夫人在恐怖现实面前的这种退却，难道是出于政治上的谨慎？难道是因为她在不可言说之事——对一个敏感的人来说是这样——面前迟疑了，她害怕自己的立场从解释滑向辩护？可能两者兼而有之。但还有更深层次的原因：她绝没有打算把《黛尔菲娜》写成一本仅局限于革命史的论述大革命的小说。她要捍卫她在《论文学》中倡导的理论主张，并对其进行阐释，写一本迎接新时代诞生的小说。

* * *

这是在《论文学》中就勾勒出大致轮廓的一本新颖之作吗？

我们很容易罗列出《黛尔菲娜》没有完全履行的承诺。斯塔尔夫人认为现代小说除描写爱情之外，还应富有激情。的确此书不缺激情，但读者很难感受到这种激情的力量，而这种所谓的激情也很难与爱情等量齐观。这更多是一种贪婪的激情。《黛尔菲娜》徒然以一桩涉及金钱的事开篇，因为此时尚离巴尔扎克的世界很遥远——从天而降的遗产，赌博赚来或赔进去的钱，都是因一时感情冲动得到的馈赠，是相当神奇的事情；人们从来不把这看作是劳动所得。怨恨和嫉妒，这种在卢梭看来纯粹是民主的激情，在小说中倒是存在的。雷翁斯远不能说没有产生嫉妒，就连小说中最不偏激的人都承认有过嫉妒：勒邦赛夫人自认有嫉妒倾向（我们的确可以这么说，她的幸福在于遇到了一个可信的男人，因此可以摆脱嫉妒）。至少有一个真正爱嫉妒的人，一个疯狂的人，这就是瓦罗布，激情使他变得凶恶起来。尽管如此，小 46
说中对嫉妒的描述还是缺乏说服力：因为小说在多处为一个没有嫉妒的虚幻世界让步。当雷翁斯发现黛尔菲娜以超群的智慧和优雅的仪态出现在崇拜者中间时，他相信这个年轻女人光彩夺目的出演可以熄灭人类之间恶毒的竞争，剩下的只是确定谁最值得崇拜："嫉妒、敌对一时都暂停了"，被冲昏头脑的雷翁斯幼稚地写道。此外还有虚荣心，斯塔尔夫人通过他律对这种"激情"做了很好的界定，虚荣心受到的伤害都源自对他人感情的依赖。例如，凡尔龙夫人痴迷于他人的关注，她千方百计地要弄高明的手段，想神不知鬼不觉地达到目的。这种激情在书中那些正直的人物面前，尤其是在黛尔菲娜面前黯然失色，她只依据内心做出判断。

在斯塔尔夫人用来勾画新时代小说的激情库中,对怜悯的描述令《黛尔菲娜》格外引人注目。女主人公是同情心的鲜活象征。正如斯塔尔夫人本人在迫害者面前捍卫王后一样,黛尔菲娜为所有受害者挺身而出,哪怕是自由的敌人。她无意间不由自主地流露出的同情导致所有不幸向她砸来:为了可鄙的戴莱丝·德·爱尔宛,她对抗舆论,牺牲名誉。即便是瓦罗布也有权得到她的帮助,德·塞尔勒勃夫人明白如何触动她最敏感的心弦,向她描绘了这个爱嫉妒的人如果没有她的帮助将会遭遇的不幸——财产被封存、住进监狱、最后必然一死。她因怜悯对雷翁斯心软起来。她甚至怜悯自己,这种感情,她承认,夹杂着某种温柔。在小说最后几章阴森的氛围下,这种怜悯之心扩展到整个人性。我们可以主张,斯塔尔夫人凭借《黛尔菲娜》完成了对怜悯的完美阐释,她甚至使怜悯成为民主时代的激情,谁都可以成为怜悯的对象,不管有什么样的功绩。

贪婪、嫉妒、愤恨、怜悯……这些激情包裹着这种像所有文学一样古老的激情——爱情,尽管斯塔尔夫人的学说有理论尝
47 试的色彩,但爱情这种激情还是散发出了青春的魅力和光彩。在斯塔尔夫人看来,自古以来,爱情主宰着所有女人的生活,对她个人来说,爱情倒像是两种幽灵的密谋——寂寞和孤独,这一直困扰着她。但她认为爱情有两种互不一致的表征:首先是不由自主产生的爱恋,激情四射,不可抑制,使内心遭受剧烈动荡,推动个人生活滚滚向前,“在生活中开启另外一种生活”(这与革命前夕的情势有些相似,迸发着使人恢复青春活力的激情)。还有一种爱情与这种欢快的情调毫不协调——这种意象是自然

而然在她心智中闪现的,因为它不可避免地包含了关于死亡的思想:这种思想甚至毒害了子女对父母的爱这些温柔的情绪。自初涉爱河起,每一个情人都知道未来不是意味着他的死亡,就是所爱之人的死亡;任何一种对当下幸福的意识都伴随着脆弱的感情,绵延不绝。

爱情一旦产生,就让人感到人生的不完美,因而爱情与忧郁形影不离。从好的方面说,忧郁是一种温和的情感,摒弃一切怨恨,发人深省。从坏的方面说,它是一种悲伤的情感,是人脆弱的根源。因此,这是一种混杂不清的感情,其中包含了“对人类命运的不确定性、对种种愿望的奢望、对遗憾的悲伤、对死亡的恐惧以及对生活的倦怠,总之引发心灵的起伏跳动”。斯塔尔夫人最懂得描述这种无处不在的忧郁。它往往在人们不幸的时候显现出来,这时,对过往幸福经历的回忆不但不能减轻不幸,而是适得其反:“痛苦的利爪毫不放松”,黛尔菲娜在流亡途中悲叹道。忧郁也会在幸福的时刻降临,因希冀遭受折磨:如胶似漆的勒邦赛夫妇在仍然风华正茂的时候就在森林里寻找了一块静谧的地方,用来安放他们将来掺和在一起的骨灰。当一个人在等待所爱之人时,也会忧郁,不断地担心因关系破裂或死亡导致诀别。当发觉被抛弃时也会忧郁,黑夜有幸使人对悲伤麻木,但一 48
切又会在清晨涌上心头。人生的任何情景都不会摆脱忧郁。任何现代文学都少不了对忧郁的描写。

读者要问了:在进入由自由、平等的个体构成的世界之前,人们是否就不忧郁?凭什么伤感小说《黛尔菲娜》声称开启了文学新体制?这正是斯塔尔夫人具有原创性的地方。小说中依次出现的有代表性人物的一切行为都服从于感知方式。首先女主人公就是这样。黛尔菲娜虔诚的表妹不客气地评论道，她“各种观点尤其独立”，黛尔菲娜自己也乐意承认：“我年轻时期慷慨的保护人在我没有用自己的智慧深思之前，不让我接受任何观念。”她还坦露道，“如果我不是我自己，我就什么也不是。”只有激情才能使这种感觉发生动摇：有时怕惹雷翁斯不高兴，她想为了爱情牺牲自己的主张。她也会认真对待这种软弱的时刻：“难道我不能够亲自判断慷慨和怜悯要求于我的东西吗？”

即使是小说中那些并不显眼的人物，也同样强烈地感到了个人选择的尊严，如勒邦赛夫人和贝尔蒙夫人，她们不声不响、离群索居地生活着，但很高兴选择了隐居之地。小说中还有一位果决的使者：勒邦赛先生坚持不懈地鼓吹他不幸的朋友们从革命议会的政策中寻找机会，做出符合情感的选择。根据这些政策，人们从此可以离婚，放弃修道院誓约，选择流亡或不流亡，至少雅各宾派统治之前是这样。

尽管有了这些新的可能性，但对幸福的获取却没有任何保障。相反，我们可以认为，这些可能性激发了人的伤感。一方面，社会仍旧“完全由相反的原则支配”，独立个体的期望不断遭到
49 压制。另一方面，在这个世纪，对幸福的憧憬刚刚“鼓舞了人类”（斯塔尔夫人在《论激情的影响》一书中写道），因此幸福的缺失让人觉得尤其不能容忍。最终，民主使个人得以把握自己的命运，摆脱成见，同时它也迫使个人接受孤独的自由，把挫折和不幸归于自身。在戴莱丝·德·爱尔宛向黛尔菲娜描述的修道院生活中，个体摆脱了自由的重负，“必须承担一切”，与这种不安

的个人自主相比,这种境遇反倒带来了某种单调的平静。对不能"独自过活"的妇女来说更是如此,这正是热尔曼娜·德·斯塔尔夫人不变的信念。为了平衡个人决定带来的荣誉和引起的苦恼,她们迫切需要保护。

所有这些内容都有二重性。她说过,在共和国中,最能支配心灵的是不幸。我们实际上可以认为,人生接连遭受一连串重大打击,因而悲痛欲绝,这种不幸从根本上是民主的。除此之外,斯塔尔夫人认为悲伤能提供一种无可比拟的洞察人的个性和命运的方式。《黛尔菲娜》是一本论述不幸的小说,尤其是刻画了遭受不幸的女人,它迎合了这种要求。难道有一种关于苦难的教学法吗?小说并没有明确回答这个问题。勒邦赛、塞尔勃拉勒这些慷慨之士成为幸福的捍卫者,严厉抨击天主教,因为它以千变万化的方式把不幸作为追求道德进步的工具强加给人。对他们来说,宗教应该成为痛苦的抚慰者。我们由此看到斯塔尔夫人一边为不幸施予人的自发的教育而辩护,一边反对神甫使用的关于痛苦的成体系的教学法,因为她从不认为仁慈的上帝会要求信徒做一些对个人幸福无用的宗教仪式。在两个极点之间,她一如既往寻找平衡点。

确切地说,再也没有什么比宗教问题使她看得更清了。种种 50
批评使黛尔菲娜这个没有宗教信仰的女人不堪重负,邦雅曼·贡斯当站出来解救女主人公和她的造物主。他认为黛尔菲娜信仰"所有符合道德的宗教"。所有符合道德的宗教,这是指什么意思?首先,黛尔菲娜没有信仰不该信仰的宗教:玛蒂尔达的信仰就是这般,它狂热甚至无情,压抑了玛蒂尔达这个人物所有的冲动,令她显得死板沉闷;这种信仰凭借的是天主教的卑劣手段:荒诞的恐怖、失当的信念、庄重的面纱和垂死之人悲哀的祈祷。但她也有该信仰的宗教:上帝的宗教,而不是神甫的宗教。当罗德尔*在1796年出版《论葬礼制度》时,斯塔尔夫人给他写道,关于这个重要的主题,她向来只有一种想法,而且根绝不了:宗教思想对保证人们的幸福必不可少。她补充说:"担心丢掉这些宗教思想。"

她也替女主人公们担忧。她赋予黛尔菲娜一种宗教,说这曾经是她如兄长般的丈夫阿尔贝玛先生信仰的宗教:他信仰上帝,希望灵魂不朽,他回报给最高主宰的不是别的崇拜,只是对美德的崇拜。索菲·德·凡尔龙临终前拒绝接受宗教的抚慰,因为她不想给她到处都是骗局的人生再最后增加一项欺骗了,黛尔菲娜便在她的枕边为她读古往今来道德家的著作,相信借此可以使她的死对头得到灵魂的安宁。对黛尔菲娜如同对她的造物主斯塔尔夫人一样,宗教能驱除生命的空虚感,祈祷能抚慰人心的孤寂。我们怎么会看不到在宗教与爱情之间存在的紧密联系呢?所有真正的爱情都包含一种宗教。所有爱情都会使人向往另一个世界,另一种生活,一种"更纯粹的宗教",使人自然而然地思考不朽。

只要我们以这种方式定义宗教,那么把它融入共和国的生活就不会遇到什么障碍了。我们认为共和国的生活不应该使"过

---

* 皮埃尔-路易·罗德尔(Pierre-Louis Roederer,1754—1835),法国政治家和律师,在历史和文学领域著述甚丰。——译者

去”蒙羞，更不应该辱没“过去”。这是斯塔尔夫人很强烈的一个预感：共和国想在法兰西扎根，必须消除因断裂引发的眩晕感，而这种断裂正是法国大革命的核心。我们不会在《黛尔菲娜》 51
中看到自由的共和元年。在女主人公看来，持续性对人类情感的价值具有重要意义。雷翁斯的偏见造成了这对情人的不幸，煽动他这个固执的人做出毁灭性的决定，加入要进行的战争，但黛尔菲娜却是他宽容的聆听者：她把这些偏见归因为雷翁斯对荣誉的顾虑，归因为曾经抚慰着一个年轻男人童年时代的骑士情感，这正与他暴躁固执的性格相一致。对她来说，过去的经历同样影响着她的决定：支配她的并不仅仅是轻率，而是忠诚。这也是她为什么对玛蒂尔达、凡尔龙夫人、瓦罗布如此慷慨，因为她过去在一个睿智、高尚的男人身边度过的岁月使她欠下了一笔人情债，迫使她这样做。《黛尔菲娜》告诫我们，逝者关照着生者，过去对当下拥有权利：对大革命的特性进行肯定尽管令人反感，但这对于作为启蒙产物的共和国的生存必不可少，我们应该尊重启蒙的谱系，敬畏它的延续。

于是我们回归到斯塔尔夫人对爱情寂静主义*的幻想。这位性格暴烈的人幻想两性之间平和相处，希望在相爱的两性之间，在“如胶似漆、一应一和”中，平静的生活自然流淌，在心灵的安稳和交谈的愉悦中一同变老。勒邦赛夫妇就是在一座简朴温馨的房子里生活着，屋里的每一件物品都让人想起“他们在这里

---

* 寂静主义是17世纪七八十年代在欧洲兴起的一种神秘的灵修运动，主张与上帝进行直接交流，拒绝传统的祷告和教会礼仪，将时间用于默想，被罗马教宗斥为异端。——译者

度过了很长时光，并打算在这里继续住更长的时间”。[*]对贝尔蒙夫妇来说同样如此，贝尔蒙夫人嫁给一个盲人，是一种额外的、几乎不可明言的保障，在这个盲人心中，她永葆青春的光彩。在黛尔菲娜身上，追求平静生活的兴致是在与作为她的保护人的丈夫的相处中养成的，他让她省去了自己做决定的麻烦，但这种宁静却被现实残酷地打破了。在所有这些关系当中，我们看到的不是妇女的顺从，而是她们对夫妻和谐幸福的积极参与：在夫
52 妻共有的小篓里，妇女倒进去的无疑有软弱和脆弱，但也有理解人际关系的智慧。尽管妇女们是如此渴求被保护，但她们同时也在保护着夫妻关系，促进两性和谐。

这本情节一波三折的小说尽管在平静的场景方面着墨甚少，但自始至终充满着对安静生活的渴望。偶尔有这样的时刻，黛尔菲娜和雷翁斯有这样瞬息即逝的幻觉，他们陶醉在由恋爱而结合的婚姻里，小溪的低语抚慰着他们的心灵，两人共生共息的朴实情感充实着他们的内心，令他们忘却了时间的流逝，这种遗忘是一种拯救。在海边漫步，望着太阳升起，这本是他们可以拥有的生活。然而吊诡的是，他们最终得到的是死亡，或者说他们把死亡当作恩惠互相赠送。黛尔菲娜临死前对雷翁斯说：“看吧，这就是我们身处的时代，一场革命的血雨腥风中，道德、自由和祖国必将受到长期的摧残。”[**]

“长期”：由此可见，《黛尔菲娜》既不是一本关于大革命的

---

* 译文参考斯塔尔夫人：《黛尔菲娜》，刘自强、严胜男译，花城出版社2003年版，第152页。——译者

** 同上书，第699—700页。——译者

小说,也不是一本关于新生共和国的小说,尽管后者已经丢弃了革命中哗众取宠的暴行。那么我们是否可以下这样的结论,尽管斯塔尔夫人许下了种种诺言,但是《黛尔菲娜》并不能阐明新时代的文学?

* * *

这到底是什么样的时代?在这个时代,历史事件对人们产生了一种直到那时仍然意想不到的影响。这一历史事件不仅像它经常做的那样带给小说情节悲喜忧欢,而且它不再允许牵涉于其中的个人把这归因于宿命,从而认命。个人也有发言权,其精力和品德亦举足轻重。命运在盲目安排的同时,仍旧给个人的活动留下了空间:恋人们虽然遭到巴登或旺代那个地方人们招人反感的流言蜚语的纠缠,但正如勒邦赛对他们宣讲的那样,他们可以走得更远,喜结良缘,在与世隔绝的地方幸福地生活。他们"可以",但却做不到。自由闯了进来,但自由的幻象让人更加不幸,因为自由无法从容地 53
渗透到人类生活中来。至少现在还没有。

这个"还没有"是解开这本书的钥匙之一,也是解开斯塔尔夫人哲学的钥匙。有一个对斯塔尔夫人犹如对邦雅曼来说都很重要的主题溜进了这本小说,这就是一场大革命带来的时间差,这场革命要比舆论和启蒙运动顺其自然的运动提前了差不多一个世纪。同样,在一个没有受到充分教育的民族中间,大革命爆发得太早了,它也走得太远,超出了正常的终点:它像乌托邦,发疯似的投射到将来,有可能引发疾风骤雨般的倒退。这个时代既让人们见证了未来主义者的暴行,又感受到了过去的重压,它在这两种对立的欲念之间摇摆。斯塔尔夫人对这种平衡失调的状态深有察觉,但她深信这是一种进步,正因为如此,她毫不轻率地指出法国社会很快要使这个理想的共和国现身。她甚至认为,万一共和国没有成功地在法国扎下根来,它也能在别处找到一片欢迎它的土地。她不愿对自由和政治平等的存续发表意见,但她认为我们应该假设它们存在,加以巩固,她寄希望于作家来填补新制度与舆论之间的落差。

斯塔尔夫人本人一直希望修补法律与道德以及活跃的思想与迟钝的舆论之间的裂缝,她总是努力使互为冲突的两种欲望融合起来,例如共和政体的自由与君主政体的“平稳”,前者的道德与后者的风度,行动与沉思,顺从与反抗,精神与情感。情感是忧郁的,总是向后看。精神是大胆的,总是向前看。调和的赌注总是建立在两种舆论的区别之上:一种舆论具有破坏性,使人堕落,总是对软弱的人施加影响;另一种舆论充满活力、积极向上,启蒙运动使这种舆论出现。乐观主义认为未来可完善,悲观主义认为过去颠三倒四,调和两种态度的办法与其说把它们
54 看作是两种对立的倾向,倒不如说看作是两种度量时间的方式。理性的共和国会来临吗?悲观的声音说:“还不会”。乐观的声音说:“迟早会”。

这层含义恰恰是雷翁斯和黛尔菲娜的故事阐明的。对他们来说,时机出现得要不就太早,要不就太晚。这并不仅仅因为书信体小说的法则就是展现相爱的人沟通上的不畅:他们收到的每封信都与刚写完的信文不对题,今天的感情总是与昨天为明天做出的决定不符。最主要的原因还是他们个人的故事贴合了

大革命带来的新的时间节奏。平等的原则已经占据了人们的精神世界，但并没有渗透到灵魂中去。继承权不再以特权的面貌呈现，但围绕它的威望、习惯、回忆与情感远没有被摧毁。离婚从此被写进了法律，但并不总是被道德习俗认可。修道院的誓愿被废除了，但一个修女并不能轻易抹去身上发过誓愿的印记。大革命虽然过高估计了立法者的权力，但也让人们认识到法律需要支撑，但这需要多年的培养。反正人们坚信新事物最终会占上风。由此我们可以理解，为什么在《黛尔菲娜》中求生的欲望被残忍地碾压了，因为它出现得太早，然而它承载着新时代迟早会来临的证据。

第二章 《老姑娘》《古物陈列室》：寻找妥协

55

《老姑娘》《古物陈列室》

巴尔扎克自1832年4月起就在勾勒《老姑娘》的写作计划，但直到1836年才动笔。一年后，他给韩斯卡夫人*写信表示希望写续篇。这就是1838年问世的《古物陈列室》。这两篇小说有些细微的差异，体现了作者的迟疑——他必须在两者之间做出选择，是赋予每篇小说自主性？还是写成一本单一的著作？尽管如此，这两篇小说的故事都发生在阿朗松，且在某种程度上由同样的人物推动，讨论的是同一个重大主题，这正是《论保皇党现状》**一文阐释的："当一场革命接连不断地在情趣与观念中发生时，就应该将它作为事实接受。"《老姑娘》与《古物陈列室》使那些想忽视事实的人与那些对事实铭记在心的人直面彼此。

---

* 韩斯卡夫人（Évelyne Hańska，1801—1882），波兰贵族，1831年起开始与巴尔扎克保持通信联系，两人随后发展成情人关系，并于1850年结婚。——译者

** 《论保皇党现状》是巴尔扎克1832年发表在新正统派的机关报《革新者》上的一篇文章。——译者

前者有权势，后者有能量。两者都有权得到小说家某种程度的尊重。

巴尔扎克往这场主要冲突中引入一个次要主题：巴黎对“出生于贵族世家的穷酸青年”的致命吸引，这种不幸在其他任何欧洲国家都不存在，在它们那里，有许多中心都市给年轻人提供机会，带给他们各种各样的诱惑。一味地偏袒巴黎导致的民族才智的衰竭是单属于法国的厄运。巴尔扎克希望“刻画这种狂热导致的不幸”，并明确表示《古物陈列室》有志于此。

寻找妥协

57

很少有这样的小说：大革命与旧制度一开始就不期而遇，战斗还没打响就已经相互凝视，暗自打量。《老姑娘》就属于这一类小说。巴尔扎克的故事讲的是两种水火不相容的体制的斗争，而这两种体制在两个既互相敌视又极其相似的人物身上得到了生动的再现。两个身无分文的老光棍对自己的不幸束手无策，除非富甲一方（偏僻西部一个毫无生气的小城）的老姑娘伸出援手，这是一个富足的资产阶级家的小姐，富足一词既指她的体态也指她的收入。这就是问题的实质，小说最终会写道，在两个求婚者当中，是传统的一方获胜还是革新的一方获胜。

德·瓦卢瓦骑士正是从这个角度进入本书的，书中的故事由他展开。此人与旧制度紧密相连，先是通过伟大的姓氏——这个姓氏权且被当作一个伟大的姓氏，因为姓瓦卢瓦的为数众多，家谱与王室正统有复杂的渊源。[*]再者有例子证明他效忠王室事业：旺代的商贩们看见他参加舒昂党叛乱[**]。最后他用多种方式悼念王室：他的居室陈列着王位殉道者的遗物，王室成员的侧面像隐藏在垂柳的叶饰下，但又隐约可见。路易十六的遗嘱——这一文本那时被奉为神明——雕刻在骨灰瓮上。这体现了那个时代的痛苦有益论。但这种痛苦仅流于表面，我们从这位奥尔良公爵摄政时期[***]的幸存者身上，在他日常的一举一动中，看到的却是愤世嫉俗和从容不迫。这位老伏尔泰主义者拒绝做弥撒，
58 但鉴于他为王室事业的效劳，保皇党阵营原谅了他这一点；他调戏洗衣女，体现了他那个优雅世纪对放荡不羁[****]的宽容；他以为妇女们也会有同样的兴致，但悲伤地看到与他那个宽容欢快、悲然已逝的时代不同，一个合乎道德、索然无味的19世纪正渐露端倪，妇女和姑娘们变得多愁善感，将这种“无伤大雅的小情趣”拒之门外。至于他是什么样的人，他过渡式的装束说明了一切：带金扣的短裤，光亮的黑色皮鞋，衬衣没有领子，却用领带紧系脖颈，背心的两个小口袋并排着，在对过去的回忆中又掺杂着对

---

* 瓦卢瓦王朝、波旁王朝、复辟王朝都是卡佩王朝延伸出来的王室直系，所以姓瓦卢瓦的人与王室正统沾上了边。——译者

** 舒昂党叛乱（La Chouannerie）指的是法国大革命爆发以来，在法国西部（布列塔尼、曼恩、安茹、诺曼底）爆发的保卫君主制和地方贵族统治、反对大革命和共和国的叛乱。舒昂党叛乱与发生在卢瓦河左岸的旺代叛乱紧密相连，两者有时一起被称作“西部战争”。——译者

*** 路易十五1715年即位时年仅5岁半，由其叔伯祖父奥尔良公爵摄政，持续八年时间，这一时期被称作奥尔良公爵摄政时期。——译者

**** 放荡不羁（libertinage）：17、18世纪一些贵族或文人持有怀疑主义态度，拒绝接受教条教义，信奉自由思想，这被称作放荡不羁。——译者

英国风格的某种影射。他冥思苦想而小心翼翼置办的穿着显露出他的自私自利，以及对外表无味的狂热：这些最终使他深受其害。

与他相对的是另一个求婚者：这是平庸与高雅的对抗。骑士多么热衷于与女性交往，杜·布斯基耶就多么彻底地蔑视第二性。前者多么优雅与讲究，多么瘦削与干瘪，后者就多么粗鲁与轻浮，有“法尔奈斯的赫丘利那样的胸膛”，*浓眉，鼻孔里都是毛；他对手的头发有多金黄，他的头发就有多乌黑，他穿着蓝色而不是栗色的上装，他还保存着见证了他光辉显赫的那个时代的服装：翻口长靴，罗伯斯庇尔式的背心。但不要误以为他是大革命的幸存者，就像德·瓦卢瓦骑士是旧制度的幸存者一样。他一点儿也不像大革命的遗存：这位杜·布斯基耶身上没有一点儿罗马式共和者的英雄与美德。他是唯利是图的变色龙，是巴拉斯**的热月党朋友，他因卖鞋给军队和购买国有资产发了横财。然而到了1816年，他破产了；但他总是知晓利益在什么地方，他就像政治投机客一样，把赌注压在拿破仑在马朗戈战役***的失利上——这很有可能成为事实，于是他拿财产在交易所做空

* 法尔奈斯的赫丘利是法尔奈斯收藏品中的一件雕塑，现珍藏在那不勒斯国家考古学博物馆。法尔奈斯收藏品是罗马法尔奈斯家族自文艺复兴到18世纪收藏的一组珍贵的艺术品和古董。——译者

** 巴拉斯（Barras，1755—1829），法国大革命和帝国时期的将军和政治家，他在1794年推翻罗伯斯庇尔政权期间扮演决定性角色，在督政府时期，担任主要督政官。——译者

*** 马朗戈战役（Bataille de Marengo），1800年6月14日拿破仑军队与奥地利军队在意大利进行的战役，拿破仑取得了胜利，保住了革命成果。——译者

头。可惜德塞*临死前救了第一执政，马朗戈战役对拿破仑来说更是具有决定意义的加冕礼；就这样，杜·布斯基耶被迫退缩到阿朗松这个默默无闻的小天地里进退维谷：这就是先前大革命中一大巨头的糟糕下场。

两个敌手之间的鲜明对比未能遮掩住一个隐秘的相似之处。在某种意义上，两人都是伪君子。就像瓦卢瓦懂得如何巧妙地
59 利用被磨损的优雅服饰一样，他同样知道如何展示他的贫穷。他生活所依的微薄收入来自于赌博中接连不断的赢钱。但他打算把自己赢得的这些钱转换成终身年金的形式，并捏造了一个故事：德·蓬布勒通侯爵还给他一笔钱，因为他曾经为后者亡命国外慷慨解囊；关于他德行的传说使他经常受邀赴晚宴，赢得了这个思想正统的外省深切的尊重。至于杜·布斯基耶，他则夸张地表达了他对公民-执政的反对：这为他赢得了仍然从根本上说是保王派的城市相当程度的热爱，尽管该城市还有七八个顽固的贵族家庭。无论如何，这些旗鼓相当的计谋给两个男人打开了科尔蒙家沙龙的大门，他们都希望在那里牵上女主人胖乎乎的手。

还有第三位求婚者：他刚刚23岁，忧郁孤僻，长相俊美。他既不是旧制度的后裔，也不是大革命的产儿。倒不如说他是帝国的后代，是共和主义的后继者。这位阿塔纳兹是战死于耶拿的一位炮兵中校的儿子。他在帝国中学接受教育，情敌瓦卢瓦

---

* 德塞（Louis Charles Antoine Desaix，1768—1800），法国将军，跟随拿破仑进行过一系列对外战争，对法军在马朗戈战役中的胜利起到了关键作用，他在这场战役中以身殉职。——译者

叽咕他在那里染上了坏习气。其中最明显的，就是他有一堆自由思想，渴望荣誉（这是他自己的荣誉，他幻想它，希望得到文学上的荣誉）。他有一种宿命的感觉，巴尔扎克认为能从中识破皇帝的宗教信仰。他也觊觎这位老姑娘：如果他娶了萝丝做妻子，可以不用为生计烦心——当时他在阿朗松市政府有一个做缮写员的低微职位，可以为他被囚禁的思想插上腾飞的翅膀，可以让母亲安度晚年。他也是位谋求私利的求婚者吗？不一定：三人中唯独他不仅渴望这位小姐的财产，而且也想得到她这个人，他为她丰腴的女性魅力所迷惑，她的上身部分好像"团队的两面定音鼓"[*]；也只有他怀有满腔柔情。

因此有三个婚姻候选人。三种不同的梦想。从表面上看，瓦卢瓦与杜·布斯基耶有同样的梦想。两人都仔细阅读了《1814年宪章》——1816年一整年杜·布斯基耶都在认真思索这本宪章——并清楚科尔蒙小姐的财产可以给他们开启当选众议员的 60
大门：缴纳一千法郎直接税才能取得入选众议院议员的资格；此外，科尔蒙沙龙预示着差不多130张入选选民团的选票。可是，瓦卢瓦渴望的是宫廷，是威望。杜·布斯基耶嘲讽社会地位，但却渴求权力。至于阿塔纳兹，他追求的是创造的乐趣，并希望得到智力上的认可。要想实现这些互不一致的计划，萝丝的钱是唯一的入门钥匙。

现在该说说被种种幻想包围的那个纯真的人儿了——萝

---

* 译文参考巴尔扎克：《老姑娘》，袁树仁译，巴尔扎克：《人间喜剧》第8卷，人民文学出版社1997年版，第368页。——译者

丝，实际上的中心人物。她出生于一个“举足轻重”的家庭（对阿朗松而言），介于贵族（外祖父曾作为贵族的一员被选入三级会议）与平民（父亲是第三等级的代表）之间（尽管如此，两者都拒绝了这种暧昧的荣誉）。萝丝的沙龙——阿朗松有三个沙龙——就起源于这种混合。这个沙龙既不像上层贵族社会的沙龙，也不像省会计官的“行政旅店”。这里是一个自由的区域，两种其他社会的常客——贵族阶层的要人与资产阶级的要人——可以在这里相聚；这个地方既摆脱了传统，又逃避了创新，倒是被一些似乎是无始无终的仪式主导着。在这座豪宅，“既没有新，也没有旧，既没有青春，也没有老朽”。这家女主人本人“像坚守哨位的士兵一样，依然岿然不动地穿着她那高领绣花衬衣”*，在她的周围有一种持久不变的人文景观：身为教士的老舅父痴迷不悟地热爱拒绝宣誓的教会，几个仆人忠心耿耿。她本人高大笨拙，她的教名“潘尼洛普”**恰好体现了这些不可磨灭的联系。

这是幸福吗？这可能是，因为“每天准时在同一条小路上迈着同样的步伐”***可以被视为一种幸福。家道兴旺是萝丝永不枯竭的快乐源泉，她把心思放在家务上，充满虔敬之情，她认为在

---

* 译文参考巴尔扎克：《老姑娘》，袁树仁译，巴尔扎克：《人间喜剧》第8卷，人民文学出版社1997年版，第349页。——译者

** “潘尼洛普”是古希腊神话中战神尤里西斯的妻子，在丈夫外出打仗的漫长年月，她将求婚者拒之门外，衷心地等待丈夫归来团聚，她的名字通常是坚贞婚姻的代名词。——译者

*** 译文参考巴尔扎克：《老姑娘》，袁树仁译，见巴尔扎克：《人间喜剧》第8卷，人民文学出版社1997年版，第338页。——译者

“酿造”果酱与信奉上帝之间没有什么差别；她也很满意能得到
当地人的敬重。然而，这不是幸福：这位安详、臃肿的姑娘的野 61
心在暗地里滋长着，甚至对变化充满狂热。这一切的缘由归根结底两个字：丈夫。

既然有这么多光彩夺目的优点，萝丝为什么到42岁还孑然一身呢？阿朗松人虽不声不响地过着日子，但这个城市并没有麻木到能躲避大事件的侵袭。科尔蒙家族的传统倾向于将姑娘们嫁给贵族。但在革命法庭时期，这样的婚姻令人不寒而栗，而且，萝丝当时还很年轻。在这之后，是拿破仑统治时期，他的“体制”使能结婚的男人人数枯竭，留下了许多寡妇。萝丝可一点儿也不想嫁给帝国的士兵。随着阅历的增长，她开始担心别人娶她是为了钱。当这本小说的故事展开时，她打消了众多求婚者的积极性，拒绝了其他一些求婚者（杜・布斯基耶就位于其中，这并没有阻止他总是参与竞争），甚至也没有察觉到阿塔纳兹的爱慕。应该说萝丝是一个天真的人，在某种程度上仍旧是个老小孩：对于这种天性的迟缓发展，天主教起了作用，发展了巴尔扎克所说的对于尘世事物的“眼盲症”。

尽管她年龄大了（她比阿塔纳兹年长20岁！），阿朗松还是为她保留了三个求婚者，这三者中，瓦卢瓦是这样一个人，所有一切都促使萝丝趋向于他：家族潜移默化的影响，举止的优雅——他是萝丝沙龙的装饰品，他还用机敏和仁慈把口无遮拦的萝丝说出的蠢话改造成具有原创性、充满才智的俏皮话。但说到婚姻，除了社会规范，萝丝还渴望其他东西（在这点上她得到了读者的共鸣）。尽管她从骑士显示出的正派里读出了道德的纯正，但这些品质在杜·布斯基耶健壮的外形显露出的旺盛情欲面前，还是显得令人失望，虽然此时的萝丝对男欢女爱还没有形成任何清晰的观念。就像被品行恶劣的人搅得意乱情迷的虔信者一
62 样，萝丝左右摇摆。小说开篇时人们不禁担心，萝丝会因为对现实生活不开窍而做出不明智的选择。

* * *

故事发生在1816年。这是不同寻常的一年，即便是洗衣工苏珊也明白：这一年“人们彻底重组了政府，外国人入室为主”。俄罗斯人、奥地利人和英国人驻扎在巴黎，作为一个十足的保王派，瓦卢瓦骑士感到他的民族荣誉因“这些老爷们”的出现而挫伤。“百日政权”这段插曲刚刚结束，《1814年宪章》的第一条款强加的这种遗忘的义务曾在1814年奠定了王国政治的根基，但它也随之消失了。1月21日颁布国丧令，承诺放逐弑君者，酬报王室事业捍卫者。由此，又重新点燃了旧制度与大革命之间的战争。

尽管外省的麻痹减轻了这一切带来的影响，但在阿朗松这个尚未从革命震荡中恢复平静的城市里，人们仍能找到战争重燃的迹象。在这里冲突加剧了，抵押物品保管人与瓦卢瓦骑士暗自较劲，就为了把手臂递给萝丝让她挎着去餐桌吃饭。此后在科尔蒙的沙龙，人们大着胆子谈起舒昂党人叛乱。瓦卢瓦讲起关于戏弄于洛的段子，引得人拍手叫绝。这个于洛曾在1798年到1800年间，在叛乱的省份指挥了半个旅的士兵。这是国王的补偿为人们壮了胆，使他们打开了话匣子，抚慰着复辟者的心

灵。外省人没有意识到，路易十八试图在无双议会*与他稳重的个性之间寻找共同点。外省人不愿理会国王的决定，因为路易十八打算不再计较由革命动荡产生的利益，保护既得财产，避免重造社会组织。外省人更不理解，正是这种实用的取舍促使路易十八满足了很多象征性需求。瓦卢瓦骑士刚被授予圣路易十 63
字勋章（大革命曾一度废除了授勋），与勋章一起赋予他的，是他退休后享有陆军上校头衔的权利，因为他在西部的天主教军队中服过役。这是一个完全虚拟的军衔，但极其抚慰人心。

当时一些重大争论在阿朗松得到了细微的阐释。1816年这一年，选举法在巴黎被激烈地讨论着：尽管讨论的回声在外省也震耳欲聋，但两个追求者却不约而同燃起当众议院议员的梦想，虽然他们觊觎的议会席位并不一样。同样是在这一年，人们遣散了帝国军队，重组了国王军队：对于那些数以千计回到祖国，领取半饷、没有抚恤金的军官，命运陡然改变。谁说得准呢？萝丝的命运或许也改变了：在拿破仑时代近卫队老兵的预备队中，一些人可能变成了保皇党人，萝丝也许能遇到一位满意的丈夫。但一整年下来，希望落空了，却激发甚至是引爆了科尔蒙小姐结婚的雄心。

此外，阿朗松还有一些本地的纠纷在瑟瑟作响。人们鼓吹如果可能的话建一座剧院，这项计划多少受到了杜·布斯基耶

* 1815年8月14—22日举行了众议院选举，这届众议院是按帝国的选举制度由帝国时期任命的终身选民选举产生的，他们大多来自大有产者阶层。由于大多数选民在“白色恐怖”的威慑下不敢前往投票站，所以当选者绝大部分属于右翼阵营，402名议员中有350名是极端保皇党人，路易十八对选举结果极为高兴，禁不住称“如此议会举世无双”，所以，复辟王朝的首届众议院有“无双议会”（la chambre introuvable）之称。参见刘文立：《法国革命前后的左右翼》，中山大学出版社2010年版，第105页。——译者

的启发：反对派的言论得到了波拿巴主义者的支持，预言外省会因此道德败坏，此时，城里的年轻人振奋起来，其中当然就有阿塔纳兹。还有神甫问题，耶稣会士要求驱逐神甫，尽管阿朗松的这位神甫是慈悲为怀，他想给每一个人提供工作，充满了人情味：当不幸的格朗松夫人需要为儿子准备天主教葬礼时，急于求助的就是他。在这里我透露一下剧情，她的儿子阿塔纳兹将会自杀，她为他亲手缝制了裹尸布。神甫组织了一场秘密葬礼，并得到了塞镇主教的默许和包容，灵活审慎地处理了这桩棘手的事。但这位敌视专横教会的教士以前曾向宪法宣过誓，他所有的德行并不足以赎回这桩荒谬的罪行。萝丝的舅父斯彭德教
64 士按迈斯特的方式把法国大革命解释成上帝的意图，和他的外甥女一样属于这个“小教会”[*]，它只承认那些拒绝宣誓的教士，不接受《教务专约》[**]。科尔蒙的沙龙因此对宣誓派教士[***]大门紧

* “小教会”（La Petite Église），是法国教会内部拒绝接受1790年的《教士公民组织法》和1801年的《教务专约》的一部分教士组成的集团，他们身上残留着旧制度时期的高卢主义，拒绝接受教皇绝对权力主义。——译者

** 《教务专约》（Concordat）：1801年7月，拿破仑与新任教皇庇护七世在巴黎签订《教务专约》，专约宣布：天主教是“绝大多数法国人”信仰的宗教；在法国，人们可以自由信仰天主教，但必须遵纪守法并接受治安管理；教会不得索回革命期间被没收的地产及其他财产，作为交换，所有教士的薪俸将由国家支付；主教由第一执政挑选任命，然后由教皇授予圣职，教区牧师由主教任命。参见陈文海：《法国史》，人民出版社2004年版，2006年第2次印刷，第282页。——译者

*** 1790年7月12日，议会通过《教士公民组织法》，随后要求已是公务员的神职人员对宪法，也包括对《教士公民组织法》进行忠诚宣誓，违者将撤销其职务和积极公民权，有不少教士完成宣誓，但也有一部分教士拒绝宣誓，因此法国教会分裂成“宣誓派教士”和“倔强派教士”。参见王养冲、王令愉：《法国大革命史（1789—1794）》，东方出版中心2007年版，第183—185页。——译者

闭。在另一个阵营，杜·布斯基耶尽力把资产阶级的同情心引到受到威胁的神甫身上。这样看来，尽管《老姑娘》中的两三个主人公几乎从不去首都旅行，尽管故事的场景局限在阿朗松，但没少体现1816年的冲突，至少在9月之前如此，因为在9月份，国王重申《1814年宪章》能保障“普遍的安宁”，解散了无双议会，放弃回归旧制度。

＊　＊　＊

在代表旧制度的瓦卢瓦与代表大革命的杜·布斯基耶之间的较量，显然都由巧合决定。小说中，这一点是透过温柔可人的洗衣工来体现的，必须强调的是，这位洗衣工不属于阿朗松的任何一个“圈子”，而骑士与她之间也不仅仅只是调情。这位苏珊姑娘想假装怀孕，找所谓的传种者来勒索，为了避免丑闻他们可能会支付一笔钱财，让她前往巴黎。这桩买卖在瓦卢瓦那里失败了，他足够精明以识破骗局，但计谋在杜·布斯基耶身上获取成功：瓦卢瓦借此将后者的下流行径在全城炒得沸沸扬扬，尤其是在萝丝面前。但这一举动并没有带来他想要的东西：老姑娘对不幸的苏珊深表同情，也对杜·布斯基耶的所作所为燃起好奇心。就在这时，阿朗松又来了一位德·特雷维尔子爵：在阿朗松的自由主义者看来，这是一位外国人，因为这位回到老家定居的流亡贵族在效忠沙皇的俄罗斯军队中效力过。他明媒正娶过，但天真的斯彭德神甫忽略了这一细节：他立即把子爵回来的消息告知了正在前往普雷博戴的外甥女萝丝。萝丝立即看出这可

能是位求婚者，当即急驰回家（珀涅罗珀[*]为此累得精疲力尽），并为这出乎意料的配偶兴奋不已。后来子爵当着全体阿朗松人
65 承认已结婚生子，消除了误会，令萝丝一下子昏了过去。杜·布斯基耶用宽大的肩膀揽住她，抱到床上。他是第一个看到萝丝袒露的丰腴胸部的男人：这相当于已经胜利了一半，第二天早晨他就大获全胜了。杜·布斯基耶丝毫不担心他的穿戴，飞奔向萝丝，比瓦卢瓦抢先一步：几分钟的时间足以让他许下决定性的诺言。而骑士深受贵族的轻薄所害，在梳洗打扮上耽搁了时间：他只能束手无策地目睹敌人的胜利。在小说的这一刻，旧制度遭到谴责，大革命凯旋了。

一些悲惨的征兆表明，杜·布斯基耶的胜利正是萝丝的失败：结婚那天，她抬起不情愿的左脚[**]走进教堂，巴尔扎克评述道，“左”这个词给悲伤的含义增加了一种全新、可怕的政治含义；神甫把书翻到哀悼经那一页；尤其是阿塔纳兹的自杀为发生在阿朗松的这一幕投下了凄凉的色彩。萝丝对这个年轻男子的爱恋察觉得太晚，只能忍受那个可怜的母亲投在她身上的怨恨的目光。噩兆很快得到证实。萝丝必须放弃她少有的几个快乐中的一个，这就是支配的快乐。她看到心爱的家被暴发户收拾得乱了套，这位督政府时期的供应商保留着可恶的品味，换上

* 科尔蒙小姐家马的名字，这匹马已供主人使用了18年，这个名字就取自希腊神话传说中奥德修忠实的妻子的名字。——译者

** “se lever du peid gauche”有“心情不愉快”的意思。萝丝的丈夫正好是大资产阶级的代表，在政治上左倾，而萝丝本来与阿朗松的上层贵族世家在精神上息息相通，所以萝丝对这门婚姻有不情愿的意思。——译者

了粉饰灰泥廊柱和希腊式的轮廓，菩提树被拔光，斯彭德神父正是在树下来回踱步排解忧愁的。更坏的是：她必须在沙龙里接待宪政保皇主义[*]的支持者，在这群人中，他舅父看到的只不过是隐蔽的共和主义者。

这种失望难以弥补，因为她的婚姻生活根本就是一场灾难。巴尔扎克把这一连串失败归因于萝丝受教育程度不够。巴尔扎克给了她一系列忠告，如果她能识破“现代的神话”，如果她读过阿里奥斯托[**]的著作，如果她在阿朗松有一位人类学教授的话，她不会被杜·布斯基耶的平民外表所愚弄，她能够识得这绺假发以及疲惫不堪的嗓音的含义，应该能够得出这个男人阳痿的结论，这一点，瓦卢瓦怀疑过，苏珊清楚得很，巴尔扎克将它作为革 66
命无力的象征。如同那些没有受过教育的女孩一样，萝丝能做的只有从宗教中寻找慰藉，宗教使她接受背运的人生，最悲恸的是：没有子嗣来继承对她而言弥足珍贵的财产。

这位昔日的军火供应商所取得的胜利可称得上蔚为壮观，它带来的不仅是科尔蒙府邸的现代化，从此这里富丽奢华，它还带来了整个城市的现代化：在阿朗松，手工工场嗡嗡作响，街道上行使着有篷双轮轻便马车、敞篷四轮马车和轻便双轮马车，成为通往过时的布列塔尼道路上的现代性的前哨。杜·布斯基耶

* 指的是在复辟王朝初年，既支持国王的统治，又拥护《1814年宪章》，以与极端保皇主义相区分。但是后来随着极端保皇党人学着查理十世也宣布拥护宪章，这个称呼已经失去了本来的含义。——译者

** 阿里奥斯托（Ludovico Ariosto，1474—1533），意大利文艺复兴时期诗人，代表作有《疯狂的奥兰多》。——译者

让人建造起著名的剧院。令主教极为满意的是，他让宣誓的神甫与拒绝宣誓的神甫握手言和。最终，他让科尔蒙的沙龙成为贵族和资产阶级聚集的场所，各界名流各抒己见，这是复辟时期的沙龙未能做到的。巴尔扎克把这种眼花缭乱的成功解释成革命的胜利，换句话说是"形式对内容、物质对精神"的胜利。但这种胜利不应当被一律指责，因为这也是力量的胜利，它战胜了懒惰的贵族；这也是斗争和工作的胜利，它战胜了社会惰性；最后，它还是繁荣的胜利，外省的缄默正是建立在这种繁荣的基础上。

尽管杜·布斯基耶凭借拙劣的伎俩得以飞黄腾达，但谁也不能从中获得快乐。他的劣伎首先是谎话连篇，两面三刀：他向修道院捐钱，是因为他明白应该得到教会的支持，他还挑动外省贵族反对宫廷贵族，他避免发表任何共和主义信仰的声明，戴着宪政保皇主义的假面具。（我们看到他不久后支持夏多布里昂——在巴尔扎克看来，这是"波旁王朝最危险的仆人"——创办《论战》杂志，支持《221人请愿书》*，这些对现状不满的221名议员在波利尼亚克内阁被任命后对查理十世充满怀疑。）其次是憎恶：杜·布斯基耶的真实动机是穷追不舍地报复贵族老爷，结果
67 激化了阿朗松的派系斗争。此后两派之间很难再达成任何和解。宫廷这一派的威望在小说刚开始时仍旧极为引人注目，经过赌气和反抗都没有效果后，最终败下阵来。

* 1830年3月18日，自由派占优势的众议院通过一份《221人请愿书》，要求查理十世解散由波利尼亚克掌握的极端君主派内阁。——译者

我们明白小说必然是以“七月革命可悲的光荣三日”*而告终。这几日并没有治愈胜利者的怨恨，这是民主时代无法根除的情绪。1830年完成了革命，方式比恐怖时期更为有效。无疑这是一种重复，但这是一种合法的重复，它改变了一切。的确，新体制作为宪政君主制惹人注目。但它有三色旗，贵族爵位没有世袭权，国民自卫军中实行平等，长子继承制被废除，教会被羞辱，我们谈论什么君主制呢？1830年实际上在两种体制之间设置了一道深渊。萝丝那位受尽屈辱的老追求者毫不费力地适应了这一体制：骑士陪着正统君主政体的队列到了瑟堡，向流亡的国王交出他的积蓄，然后返回阿朗松，与唯一名副其实的君主政体一同死去。

* * *

阿兰根本就不欣赏《老姑娘》，小说在他眼里有一点空洞，不够灵活。因此他认为《古物陈列室》是带着内疚写成的：巴尔扎克意识到第一本书的不足，感到有必要给它追加一份遗嘱。确实，第二本小说故事情节的发展更具有戏剧性：年轻的男主人公将自己奔放的个性展现在小说的剧情和他在巴黎的旅行中，从而造成一切可以想象的后果，给昏沉欲睡的外省带来一丝新鲜空气。此外还因为巴尔扎克明确地表示，想为《老姑娘》提供一个结局。虽然《老姑娘》似乎已经包含了某种教益：这就是如何诠释1830年。但在杜·布斯基耶取得决定性胜利的1830年

* 指1830年7月27日、28日和29日的武装起义，被称作七月革命，这三日被称为“光荣三日”。——译者

和他走进婚姻的1816年之间，缺少一个过渡。此外，巴尔扎克也没有在《老姑娘》中对复辟王朝进行反思，有的话也仅限于影
68 射：从这个意义上说，《古物陈列室》是《老姑娘》的政治注解。

故事的第二幕还是发生在阿朗松，读者感觉又回到了熟悉的环境。杜·布斯基耶自此成了杜·克鲁瓦谢；与萝丝结婚使他从昔日革命军队供应商转变为一位亨通的工业家，忙着使外省现代化，使行政官员、法官，甚至教士党团结在自由思想的周围，这种思想之后催生了《221人请愿书》。尽管宪政保皇党人总是声援要投票给他，但他总是在选举中失败；这些挫折更激起他向贵族复仇的狂热，成为他一生的支柱。可怜的萝丝，自此以后成了杜·克鲁瓦谢夫人，自1816年起放弃了生儿育女的期望：她不再为丈夫的性无能而痛苦，转而投入到宗教职责中。我们在阿朗松重新见到了瓦卢瓦骑士：手头拮据并没有阻止他成为贵族社会的宠儿，他优雅地谈论起道德和金钱，像之前一样潇洒从容。

除了这些熟悉的人物之外，还增添了一些新人。《老姑娘》中遭解雇的公证人谢内尔，也叫舒瓦内尔，这次处在剧情的中心。他代表了"旧制度优雅而高贵的仆役"，与名门望族天衣无缝地联合在一起。在他身旁，还有感人而高贵的阿尔芒德·德·埃斯格里尼翁，她在第一本小说中不过是个侧影，在这里却象征着逝去的生活，令人伤感，而她的兄长德·埃斯格里尼翁侯爵，则是已经消逝的法兰西的一座标志。当然，还有小说的主人公，阿尔芒德的侄子，侯爵的儿子，迷人而不太明智的维克蒂尼安。

《古物陈列室》最大的创新在于让读者进入贵族老爷的家

中。在第一本小说中，他们总是位于远处，是期待、觊觎的对象，遭受难以升迁的资产阶级无穷无尽的评判。我们知道高贵的阿尔芒德谢绝了与杜·布斯基耶结婚这一不合时宜的建议，但我们从来没有光顾过德·埃斯格里尼翁的家，这要等到一次丧事 69
才有了访问的借口，[*]因此他们的世界离我们还很远。这次，读者是真正走进了德·埃斯格里尼翁家，无疑也结识了蜷缩在他们周围的归国贵族。他们中很少有人屈服于帝国的诱惑，大都忠实于旧时的法国。对他们来说，这不是皇帝，只是一位波拿巴先生。这也不是省而是外省，不是省长而是督办。对于他们来说，接待"自由派"应该不成问题，这个模糊的称呼既涵盖共和派，也包括宪政君主派。后者对共和派有无法遏制的仇恨，唯一满意的是把埃斯格里尼翁的沙龙标称为"古物陈列室"：我们应该感谢爱弥尔·勃龙代，这是当地一位颇有天分的孩子，后成为轰动一时的新闻记者，是他把埃斯格里尼翁府邸比作积满灰尘的古物堆放室，把他周围的社会比作是放着呆板机器人或乏味干尸的博物馆。

德·埃斯格里尼翁侯爵作为无可争议的领袖端坐在这个几乎静止的社会正中央。他有俊美的前额，花白的头发，威严的仪表。这位老贵族并没有流亡在外——难道他首先要做的不是"守卫他的边境省"吗？多亏了外省乡亲们善意的共谋，他才安然无恙地度过"恐怖时期漫长而又稍纵即逝的岁月"。可他的财产"被当作国有财产出卖"，他只能挽回一些残片，就是这些残片也是

* 此处指的是德·斯彭德教士去世，阿尔芒德小姐和萝丝一起参加完为教士做的悼亡弥撒后，把萝丝请到了他们家的公馆。——译者

多亏了如今成为公证人的、他以前的老管家,凭着忠诚和精明替他争取的。但财政上的失势既没有影响到他的亲近(对他来说,侯爵总是一个重要人物,金钱在其他地方是进入贵族阶层的标准,却没有进入到当地的等级制度中),也没有影响到侯爵本人。他笃信的法兰克意识形态以布兰维利埃[*]的方式使他相信,“征服者与被征服者之间的区别是人类差别中最具决定性的”。他的自豪感属于征服者,从北欧过来征服高卢并使其封建化的那个种族;所有法兰克人对他来说都是贵族,所有高卢人都是平民。

这样一来我们才能更清楚地理解他针对1830年事件发出的愤怒感慨:“高卢人赢了!”我们也更能理解为什么他没有答
70 应杜·克鲁瓦谢[**](肯定是一位高卢人)向他高贵的妹妹的求婚。最终我们参透了他对法国国王的情感:法兰克人征服中形成的军事等级集团就是一个平等的社会。贵族无须从属于国王,所谓国王不过是同侪之首。在这点上,与其说侯爵属于旧制度倒不如说他属于绝对主义的史前时期。他是在法兰西国王保住王位的同等条件下保有他的侯爵爵位的。

这种对出身的自负掩盖的是对历史时刻的深刻误解。确实,侯爵有几种理由这样做并这样维持下去。小说不像《老姑娘》是在1816年开始,而是6年后,这意味深长。1816年,我们还认

---

* 布兰维利埃(Boulainvilliers,1658—1722),法国历史学家,出身于诺曼底的封建贵族家庭。他批判绝对王权,为贵族和封建制度辩护。他认为法国贵族起源于罗马帝国灭亡后来到法国的法兰克征服者,他们独立自由,可以不受国王干预而为庶民伸张正义,而第三等级起源于高卢人。——译者

** 也就是《老姑娘》中的杜·布斯基耶。——译者

为，在旧制度与大革命之间存在一种和解的方式，路易十八[*]温和的政策、德卡兹对国王的影响、无双议会的解散，这些都有助于和解。但1821年贝利公爵被谋杀使革命原则在法国历史上再次涌现；这一事件使极端保皇党人掌了权，使国王及其贵族重结不幸的联盟。侯爵因此有充分的理由幻想，财产将被归还给遭受抢劫的贵族，德·埃斯格里尼翁的名字将再次变成敲门砖，维克蒂尼安将迎娶一位贵族女子并为国王服务，所有的职业，如军队、海军、大使，统统向他敞开大门。既然上帝能肃清波拿巴，那他为什么不能把法国从所有剩余的部分那里解救出来？

但正是大革命这“剩余的部分”令侯爵既不能接受，也不能领会。他的词汇表明他缺乏区别的能力：他谈及“贵族议员”而不是“选民团”，他谈及“达依税”而不是“赋税”，他对“密札”抱有一丁点儿同情。他随即把《1814年宪章》看作是一篇权宜之计的文献，预计会迅速消失。他不知道当一位国王[**]的头被割下，一位王后[***]被处死，现如今的国王们——哪怕是查理十世——已与先祖不可同日而语；他不知道宫廷里遍地都是新人，众多声名显赫之士已难觅踪影；他不知道一个显赫诗意的名字已无益于儿子 71
们的晋升，至此要职只向有功德的人开放。即便是在贝利公爵被谋杀后出台、受到极端保皇党人影响的政策，也无法令他感到

* 原文为路易十七，疑为路易十八之误。因为路易十七已经在1795年死于唐普尔监狱，而且他从来没有登上王位，何谈他的政策呢？——译者

** 指的是路易十六1793年1月21日被送上断头台。——译者

*** 指的是路易十六的王后玛丽·安托瓦内特在1793年10月16日被送上断头台。——译者

满意。这就是《补偿流亡贵族10亿法郎法案》*：毫无疑问，这项法案旨在补偿因流亡国外而财产遭到掠夺的财产所有者们，但它同时也安抚了新的财产获得者——公证人谢内尔是阿朗松少数几个看清时势的人，他明白法国大革命的“既成事实”已经“不可挽回地奠定了”，他知道人们不会再对革命的战利品说三道四——一切财产的区别从此被永远抹杀了。

此外，侯爵以激动人心的方式阐述了法国大革命给老年生活那寻常的病痛增加的前所未有的悲伤。正如夏多布里昂所言，这些新时代的老人是“世界上落伍的人”，他们看到自己周围不仅一些人不在了，而且一些观点也消失了，从此之后感到身处异国他乡。与他们一样，侯爵感到自己是“与人类不同的一个种族，却要在人类中终其一生”。

* * *

有人将为这种内部流放付出沉重的代价：故事的男主角，家里的王上，年轻、俊美、聪慧的维克蒂尼安，他热情、灵敏，甚至其缺点，如谨慎、急躁和狂热，也被认为是贵族的品质。他是四种完全不适合的教育的牺牲品。首先是父亲提供的教育，他的父亲隐隐感到愤怒，因为国王至今还没有召唤儿子这样的青年才俊，他打算送维克蒂尼安去陛下面前请安，以为这种简单的效忠

* 《补偿流亡贵族10亿法郎法案》（Loi du milliard des émigrés）：指的是1825年4月议会通过的一项法案，旨在补偿在法国大革命中家产被当作国有财产出卖的流亡贵族，同时也为了消除财产购买者的恐慌心理。最后大概补偿了流亡贵族6.3亿家产，但也激起了民众的愤慨。——译者

举动就能为儿子带来一个军团或一份差事。其次是瓦卢瓦骑士的教育，这位年老的福勒拉*启发他像旧时那样随心所欲地对待妇女和金钱，告诉他一个绅士是不应该没有债务的。然后是他那高贵的姑姑对他的教育。姑姑待她如母，双眼被爱意蒙蔽，不像母亲那样能隐隐察觉到灾难的降临。最后是老谢内尔的教育，他是这些人中洞察力最强的——只有他知道以后人人都会受轻 72
罪处罚，他也是最不信任维克蒂尼安的，他看透了这个年轻人的性格。尽管如此，他还是通过忠心耿耿的服务与德·埃斯格里尼翁家族紧密地连在一起；况且，他深爱这个男孩，巧妙地遮掩了他在阿朗松的出轨行为——诱奸未成年少女和非法狩猎，压制了诉讼案件，为维克蒂尼安在内衣、外套、马匹以及双人二轮马车上的挥霍买单。总之，没有一个人让维克蒂尼安明白，他应该为自己的轻薄和懒惰羞愧，也没有人让他知晓，在贵族的道德准则之外还有其他的准则。

相反，阿朗松的整个资产阶级联合起来评判蔑视新司法权的维克蒂尼安；杜·克鲁瓦谢属于这群人中最愤怒的一个，他在这个年轻人放荡轻狂的行为中嗅到了报仇的机会。但随着维克蒂尼安动身去巴黎，他似乎与这个机会擦肩而过。但巴黎却给德·埃斯格里尼翁府邸的反对者们提供了这样的复仇机会。因为巴尔扎克明确表示，他的小说讲的就是“这样一群拥有显赫姓氏的贫困潦倒的年轻人，他们来到巴黎却迷失其中”。他们在巴

* 福勒拉是小说《德·福勒拉骑士的爱情》一书的主角，他年轻、俊美、放荡，生活腐化堕落。——译者

黎醉心于赌博，沉迷于情爱，追求浮华的生活，最终迷失了自我。维克蒂尼安身上就包揽了所有这三种导致毁灭的因素。

这个年轻人绝不愚蠢，一踏上巴黎的土地，他就明白尽管他被引荐给国王（推荐来自一批公爵），但不应该对此抱有任何希望。相反，他没有意识到，即便缺少了宫廷的呵护，他竟然在圣日耳曼区有一张王牌可打，因为那里到处都是待字闺中的姑娘：他的姓氏在那种地方是一种回忆，但“此人的行为举止要比他的姓氏本身带来的回忆更让人津津乐道”，他本应该随时向人坦诚他的处境。可维克蒂尼安反而做得更加过分；他像个自得其乐的花花公子在高贵的街区散步：人们基于误会，都以为他腰缠万贯，有世袭的土地和城堡，从而热情款待他。谢内尔曾谨慎地把他委托给公证人老朋友照顾，但这位老朋友刚刚去世，他仅有的顾问就是巴黎的一帮放荡的花花公子了：维克蒂尼安断断续续
73 地通过阿朗松的法则对这伙人进行判断，他吃惊地看到这些绅士认为人生中的头等大事是拥有一匹英国马。但更多时候，他任凭自己被浮华风气牵着鼻子走。尤其是因为他碰见瓦卢瓦骑士的复制品帕米埃子爵。现在轮到他鼓吹面对金钱与女人应该超然洒脱了。（摄政时期的法则在现代世界已然失效，巴尔扎克评论道：“此时灵魂和激情发挥了很大的作用。”）这位子爵在故事发展中起了决定性作用，因为他把美丽的摩弗里纽斯公爵夫人介绍给维克蒂尼安，而后者导致了他的毁灭。

狄安娜这个女猎人的名字很适合她：这是一位沉着、虚伪、危险的金发女郎。但她装扮成一位天使，与平庸的现实拉开

十万八千里的距离。她按半中世纪、半奥西昂*、半天主教的风格披着一层薄纱，这种行吟诗人式的搭配风靡一时。这位女神很快注意到维克蒂尼安很合她的口味。在阿朗松，人们天真地取笑这段私情：一位公爵夫人！被瓦卢瓦骑士严厉训斥的“古物陈列室”，在这一段插曲中看到旧制度复活了，那时候人们借由女人得到一切。但他们很明显忽略了一点，就是这个美人迫使维克蒂尼安花钱大手大脚，把他推向赌博，随着她的阴谋一步步得逞，最终让他花掉的钱财超出自己的偿还能力；最后当他陷入绝境，想唆使她同自己一起逃往意大利时，她没考虑就拒绝了这个浪漫的疯狂举动。

紧接着维克蒂尼安一错再错，他先是向杜·克鲁瓦谢的银行家们借钱（杜·克鲁瓦谢一直在阿朗松暗中窥视着他），之后他还伪造票据以获得金钱。但他做了这么多之后，狄安娜却食言了，维克蒂尼安崩溃之下逃到阿朗松，躲藏在谢内尔家里。但他还是被逮住了。老公证人伤心地看到德·埃斯格里尼翁家族的希望被宪兵、警官、治安法官和检察署的执达吏簇拥着走了。革命军队的军火供应商成功地报复了贵族老爷。

* * *

然而报复并未生效。因为现在是1822年，还不是1830年。 74

---

* 奥西昂（Ossian）是爱尔兰文学中一个传说的人物，在讲述公元3世纪末期的历史事件的一系列事实中出现。18世纪中期，关于奥西昂以及奥西昂诗歌的一些新资料出现，苏格兰的一位教师詹姆士·迈克费森出版了奥西昂诗歌的残篇，一时间，奥西昂诗歌在欧洲流行起来。——译者

在维克蒂尼安看来,法庭不过是“吓唬老百姓的稻草人”,奈何他不得：他所属的阶级自认为凌驾于法律之上。他只对了一半,因为当时的司法已经受到平等精神的影响,但他也没估计错,这种民主司法还没有取得一点胜利,至少在阿朗松是这样。为了理解这一点,我们有必要对这个小城的司法界进行一番介绍。

此时国王的检察官正在位于巴黎的众议院*开会,正好缺席；维克蒂尼安事件因此不能够迅速平息,这个年轻人的命运掌握在法官们的手中。然而在阿朗松有两类法官：一类永远都是阿朗松的子孙,他们唯一的愿望就是在这个昏沉欲睡的职位上待下去；更年轻的人渴望晋级、调动,巴黎在远方吸引着他们,他们渴望把烧炭党**的亲信逐出他们省,挫败波拿巴主义者可怕的阴谋,借机表明他们憎恨大革命,表明他们工作认真,对国王忠心耿耿。在他们各种各样的野心中都少不了对国王恩宠的追求；无论如何,光就这一点也足以让这些野心家火速前去解救维克蒂尼安。

然而,这位年轻的造假者有一些劲敌,法院院长杜·隆斯雷就是其中之一。这个小乡绅受尽“古物陈列室”的蔑视,他对这帮人的憎恨足以令他成为杜·克鲁瓦谢的盟友。这是一个隐秘的盟友,因为这位满腹怨恨的人采取的是迂回曲折的方式：他长久以来冒着让自由派大声叫嚷的危险,假装宽容了维克蒂尼安在

---

* 在该书中,奥祖夫写的是Chambre,经译者核对小说原文,确定这里指的是众议院(Chambre des députés)。参见Honoré de Balzac, *Le Cabinet des Antiques*, Paris, 1855, p.190。——译者

** 法国复辟王朝时期仿效意大利烧炭党创建的一个秘密组织,旨在用武力推翻波旁王朝。——译者

阿朗松犯下的小过错,静静等待这个轻率的人犯下更严重的错误从而一败涂地,事情也确实在朝这个方向发展。他知道他可以指望第一副检察官。这位索瓦热被正儿八经地灌输了一通道理,轻易地相信自己可以与杜·克鲁瓦谢的外甥女喜结连理,从而得到她的财富;这个持重卑屈的人,欣然受理了这张诉状。

在敌对的阵营里,则充斥着雄心勃勃的年轻人:卡谬索是位预审法官,米许是位候补法官,两位都渴望晋升。卡谬索生性多疑,很担心他的职位被罢免,如果没有他的妻子阿美莉,他或许 75
很难下定决心。阿美莉与她的丈夫不同,聪明机智,喜好享乐,她在外省的住宅由于被一棵不知趣的胡桃树树荫遮住,使她不能忍受。她唯一的消遣就是打听闲话,探察外省的秘密:她最先知道第一副检察官的仓促决定是个错误。

夹在两派之间的是一位怪人。勃龙代是大革命的遗老:他曾在大革命中担任公诉人这个可怕的职务。无疑他是一位温和的公诉人,这由他执行命令拖拖拉拉这一点可证实。当然他把一些贵族投进监狱,但更多的是让他们在热月9日平稳着陆。但他受到拿破仑的排挤,不得不把法院院长一职让给杜·隆斯雷,这个出身于古老高等法院世家的人。勃龙代没有任何不满:他全身心投入到一项平静的爱好中,在优雅的花园里种植天竺葵,他最奢侈的事就是拥有6千盆天竺葵。他毕竟是位睿智的法学家,绝对正直。但这位信得过的男人还有一个特别的愿望:让他的爱子(不是爱弥尔,这个私生子同时也是故事的叙述者,而是约瑟夫)与布朗迪罗小姐结婚,这位小姐同时也是杜·隆斯雷公子觊觎的人。一向公平公正的勃龙代因为有了这个愿望,倒向了特权和不公正的阵营。

难道一定要说这是不公正的吗？在《古物陈列室》的结尾，我们看到两种辩护针锋相对：一种是为严格意义上的司法辩护，要求判决维克蒂尼安；另一种是为身份辩护，要求宣告他无罪。相对于这个年轻人的缺点，在天平的另一端，人们考虑的是名门望族的荣誉、历史悠久的家族的声望、家族延续的神圣（只有这一点能在某些时候牵制暗中使劲的平等力量）、家乡的利益，甚至是国王本人的利益，如果这样权衡的话，维克蒂尼安的重罪则显得微不足道，对他不公正的赦免也变得公正起来！围绕这个重要的问题，以谢内尔和萝丝为一方，以杜·克鲁瓦谢为另一方，
76 展开了一场对话。萝丝虽然已经成为杜·克鲁瓦谢夫人，已经与“自由”派合为一体，但仍然与上层贵族惺惺相惜。

身份对抗司法：谢内尔与萝丝正是为身份辩护。这关系到的难道不是外省的精华——德·埃斯格里尼翁家族吗？杜·克鲁瓦谢则坚持司法对抗身份：他认为这根本不关贵族的事，诉讼牵涉到的是法国本身。目前，这个法国受到一部宪章的支配，这部宪章许诺公民平等、个人自由、所有形式的财产没有区别；简言之，它旨在消除特权。杜·克鲁瓦谢要求惩罚维克蒂尼安，因为他认为不正义会激起地位卑微之人的义愤，从而开启民智，他则可以自称是“人民的保护者”“法律之友”。“重罪法庭的光芒照耀着所有人”，对经历过巴尔扎克所说的“现代法律精神”的今天的读者来说，这句断言显得理所当然。但很难想象萝丝可以从这句话语中听到“自由主义的怒吼”，并从中窥见“丈夫可怕的性格”。但萝丝的不理解可以让我们很好地衡量这两个派别在阿

朗松制造的隔阂。

尽管民主极具活力，但特权这一派胜利了。维克蒂尼安在免于起诉的判决后重归自由，又活蹦乱跳地出现在阿朗松的街头。对他的挽救有点神奇，需要三个求情者。首先是谢内尔，为了救这个年轻人，他动用了所有外交手腕，牺牲了他剩下的所有个人财产。还有虔诚的萝丝：受到谢内尔的启发，得到她的忏悔牧师——他本人则经由主教的劝解——的鼓励，她冒险撒了谎，在法官面前作证说通过欺诈手段得到的那笔钱其实安全地保管在她那里。美丽的狄安娜则根据那美好的浪漫传统赶到阿朗松：她装扮成迷人的年轻男子，带着国王从他的金库里拿出来的10万法郎，用来收买反对派，还带着一瓶毒药（万一失败时让维克蒂尼安避免受辱），并且带来了善解人意的检察官即刻到来的消息。

有了这三个守护天使，救援成功了。奇迹并没有在新时代完 77
全发挥作用，因为还要笼络预审法官的夫人：还要考虑卡谬索夫人！事情毕竟不是太困难。卡谬索夫人迷恋荣誉，她受到公爵夫人的赞赏后，很快说服了她的丈夫。卡谬索本人也得到了回报：巴黎的候补法官一职以及荣誉军团勋章，这枚勋章同样授予他的同盟米许。勃龙代成为国王法院（La Cour royale）的顾问，有幸看到其子约瑟夫娶了布朗迪罗小姐。然而在自由派阵营，杜·克鲁瓦谢对免于起诉维克蒂尼安提起诉讼，他败诉了，第一副检察官失势，被派到科西嘉。

* * *

小说的结局完全是不道德的，它远远不是旧制度对大革命的报复，而巴尔扎克对此却依旧表现得全然冷漠。比起《老姑娘》，《古物陈列室》能让我们更好地识别在一段时间内，旧制度剩下的和已经毁灭的东西。在外省阿朗松，延续下来的是贵族式生活艺术的魅力，是对充满“雅兴”的时代的回忆，是对“交谈”的爱好，是妇女的影响。妇女在法国影响很大，按照狄安娜·德·摩弗里纽斯的分析，妇女的影响甚至从贵族波及资产阶级：“只有在法国我们看到妇女将丈夫辅佐得那么好，嫁给他们的同时还辅助他们的职位、交际和工作。”国王的保护永远起作用；选择一份职业总是要依赖国王；我们可以寄希望于国王的庇护和恩宠：是宫廷把维克蒂尼安从监狱里救了出来。

但他没有免受屈辱，因为宫廷也惩罚了他：德·埃斯格里尼翁家族必须偿还债务，他以后一直没有获得贵族院议员称号，向国王效忠从而获得军衔的希望也落空了。对他们来说，唯一的出路就是与门第低的富人结婚。面对这样的前景，高
78 贵的阿尔芒德不寒而栗；侯爵对此甚至难以想象。只有狄安娜·德·摩弗里纽斯在营救维克蒂尼安的同时也打开了他的心结。她拿出那瓶以防万一的毒药，从容快乐地归纳出历史的伦理：结婚总比死了好，哪怕是与资产阶级结婚。在小说中，只有她明白，贵族已经从对自己幸福的无意识中走出来，开始意识到自身的武断和虚弱。她总结道，大势就是要我们与时俱进，把金钱当成贵族。敏锐的谢内尔坚决反对。狄安娜会在她的沙龙里接待一位后来成为德·埃斯格里尼翁伯爵夫人的杜瓦尔小姐吗？漂亮的公爵夫人绝对不会亲自这么做，但她保证说

国王会接见她。犹如老人脸上流露出木然的表情，她从贵族失败中吸取的教训很令人伤感：“我们在拿破仑统治下还比现在有势力。”

在接受狄安娜实用的建议之前，维克蒂尼安应该还在阿朗松过了七八年沉闷的生活，他夹在忧闷的姑姑和绝望的父亲之间，而他的父亲禁止他与门第低的人结婚。老侯爵去世后（他后来跟随被废黜的国王稀稀拉拉的扈从到了诺南库尔，然后他也死了，这极富象征意义），维克蒂尼安终于可以娶杜·克鲁瓦谢的外甥女了：他马上有了三百万嫁妆，急忙丢掉妻子去巴黎挥霍，大胆地谈论“他婚姻的耻辱”——巴尔扎克的读者将会在《卡迪央王妃的秘密》中再次见到他，真是个没有教养的人。这个悲哀的例子再清楚不过地表明，贵族时代仍旧延续到了1830年后：贵族老爷对合法配偶漠不关心，热衷玩乐，善于炫耀。

然而，一个动人的女性自始至终见证了那些逝去的时光的高贵、贞洁。在小说最初几页，新闻记者爱弥尔·勃龙代——《幻灭》将他称作“评论之王”——以讲述者和评论者的身份出现，他回忆了一段往事。他那时11岁，在林荫道碰到一位年轻女子带着侄子散步，他疯狂地爱上了她：德·埃斯格里尼翁小姐有着精致的金黄色头发、绿眼睛、咖啡色长裙、优雅的步伐，所有这 79
一切都令他折服。故事最后，他在去教堂的路上又碰见了她，她手里捧着经书，他能看出维克蒂尼安带来的悲恸如何折磨着她。她老了，昔日的美貌不再，只是等死。但她目光仍然有神，一副贵族做派。爱弥尔·勃龙代仿佛在迦太基的废墟上看到了马利乌斯*："难道她不比她的宗教、她被摧毁的信念活得更久远吗？"阿尔芒德的存在为过去的伟大和遭到谴责的事物的美丽辩护，这是对忠诚凄凉而无声的讽喻。

相反，在即将到来的世界，平庸占了上风。杜·克鲁瓦谢在新君主政体里如鱼得水地翻腾着——老侯爵很快发现高卢人胜利了。的确，他1816年的婚姻早已被他的对手骑士解释成在复辟时期共和政体战胜贵族政治的预兆。胜利已经被宣告，《老姑娘》与《古物陈列室》讲述的是如何实现胜利——这仅仅需要15年的时间。归根结底一句话，大革命还没有结束：如果说大革命带来的震荡并不全是肉眼可见的话，它们在暗中发挥作用，让旧制度的大厦摇摇欲坠，很快外露层就被掀走了，这正是巴尔扎克关于阿朗松的两本小说刻画的场景。

* 马利乌斯（公元前157—前86年），罗马名将，逃难至非洲迦太基城旧址时，利比亚的裁判官派人命令他离开该地。他对使者说："回复裁判官，说你看见了逃亡的马利乌斯坐在迦太基的废墟上。"后人引用这句话表明垮台后的大人物仍然使人敬畏。注释参照巴尔扎克：《古物陈列室》，郑永慧译，《巴尔扎克全集》第8卷，人民文学出版社1987年版，第637页。——译者

第三章 《贝娅特丽克丝》：不可能的和解

《贝娅特丽克丝》

巴尔扎克的《贝娅特丽克丝》成书于1838年至1844年之间，其所述故事发生在1836年到1839年之间，该书的创意源于诺昂*。因为当时的巴尔扎克正为乔治·桑痴迷，她"独身、文艺、高大、慷慨、忠诚、守节"。而他的朋友达谷尔夫人**为了追随李斯特，抛家弃子、告别社交生活的逸事也对他造成很大冲击。他由此设想这两个女人的命运：一个因天资过人而"不同凡响"；一个因丑闻扬名，但终为其禁锢。以她们两个为原型，巴尔扎克塑造了卡米叶·莫潘和贝娅特丽克丝·德·罗什菲德两个人物形象，并想借助这两个亦敌亦友的人来开启一个单纯青年无瑕的心灵。盖朗德，一个位于法国一角、受到上帝保护的岛屿，是两个女人爱情战事打响的战场，也是爱情受挫的地方。巴尔扎克

* 诺昂（Nohant）是乔治·桑的故乡。——译者

** 达谷尔夫人（Marie d'Agoult，1805—1876），法国作家，李斯特的情妇。——译者

说，喜欢“精神考古”的人，可以在那里发现远远早于绝对主义王权时期之前的古老时代的形象。

故事情节随即由盖朗德移至巴黎。这里的巴黎不再是《老姑娘》和《古物陈列室》中那个遥远、虚幻、浮光掠影的巴黎，而是一个亲近、真实、卑劣的巴黎，巴尔扎克眼里的“大都会独特风俗”*旗开得胜：“人性只剩下两种形态，欺诈与被欺诈……祖父母的死亡备受期待，老实人等于蠢货一个，慷慨的念头是一种权宜，宗教被判定为统治需要，廉洁更多是一种立场。”1830年，保障社会团结的君主制原则遭到破坏，各种不和谐的利益和个人私欲开始在法国各地觉醒。

83

不可能的和解

两个空间：盖朗德和巴黎。两段时间，与其说是旧制度和大革命，不如说是远古封建制度下的时间停滞和1789年带来的风云变幻。两个社会，一个僵滞石化，一个动荡不安。两个世代，与其说是子辈对抗父辈，倒不如说对抗的是整个家族血脉。一个男人陷于两个女人之间，她们一个棕发、一个金发，一个慷慨、一个伪饰；而且只要稍稍靠近观察，就会发现她们同样的表里不一。两次情变，一次起于男人，一次起于女人，折射出爱情和婚姻的两种视角。如果你选择戴着乐观或失望的眼镜审视《贝娅特丽克丝》的结尾，你甚至可以得出两个结局，一个表面上皆大

* 此语引自《人间喜剧》的前言。——译者

欢喜，回归忠诚的婚姻和幸福的母性；一个在背后隐藏着忧虑：这种回归意味着曾经、现在和将来要付出何种代价。《贝娅特丽克丝》中充斥着二元对立。巴尔扎克自己清楚地意识到，他在这部小说中创造了“一种可以想象出的最彻底的对立”。

两个空间。盖朗德位于法国一角，道路不畅，最流动的沙子和最坚硬的石头为它抵御着现代文明的入侵。盐田和沙地包围着盖朗德，脚印刚落下立即就消失了，寂静笼罩着它，没有鸟语花香，只有阳光反射在盐堆上，这片盖朗德式的布列塔尼就像异域的非洲土地，强烈的阳光令人眼花，沙漠里的行人披着呢斗 84
篷[*]，还有身着白衣的盐场工人。小城的最外面就是这样一片不毛之地，紧接着是胸甲一样的城墙：这像是一个被石头围起来的如梦如幻的小城，城墙完好无损，石头在时光的冲刷下光洁如初，上面没有长满常春藤。吊桥早被弃置，但它一直留在原地，随时准备重新守护那些脆弱的老宅，当中核心的核心便是：盖尼克公馆。公馆位于小路的尽头，由一座巨型门廊守卫着，任何人穿过门廊时都不能不留意，盖尼克家族的盾形纹章上那句生涩的题铭“干”（Fac）[**]展现的意愿。人们从二楼的长廊上可以看到天际的大海，和圣纳泽尔一侧的被精心修剪的小树林。因为盖朗德也有两个侧面，在不毛的茫茫沙漠近处，便是郁郁葱葱的树丛。然而这里给人留下的主要印象还是严峻和死板，唯一的变化来自盐田上空游动的白云、突变的风向和拍岸的波涛。

* 呢斗篷是阿拉伯男人常着的服饰。——译者

** 这是拉丁文“干”的意思。“干”是骑士的豪言壮语，那位一度把英国人赶出法国的杜·盖克兰当年总是说：“你在战斗中干得很出色。”——译者

在世界的另一端，是小说半途中出现的另一个场景，一个布列塔尼人难以想象的巴黎。这里的一切都在变化，随着房地产投机和移居新区的狂热，那些被财富抛弃的人们被迫爬上蒙梭（Monceau）[*]山丘；“洛莱特们”[**]指着飞黄腾达，对挣扎在不幸边缘的“巴提诺勒”避之唯恐不及，纷纷前去占领“阿姆斯特丹路”“斯德哥尔摩路”“伦敦路”和“莫斯科路”所在的“欧洲街区”[***]，填充所谓“建筑的荒原”和“雕花碎石的孤寂”。倘若你穿越巴黎，步伐间即能感受到社会流动的潮起潮落。

然而奇怪得很！在盖朗德，一切都静止不变，尽在眼中，有迹可循。在巴黎，一切都变化不定，让人既看不清也摸不着。巴黎没有树木，没有花园，如果有人意外发现一座花房，也绝不是由于主人爱花，而是为了影响公共舆论。这里没有天空，没有光
85 与彩的变幻。巴黎无论如何算不上一处风景，而是一座巨大的宅邸：里面所有值得描绘的——小装饰品、沉重或轻巧的家具、

---

* 蒙梭在大革命之前，同巴提诺勒（Batignolle）和斯频耐（Épinette）一起，统属于克利希·拉·加莱纳村落下的小村庄。1827年，巴提诺勒和蒙梭已经人口过剩，1830年查理十世颁布皇家法令，设立“巴提诺勒—蒙梭”社区。巴提诺勒住了很多小雇员、失业工人、避难者和下等画家，都是处于生活边缘的弱势群体，他们被称作巴提诺勒（Batignolles）。——译者

** “洛莱特”的名字源于巴黎九区的洛莱特圣母大教堂。这个街区在路易-菲利普一世统治时期（1830—1848）是著名的烟花柳巷。这里聚集了大量年轻的女演员，为了维持生计，同时接受多名男性的供养。由于她们的行为有别于只服侍一个情人的“情妇”（maîtresse），又有别于身着灰色工作服的行止轻浮的年轻女工（grisette），因此19世纪的巴黎人称她们为“洛莱特”。——译者

*** “欧洲街区”位于巴黎八区，19世纪上半期查理十世统治时期，一个银行家和一个承包商买下塞纳河老河床北侧的一块土地兴建成欧洲街区。欧洲广场位于欧洲街区的中心，在它的四周，辐射出24条街道，都以欧洲的城市命名。——译者

丝绸窗帘、天鹅绒座椅——都隐匿在深居的秘密里。巴黎的街区能引发利益和财富的讨论，却不能激发出一个地方的精神气儿，但这种精神气儿在盖朗德却异常强烈，能掌控人们的情感。巴尔扎克的惯用手法就是将外省比作影，而把巴黎比作光，但历史否定了这种对比。盖尼克公馆无疑深暗幽闭，但在盖朗德的林荫道或城墙下漫步，人们可以眺望大海，凝视沙丘上变幻的天空，呼吸带咸味的空气，享受海面上粼粼的波光。与之相比，巴黎则显得禁锢而压抑，大墙内永远有阴谋在结集，悲剧在秘密中酝酿；当悲剧要公之于众时，一定会是在剧院，这种空间最多的地方。

在距盖朗德三链*的地方，一处带有巴黎特色的住所在布列塔尼的死板氛围里独树一帜。图希城堡在外观上与盖尼克公馆相比，几乎一样严峻可憎。整座城堡都隐藏在花园暗黑的枝叶后面，而整座花园在西风的摧残下满目苍凉，连盖朗德最典型的两种风景——繁花点缀的灌木丛和一望无际的稀树草原——都要死光了，只有幼年的香石竹**的灌木丛点缀着它们。可一旦踏过这里的门槛，穿过客厅，来到女主人的闺房，其豪华、考究和音乐的魅力立即扑面而来。读者即刻预感到，只有在这里才能实现两个世界的沟通。

然而没有什么比沟通两个世界更为困难，因为时间的障碍

---

*　链（encâblure）为旧时计量距离的单位，约合200米。——译者

**　香石竹（œillet des Chartreux）：在中文中没有对应的译名，隶属石竹科，原产于欧洲，适于生长在干燥的草原气候下，它的茎可以达到60厘米长，花朵的颜色介于深粉和紫色之间。——译者

比空间的距离更难逾越。在巴黎和盖朗德之间差得不只是几个里数，而是几个世纪。在巴黎，旧时的特权不复存在，取而代之的新兴特权不断催生，人们可以在一夜之间大红大紫或者身败名裂，人生好像一场赌博，女人和财富在手间反复流转，财产或被侵吞，或被耗尽，每个人都认为自己有权向邻里伸张权利，
86 要回财产。一丁点儿的骚动就能让一切化为乌有。这里不再有过往，有的是难以预测的未来。而盖朗德恰好相反，它属于过去。

但这里的过去与其说是历史，不如说是远古。这并不是说缺少重要的日子填充小城和盖尼克公馆住户的记忆。在老男爵的一生中，值得回忆的有查莱特（Charette）和加特里诺（Cathelineau），[*]有旺代起义和延续至1813年的贵族流亡，更近的还有德·贝里公爵夫人[**]来法国夺取王位：一句“为了夫人”，他就取下老猎枪，带上儿子和仆人投入传奇的征程。他那双斑斑老手仍然讲述着当年在荆棘丛中的岁月。奇怪的是：以上种种与其说是出于自觉或审慎的历史承诺，不如说是为忠诚这一祖上的传统做出的必要而无意识的牺牲。

盖朗德的人民确实反抗过革命，但革命未能在人们心里留下任何痕迹；此后也没有任何新政府的官员跨过盖尼克公馆的门

---

* 两人都是旺代起义军的首领。——译者

** 德·贝里公爵夫人是查理十世的太子贝里公爵的夫人，1830年2月13日，贝里公爵被暗杀，他的遗腹子尚伯尔伯爵（亨利·德·阿尔图瓦）于同年9月出生。1830年七月革命后，德·贝里公爵夫人与查理十世一起逃到英国，在周围正统主义者的支持下，德·贝里公爵夫人于1831—1832年两次回到法国，预谋夺回法国王位，由儿子担任国王，自己担任摄政，但均以失败告终。——译者

槛。人们模糊地意识到推广新思想的风险，比如废除轮作，抵押财产，于是他们选择将新事物全盘否定。在这种恒久不变的大风气下，人们还没有不确定的感觉。这里有的是花不完的时间和一丝不苟留存下来的事物：极度平滑的壁毯（大厅里的壁毯可以追溯到13世纪），名字（盖尼克家族的子孙们，其教名无一例外不是卡利斯特就是葛德波尔特），还有服装和信仰。人们的日子过得像苦行僧一样规律，唯一的指望就是把早已抵押出去的土地赎回来，唯一可预见的未来就是王朝复辟，而历史此时已经推翻了大写的复辟王朝了。

盖尼克公馆这方静止不变的天地至少受到四邻的支持和护佑。盖朗德的社会是一个分层的社会，每一个社会阶层可以通过颜色被辨认出来——白色的盐场工人、蓝色的农民、棕色的水手，为这个纯朴的世界添加了缤纷的色彩。从没有人提出质疑，要对等级和地位进行重新分配。即使盖尼克家族已经破产，典当了所有的土地，还因此丧失了领主的身份，农民仍将他们视为自己的主人，给予他们热情的拥戴和神圣的尊崇；不仅是盖尼克 87
家族，就连他们身边的粗人也都深信世系的传承亘古不变且不可触犯：即使老盖尼克的死期指日可待，像“杜·盖尼克要死了吗？”这样的问题还是让人觉得难以置信。宗教的优越性也完好无损：伴着脚步庄严的回音，盖朗德的本堂神甫由石砌的老路穿过他主宰的天主教小城。除了在盖尼克家族面前，他绝不放低自己的尊严，1814年如此，1830年以后依然如此。

这种不变的影响还体现在人物的面容和身体上：老男爵像花岗岩雕成的一样，陷在扶椅里半睡半醒地读着他的《每日新闻》*；他的盲人妹妹坐得“直挺挺犹如一座钟楼”；男爵夫人从爱尔兰移居至此：她给这座老公馆带来一抹亮丽和清新，但人们知道只有母爱才能在她心里激起一点波澜。在他们三个周围，是一个固定的小集团：一名阿尔嘉骑士，算得上风雅的旧制度社会最后的遗老；一位德·庞-奥埃尔小姐，身上裹着一层又一层款式经久不变的长裙，装有鸟嘴形状的柄把的手杖时刻在握，这种手杖是玛丽·安托瓦内特王后统治初期妇女常佩的饰物。

这个小世界的人把自己童真的热忱全部投入到老式的慕斯游戏**中，这点娱乐无论惠斯特纸牌还是波士顿纸牌都无法取代。他们的夜晚总是在一盏蜡烛的照耀下度过，这当然是出于节约家用的考虑。每个晚上人们乐此不疲地重复着一样的幼稚把戏，讲着一样老掉牙的笑话。德·贝里公爵夫人越狱出逃最终以灾难收场，这件事毫无疑问影响到人们的政治生活。但说到反对新国王***，盖尼克家族唯一的表现形式就是不接待任何政府行政官员，而本堂神甫只是借咳嗽的掩饰嘟囔句：“上帝保佑

---

* 这里提到的《每日新闻》（*La Quotidienne*）是1790年由库杜里（M. Coutouly）创办的保皇派报纸。——译者

** 慕斯游戏（Jeu de la mouche）是源于巴斯克地区的一种纸牌游戏。其战术类似扑克，由四个玩家两人一组打对家，但一般不涉及金钱赌博。纸牌全套共40张，分四种花色：剑、棒、杯、币。——译者

*** 这里的新国王指路易-菲利普。1830年七月革命后，路易-菲利普被资产阶级推上王位建立七月王朝，因他出身于波旁家族的奥尔良支系，这段时期又称奥尔良王朝。对于他的登基，保皇党内分成两种意见，一派抵制他的统治，主张由波旁家族的长支进行统治，称正统派（Légitimisme）；另一派支持他的统治，称奥尔良派（Orléanisme）。——译者

国王。"*这里不存在非难或蔑视,但自从波旁家族再次流亡,一种苦涩的哀愁就沉沉地压在盖朗德的上空。

小说的开端,这群纸牌玩家就笼罩在一片不悦的气氛里。因为这座宅邸的"王",英俊的卡利斯特不在场。这个宠儿从小就被家人照着完美骑士的标准来培养:纹章、祷告、军队、捍卫祖产、 88
为王效命、侍奉上帝,这就是老男爵知道的全部,在他看来,这也是一个男人需要知道的全部。他的妹妹比他更愿意神化无知:"你父亲,"她对侄子说,"连书都没翻过。"(在这期间,有文化的人正在逃离自己的祖国。)在这一基础教育上,卡利斯特的课表里还增加了神学院的拉丁文和希腊文,以及一年的哲学课程,至少格里蒙神甫称其为哲学:聊胜于无嘛。然而今晚,沉郁的氛围主导了例行的小聚会,它反映在母亲悲伤的脸上,反映在本堂神甫的担忧里,最后归结为一个可怕的事实:"卡利斯特在图希城堡。"

事实上一个传闻正在盖朗德流行,甚至钻进了这座封闭的宅邸。人们说,家族继承人被施了魔法,此后卡利斯特不但鲜有在家、疏于出席家庭聚餐,还积极奔走在盖朗德和图希之间。在他眼里,盖朗德就像一座囚牢,而图希相比之下就是一座天堂,那里的人疯狂到派人快马加鞭前往南特,就为带回一本书(必然是可疑的)给一个女人(必然是危险的)。从此卡利斯特便抛弃了为王效命和光宗耀祖的伟大使命,抛弃了所有宗教,信仰起了

* "上帝保佑国王"(Domine, salvum fac regem)是法国旧制度时期彰显王权神圣的经文歌。——译者

爱情。如果他不是如此完美,情况也不会像现在这么糟:他天性淳厚,貌美而不自知,勇武而不外露。如果不是节外生枝,他本可以安心定居在盖朗德,娶一个俊俏的布列塔尼女继承人为妻(寻找外省明珠的谈判已在着手进行),抚养孩子、维护家产。可他偏偏结识了图希城堡的人,明白了年轻人的抱负原来不必向着过去,也可以向着未来。由此他晓得了还有更精彩的活法,而世族延续未必是至高无上的要务。即使盖朗德不曾留意,但时间还是跨进了伟大的19世纪,用巴尔扎克的话说,在19世纪初,“巨人迎风而立,挥舞着军旗,将这个时代揽入怀中”。卡利斯特一脚踏入两个世界之间,在整个盖朗德的注视下充当了小说的艄公,穿梭于空间、时间、世代和人物之间。

89 人物?更确切地说应该是女人,特别是他在图希城堡遇见的那个卓尔不群的女人。《贝娅特丽克丝》首先利用乡间盛行的流言蜚语,让读者初次接触到这个令人难忘的女性形象。在盖朗德的居民看来,图希的女主人是个招摇过市的艺人和江湖骗子,先后委身于一个教皇的敌人和一个音乐家。人们还窃窃私语,说她写过书并在巴黎大受欢迎。人们在不远处看过她飞身上马,还看过她衔着冒烟的烟斗,据此便想得见她其他骇人听闻的行径。她本身就是个怪物,原名费利西泰·德·图希,但她给自己起了个带中性色彩的笔名,卡米叶·莫潘,结果弄得不男不女。

为了塑造卡米叶这个人物,巴尔扎克很大程度上借用了乔治·桑的形象,这一点在他的一封书信中得到明确的证实。这是一封写给韩斯卡夫人的信件,信里详细地叙述了他旅居诺昂的情况。事实上,他塑造的费利西泰–卡米叶,除了教育背景借用了奥罗·杜平的经历（打小独自与书本为伴），余下所有的美德都来自值得敬重的“朋友乔治·桑”：她忠诚、慷慨、精神纯净、精力充沛。“她”，巴尔扎克直率地讲，“就不是一个女人”。一个女人究竟要以怎样的孤寂来偿还过人的天分？在荣誉与爱情不可兼得的问题上，巴尔扎克也一定想到了斯塔尔夫人。但费利西泰相对低调得多：她在精神层面高人一等，但外表上绝不浮夸。

除了这些异于常人之处，费利西泰可以充当两个世界的媒介，她比卡利斯特更有意识做到这一点。身为布列塔尼人，她出身良好，本家与葛朗利厄家族[*]结亲，拥有圣让地区全部草场的所有权，且家族有为正统王室效命的光荣传统：她的父亲死于1792年8月10日[**]，一个兄弟在加尔默罗会修道院[***]被屠杀，她以孤儿的身份被几个修女收养，然后她们一起被监禁；她是被热月政变行过圣迹的人。[****]她为拿破仑时代的英雄史诗心潮澎湃，但跑着去迎接波旁家族归来。她身为领主受到农民和盐场工人的拥戴，他们称她为“好夫人”。卡利斯特会为她痴迷实为意料之中：她身上兼具了敏感和勇气，力量和优雅（年已四十她依然美 90
丽），并将贵族的传统和艺术家的反叛融为一身。卡利斯特从她那里了解到现代社会的美、拿破仑开创的19世纪的壮丽，听到了一种全新的语言，耽溺于音乐和恋爱的醉意里。

---

* 《人间喜剧》中的人物，是巴黎贵族家族的姓氏。——译者

** 1792年8月10日，巴黎人民攻破王宫，她父亲是王家卫队的头目，负责守卫国王的宫门，8月10日在王宫门口与国王的其他卫士一起被杀。——译者

*** 位于巴黎，1792年9月大屠杀中，在那里快速审判处死了很多保皇党人。——译者

**** 言外之意，热月政变结束了罗伯斯庇尔的恐怖统治，她得以获救。——译者

而费利西泰也为卡利斯特的纯朴所折服。她在这个男孩身上找到一种童稚的魅力，令她记起自己被剥夺的童年。为了他，她抛弃了自己在巴黎的沙龙（维克蒂尼安*就是在这里结识了狄安娜·德·摩弗里纽斯**），隐居在图希。她在精心打理年金的时候（外省人理财的本事她一点儿没丢），从没想过也许会找个丈夫或生个孩子，因为她对自己足够坦诚，知道并直言自己不喜欢“当妈的苦差事”。她之所以允许自己发生艳遇，完全是出于健康的长远考虑，她相信长期的单身生活会令脸色变差。她的第一任情人是个没常性的花花公子；第二任是个名贵，结果抛弃了她；第三任是大音乐家孔蒂，她那个不谨慎的朋友（指贝娅特丽克丝）从她手里抢走了他：费利西泰在感情上一挫再挫，即使两部小说都大获成功也抚慰不了她受伤的心。

当她遇到卡利斯特时，她正与一个聪明的男人同居，但这个男人缺少批判精神。意识到这种种局限，她仍然打算把他发展成自己的丈夫，也算是自己晚年的保障。因此她越是打心底里爱着卡利斯特，就越不能接受他的爱，因为她从一开始就明白这段爱情是没有出路的。热恋中的卡利斯特为此很痛苦，这种痛苦唤醒了费利西泰内心沉睡至今的温柔母性。她本性宽厚，又惯于用独断的方式操纵全局，在这种情况下，她决定召回曾经背

* 巴尔扎克小说《古物陈列室》中的人物，是贵族世家德·埃斯格里尼翁家族的唯一继承人，然而却玩世不恭、花天酒地，不断闯祸。——译者

** 同为《人间喜剧》中的人物，巴黎贵族出身，一生情人众多，在巴尔扎克的多部小说中出现。在《古物陈列室》中，她与到巴黎谋事的维克蒂尼安谈情说爱，害得他欠下一大笔债，伪造票据取钱，差点入了狱，好在她施展计谋救了维克蒂尼安。——译者

叛过自己的朋友，由她引开卡利斯特的爱，尽管她知道她将为此付出沉重的代价，也就是失去卡利斯特热情奔放的爱恋。

由此，费利西泰的朋友作为小说新的女主人公正式登场。这两个女人无论是内在还是外表，都形成强烈的反差。一个是金发美人，冷漠纤瘦，好比一朵“娇弱的长春花”。另一个头发棕黑， 91
热情奔放，像一枝“殷红华贵的罂粟花”。两个如此不同的女人却紧紧联系在一起，因为她们同样具有敏锐的洞察力，又同处于社会的边缘。这位贝娅特丽克丝·德·罗什菲德，只是名字就足以让人联想到诱惑和背信弃义*。读者第一次了解这个人物是透过费利西泰-卡米叶的描述，她是专门说给卡利斯特听的。但这一描述有些不同寻常：诚然，描述中尽显了贝娅特丽克丝高贵的灵魂、智慧、美貌、公主气质和她完美展现这些品质的独到技巧；但里面同时夹杂了一个肖像画家对精美造物的赞赏和一个女人对情敌的冷酷观察，让人看不清两种情绪中到底哪个更加强烈。贝娅特丽克丝双臂纤细，“面颊窄得好像被门夹过一样”。她可以同时表现得“天真、热烈、又冷漠”。她就像一副展开的双面镜，但卡利斯特已被爱情蒙蔽了双眼，只识得魔法，识不得巫术。照巴尔扎克的分析，卡利斯特已经做好了挣脱一切世俗约束的准备，随心所欲地爱一场。

卡米叶还为她的人物素描搭配了一段人物传记。贝娅特丽克丝出身于卡斯特兰家族，是巴黎的名门望族。她20岁那年嫁

---

* 在法语里，“诱惑”和“背信弃义”的尾音与“贝娅特丽克丝”和“罗什菲德”的尾音相同。——译者

给罗什菲德，这个平庸的男人如果没有妻子做靠山，怕是在查理十世册封的最后一批贵族院议员中谋不到一个职位。贝娅特丽克丝自己是巴黎沙龙里的明星（并且是巴黎最杰出的沙龙之一）。1830年政治风暴爆发后，*贝娅特丽克丝被迫逃到他们夫妇的领地上，她在这段时间里百无聊赖，连生儿子都生得心不在焉。重新回到巴黎后，她很快就摸清了新政权的套数——她堪称小说中最深刻的政治分析家之一。她只是短暂地推崇过七月革命培育的新学说，照巴尔扎克的说法，这些学说尤其"为女性推崇"。她始终忠于贵族阶层，但她感到一种深切的幻灭。没错，国王仍然在位，但她不得不正视"国王们一去不复返"的事实。贵族也一直存在，并且又重新发起了无声的抵抗，就像当年抵抗拿破仑一样。如果在这个务实又以政治为先的时代里，这种愚蠢的抵抗还有半点意义的话，在"道德革命"的时代，这种抵抗则被取消了。

在这种枯燥无益又令人不快的氛围里，人们既没有过去的支
92 撑，又没有未来的希望，如果不猛烈地抓紧现在又能做什么呢？机缘使然，贝娅特丽克丝在卡米叶的沙龙里偶遇那不勒斯大作曲家孔蒂，干下了极其疯狂的事，也就是巴尔扎克所谓女人的"原罪"。她从朋友身边夺走了音乐家，抛夫弃子与他私奔，从此沦为世人眼中不贞的女人，而站在全世界的对立面。

当她抵达图希的时候，尾随其后的依然是孔蒂。但明察秋毫的卡米叶一眼便知，两人之间的爱情已荡然无存。看上去她的

* 指的是七月革命爆发，查理十世被废黜。——译者

计划已万事俱备：她将忍痛割爱，排除她爱上一个过于年轻的男孩带来的忧伤；将卡利斯特的爱情之火引向贝娅特丽克丝；并向卡利斯特保证，他一定会被贝娅特丽克丝接纳并得到爱的回报。但她自己也清楚，要想实现这个承诺，必须克服来自贝娅特丽克丝的巨大阻挠。因为一个不忠的女人要想得到世俗的认同，唯一的途径就是把出轨变成神圣的行为：唯一的一次通奸能够被上升到婚姻的高度来看待（她丈夫悲惨的个性可以充当她量刑减罪时强有力的依据），如果第一步走错是出于伟大的激情的话还可以原谅，但前提是她绝不能迈错第二步，否则她的名誉将受到不可挽回的损害。这就是博赛昂夫人在《弃妇》*里提到的“女性法则”，而贝娅特丽克丝深谙个中道理。

卡米叶对此也了然于心，尽管没有明确的表示，但她很可能赌的就是这条法则：她知道通过袒露自己的心迹，可以轻易煽起贝娅特丽克丝施展诱惑的欲望；她还充分估计到一个无邪少年对一个背信弃义的女人的吸引力，以及贝娅特丽克丝摧毁他人幸福时的热情。与此同时，她考虑到侯爵夫人不可能第二次冒天下之大不韪，考虑到出于自尊，她不会再次夺朋友所爱。费利西泰-卡米叶的心情既矛盾又微妙，她一方面希望治愈这个
男孩，即使是用激烈的手段，也要让他挣脱对自己不合时宜的激 93
情；另一方面，她又带着期待和绝望，害怕策略真的奏效，卡利斯特真的爱上别人。

计划第一部分的实现没有遇到太大困难。纯真的卡利斯特

* 《弃妇》是巴尔扎克的小说。——译者

先是在图希城堡女主人的影响下，爱屋及乌；紧接着他开始对着贝娅特丽克丝的肖像入神；最后他便彻底陷入爱的泥沼：那天，在克华西克的碎石码头上，他看到渡轮的沥青帆布上赫然闪耀的名字：德·罗什菲德侯爵夫人。自此，每一次贝娅特丽克丝现身，都是她魅力的一次再诠释：幽雅的清香，鼓胀的袖筒，纱罗的披巾，飘扬的裙带和假色水彩，所有这些，配上熟练的卖弄技巧，让贝娅特丽克丝像是蒙上一层熠熠闪烁的魔法光晕，弄得卡利斯特目眩神癫。

爱情的魔杖触到盖朗德，让单调的世界变得生机勃勃，到处都是攒动的信息：一个眼神，一条饰带，一封携带的信件，一条企盼的口信，意中人踩过的脚印，都决定了这一天应该是什么颜色。一时间，所有的记忆都灰飞烟灭：天真无知的小夏洛特·德·凯嘉鲁埃被人从南特紧急召来，想唤醒卡利斯特对童年的回忆，但努力即刻化为泡影。卡米叶被忘得一干二净。连盖尼克的姓氏也唤不起半点共鸣。已经如此俊俏的卡利斯特，如今带上爱情的光环，将爱奉为自己今后唯一的宗教。如此尊重世俗准则的他，感受着爱的激励，以爱的名义驳回了家里试图让他缔结的婚姻。

卡米叶的计划包含一个重要条件：卡利斯特必须佯装他爱的是卡米叶，在不怀好意的“闺蜜”心中激起好奇、嫉妒和好胜的欲望，从而为“他的好事”推波助澜。卡利斯特一开始还中规中矩地演他的戏，但布列塔尼式的冲动使他功亏一篑。他做不到对新欢视而不见，只能笨拙地执行卡米叶的指示，直到他在悬崖边做出疯狂之举：当贝娅特丽克丝宣称自己永远不会属于他时，他险些一把将贝娅特丽克丝推下陡崖。卡利斯特不理智的行为事后证明有其合理性,因为此举为他赢得了贝娅特丽克丝。这个戒备森严的女人,在卡利斯特突如其来的罪行面前,感到很愉 94 悦,尽管她知道社会不能原谅她第二次激情,但她还是准备好屈服。卡利斯特在侯爵夫人小心翼翼建立起来的防御系统中打开一道缺口;和他在一起,贝娅特丽克丝又找回童年的感觉,找回在沙滩上拾贝壳的单纯的喜悦,甚至以为自己已经登上巴尔扎克所谓“布列塔尼供奉女人”的“天堂”。她坦言,卡利斯特的爱“净化了”她。当她亮出手中的王牌(一封卡利斯特的信表明他不爱卡米叶),特别是当她说出“净化”这个使人惊愕的词时,卡米叶彻底战败。年轻人本以为愿望终于实现,谁料孔蒂意外归来,事情有了戏剧化的转折:贝娅特丽克丝最终放弃了使她重生的爱情,当晚便与自己狡猾的老情人一同离去,留下天真的卡利斯特万念俱灰。

两个女人剑拔弩张的对峙再次以悲剧收场,默契转化为仇恨,霎时间,盖朗德充斥着各种各样的放弃。小夏洛特放弃与卡利斯特的婚约,开始猎取新的夫君;贝娅特丽克丝放弃重生的机会,继续留在一个自己不爱的男人身边(对方也一样别有所爱),任苦涩的生命慢慢老去;卡利斯特放弃他的激情,重新扛起生命不能承受之重,答应临终前的父亲尽快成婚;而最令人心碎的是费利西泰,她选择放弃艺术——这就意味着卡米叶·莫潘的终结——和被爱的希望,她试图用对上帝的神圣之爱浇灭尘世的爱火,转而向罗马宗教寻找诗情画意、心灵的甜美慰藉以及广袤无限的意义,这种意义是她老早在凝望布列塔尼的大海时就在探寻的。

自此，费利西泰就像一个高尚的圣人，用宽广的胸怀将失败化为胜利。她确实宽宏大量——在被迫隐退俗世之后，她仍然为卡利斯特忧心忡忡。她替卡利斯特找了一个合适的媳妇，是葛朗利厄公爵的四女儿。公爵一共生了五个女儿正愁嫁不出去，费利西泰就将老四指定为自己的继承人许配给卡利斯特。她还为卡利斯特赎回盖尼克家族的土地，提醒他履行对一个历史悠久的布列塔尼家族应尽的职责。她还说服卡利斯特接受她的馈赠，因为在
95 七月革命的动荡时局下，财富对一名贵族而言比什么都重要。随着费利西泰隐遁修道院，读者有理由相信，小说的主旨就在于说明：人们在图希城堡享受的自由不过是一团幻影；勇敢穿行于两个世界的人最后都退回了旧世界，正如卡利斯特逃不出盖尼克家族不可推卸的过去，而图希小姐最终皈依了父辈的宗教。

* * *

当然，这个故事远没有结束，但一个全新的故事开始了。小说丢掉它昏暗的色调，读者再次见到卡利斯特时，他正维系着无爱的婚姻，住在瞬息万变的巴黎。在盖朗德，人们在城墙的包围下过着万年不变的生活，无时无刻不敢忘记对领主的忠诚。在巴黎这个社会大熔炉里，符号混杂，差别消失，场所也只能引起人改造它的狂热。谁还想得起盖朗德？人们在交谈的时候，偶尔会有一两个隐喻，影射出离卡利斯特已越来越远的纯真年代。盖朗德如今只存在于萨宾娜·葛朗利厄的叙述里，这位卡利斯特的新婚妻子，还没来得及感受蜜月带来的喜悦，就立即明白

了卡利斯特不爱她。为了赢得他的心,她甘愿使用可悲又感人的伎俩,在缔结婚约那天把自己装扮成“贝娅特丽克丝的模样”。在盖朗德度蜜月的日子里,她发现这里就像一个古遗址。她带着人种学家的温情向她母亲描述了盖尼克家的风貌:这个古老的社会好像直接从大厅的地毯上降临人间,这里有忠心的家佣,忠诚的农民——他们看到“主人”的土地被赎回来激动得热泪盈眶,这里还有受到神甫祝福的质朴舞会和乡间宴会。

在这种谦谦牧歌式的氛围中,这个年轻的妇人惊奇地发现,她从丈夫身上(一个接受了费利西泰的馈赠的漂亮领主)看到了沃尔特·司各特笔下的小说人物,以至于写下这样的反动言论:“如果这里的农民知道他们和卡利斯特是平等的,我想他们 96
就不会再像现在这样自由又自豪了。”然而萨宾娜也明白,这个单纯的世界正在受到威胁。桥梁和公路很快就会贯通布列塔尼,19世纪的思想什么时候在这片土地上喷涌?此外,纵使她于古风情中觅得到诗意,但在离开盖朗德抵达南特时,她还是欢呼道:“天啊,我终于到南特了!”事实上,南特已经捕捉到来自新世界的震颤:德·凯嘉鲁埃子爵夫人当年就因为能与著名作家卡米叶·莫潘相遇,倍感荣幸甚至兴奋不已。

但对萨宾娜而言,失去旧世界的威胁与卡利斯特对贝娅特丽克丝不灭的激情对他们的婚姻的威胁相比,根本不值一提。图希公馆离他们不远,当时已经隐入修会的费利西泰警告过萨宾娜——千万不要靠近那个被回忆纠缠的地方,许多“巫术”在那里依然有效。但萨宾娜还是没能抵住好奇的诱惑,在丈夫的陪伴下造访了图希公馆。那里的每一处都充斥着贝娅特丽克丝迷人的影子,她越走越是确信，卡利斯特仍然没有摆脱那种致命的冲动，于是她急急匆匆赶回巴黎，回到这个与盖朗德天差地别的世界。

仅仅两年过去了，但都已面目全非！卡利斯特结交了新的朋友，在萨宾娜奶孩子的同时，这个纯朴的盖朗德人用各种方式麻痹自己：惠斯特牌、俱乐部、雪茄、赛马。萨宾娜作为小说里的时代评论员，就像费利西泰和贝娅特丽克丝一样，对1830年以后的法国历史发表评论，只不过她的视角相对比较单纯。在她看来，卡利斯特的同伴们之所以拒绝效忠路易-菲利普，无非是打着荣誉的旗号。但这种赌气的行为让他们付出了沉重的代价：贵族阶层承担的社会职责让他们与国王靠近，但他们不喜欢这个国王。因此他们放弃为国效力。于是，他们就遭到了双重孤立：傲慢的新兴资产阶级一点点挤占他们的位子；广大的平民阶层也与他们渐行渐远，不再受到他们的保护。如今贵族的生活没有支撑，没有信仰，连未来的规划都没有。置身于这群庸人当中，如果
97 卡利斯特没有像马克西姆·德·特拉耶*那样玩世不恭，他也多少丢掉了他们那个阶层的美德。萨宾娜就曾动用这样的言辞形容这帮人："你们算不上一个政党，充其量也就是一种舆论。"

贝娅特丽克丝就是在这种情景下再度登场的。两人的重逢被象征性地安排在大剧院——盖朗德的沙丘、沙滩、岩石和孤寂

---

* 马克西姆·德·特拉耶，是巴尔扎克《人间喜剧》中的人物，在多部小说中出现。他1791年出生于一个非常古老的贵族家族，12岁就成为拿破仑的侍从。他与法国政坛的多名政要勾结，无恶不作。他一生情妇众多，这些情妇最终都因他陷入破产的境地。他在《人间喜剧》中最后出场是1846年，他在谋得内阁一职后成为驻外大使。——译者

都去哪儿了？尽管从贝娅特丽克丝的脸上，人们还是读得出她在巴黎度过的岁月的痕迹，但在卡利斯特看来，她还像从前一样诱人——她的手段比先前更胜一筹，更加迫切地想要除掉对手，好让她至少品尝下奸邪的胜利。萨宾娜如预料的那样，被打发去打理令人不快的家务，陷入无尽的黑暗里。而卡利斯特被重新征服，急切地奔走在两地之间——因为盖朗德的单调生活如今被照搬到圣日耳曼街区，而图希的天堂从此就坐落在库尔塞乐街上。为了贝娅特丽克丝，卡利斯特毫无保留，他可以心甘情愿守候在心上人的门前，即使对方是故意把他晾在门口让他出丑。而萨宾娜无谓地试图模仿她的情敌，像她一样装点居室，摆上鲜花，让人烹饪一模一样的饭菜。但她的模仿毫无成效：她做得太过分了，她甚至照搬了库尔塞乐街的全套家具，把房间塞得满满的。但再多的努力也无法改变她安达卢西亚式*的肤色，更不能给她一头能迷住丈夫的金发。

卡利斯特在盖朗德就曾发出希望的呐喊：“我们一起走吧，一只小船，几个水手。”就在他准备私奔的当口，他的丈母娘正式插手干预此事。葛朗利厄夫人的阻挠行动得到她的忏悔神甫的协助，连同另外两个臭名昭著的同谋——马克西姆·德·特拉耶和拉帕菲林。这两个奸猾之人懂得，如何在这个新社会里调动能量充足的年轻人为他们办事。然而想拆散这对鸳侣，要克服一个非常棘手的困难，那就是找到贝娅特丽克丝的合法丈夫，劝他要回自己的妻子。要达到这个目的，就得先把这个可怜的

---

* 安达卢西亚是西班牙南部的一个自治区。——译者

罗什菲德从某个“匈兹夫人”那儿解脱出来。匈兹是个狡猾的洛莱特，她向罗什菲德索取资产阶级的享乐，然后替他抚养被贝娅特丽克丝抛弃的儿子。让匈兹离开罗什菲德很简单，只需用她梦寐以求的贵族婚姻做交换，婚姻关系的另一方是一个叫法比
98 恩·杜·隆斯雷的倒霉蛋，这个可怜的傀儡只有在妓女的陪衬下才能引起人们的注意。阴谋的最后一步，就是由这对流氓痞子中更年轻的拉帕菲林扮成忧郁多情的种，搅动贝娅特丽克丝的芳心。等贝娅特丽克丝被紧紧套牢了，再向她揭露阴谋背后卑鄙的手腕，让她知道自己被人耍了。

所有交易都是基于现成或预设的利益，用响当当的现款敲定的。因为在这个金钱当道的社会里，用钱什么都买得到——等级、爱情、荣耀、社会地位。马克西姆·德·特拉耶在整个事件中穿针引线多方斡旋，作为酬劳，德·葛朗利厄公爵夫人将为他的未婚妻[*]（一个“过于资产阶级”的富有继承人）提供庇护。德·葛朗利厄公爵夫人的忏悔神甫，用赐福人的异教徒的手设计了一个计谋，掌控着他的教区。身为洛莱特的匈兹夫人将获得贵族式的婚姻，并且是受教堂降福的婚姻。法比恩·杜·隆斯雷，开始还有点儿不满这桩婚事（跟一个高级交际花结婚，他的老母亲能同意才怪！），但凭借这桩婚姻，他的债务将彻底偿清，又能换来醉人的前景：当上法庭庭长，获得荣誉军团勋章。拉帕菲林则终于有钱赎回他的双轮轻便有篷马车了。他们布下

* 这里指的是塞西尔·波维萨加（Cécile Beauvisage），她是波维萨加夫人和沙日博子爵（Vicomte de Chargeboeuf）的私生女，号称“全省最富有的继承人”。她的父亲在塞西尔和马克西姆结婚后，从政府辞职，把职权让渡给马克西姆。——译者

天罗地网只为擒住一个贝娅特丽克丝：马克西姆先是用花言巧语说服她的丈夫，让他以为“就算全圣乔治区的匈兹加起来”也比不上一个贝娅特丽克丝；接着他们利用贝娅特丽克丝在意大利大剧院受辱的时机，*迫使她在社会压力下心灰意冷，只能回到令人厌烦的罗什菲德身边。读者被这出复杂的阴谋搞得晕头转向，有一点却显得更加清楚，那就是巴黎狂躁的今天将是讲究道德的盖朗德旧式社会的明天。

宗教不复存在；古老的基督信仰已经消失，只剩下约定俗成而又小心谨慎的仪式。用巴尔扎克的话说，这位巴黎的忏悔神甫，比神秘主义还神秘。他轻易就认同了公爵夫人的提议，参与了这个旨在毁掉一个女人的邪恶阴谋，这个女人深陷众多诡计之中，的确再来一个也不算多。倒是公爵夫人有一点顾虑：如果给贝娅特丽克丝找个新情人，会不会激起卡利斯特身上布列塔尼人的愤怒，引来一场生死决斗？于是她想出个更妙的主意，劝罗什菲德接回自己的妻子；这只“铆钉”，她不客气地说，因为是贝娅特丽克丝的合法丈夫，可以更有效地赶走其他人，从而彻 99
底解除她的心头大患。值得一提的是，这个妙计是她跪在祷告台上哀求圣母时才得来的。如此一来，事情马上就明朗起来，只

* 贵族女性在大剧院看完戏剧之后，通常会在大厅的楼梯上等待家仆驱车来接。贝娅特丽克丝的家仆在没有告知贝娅特丽克丝的情况下迟到，她在楼梯上等待的时候周围的女性都窃窃私语，像避瘟疫一样避开她。她两眼含泪用眼神向卡利斯特求救，但卡利斯特由于自己的妻子在场迟迟不敢做出行动。这时，拉帕菲林从女人堆里走出来，伸出双臂护送她走进自己的马车。事后，贝娅特丽克丝雷霆大怒，要求卡利斯特离开自己的妻子，自己也打算全身心投入拉帕菲林的怀抱。这时，拉帕菲林提出交换条件，要求贝娅特丽克丝回到自己的丈夫身边。——译者

剩最后一道交易：公爵夫人答应事成之后，将向贫困家庭捐赠1200法郎，来获得内心的平静。神甫对此非常满意，只是稍稍追加了一句：要解决那个洛莱特，给她第一个丈夫比给她最后一个情人来得容易。这个诡计多端的神甫知道，自己正大步迈向人生的巅峰，他离被称作"阁下"*的那一天不远了。盖朗德的神甫与这样的神甫形象相去甚远，他拥有欢愉而纯净的灵魂，仰慕卡米叶·莫潘的言论，并且是当地社区无可置疑的精神领袖。

不单是没有宗教，激情在巴黎也找不到生存的土壤。当年那个为了一睹芳颜、骑着骏马奔驰在盖朗德和图希之间的少年，如今已无人能识。在巴黎不可阻挡的光芒下，卡利斯特也沦为一个"没有活力也没有才智的贵族绅士"。激情是由强大而有鲜明个性的人浇灌出来的，但他身边的朋友显然都是激情的绝缘体。在这个均等化的时代，激情只能潜藏在各种细微的特性里，因为在这个讲数量、讲成就、讲展示的社会里，为"卑劣事物"进行的战争变得日益激烈，地盘不断扩大。这里我们才明白，巴尔扎克为什么要把公众羞辱贝娅特丽克丝的场景选在大剧院，因为这很容易让人联想到梅黛尔侯爵夫人**在社交场上身败名裂。

毫无疑问，即使是在堕落的巴黎，家庭也仍然存在。但还能存在多久呢？德·肖利厄公爵在《两个新嫁娘》***里就说过，大革命把路易十六送上断头台时，也一齐斩杀了所有家庭父亲的脑

* "阁下"是对红衣主教的尊称。——译者

** 梅黛尔侯爵夫人（la marquise de Merteuil）是18世纪法国书信体小说《危险关系》里的女主人公。——译者

*** 《两个新嫁娘》是巴尔扎克《人间喜剧》系列小说中的一部。——译者

袋。萨宾娜，一个拯救婚姻的弃妇，她的母亲向她坦露了设计拆散卡利斯特和那个妖妇的密谋，这时萨宾娜说了一句看破红尘的醒言："我们拯救的只是家庭。"一个"只"字，含义深重。对于萨宾娜来自爱尔兰的婆婆，德行贞洁的男爵夫人而言，这个"只"字就是她的全部；小夏洛特·德·凯嘉鲁埃同样如此，对她而言只要能捍卫家庭就足够了。但萨宾娜即使接受过贵族教育， 100
也不再认同这种贵族传统，这种传统在家庭尚存的前提下，可以容忍夫妻两人在肉体和精神上双重分离，用她打趣的话说，就是"夫妻双方都有权对对方保持冷漠"，只要家庭不解体就行。她曾这样向母亲坦白："我爱卡利斯特，就像他不是我丈夫一样。"她这么说正表明，她完全了解贵族的行为准则，但她已不再承认这种准则的效力，而是更信奉婚姻中的民主概念。

* * *

直到小说的结尾，巴尔扎克都把对新世界的观察和分析全权委托给书中的女人，先是费利西泰和贝娅特丽克丝，然后是萨宾娜。这时，他收回自己的权利，尝试判断1830年发生的事情的重要性。毋庸置疑，一切都源自法国大革命和大革命带来的骚动。与卢梭（巴尔扎克博览卢梭的作品）和托克维尔的观点相近，他着力于展现民主活力带来的影响。大革命还远没有结束：革命的"狂欢"在平静的表面下转入"精神、工业和政治"领域。自此人人都享有权利，并在"与政治生活平行的私人生活领域，在自负、自豪和虚荣中"普遍培养出人人平等的意识。于是人们掀起一股打击社会特权的狂潮：但与此同时，人们也打开了"足够多的闸门，次等人物的野心汇聚的激流喷涌而出，即使是最小的野心都要抢占先机”。

我们通过《贝娅特丽克丝》可以考察自《老姑娘》或者《古物陈列室》（都是描写复辟时期的小说）之后法国历史的延伸。在《老姑娘》或者《古物陈列室》中，国王一直都存在，他仍有能力制造或改变别人的命运，社会等级制度保存完好，贵族阶层保留了自己的生活方式，他们与资产阶级进行频繁而焦灼的协商时，仍然有理由以为自己主导着局势；与此同时，自由党人却不得不谨慎地向教权阶层做出妥协。正是由于对旧制度下的等级制度的记忆仍然强劲，新旧制度的杂糅才显得合人心意，甚至收
101 益甚丰。然而，我们在《贝娅特丽克丝》中看不到新旧世界的和解。所有可以调和传统和现代的人物，在小说中都不得善终，卡米叶即使是有意识地试图促成这种和解，最终也只能弃绝红尘，隐入修道院的漫漫长夜里。

笑到最后的都是那些厚颜无耻融入民主社会的人。马克西姆·德·特拉耶刚刚与一个社会地位低于自己的资产阶级家庭联姻，他直言：“我只是在追随政府树立的榜样。”另一个呈现了1830年时代精神的例子就是法比恩·杜·隆斯雷：他先是背离了父亲的榜样（时任卡昂皇家法庭的庭长），辞去法官的职务前往巴黎一试前程；紧接着他敢违抗母亲的意愿迎娶一名高级妓女；最后，他跟随“狡诈的资产阶级”，在1830年的社会重组中成功地立稳了脚跟。至于成为他妻子的匈兹夫人，则不仅仅满足于与贝娅特丽克丝调换角色。她从某种程度讲，是整部小说里最具标志性的人物：她在康庞夫人的学堂里接受过适当的教育，

懂得多门语言，很勤力，知道物尽其用，了解贫穷的滋味就像了解她一大串有才华有才智的情人一样。她配得上自己梦寐以求的贵族婚礼，在小说的结尾，她在外省变成了虔信者。这名高级交际花懂得那条别人不懂或懒得去懂的自然法则：从今往后，金钱才是社会平等的基础。

还有小说结尾处的几行文字，提到卡利斯特和萨宾娜围在一只内衣柜边和好如初，然而此举不但无法扫清小说灰暗的悲剧色调（“看来，”卡利斯特叹息道，“我们最美的梦想和绝世的爱情就这样终结了。”），也无法让读者相信主人公的未来将幸福美好。七月王朝无望平息在道德和社会方面的动荡，更无法压制在巴黎此起彼伏的狂乱风潮，而在相距千里之外的盖朗德，时间却停滞不前。

为了衡量以残酷的闹剧形式结束的结尾的讽刺性，读者只需回到匈兹夫人这个人物身上。是她，一个高级妓女，而不是贝
娅特丽克丝，彰显了母性的尊严。是她，而不是美丽高贵的费利 102
西泰，定义了真正的贵族阶级，是她控诉了赛马场和赛马的误人之处，是她在谈论公众利益，是她为艺术辩护直至颂扬对艺术的赞助。同样还是她，将自己机智地定义为一名“转瞬即逝的艺术家”，一语点中了小说的主旨。转瞬即逝的爱情，转瞬即逝的宗教，转瞬即逝的遗产。忠诚灰飞烟灭，社会团结尽失。盖朗德的花岗岩如今一触即碎，而在杜·盖尼克家族纹章的铭言里，再也听不到荣誉和意志的召唤。

第四章 《瓦朗蒂娜》《安托万先生之罪》：贵族的法伦斯泰尔

103

《瓦朗蒂娜》《安托万先生之罪》

自1832年出版《瓦朗蒂娜》起，乔治·桑就执迷于基督精神下的平等概念。布伦退尔*称她这本小说是当时最先探讨“社会问题”的文学作品之一。这种断言会让《瓦朗蒂娜》今天的读者感到惊讶：因为书中对社会问题的关注给读者带来的震撼远不及《安蒂亚娜》**那一系列小说对无爱婚姻的控诉。此外，现在的读者不能够完全认真对待主人公所设想的法伦斯泰尔式***的短暂生活经历。

而1845年在《安托万先生之罪》中，乔治·桑的政治观点

---

* 费尔迪南·布伦退尔（Ferdinand Brunetière，1849—1906），法国文学批评家，著有《法兰西文学小史》等文学评论著作。——译者

** 《安蒂亚娜》是乔治·桑1832年首次以乔治·桑的笔名发表的小说，讲述的是爱情失意的女人的故事，属于乔治·桑创作的女性主义小说系列。——译者

*** 法国著名哲学家、经济学家和空想社会主义者傅立叶，曾设想建立一种以法伦斯泰尔为基层组织的社会主义社会，以实现个人利益和集体利益的统一。——译者

得以明确地体现。1841年布罗茨[*]就曾致信乔治·桑:"我希望,您不是一名共产主义者……"确实,那时候她还不是,但在皮埃尔·勒鲁[**]的影响下,她的作品不久便转向社会想象的方向。诚然,《安托万先生之罪》的故事背景仍然是一段艰难的为爱结合的婚姻。但这一次主人公为了迎娶自己心爱的姑娘,不单要克服等级的偏见,还必须忠实于自己的社会主义理想,而这一部分内容就占掉小说的大半部。此外,乔治·桑还饶有兴趣地为故事引入一名抱有共产主义信念的侯爵,她用这种方式声明贵族的德行也可以造福于人民利益。正统派的报刊在这点上没有出错。《时尚》[***]杂志在1846年1月指出,小说同情穷苦阶层的同时也同情贵族阶层,两种同情实现和解的基础,正是对"用棉花堆颂扬替换福音崇拜的工人阶层"的共同厌恶。

贵族的法伦斯泰尔 105

这里有爱幻想的青年农民,深爱着贵族少女的无产者,与女

* 弗朗索瓦·布罗茨(François Buloz, 1803—1877),法国的报业大亨,《两世界评论》(*La revue des deux Mondes*)的联合创始人和经营者。在他掌管该期刊的40年中,他成功地网罗了当时法国的精英作家,包括雨果、缪塞、乔治·桑、巴尔扎克、大仲马。——译者

** 皮埃尔·勒鲁(Pierre Leroux, 1797—1871),法国哲学家、政治家。他主张社会主义应该能够调节自由的需要和平等的需要,既抨击绝对的个人主义,也抨击绝对的社会主义。他的代表作是与让·雷诺(Jean Reynaud)合著的《新百科全书》。——译者

*** 1829年创办的法国周刊,发行之初的定位是时装和文学刊物,但1831年起,由于阿尔弗雷德·迪·富热莱(Alfred du Fougerais)发表文章大肆抨击路易-菲利普,杂志转向政治性刊物,并最终成为极端保皇党人和正统派言论营地。——译者

儿争风吃醋且常常算不上称职的母亲，亦敌亦友的姐妹，精神平庸但受到贵妇改造的男人。这里还有在风雨交加的夜晚里抵达的神秘城堡，有藏匿在婚房黑暗处的情人，有从地下藏身处着手尽力改造世界的隐秘团体，有乐善好施的大地主，有来历不详但终会败光的钱财。还有布道，本应胜利解决所有冲突的数不胜数的布道。如果不是在童话里，我们这是在哪儿？这是乔治·桑笔下逃逸了一切历史进程的幻想世界。

然而，旧制度与大革命的对话在幻想中继续进行。乔治·桑的故事带着悲喜交加的特质，让人看上去那么不可思议。故事里催生出误解和惨剧的同时也激发出人的希望。从乔治·桑最早的几本小说里就看得出，正是这种混杂的意象驱动了她的想象和写作。她笔下所有的情节都围绕着困境中的婚姻，这里是等级之间建立、完成或更可能是放弃协商的关键场所。

众所周知，乔治·桑的这种执着源自她童年和少年时的经历。小奥罗尔[*]早年丧父（父亲生前是拿破仑时期的军官）[**]，童
106 年缺少父亲管教的她，在意见不合的母亲和祖母身边长大。两人都想把小姑娘占为己有，但她们的争执也是两个时代、两个阶级和两种原则的对立。乔治·桑的祖母是波兰王室的后裔，她拥有贵族华美的气质、从容优雅的举止和她那个时代的品味：她阅读伏尔泰的著作，不允许孙女的教育中涉及任何离奇荒诞的内容，全心全意参加孙女初领圣体的全过程。而乔治·桑的母

* 乔治·桑是笔名，她的原名是阿曼蒂娜–奥罗尔–露茜·杜邦（Amandine-Aurore-Lucile Dupin），所以作者在这里称她为小奥罗尔。——译者

** 乔治·桑的父亲在1808年坠马身亡，当时乔治·桑才5岁。——译者

亲当年在随拿破仑的军队出征的过程中引诱了乔治·桑的军官父亲，终日活在不切实际的空想里，比起伏尔泰她更喜欢德·让莉夫人*和贝尔干**，并在从未间断过的羞辱中残酷地意识到这桩婚事门不当户不对。两个女人彼此憎恨，而祖母甚至向还是少女的乔治·桑揭露或者暗示她母亲的风流韵事，试图损毁儿媳的形象，但没有奏效：奥罗尔爱她的母亲，意识到法国大革命将这个世界一分为二，一边的旧世界贵族风尚犹存，另一边的新世界民主风气已生，她一脚踏进一个世界。因此在乔治·桑的小说中，有如此多的人物并不像在巴尔扎克或雨果的笔下那样处于时代边缘，而是处于两个时代之间。

这一点在她最初的文学尝试中便得到证实，这里便说说她的第二部小说《瓦朗蒂娜》。恬静的贝里就像一道被历史遗忘的装饰：偏远的村野不为人知，远离大道，人们几乎感知不到历次革命的进行。督政府的特派员们认为贝里就是这些乡村中的一个，这里的气氛相对平静，居住着温和的人群，他们从不对任何事大惊小怪，甚至在大革命期间也一样冷漠。然而，在这片沉闷的土地上，一系列转变正在暗中进行着。

在《瓦朗蒂娜》一书描写的“黑谷”里，表面上那里没有什么能比社会分层更持久稳固。就像在诺昂，旧制度仍然存在，在黑谷它通过祖母，也就是蓝博侯爵夫人存在下来。这是一个冒失的夫人，自私得有点可爱，活泼，警觉，亲切又身形肥胖，像画家

* 让莉夫人（Madame de Genlis，1746—1830），法国作家和教育家。——译者

** 阿尔诺·贝尔干（Arnaud Berquin，1747—1791），法国作家、剧作家和教育家。——译者

弗拉戈纳尔[*]的画作。她嗜好奢侈品、轻浮的玩笑和克雷比永[**]的小说，与人交谈时收放自如，善于在美德中发现“乐趣”（这个词讨喜多了）。她很大限度地容忍荒唐的行径，一个女人找个情夫
107 在她眼中不过是种小过失，只要事情发生在她的阶级内部。她也不懂神圣为何物：在孙女的婚礼前夜，她临时举办了一个草率的仪式，用一只放在祭坛上的首饰盒装了一件浮雕首饰作为礼物，献上她的祝福，完全没有虔敬的意思。她非常注重在乡巴佬面前经营她的名望，而在她随便的态度下，隐藏着她对世界演变的敏锐感知。她的儿媳蓝博伯爵夫人不满富裕佃农莱里家里有一架钢琴，她就明确地警告她：时代已经变了。她用实用主义的冷静留意着农民阶层的新抱负。她的儿媳怀疑这种漠不关心的亲切下包藏着精明的算计：在经历了大革命的震荡和贵族流亡的不幸后，这位老妇人明白，断头台的阴影从那时起就一直盘旋在人们的头顶，为人爱戴有助于防患于未然。

现在我们单独来看儿媳蓝博伯爵夫人，她代表了小说黑暗的一面。在她看来，农民是一群奸诈狡猾的粗人，既不明白自己的职责是什么，更不明白自己的位置在哪里。但她没有太多机会像她的婆婆那样向农民展示自己的宽厚。这位希尼翁小姐[***]是一名富裕的手工场主的女儿，她的钱财足够让她成为受封为伯爵

---

* 弗拉戈纳尔（Jean-Honoré Nicolas Fragonard，1732—1806），法国洛可可绘画巨匠，以描绘女性美而著称。——译者

** 克雷比永（Crébillon，1707—1777），法国作家，他的小说因主题无道德常遭人贬斥，文风颓废而隐晦。——译者

*** 蓝博伯爵夫人的娘家姓。——译者

的蓝博将军*的妻子：蓝博家需要把之前充作国有财产出售的土地重新买回来。帝国**“乐意把古老姓氏和新富家族结合起来”，这是她一生的机遇：她很快学会了假贵族的风范，甚至比旧贵族还要盛气凌人。可在故事的开头，伯爵夫人便亲眼看着自己的光耀生活——荣誉、节庆、能走上约瑟芬和玛丽-路易斯***宫殿的开司米地毯上的欢乐，全都灰飞烟灭。她不幸地听到周围的人说着她无法理解的新语言，这在复辟时期的法兰西相当普遍。

但她咄咄逼人的笨拙令她受到的排挤变本加厉：她厌恶圣日耳曼郊区，对复辟王朝的幻影讽刺挖苦，可自己在路易十八慷慨的赔偿方案中没有分得一杯羹。她一时间看到自己的青春消逝，眼泪枯干，所属的那个以受害者身份进行指责的小群体迅速萎缩，更发现自己作为母亲，已经智穷才尽：女儿瓦朗蒂娜的美 108
貌令她黯然失色。她很少想着把瓦朗蒂娜介绍给上流社会，即使在贝里公爵夫人经过盖雷****这样的大好机会面前，她也没有这样做。为了让这幅人物肖像一黑到底，作者还在她身边制造了一段令人不安的往事。蓝博将军在上一段婚姻中生下一个女儿路易丝，伯爵夫人出于本能仇恨这个女孩儿。路易丝不慎被一个贵族青年引诱，随即带着身孕被逐出家族。可这个采花大盗不是别人，正是伯爵夫人自己的情人，至少人们暗地里这般窃窃私语。

---

* 受封为伯爵的将军（général-comte），指的是在法国大革命和拿破仑帝国时期是将军，然后又被拿破仑封为伯爵。——译者

** 这里指拿破仑帝国。——译者

*** 约瑟芬和玛丽-路易斯分别是拿破仑的第一任和第二任妻子。——译者

**** 位于利穆赞地区的法国市镇。——译者

正统派王室在小说里一样有它的代言人：安排给瓦朗蒂娜的丈夫就是精雕细琢的正统派，一个彬彬有礼、俊朗优雅的呆板之人。在他的优雅举止下掩藏着对嫁妆的强烈兴趣（订婚时他负债累累）和对誓言几乎同样强烈的漠不关心。他言辞得体，笑得恰到好处，领结打得一丝不苟。他还总是一个模样，“他以大使馆秘书的身份起床，他以大使馆秘书的身份睡觉；他从不幻想；他永远不会忘记自己的身份，如果他有自己的思考的话，他就会做出有失礼仪的事”。对于婚姻，他的设想非常趋俗：既然他的债务偿清了，他很容易就同意不圆房了（瓦朗蒂娜生病推迟了圆房，这是天性对社会习俗的激烈反抗），他也同意重新前往俄罗斯。他怀疑这病与一段轻浮的爱情有关，但在金钱的支配下他自愿地打消了猜忌。

旧制度、拿破仑帝国、复辟王朝在《瓦朗蒂娜》的开头就碰头了。那大革命呢？富裕农民莱里一家正体现了大革命。莱里一家算半农民半资产阶级，他们对贵族习惯并不完全感到陌生。莱里老爹还留着戴发束的发式，认为这标志着自己的社会身份。他们将自己的女儿当贵族小姐养大，把成为孤儿的外甥送到巴黎接受教育。归根到底他们认为当业主就要有个漂亮的姓氏。然而，他们已经全面迈入民主时代，共同分配家务和农活儿，并分享计划和情感；此外他们还将是小说中唯一的赢家。

109 书里的人物都被时代、习俗和舆论牢牢固定在自己的社会定位上，但他们当中有四个夹层式的人物：当然，他们是些年轻人，因为年轻，因为拥有浪漫幻想，理应被划为一个单独的群体。阿泰娜伊丝和贝内蒂克特，莱里夫妇的女儿和外甥，已经不算是这个地方的孩子了。秀色可餐的阿泰娜伊丝是父母的骄傲，她的装扮和石榴色的面色完全不同于母亲日晒后黝黑的皮肤。父母先是给她取了这个自命不凡的名字（贵族家的女儿们也才叫作瓦朗蒂娜和路易丝），然后送她去寄宿学校，学习钢琴、吉他和刺绣。她既不上纺车也不下农田，只需要坐在柠檬木做的梳妆台前精心打扮自己。尽管这种教育有违天性，但阿泰娜伊丝保留了单纯善良的心灵。而贝内蒂克特则不然，他被阴郁的性格困扰着。他在巴黎的学习都是三分钟热度，没有学到任何有用的特长就放弃了，像这个世纪的其他孩子一样，被厌倦蚕食。意志薄弱又学无所成的贝内蒂克特回到乡下，乡村生活一方面令他感动，一方面很快就让他厌烦了。殷勤的父母在让他远离犁耙的同时，造就了一个冒牌的资产阶级、不地道的知识分子，这点他自己也清楚。贝内蒂克特像是勒内*脆弱的孪生兄弟，比天真的阿泰娜伊丝更好地描绘了“介于一无所知的一代和知之太多的一代之间这代人的不幸”。

这是另一种见识，这是不幸赋予的，正是这一点使路易丝有了私生子。路易丝是蓝博伯爵的女儿，瓦朗蒂娜的同父异母姐姐，她被从家里驱逐出去。这一主题总能在乔治·桑心里激起一种特殊的情感，因为她就曾与同母异父的姐姐卡罗利娜分离。路易丝为她的错误付出了惨痛的代价，在贫困中把儿子拉扯大。她那不可救药的忧郁气质使她与贝内蒂克特相亲近，她同时也

---

* 勒内是夏多布里昂1802年出版的小说《勒内》的主人公，他是个破落的贵族子弟，自幼在忧郁孤寂中长大，长大后到处漫游，孤独、忧郁，内心世界痛苦万分，是“世纪病”的典型代表。——译者

是小说中最复杂的人物形象。瓦朗蒂娜有多个仆人围着，很难被看作是一个折中的人物形象，但她比书中的任何角色都更符合这一设定，就像奥罗尔过去一样，她被迫接受几种相互冲突的教育：来自同父异母姐姐的、母亲的、修道院修女的和祖母的。
110 她最终通过自己的反思，将自然史作为自己教育的基础，其内容便是如何呵护植物和鸟类。她的思想谈不上深刻，但正是她最好地阐述了大革命为贵族阶级的女子创造的新条件，也正是她批评了传授给她们的知识肤浅又不切实际（水彩、英文、在漆器上作画），共和国反对奢侈之风的法令是禁止这样做的。她只有在平静的隐居生活中才能感到快乐，她的梦想就是做个牧羊女，而她在农活方面更是表现出比阿泰娜伊丝更高的天分。贝内蒂克特第一次造访城堡时，看到闪闪发光的玻璃和镶木地板，强烈地感觉到命运在他和瓦朗蒂娜的生活之间安排了巨大的落差。或许，只有给瓦朗蒂娜赋予这样的平和天性，才能让她和贝内蒂克特之间的差距看上去没有人们想象的那么大：智力的优势全在贝内蒂克特这一边。

这四个年轻人因缘际会在黑谷中相遇，如读者所料，爱情之火将迅速在他们之间点燃。路易丝来到黑谷全是因为渴望再见到妹妹，但此后生出的事端却令两人永远分离。贝内蒂克特在巴黎因为懒散和厌烦生了病，指望能在父母身边恢复健康。瓦朗蒂娜还有几天就要结婚了，此后必然要跟着大使馆的秘书浪迹天涯。阿泰娜伊丝则为了嫁给自己指腹为婚的夫婿做着准备。在命运掀起波澜之前，一切都显得尘埃未定，而在这间隙中故事即将展开。这三个女人都爱着年轻的贝内蒂克特。阿泰娜伊丝以“未婚妻”的身份爱着他。路易丝爱着他，因为他在智力和情感上最贴近自己。瓦朗蒂娜（原本打算心平气和地接受一场门当户对的婚姻）爱着他，因为他是第一个让她心动的男人，在他的身边她才明白在谈恋爱前日子都白活了。至于贝内蒂克特，先不提他欠了姨夫和姨妈多少，压根就没打算娶阿泰娜伊丝，在他眼中她俏丽的姿色里总透着一撇粗俗。后来路易丝来到农场，她不张扬的魅力、她的卓尔不群和杰出的智识都令他以为自己
爱上了她，但路易丝却严厉地拒绝了他。在这之后，单是注意到 111
瓦朗蒂娜就足以让他陷入情网：当他们坐在枝蔓盖过安德尔河的桜树的绿荫里，他凝视着少女的身形一会儿倒映在平静的水中，一会儿被河上的轻波搅乱，光影交织出一种绮丽的场景。

他心醉神迷，于是心甘情愿成为一个疯子在蓝博宫堡附近徘徊，藏进瓦朗蒂娜的婚房发狂。精疲力竭的瓦朗蒂娜在新婚之夜拒绝让丈夫进屋。更荒诞的是，他原本为新郎准备的手枪，在他逃跑后被用来自杀。贝内蒂克特自杀未遂导致了一系列灾难性的后果：瓦朗蒂娜重病在床；大使馆秘书远赴俄罗斯；伯爵夫人离家处理没完没了的诉讼；阿泰娜伊丝当即明白自己已经失宠，一怒之下嫁给了向她献殷勤的庄稼汉。小说本来可以到此结束。

但这里却恰恰开启了书中唯一一段幸福的插曲。即使在缺乏监督的情况下（侯爵夫人本来就不是特别警觉，这种状况在年龄和信仰的作用下更是与日俱增），这些年轻人仍然意识到自己危险的处境，于是致力创造一种全新的生活来防御危险。他们首先从改造生活环境做起：贝内蒂克特在洼地的茅草屋很快就消失在忍冬叶的华盖下，花园被精心打理，园丁用葡萄棚遮住了

俗气的蔬菜。瓦朗蒂娜选中一处花园楼阁作为住所，茂密的植被牢牢地遮蔽了外人的视线。从茅草房到花园楼房，朋友们来来往往，其中就有年轻的瓦朗坦。他从巴黎来到这里，每天同姨妈瓦朗蒂娜学习娱乐艺术，白天其余的时间则在贝内蒂克特的洼地小屋里学习度过。当夕阳西沉，大家——这个"大家"里应当包括阿泰娜伊丝，她乐得摆脱皮埃尔·布吕蒂的粗鲁监视——齐聚在花园楼房里弹琴说笑，忘掉周遭的一切，满足地看着人们相亲相爱：这一直都是奥罗尔自己的乌托邦。

这确实是一个小规模的乌托邦，这个小社群既忙碌又悠闲。他们过着修会般的隐居生活，清规戒律在这里都化为现实，外部
112 压力被遗忘，内部矛盾被消除，连蔬菜都是自给自足。他们遣散了伯爵夫人奴颜婢膝的家佣，转而选用仍属于农民世界又能融入乌托邦大家族的"好仆人"。他们还通过一场传染病制止了乡间的流言蜚语：这次瘟疫给了他们一个绝好的机会，既能表现他们面对传染危险时的无畏，又能展示他们的个人才能（不管是见习医生还是护士）。他们赢得了邻里的感激和尊重。情敌之间的不和也在手足情谊中化解。路易丝心中的苦涩在看到儿子的进步后欣慰地减轻了，她庆幸虽然和贝内蒂克特做不成情人但还能做朋友。阿泰娜伊丝还是个孩子，她满足于被贝内蒂克特唤作"妹妹"，觉得瓦朗坦这个被大家一起教育和宠爱的小弟弟格外招人喜欢。至于两位主人公，他们克制了自己的激情并以此为傲，这种被剥夺一切的生活甚至令他们十分满意。乔治·桑认为，只要这种生活得到所爱之人的认可，便是快乐不竭的源泉，这种看法倒是与人们对乔治·桑的看法不符。

在这座特莱姆修道院*中，教堂被排除在外，全书没有一个神父。如果女主人公多次谈起信仰，也只是说“它与从前那些已经消逝的形式相去甚远”，她所说的信仰是一种完全个人化的信仰，只是要求改装成一种新型宗教，它对人类宽容，对救赎不感兴趣，与爱情神秘主义十分接近。因为贝内蒂克特为了自己的利益大肆吹捧，为爱情的神圣本质辩护。有何证据？且看爱情令人无法抗拒的力量，无论贝内蒂克特还是瓦朗蒂娜都无能为力，爱情不以人的意志为转移，超越于算计。接纳它，在某种程度上就是对上帝的礼拜。这一小处隐居之地便以自己的方式，通过一场广义上的精神联姻来向上帝祭祀。

当然还有“沃尔玛”**并没走远，这个沃尔玛既不慷慨也不睿智，绝不像朱丽和圣普乐***希冀的那样。15个月过去了，大使馆的秘书又回来了，他处心积虑要诈取瓦朗蒂娜的签名从而剥夺蓝博宫堡及其附属地产。这之后情节迅速发展：老侯爵夫人死 113
了；伯爵夫人听到有人嚼舌头说起“楼阁里的秘密”，拂袖离开上英国去了；瓦朗蒂娜和贝内蒂克特终于屈服于他们的激情，一直以来的手足情谊被斩断了。乔治·桑在亲手安排了这一黑暗的结局后，自己也承认“古老的宿命横加阻拦，让不忠的女人无法在第二次婚姻享受幸福，她根本不指望能消受得起这种洪福”。

* 特莱姆修道院是拉伯雷在《巨人传》第一部《卡冈都亚》中想象的一个世俗共同体，具有乌托邦性质。——译者

** 卢梭《新爱洛漪丝》中的人物，是书中女主人公朱丽的丈夫，这里代指瓦朗蒂娜的丈夫。——译者

*** 朱丽和圣普乐同为《新爱洛漪丝》中的人物。两人相爱却不能相守。——译者

如果当丈夫的在决斗中恰巧被杀，两个情人还有可能奔赴他们的田园梦，瓦朗蒂娜还可能会戴着草帽成为洼地草屋的女主人。但太迟了，阿泰娜伊丝的丈夫皮埃尔·布吕蒂本来就对贝内蒂克特出现在农庄周围很警惕，他以为看见情敌拥抱着自己的妻子，长柄叉一刺将贝内蒂克特送上了黄泉路；瓦朗蒂娜随后死于哀伤；布吕蒂一天晚上喝得酩酊大醉跳进河里。这场不协调的婚姻引发了无休止的不幸。这一结局如此苦涩，而两姐妹的摊牌更令小说结尾雪上加霜。在贝内蒂克特的尸体前，路易丝忘记了她对他的爱情已经升华为友谊，她任由自己的嫉妒爆发，用不可挽回的语言控诉瓦朗蒂娜（乔治·桑深刻地分析说，仇恨不会在两个完全不同的个体之间迸发，而是在两个相似的人，特别是两个如出一辙的人之间）。在乌托邦世界里，自我总是被牺牲，但是突然爆发的报复行为表明，富有兄弟爱、姐妹情的乌托邦是何等的幻影。

因此，《瓦朗蒂娜》里的革新力量很微弱，它可以概括为对婚姻制度的神圣准则进行谴责，“小姐们在公证人，而不是爱情面前托付了自己的终身”：新婚之夜很可怕，无知的少女像是去上刑；婚礼宣誓是荒谬的枷锁（人们知道如何宣誓忠诚，却不知道如何宣誓爱情）；离婚是不可能的，这使错误得不到纠正。乔治·桑向所有这些弊端提出抗议，却仅限于此。在这本没有对未来进行展望的小说中，缺乏矫正这种规则的前景。只有老侯
114 爵夫人能瞥见这种改变，但她年纪大了，凡事都无所谓，也只是袖手旁观。伯爵夫人更是没有未来可言，她连教育孩子的责任都逃避，而教育总能带来些启示，即使这些启示模糊不清。至于

小说的主人公们，他们满足于生活在静止的时间里，日复一日，每天风平浪静、阳光明媚：这是乔治·桑寂静主义的梦想，但它被悲剧彻底打碎了。

尽管如此，作者不会就这样收笔而不给读者一点儿宽慰。这一宽慰来自路易丝年轻的儿子瓦朗坦和皮埃尔·布吕蒂年轻的寡妇阿泰娜伊丝，从旧制度向新世界的过渡就由他们马马虎虎地完成了。在连续发生三起死亡后小说进入了尾声，莱里家靠一笔幸运的遗产买下了蓝博宫堡，这极大地满足了莱里大妈的虚荣和阿泰娜伊丝奢华的趣味。阿泰娜伊丝因此成了没有贵族姓氏的城堡领主，这种缺憾让莱里大妈伤心不已。瓦朗坦从巴黎回来后成了一名杰出的医生，他优秀的品行让邻里忘记了他的贵族姓氏和出生上的污点。阿泰娜伊丝再次见到瓦朗坦后旧情复萌，两人的结合是书中唯一一场幸福的婚姻。瓦朗坦努力纠正了阿泰娜伊丝虚荣的怪癖——她本来就心地善良——还教会了她贵族的礼仪，同时他与她一起遵循民主的道义，“在宫堡门前从不拒绝任何穷人”。这场富有教导意义的联姻孕育了第二个瓦朗蒂娜：这个漂亮的孩子在小说的最后几页，摘采生长在（瓦朗蒂娜和贝内蒂克特的）双坟上的报春花，一扫小说阴暗的基调。

* * *

从《瓦朗蒂娜》到《安托万先生之罪》，场景并没有改变。故事依旧发生在枝繁叶茂的黑谷谷底，这里是庇护和安全的象征，同样是那条清凌凌的河水，同样的村落进行着同样的田间劳作。乔治·桑也没有怎么改变小说浪漫的主题：迅雷不及掩耳 115

的爱情，这回爱情发生在一名年轻的女领主（她是美貌、欢快和尊严的化身）和一个俊美的小伙子之间（他是率真、勇敢和慷慨的化身）。幸福的相遇后便是来自社会等级差异的重重阻挠：身为工厂主的卡尔东奈先生本来就不愁儿子爱弥儿娶妻的事儿（他的名字就具有象征意义）*，更何况这个叫吉尔伯特的女孩儿从祖上继承下来的只有一个贵族姓氏，她在一种近似贫困的简朴状态中过活，因而在卡尔东奈这个实用至上的人眼里，这姓氏一文不值。此外，如同读《瓦朗蒂娜》一样，读者会预感到有一个深藏的家族秘密：吉尔伯特是个私生女，乡亲们窃窃私语道，她的母亲正是城堡里的一个老用人。小说的情节就在慢慢揭开这一秘密的过程中展开。

再加上卡尔东奈老爹心肠恶毒，事情变得更加棘手。他最后同意了爱弥儿和吉尔伯特的婚事，但有一个条件：他的儿子必须放弃那种“新思想”。这种所谓的新思想是爱弥儿在学习中获得的，混合了民主主义和社会主义，并在小说中或多或少得到了其他人的赞同。与他们相对立，卡尔东奈这个工厂主就象征了整个冥顽不灵的资产阶级。由于年轻姑娘吉尔伯特与她的恋人一样，认为牺牲理想是对自己的侮辱，这一僵局只有魔法杖的一击才能被打破。这一击来自两个人，他们在社会等级上有巨大的鸿沟。一个是布瓦吉博侯爵，他的财产可以把爱弥儿从父亲的监护下解救出来；但他不能原谅年轻女领主的父亲安托万先生，

---

* 爱弥儿是卢梭《爱弥儿》中的主人公，他找到了与他般配的女子苏菲，结成了美满的婚姻。——译者

这是因为安托万先生很久以前冒犯了他，导致他迁怒于吉尔伯特。因此就需要另一个善神的干预，这就是木匠让·嘉浦路，他能够说服侯爵忘掉过去。这一过程中，不是没有不合、反悔和误会，但是过去的秘密逐渐浮出水面。读者不用看到最后几页就明白了，安托万先生之"罪"就是曾经引诱过老朋友侯爵的妻子，而吉尔伯特就是这次背叛的结晶。

因此还是同样一个罗曼蒂克的世界，但一切都变了。这一次 116
小说触及七月王朝的衰落时期，书中提到人们援引1844年投票通过的禁止偷猎法令。复辟王朝一去不复返，接下来是七月王朝，用拉科代尔*的话说，这两者之间有一道深深的裂痕。这就解释了两部小说间的差异。《瓦朗蒂娜》里代表过去的人物形象有老侯爵夫人、正统派的侯爵还有伯爵夫人本人，但在《安托万先生之罪》中能呈现历史的只有故事发生的场景。布瓦吉博的城堡很有气派，路易十三风格的装饰一点儿不显唐突。城堡被摧毁后，安托万·德·夏朵布朗回到乡村生活。尽管木桩子代替了领主的旧式狼牙栅门，但我们还是能从一个单间的简单布置里看到岁月的沉淀、弗朗索瓦一世的首字母标志和优雅的方式。过去不仅体现在石头里，还体现在服饰上：布瓦吉博侯爵在婚礼那天时尚了一把，打那天后他的穿衣风格就锁定了褶裥、米黄色土布裤子和绿色的小短上衣。在一次特殊的场合下，他骑着自己的翩翩白马穿过加尔基勒斯的大马路，被炫花了眼的小

---

* 亨利·拉科代尔（Henri Lacordaire，1802—1861），法国神父、传教士、记者和政客。在法国恢复了多明我会，在今天被认为是自由天主教的先驱之一。——译者

孩子和凑热闹的人们一路随行，这些人隐约地意识到他的服饰有一种半个世纪以来男式服装已经丧失的美。

这些不过是历史的遗迹。事实上贵族们自己也清楚他们作为一个社会阶级已经死亡了，等级不再说明任何问题。小说里提到的几个贵族都没有贵族意识，更没有一个正统派。安托万先生曾经渴望上战场跟着父母眼中的“篡位者”为国效命，但遭到父母的反对，可惜他的戎马生涯才刚刚开始，滑铁卢战役就终结了他的前程（老女仆总抱怨，真要打下去说不定还能混出个将军的头衔）。这次失败令他心灰意冷，他拒绝为波旁家族效力。但他依然恪守贵族荣耀的行为准则，在偿还掉家族的旧债后破产了。此后他在居无定所的乳兄[*]嘉浦路的指导下成了一名木匠，如果算是的话，也是能给人带来福音的职业。又多亏了老用
117 人贾妮尔的积蓄，他才能用4千法郎赎回荆棘丛生的城堡。他依靠女儿和用人的支持勉强维生，吃着自己果园里的果子和花园里的蔬菜，喝起发酸的劣质酒就没有节制，他还晒出农民一样黝黑的皮肤，但他既没有怨恨也不觉得辛酸，只是失去了一切对现世的抱负和对贵族阶级的信仰。

布瓦吉博作为贵族更加与众不同：这位哲人侯爵腰缠万贯，家里都是名贵家具和奇花异草。再加上和他一样死板的老管家，一身僵硬的昔日做派，他完全可以是《古物陈列室》里的人物。但这个忧郁的人比任何人都不相信“高贵”，也是他在斩断过去

* 所谓乳兄（frère de lait）就是没有血缘关系，但从小喝同一个奶妈的奶长大的两兄弟。——译者

时最坚定，最心平气和。他曾平静地对爱弥儿宣布："真相是，我们两个都是共产主义者。"布瓦吉博通过构建新社会的梦想逃避现实，而安托万通过回归小农生活逃避现实。这两个人，一个逐步培养起了对平等的信仰，一个自发地实践平等的信条。

唯一真正怀念贵族社会的人是贾妮尔，安托万的老家佣。她带领游客参观城堡地下，从中挣了些钱，她的身心与这座城堡的废墟产生出的共鸣，让她希望能延续那段对她而言模糊又神奇的过去。于是她敦促并帮助安托万赎回那片断壁残垣，和与之附属的一小片土地；也是她坚持按照巴黎的"阶层"把德·夏朵布朗小姐养大；还是她强调"德·夏朵布朗伯爵的姓氏既不可耻也不卑贱"。但安托万本人用民主的逻辑反驳道，既然自己不能给这个姓氏增添光辉，也就"不配"拥有这个姓氏。而吉尔伯特受父亲的影响，有一次半是温柔半是讽刺地对老佣人说："你才是一名贵族。"贾妮尔还是小说中最严厉地对待资产阶级野心的人物。她誓死要维护的是由出生赋予的权利，而工厂主卡尔东奈捍卫的是财富和力量决定的权利，在这种意义上他们旗鼓相当。

那民族的历史被彻底遗忘了吗？贵族的价值还没有，它还时 118
不时体现在夏朵布朗和布瓦吉博的身上，但历史已经不能为他们提供榜样了。只有拿破仑还留在人们的记忆里：老夏朵布朗效忠过他，工厂主卡尔东奈一直很崇拜他的能力，让·嘉浦路会自然地提到他。但说起拿破仑，他们也会说到力量的误用（在卡尔东奈看来，这力量千不该万不该，不该用于战争——到底是读过圣西门的人），也会说到他的自负（远征俄罗斯遭遇恶劣的自然环境时，大军只能听天由命），还会说到他的冒失（木匠把他比作一个没检查过地基就爬到房顶的莽小子)。总之,拿破仑时代对整个民族来说只是一场伟大的回忆。

在小说里当下得胜的是资产阶级。乔治·桑很留意自己不去歪曲"这个在历史上显赫一时、精明记仇又顽固的阶层"。她没有忘记自己也信仰人人平等,她谴责资产阶级只是推了人民一把,而不是向人民伸出援手。她也不想刻意丑化卡尔东奈这个典型的资产阶级。她把所有嘲讽都用在那些只能算半个资产阶级、可笑又没教养的人物身上,比如康斯坦·加吕舍,他是卡尔东奈的一名雇员,相貌丑陋,品行龌龊。她形容他们荒唐的服饰时写道,为了和农民们区分开来,这些滑稽的"小显贵们"站在田地里耀武扬威:黑色的外套,戴着手套,就像绿色田野上的污点一样碍眼,和《草地上的午餐》[*]里的场景一样。

读者首先分别通过安托万·德·夏朵布朗、卡尔东奈的朋友嘉浦路和小随从的描述,间接了解了卡尔东奈。在他们口中这是一个奇怪的人,毫无疑问十分傲慢,但很勇敢。他带着驯服河流的大项目来到乡下,身先士卒,为的是让河水带动他的工厂运作(工厂具体生产什么书中没有交代)。他一腿污泥一直到膝盖,又建房又建棚又建堤,他给了农民受雇的机会,还提高了每
119 日的收入。他计划建成一条公路,打破村里的常规。总之他做了不少"好事"。但正如嘉浦路所言,这些善行是有补偿的,他所做的一切首先是为了实现他的利益。在来这里落脚之前,他已经对这里做过详尽的调查:这里的舆论自由吗?民主吗?人们

* 《草地上的午餐》是法国写实派与印象派画家马奈的一幅油画。——译者

喜欢储蓄吗？笃信宗教吗？他凭借这些情报为仕途铺路：在故事一开始，他就笼络了省长和神甫，紧接着就被选为市长，从而把他的工业帝国扩展到整个地区。他的善行也是经过仔细算计的。他给予几户人家丰厚的布施，但不允许工人随便在工作中休息（午休更是免谈），他还通过多次行贿“搅浑”了他工厂上游的小作坊，破坏当地的工业生产。

这幅黑白分明的肖像画可以解释小镇人民的复杂情绪。克勒兹河泛滥后，工厂的设施被洪水冲毁，人们看到有权有势的人在天灾面前也得和庶民一样遭难，无不拍手称快。但人们幸灾乐祸的同时，也无不叹息这巨额的资产就这样打了水漂，作者评价这种懊丧的情绪说：“这就好像财富不管怎样招人妒，自己本身就值得被人尊重。”

而志得意满的工厂主说到贵族时则态度相当明朗。他鄙视夏朵布朗，在他眼里那就是个可怜虫，一个信誉丧尽，“在贫苦中堕落，在懒散中变蠢”的男人。看到这些曾经的贵族躲进人民的臂弯寻求庇护他不禁喜上眉梢：还有什么能比他们的失势更能彰显工业的权威。而与夏朵布朗相比，卡尔东奈隐约察觉到布瓦吉博在做派上的不同，鄙视的情绪变成了憎恨。他后来有机会参观了布瓦吉博的华丽居所，并了解到侯爵远不止保留了贵族阶层的傲慢，他此后对布瓦吉博的仇恨不但没有减弱反而愈燃愈烈。

随着我们逐步走进卡尔东奈的内心，他强硬又蛮横的形象也变得越来越深刻。他是这个小城和工人的主宰，也是妻儿的主宰。卡尔东奈的妻子温良恭顺，却有一个专横的丈夫，难道这就 120
是将男女两性区分开来的19世纪的标记吗？乔治·桑并不这样

认为。她在书中描写吉尔伯特在宗教寄宿学校接受的教育，就是为了说明妇女教育经过20年的进步发展，已经让年轻女孩受益："人类智慧而敏锐的另一半"有权参与书写历史和文学的优秀篇章。卡尔东奈夫人对女子教育满怀希望，这远远超出了她的时代，是个典型的时代误置的标志，她能够自己感受和思考，但为了取悦丈夫，她认为最好退而做一个罗马时期的家庭主妇。正如大革命展现的那样，父权专制加重夫权专制：小说的核心就是父子之间的冲突。

卡尔东奈老爹一开始督促儿子学习科学，但后来他发现爱弥儿最喜欢学的都是他觉得最空想的学问，比如天文学。于是他又想让爱弥儿学法律，倒不是希望把他培养成雄辩家，那不过是"刑事法庭上的喜剧演员"，他是指望有个懂法的儿子，以后那些靠打官司的寄生虫们就不能吸他的血了。可由于爱弥儿的思维方式，他学法律后净钻研立法体系，被父亲认为是无用的思辨。他向父亲辩解，说父亲才是现实主义者，而自己更愿意成为一名自然主义者，他醉心于在模范农场实验系统农业。就像《瓦朗蒂娜》中的贝内蒂克特，爱弥儿也是时代之子，所学非所愿。但他不像前者任由无聊蚕食自己的心智，他满怀计划和梦想。在两部小说之间，历史又向前迈进了。

但父子就一个问题达成了共识，他们都崇尚力量。卡尔东奈老爹读过圣西门的著作，他欣然接受了里面有关工业是时代潮流的说法，以此使自己和工厂在社会等级中的地位正当化。他的名言就是"按能分配"。如果能用"按需分配"来平衡的话，爱弥
121 儿是很乐意接受这句名言的。他反对权利和享有权上的不平等

现象，揭露工业生产中恶劣的工作环境。他的父亲则彻头彻尾地厌恶这种“摩拉维亚弟兄会、贵格会、新基督教会式的”*观念。这两人间的对立就像情感之于理智，艺术之于算计，尊重自然之于人定胜天。老的吹捧效率和现实主义，小的则赞美“牺牲”“神圣的激情”和信仰的“奇迹”。当父亲明白儿子的反抗比想象中更坚韧时，他不惜任何手段试图让他为爱情牺牲“新思想”。可一切都是徒劳，我们已经知道结局如何。

之所以会这样，是因为爱弥儿在这中间遇到另一个后来被他当成是父亲的人，那就是侯爵兼哲人布瓦吉博。这个受过巨大打击的男人孤独地生活在位于公园正中央的住所里，这个公园就是他活着的唯一牵挂。这一相遇的发生简直不可思议，两人反差巨大，一个年老后心灰意冷，一个正当年激情澎湃；但两人对未来社会的发展有共同的认识，他们在年龄和性情上的差距更体现出了这种认同之深。

在确认过两人确实是同一信仰的信徒后，侯爵向爱弥儿讲述了自己的心路历程。他的思想演变完美地体现了保罗·贝尼舒在《先知时代》一书中准确地描写的，整个19世纪在科学乌托邦和人道民主主义之间达成的妥协。他最初熟读卢梭和伏尔泰，之后开始涉猎圣西门主义者的著作。但他并没有放弃圣西门主义者嘲讽的“批判时代”的精神遗产。这之后他又转读傅立叶：他保留了傅立叶思想中对现状不满的抗议和批判，但摈弃了他混乱的神正论。他坚信社会需要重建，于是他全身心地向诗人、预言

* 三种都是当时的进步教会，推崇民主平等。——译者

家、哲学家、智者寻求启发，他们从根本上说都是同一种类型的狂热者。

促成这个世纪不同的期望得以调和的巨大动力源泉，是布瓦吉博称之为“人类传统”的信念。这里说的“传统”有别于大革命
122 以来被作为各种保守思想之依据的“传统”。这是一种哲学和宗教传统，它不只属于基督教，而是属于全人类，我们不用考虑宗教信仰的冲突，也不用听从意见的分歧，就能从中汲取享有权平等的普遍真理。这也是一种建立在过去的经验基础上、“展望未来的法则”的传统。布瓦吉博在这点上体现了七月王朝的精神，那就是在历史和未来之间寻求联系，尽力避免大革命造成的断裂。

说到“未来的法则”，就意味着说具有善意和勇气的人们具有的首创精神很必要，但仅仅如此是不够的：耶稣基督倡导的真理也要经过几个世纪才能萌芽，而且至今没有进入现行法律。因此时间的打磨必不可少。布瓦吉博向爱弥儿解释，要想使设想变成现实，就必须经过一段历史时期，以“打下有用的根基”。布瓦吉博在这里发现了大革命思想中的悖论：人类的意志虽然否认历史必然性，但必须与之相协调。布瓦吉博尽力把时间法则与人类自由融合在一起，他的这种做法并没有新意：只是很好地契合了时代精神。这位哲人侯爵通过这样的方式来避开这个悖论，那就是坚持认为，世界秩序必然是向前发展的，这种必然性对渴求创新的人们能提供必不可少的帮助，它不会剥夺任何人的创造力。

在《安托万先生之罪》里，布瓦吉博和爱弥儿两人的性格差异最终导致两人哲学思想上的差异。布瓦吉博知道自己没有足

够的冲劲实现他的公社梦想，但他精心打理自己的公园，把它当成是建立“公社”前的演练。要想实现梦想，光有一套简单适用的管理方案是不够的，还需要热情和走到人民中间宣讲的勇气。而这些爱弥儿都有，相对于布瓦吉博的惰性，他一句充满力量又 123
谦虚的“我会努力”就能让侯爵信服。这个年轻人相信个人意志能创造奇迹，却轻易就能被失望打垮。这时他就需要布瓦吉博的宿命论帮助他战胜沮丧，因为布瓦吉博会心平气和地解释说，人类进步是世界秩序发展的必然结果。

此外，在两人的共同点中也保留着各自信念上的差异：布瓦吉博的宗教理念是一种冷静的自然神论，可以大致概括为对世界秩序的遵循；而爱弥儿心中的神圣感则透着感性和慈悲。同样是共产主义思想的信徒，二人的差异体现了时代的烙印：在年轻的爱弥儿身上，七月王朝最后几年的宗教得到完美的诠释，此时已经不再讲究仪式上的用品，也无所谓祈祷或者圣事——不再有介质介于可见与不可见之间。这个时代洗尽了信仰上超自然的痕迹。天主教转而为社会进步祈福。在《我毕生的故事》里，乔治·桑坦白：“我永远不会忘记，我也不能忘记是基督信仰把我坚定地推向进步的阵营，从此不再动摇。”

我还放着故事中一个非常有趣的人物没有讲，但他和他的事迹在小说行文中被作者放弃了。让·嘉浦路是农民自由的代表。他偷猎但良心上没有任何不安：对他而言偷猎在乡间享有“习俗和法规上的合理性”，原来的领主们对此毫不计较，大革命之后连领主们自己也偷猎，就比如安托万。他因此成了税务人员的靶子，因为给朋友带了3瓶葡萄酒没上税，他们就一直追赶他。

没收了他做木工的器具,用监狱(“政府客栈”)威胁他,从那以后他便被迫四处流浪。倒不是说他不喜欢自己的工作,恰恰相反,他以此为荣——木匠活儿“脏不了手”,他只是希望在自己的行事风格和娱乐上做主;卡尔东奈一度看中了他的才智想雇用
124 他,但遭到他的拒绝,因为卡尔东奈“星期一不准假”。他不想把自己变成一个只做苦役的苦工,不愿意学他父亲当年为了加尔基勒斯的神甫们卖命。小说里对资产家贪婪嘴脸最严厉的批判就出自他的口里:钱的威力干脆利落地代替了古老的特权,而农民只不过换了个主子。尽管他赞赏朋友们的新思想,也领会了爱弥儿讲给他的“美丽的事”,但他选择用一种适度的实用主义面对这些理想:他可不希望“看到这一天”。

这个边缘人物才是小说里真正的天外救星,他比布瓦吉博更好地推动了情节的发展。布瓦吉博希望帮助爱弥儿,但吉尔伯特勾起的回忆和她所代表的背叛事实让他难以承受。因此事情的解决断然少不了让·嘉浦路的帮忙,少不了他宽厚的朴实。他的哲学很简单:在他看来,上帝降临后“化身木匠”*就足以在大地上建立人与人之间的平等。但他有一颗宽容的心:他向已经被仇恨腐蚀的可怜的布瓦吉博讲述了自己的经历,他也遭遇过同样的背叛,但只有原谅自己的妻子和朋友才能最终获得解脱。

让·嘉浦路这一人物还引入一个环保主题:如何对待大自然?卡尔东奈老爹认为应该二话不说制服大自然,一条小溪吓不住他,就算咆哮的溪水向他展示过了自己的威力。安托万渴

* 根据马克福音的记载,耶稣基督生前的职业是木匠。——译者

望尊重大自然，他带着父亲般的谨慎修剪老果园的树木：他只剪必须剪的，剩下的仅限于拿走枯枝和刮掉青苔，认为人必须完全遵循“大自然的意愿”。布瓦吉博也不能容忍自己的树被剪成一段段的，还禁止人们对他的树用斧头。这些人里只有嘉浦路考虑得最周到：他知道有时候必须牺牲一棵已经没救的树，再等待最佳时机重植另一棵，他全面地考察过卡尔东奈的工程会带来的影响，包括对星辰、风、岩石、水和植被的影响。

因此嘉浦路仇视工厂并不仅仅出于社会原因——它的出现破坏了当地的小型工业，而更多是出于环境的考虑：小说一开始提到河水泛滥，这次水灾让古老的城堡焕然一新，但让新工厂的设 125
施遭了殃。嘉浦路确信这种洪灾一定会再次发生，并且劝说爱弥儿相信自己的话。此后读者便等待着大自然对卡尔东奈的工程做出最终裁决。可作者唤起读者的期待后自己却忘记了，以至于大家读完这部具有预见性的小说时，心里存有一个疑问：未来的承载者到底是父亲还是儿子？乔治·桑的观点显然是：卡尔东奈代表了短期的未来，而爱弥儿和布瓦吉博将会走得更远。只是河流最终也没被切断，困惑的读者最后也没有得到问题的答案。

*　*　*

到这里小说终于迎来了幸福的结局。多亏了让·嘉浦路，布瓦吉博侯爵原谅了安托万先生；直到那时，他一直是爱弥儿的精神之父，他把爱弥儿当作亲儿子看待，将遗产留给他，也同意将女儿嫁给他；两个志同道合的人终于可以运用“社会科学”打造他们的公社。小说提到公社时戛然而止，不得不说草率得很。

读者很清楚这种社会科学很不教条化，完全可以预见不幸的经历即将发生；明亮的未来只能为远房的甥外孙闪耀；彻底消灭不平等现象依然显得云里雾里。我们还知道这种社会科学无法提供选择，只能提供手段，而这些手段并不以开创新生活而闻名，它们的作用仅仅在于维系过去与未来之间的有效过渡。奇怪的是对于革命者而言，这种过渡意味着不要斩断过去的锁链，不要为道义牺牲道行。同样奇怪的是，对民主者而言，这种过渡矛盾地实现了面向所有人的贵族政治：应该避免与那些剔除了
126 反动价值但总是保留一种意义的风范决裂。法伦斯泰尔的民主制就保留了贵族生活的基调。

爱弥儿和吉尔伯特联手创建的“公社”只有一点是相对明确的，那就是布瓦吉博打理的公园同时充当了公社的公共花园、游乐场、闺房、戏院和教堂。再也没有悲哀，也没有无知。劳动工具归集体所有，人们在绿叶的拱门下（乔治·桑一直认为这样很神圣）、在大自然的殿堂庆祝公共节日。节日的主祭都是教士：这种做法将宗教所有的浪漫元素结合在一起，逆时代潮流，把这个乡村“公社”的成员们牢牢拴在土地上。这部小说开头展现的所有预见力与《瓦朗蒂娜》在这方面如此不同，是1848年革命以前时代的标志，最后却回归到农村的古风中。

这个乡村社区没有预先考虑任何规范措施：没有监督，没有监控，也没有处罚。它远远算不上一个有纪律的伊卡利亚*。布瓦

---

* 伊卡利亚（Icarie）：是由艾蒂安·卡贝（Étienne Cabet）领导的法国乌托邦运动，1848年到1898年间，他带领追随者远赴美国建立了一群平等公社。——译者

吉博的“公社”也没少保留乌托邦的共有特征。所有的乌托邦都像一个模子里刻出来的，社交只在相似的人们中间进行；所有的乌托邦都旨在重复，都帮着忘记、回避或掩饰现实世界，都对空想的东西深恶痛绝。在《安托万先生之罪》的结尾，侯爵凝视着自己的影子，幻想如果万一以后他可以重回这片土地，估量他的慷慨大方带来的影响：（他将看到）“一群自由、幸福、平等、团结的人们，他们正直而睿智”。在这个静止的世界里，和谐、秩序和友爱永存，哪儿还会有情节发生，还有什么能引来冲突、扰乱这地方的完美格局呢？

这就是为什么读者的信仰（乔治·桑通过小说家的高超才能培养而来）被拦在理想的公社的门外。这就是为什么她不让我们进入公社。这也是为什么《瓦朗蒂娜》里那段插入进来的乌托邦生活要比《安托万先生之罪》里的宏大建设更有说服力。 127
对于瓦朗蒂娜和她的朋友们而言，和谐的生活只是一个幸福的偶然。外力的威胁时刻盘旋在这一小帮自给自足的年轻人头上。激情被手足间的友爱麻痹了，但依然勉强维系着，证据便是当他们一旦回归现实世界，激情之火又迅速点燃。《安托万先生之罪》以一个团结的幻象收尾，而《瓦朗蒂娜》的整个故事则破坏了这种幻象。两个故事间的差异让人明白，乌托邦和小说想象是不相容的。经过这段幸福的乌托邦插曲，《瓦朗蒂娜》的故事得以继续，人物又开始争吵，生活又变得不易，情节继续发展。反之，《安托万先生之罪》里构想的乌托邦更持久更全面，但幻想大于实际，于是故事在它的面前瘫痪了，不再发展。乌托邦的世界最终打消了小说家的事业。

第五章 《吕西安·娄万》:两者都不是

《吕西安·娄万》

1833年,亨利·贝尔*从一位女性朋友那里收到一本叫《中尉》的小说草稿,朋友向他征求意见,而他只觉得小说写得不怎么样。这本小说叙述沉闷,结局平淡,用词堆砌:司汤达在1834年回复这位戈蒂耶夫人时不必使用委婉的说法,因为他们约定过凡事实话实说。没等几天,他自己开始重写这个故事。他自1825年起,就在拉辛和莎士比亚的小说中总结出类似情节的骨架:一个下级军官因驻军生活疲惫不堪,认为自己失去了爱的能力,却遇见了一个"单纯、质朴、诚实、值得爱"的女人,让他明白"他还有一颗心"。

尽管司汤达用很长时间构思这个主题,并于1834年动笔写作,但他却没能写完吕西安·娄万的故事,小说最终成了半成品。在整个1835年,他多次重拾这本小说的写作,但最终将精力投入

* 亨利·贝尔为司汤达的原名。——译者

了亨利·布吕拉尔*的写作计划。然后到了1836年,他写了三篇连续的序言。只有等到1839年,用他自己的话说,“在现实经验结束之后”——这指的是七月王朝,他才考虑出版这本小说。他认为他可以给读者提供这样一本书,他在第二篇序言中说道,人们可能认为这本书要么出自罗伯斯庇尔或库通的崇拜者,要么出自路易十九(这是司汤达对查理十世的王位继承人的称呼)的拥护者,但很明显两者都不是。

两者都不是 131

我们是否可以期望在一个粗俗的时代出现一个天资聪颖的青年才俊?这种困惑成就了吕西安·娄万的整个故事。为什么是粗俗的?因为,一个君主政体取代了另一个;七月王朝接受三色旗,意欲使法国人围绕整个民族的遗产达成和解;王朝革命只是付出了三天骚动的代价。为此,我们感到折腾了这个国家近半个世纪的发热消退了:这是一次“歇脚”,司汤达在雨果之前就说了这句话,他借用的是拉马克将军**的话。

---

* 指的是司汤达未完成的自传作品《亨利·布吕拉尔传》(*Vie de Henry Brulard*)。——译者

** 拉马克将军(Jean Maximilien Lamarque,1770—1832),法国将军,在法国大革命和拿破仑帝国的军队中服役。复辟时期,他是反对政府政策的自由派。七月革命后,拉马克将军受到民众的拥戴,被视为沟通政府和民众的桥梁,人们希望他向政府施压迫使政府和平转变。1832年6月1日,拉马克将军染上霍乱去世,让群众感到让政府转变的希望破灭。正是在6月5日,拉马克将军的葬礼引爆了大规模的武装起义。雨果在《悲惨世界》中对这次武装起义进行了生动逼真的描写。——译者

但说得再具体一点。并不是人人都认为这是一次歇脚；没有人能排除这不是又一次改朝换代，甚至不是徒具虚名的第二共和国。每一个法国人都对时间的流逝、对不可捉摸的人事和环境变动很敏感。娄万夫人提醒她的儿子："看看法国三十八年来发生的变化。为什么未来的日子不会像过去一样呢？"再晚一些，在卡昂，一个正统派教士问主人公："您认为十四年后这面旗帜还能像现在一样迎风招展吗？"在这种情况下，年轻人怎么能明确地规划他的未来呢？

半个世纪的动荡多少已经影响了所有关于未来的规划。多少昙花一现的政体被取代、被颠覆战胜！多少次政变以戏剧性
132 的方式呈现！戏剧的隐喻符合整个时代。我们看到演员在政治舞台上转了三小圈后又冲了下来，很快又重新现身；有时再出现时已经在后台换了服装、头饰、帽徽，变换了观点和言行，将白色换成了蓝色；过去他们狂热不已，如今如梦初醒、看破一切；他们昔日被放逐，今日又放逐他人。那些誓死仇恨王权的人，先是向宪章宣誓，后又对路易-菲利普效忠。那些追随拿破仑的人，不久前还将他视为通往新生活的旗帜，转眼就被帝国宫廷陈旧的刺绣饰物诱惑了。于是出现了不太可能出现的身份转变，1792年的爱国者变成了正统主义者，极端保皇党人变成了民粹主义者，雅各宾党人变成了自由主义者。拉梅内*之流的教皇的

* 拉梅内神父（Lamennais，1782—1854），最初是教皇绝对权力主义者，他的思想不断发生变化，先后推崇自由天主教主义、社会天主教主义和基督教民主。1833年，他放弃教士职务，发表《一个信教者的演说》，遭到教皇的批判。1848年，他当选国民议会议员。1854年去世时，根据他的意愿，采用的是世俗的安葬方式。——译者

崇拜者们变成了自由的膜拜者。用司汤达的话说，自由“胸襟广阔。它总是忘了问人们：你们来自哪里？”

在这样一个变色龙丛生的世界里，一个年轻男子去哪里寻觅一个坚定的处世楷模呢？他能遵循什么样的榜样呢？遍地都是叛徒，他们来自社会各界，有来自拿破仑军队的中校弗洛托，也有来自督政府行政部门的推事迪克罗。人们指责迪克罗在对自由派记者的诉讼案中犯下纵容的罪过，他的官场生涯奉行沉着的实用主义原则，职位的不断更替使他养成了谨慎的性格：他先是被督政府任命为代理检察长，然后被波拿巴任命为初审法官；他在路易十八时期担任法庭庭长，拿破仑从厄尔巴岛回来后继续给他保留了这个职位，后来他被查理十世任命为推事。每一次就职他都宣了誓。此时他决定在推事的职位上终老：不过由于推事不是不能罢免的，谁也不能担保第二共和国不会在这串念珠上增加一个颗粒，谨慎的他打算宽恕这些共和主义者。整个时代惊魂未定。

只要这个年轻人稍微有些勇气和精力的话，这个世纪从另一个方面对他来说，只适合平庸的模仿，这让他叹息道：“哎，如果我早生20年！”他想过自己在20岁时就当上将军，领导着他的
军队。但路易-菲利普胆怯的对外政策使他的希望破灭了。这 133
一时期是屈膝妥协的时刻，是不温不火的时刻，是宣扬利益的时刻。不再有英雄，不再有伟大的灵魂。我们见识了某位出身中庸资产阶级的葛朗台夫人，准备成为部长夫人，幻想就此成为罗兰夫人第二。但这纯粹是对那群伪善和谋求私利的人说给她的

恭维之语的推想。在曼农[*]见到罗兰部长的前一天，那些鼓舞她的伟大思想在哪里？每当这个世纪的人想模仿1793年的人时，就会变成一个可笑的木偶。他们偶尔也会制造一些"特定的日子"[**]，但缺少冲劲、热情和灵魂。在拿破仑的熊熊烈火燃烧之后，张力陡然间缓和下来，使整个事业黯淡无光。

幻灭的情绪也波及了国王的形象。极端保皇党人凌辱"篡位者"，污蔑这个君主政体是他改造的代用品，驱散了王权这一概念的所有魔力。从今往后谁还会因为国王与他说过话就陷入狂喜呢？路易-菲利普的内务部长提供了一个悲哀的反例。在他年轻时，"R.O.I（国王）这三个字母拥有着惊人的力量"，如今国王卸去了一切光环，这一名号没有任何诱惑或恫吓的权力，更不必说任何神圣的职责了。

这个时代充斥着卑劣、单调、犹豫、沮丧，沮丧是因为一切都被人说过了、尝试过了。在这个空置的世界里，有一样东西总是出现，它掷地有声，生生不息，这就是法国大革命。所有人都会想到它，尽管他们不愿意提到它。革命英雄已然死亡，但他们留下的一连串形象在不断地激发人们的激情，其中最强烈的激情莫过于恐惧。只有最开明、最超脱的头脑有能力理解，并像娄万父亲那样从容地说："大革命是现实的产物。"对大多数人来说，大革命仍是一个激情的赌注。正是对大革命的回忆或期待，使社会等级分化；滋生了不能调解的派别；主宰了人世间所有的

---

* 罗兰夫人的全名是Manon Jeanne Phlipon，曼农（Manon）是亲友对她的称呼。——译者

** 指的是1830年7月27—29日"光荣三日"这样特定的日子。——译者

评判，使一个年轻人说出这样的话：他是或不是“我们的人”；它还隐秘地支配了谈话；使所有行动都具有政治意义；最终使年 134
轻的吕西安·娄万醒悟过来，摆脱了命运的束缚。

在南锡、布卢瓦、卡昂、巴黎，他的旅程所经之地，他看到了什么？只有一小撮痴迷的共和主义者维系着大革命的香火。一会儿，记者们拿捏指责与凌辱之间的分寸，精打细算让他们的小报存活了下来。一会儿，下级军官反抗他们中庸的上级，厌倦的时候就互相起罗马绰号来解闷，他们崇拜成为拿破仑之前的那个波拿巴，还没有崭露头角，等待着“觉醒的伟大日子”。他们正直、勇敢、真诚、狂热、单纯：法国资产阶级君主制时期所有最可贵的品质，他们都拥有。但他们避不开这个时代模仿的天性和对年代的混淆：他们从大革命中继承了一个梦想，一个幻象，即实现一个完美、幸福和公正的社会；他们狂热地希望再生；也总以为能够把法国人改造成天使。我们只能说共和主义就是一种天使主义。

怎样锤炼1830年法国人萎靡不振的灵魂？这项事业几乎令人绝望，因为没有颁布严苛的法令，没有采纳暴力的手腕，换句话说，没有模仿“卡里埃们和勒邦们”*。共和国的极端主义有可能又一次转化成狂热崇拜，共和主义者仍旧充当了神甫的角色。

---

* 让·巴蒂斯特·卡里埃（Jean Baptiste Carrier，1756—1794），曾任国民公会议员，1793年9月，他被派到南特去镇压旺代叛乱，他在那里采取了极端残忍的镇压措施，例如将囚犯溺死到河里；约瑟夫·勒邦（Joseph Le Bon，1765—1795年），他曾是奥拉托利会会员，大革命时期成为宣誓派牧师，1792年8月10日后，他放弃教职，当选国民公会候选议员，恐怖统治期间，他在阿拉斯和康布雷采取了严酷的镇压措施。——译者

然而这只是稀稀拉拉的几个人，而且不具有攻击性，都是些纸老虎。“如果在君主制和共和国之间投票的话，9000张选票中，共和国只能得到400张。”尽管如此，一小撮狂热的人足够在一个区内散播恐慌情绪。他们常去一个咖啡馆，这个咖啡馆就变成了“九三年俱乐部”。谢尔省省长里克堡先生认为，他们只不过十来个人，但是他们“虚张声势，好像有千军万马一样”。同样这位里克堡先生看到富家子弟毫无廉耻地说自己是共和主义者，同样还会为一本遭到谴责的杂志凑份子钱以缴纳罚金，为此他很
135 是纳闷；他怀疑共和主义已经悄无声息地取得了胜利：他说了一句令人吃惊的话，在温和的君主政体中，共和思想“快要泛滥成灾了”。

逼人的谣言带来了恐慌，尤其影响到期待路易-菲利普快速倒台的人，这些极端保皇党人每天早上都觉得他“快要败北了”：这种倒台也预示着第二共和国的降临。断头台的阴影笼罩在南锡的极端保皇党人阵营。有人回到年轻时所学的数学，因为他深信“断头台等着我们”，只有抽象的学科能驱除一想到未来就引发的伤感。有人准备流亡，一听到不好的消息就准备连夜赶路。有某某人颤抖着等待巴黎来的信件。这些人深受记忆的折磨，“甚至最高兴的时刻”也在想着1793年。年轻的娄万刚到南锡时，从姓氏上看很明显是北方人，难道他来自罗伯斯庇尔家族？*而且此时这些怯夫又有了恐怖和忧虑：对无产者的恐怖，

---

* 罗伯斯庇尔是亚眠人，亚眠位于法国北部，所以怀疑吕西安来自罗伯斯庇尔家族。——译者

共和主义者的政治动荡刚过，无产者的社会动荡就接踵而来；1832年，红旗第一次在拉马克将军的送葬队伍中挥舞起来。邻市的工人竟敢组成工会，南锡的军队出动对抗他们，所有漂亮的妇女都在窗前发抖，司汤达通过他的主人公的嘴问道：她们最憎恨谁？工人还是路易-菲利普？

路易-菲利普同样是个赝品，是“大革命培育出来的”国王。1830年的街垒战对胆怯的人来说就像一场地震，它仿佛又重启了革命的循环。他们认为会又一次在街上看到贝蒂耶和富隆的头颅钉在标枪上示众。*他们原本对路易十八只是不信任：因为他颁布的宪章从官方角度认可了法国大革命的存在。这次，他们则拒绝效忠篡位者。于是他们被免职，失去社会地位，年纪轻轻就无所事事，百无聊赖，穷困潦倒。他们的沙龙不怎么点蜡烛，缎纹布做的帷幔已经褪色，他们就在这一明一暗的烛光中苟延 136
残喘。他们绝没有想要为布拉格的“真政府”**造反，只是被动地等待着那个政府下达命令。

他们有时也会抱怨。查理十世在流亡途中忠诚的随从心怀怨恨，他从复辟君主政府那里只拿到了一点金钱，对国王的忘恩

* 贝蒂耶（Bertier de Sauvigny）是巴黎总督，1789年7月22日被巴黎群众杀害，尸体被钉在标枪上示众；富隆（Joseph François Foullon）在大革命期间取代内克任财政大臣，他也在1789年7月22日被群众割喉杀死，尸体被吊在巴黎市政厅门前。——译者

** 1830年七月革命后，查理十世被逼退位，皇太子路易·安托万（昂古莱姆公爵）也随之签订退位诏书，后他们流亡到欧洲多国。1832年，奥地利皇帝弗兰西斯一世把位于布拉格的一处城堡赠送给他们，于是查理十世和皇太子便安顿在布拉格。很多正统主义者并不承认退位诏书有效，他们仍把查理十世看作是法国国王，1836年查理十世去世后，他们把皇太子路易·安托万看作是路易十九。——译者

负义耿耿于怀。尽管他为此感到伤心，但仍然坚信查理十世具有正统性："我们的国王是国王，仅仅是因为他是王储的儿子。"使之成为国王的是亲缘关系，而非道德或功绩；正当性的缺乏并没有影响他的正统性，反而充分表明，他的权力根植于传统之中。

正统性：这是一个神圣的词语；它被极端保皇党人用作口令，很好地强调出资产阶级君主制的缺陷——因为颇具戏剧性的是，它没有正统性。那些流放在外的人，只剩下一些护符、象征和纪念仪式，还有魂不守舍的状态：南锡的夫人们的想法与流放者一脉相承，匍匐在舞厅中央用作临时祭坛的不合时宜的小礼拜堂中，匍匐在蜡烛围绕的皇太子*的肖像前。他们身上还留下了一些怪癖：他们满腹的冷嘲恶讽，既是针对那些在"光荣三日"之后晋升为政府官员的"七月英雄"，也针对墙纸裱糊工人和蜡烛制造商。交谈的内容也一成不变，无外乎诋毁兄弟间财产均分，嘲笑农民脱盲以及憎恶征兵制度，因为按照这一制度的规定，升迁全靠法律，与奉承国王不再有任何关系。日常的谈话总是穿插着无意识的说笑：一旦有人说出"路易-菲利普"的名字，就有人叫"小偷"，而且绝对能引发一阵狂笑。恢复修道制度，废除《民法典》，召回耶稣会会士，这些计划只能说是倒退。对法国来说，除了回到1786年没有别的前途。所有人都在反复讲述一个枯竭的剧本，像顽固的骑士翻来覆去地讲述一场失败的征程。所有人都在做梦，在某种程度上，他们的幻想与共和国的幻想是对称的，只是他们的幻想

* 指的是可继承王位的路易十八的侄子、查理十世的儿子贝里公爵，他1820年遇刺身亡。——译者

不是面向未来,而是面向过去。

这个小小的保皇党人社会既躁动不安又一成不变,死守着那 137
些早已被废弃的价值观念不放,但他们夸夸其谈的架势,仿佛这些观念一直存在似的。最能体现这个社会幽灵特征的,是南锡的极端保皇党人,他们认为自己在功绩上高人一等,但最后不得不让一个粗俗直爽但有勇有谋的平民做首领;这位普瓦利埃尽管也充满恐惧,但只有他能引领这个倒退又拒绝现实的世界,威严地指挥着他惊慌失措的小部队。他们也不得不使虔诚成为潮流,与教士结成同盟,尽管他们漂亮的妻子们不欢迎耶稣会士的归来;因为虔信能加强服从的精神,也似乎是自此能抵御共和国的最可靠的壁垒。他们还不得不为了生存下去,与遭人痛恨的体制达成不光彩的妥协。

难道这个阶层因为流放在外而失去了所有的影响力吗?他们接二连三的失败在巴黎要比在外省更明显。巴黎也有极端保皇党人,只是他们不是圣路易的骑士而是高级公爵*,他们存有同样的记忆,心怀同样的希望,反复诉说着同样令人快慰的传说,一个传说说的是尼古拉皇帝有一处宝藏,旨在用于把雅各宾派赶尽杀绝。但在巴黎,任何人都不能否认,极端保皇党人已经出局,中庸派取得了胜利,但资产阶级抢了圣日耳曼区的风头。反

---

* 高级公爵(ducs et pairs)在王国中的地位仅次于血亲亲王(princes du sang),是公爵爵位序列中的最高等级,这一头衔是国王颁布诏书批准的,并且要经高等法院注册才能生效。高级公爵的领地被称作高级公爵领地(duché-pairie)。高级公爵享有如下特权:出席高等法院会议;25岁以后参与高等法院审议;出入国王居所;在王国所有场合,都有仅次于血亲亲王的尊贵席位。——译者

之,外省是一个小堡垒:那里的极端保皇党人仍旧可以依仗他们的权势。他们可以要求新来的人表示效忠,严密地把守着"思想正确的人"与其他人的界限,他们让一位在邮局工作并支持他们事业的女士拦截信件,禁止人们常去这家咖啡馆、阅读那本杂志。最重要的是:他们举办的沙龙和舞会向七月革命的政府关上大门,倘若有人强行闯入,他们则会极尽蔑视,让闯入者陷入不幸。这既是象征性的惩罚,也是对报复的想象:但至少在一段时间内,这些措施还算行之有效。

事实上这些措施现在仍然有效,只要我们瞥一眼那个中庸的世界和当中掌权的官员就知道。这里弥漫着失望情绪:没有一
138 个人被邀请进入上流社会。南锡省长沦落到要由食品杂货店老板娘贝尔许夫人陪着参加晚会。谢尔省省长则饱受主教的蔑视。当军官们冒险进入极端保皇党人的沙龙时,人们带着恐惧——这难道不像是1793年卷土重来了吗?——和嘲讽迎接他们。而在马尔西里夫人的舞会上,上校像被当成了害群之马。所有人都起来对抗社会等级的壁垒。所有人,愈是怀疑自身,愈是痛苦不堪,愈是与鄙视他们的贵族对比,就愈愤愤不平,而女人在这点上更甚于男人。葛朗台夫人妄想通过她的石榴裙、友情和爱情成为巴黎资产阶级的女皇。她的沙龙挤满了暴发户,太昂贵、太新潮、太富裕,她置身其中痛苦地咀嚼着自己被从圣日耳曼区流放出来的经历,梦想着拥有"纯正的血统",并一脸茫然地哀叹:"出身不高贵,会举止高雅吗?"

这个被羞辱的圈子像那个羞辱它的圈子一样胆战心惊。他们害怕反对派的新闻记者:德朗斯男爵参加过哈瑙的战斗,脸被

军刀划成两半，但这样的一个人见到记者，却吓得惊慌失措。他们害怕职位不保：上校害怕打开早报，担心读到他被免职的消息。他们害怕共和国：内务部长迷人的小媳妇一想到共和国可以“离我们如此近”就惶恐不安。他们害怕平等的动力：平等能够拉近军人和工人阶级的距离，因此，必要时要在他们之间挑拨离间，好把他们分开。他们还害怕应有的忠诚：中尉N伯爵对士兵们仇恨王权的激烈情绪记忆犹新，但由于必须在候见室和教堂的石板上低头哈腰，他尽力在脑海中掩盖这一不谨慎和不适宜的记忆。

对于这些恐惧，这些羞辱，只有一种补偿：金钱。犹如道德是共和党人的动力，记忆是极端保皇党人的动力，金钱就是中庸世界的动力。金钱可以抚慰所有被排斥的感觉，因为它有解放 139
人的权力。只要我们腰缠万贯，我们就能够以主人的身份说话。银行家吕西安允许自己与国王平等对话，甚至威胁国王。他的儿子吕西安虽然不贪财，但事实上过着奢华的生活，正是这种生活方式为他打开了南锡极端保皇党人社会的大门。世代相传的地位差异与出身带来的荣誉消失了。“爵位和贵族出身都已一文不值，只有金钱本身还在，而不费劲就得到的金钱更是好上加好。”自此之后，一切都可以出售——地位、十字勋章、庇护、选举、舞女和内阁。

我们也明白了为什么金钱能征服最倔强的群体，如军队：弗洛托中校徒劳地炫耀着他光荣的服役经历，他曾在亚历山大的城墙下赢得肩章，在大革命的军队中唱起《马赛曲》，但复辟王朝摧残了他的梦想，他在七月革命后成为一名平庸的公务员；

如今他一开口就宣称自己效忠国王，声称有必要镇压捣乱分子。他随时准备评估给一个银行家儿子提供保护能带给他什么，把送给他的礼物——银烟斗、一箱甜烧酒——都统统揽入囊中。另一方面，贵族也因迷恋金钱任由自己堕落。德·蓬勒韦侯爵垂涎他女儿的财产。德·桑莱阿尔侯爵一得知燕麦涨价了，就放弃考虑君主制的原则。这个年轻人的资产阶级名字令人恐惧，到底要不要在家里接待他呢？德·塞尔彼也尔夫人为此犹豫不决，但她有六个丑姑娘待字闺中，只好向统治这个世纪的原则——功利——让步。

小说的主人公惊讶地发现，这就是勇士查理*的后代此后要屈从的法则。国王关心私人利益多于公共利益，自己也做起了小额证券交易。金钱是后革命时代社会唯一的动力，是伟大的交换品，具有将一切平等化的力量。各个阶层的人都心怀恐惧，但恐惧根本不能把他们团结起来。金钱，它每天都能把证券投
140 机商和大家族们聚集起来。可以想见，这些大家族很快就抛弃记忆和历史，忘记等级界限，向现时的力量妥协，正是这种现时的力量促成了中庸派的胜利。

这是一种悲哀的胜利。娄万先生愤世嫉俗地把“新贵”描述成“镇压或窃取七月革命”的人，然而，这些人也有功绩。中庸派的人成就了自我：他们不耽于幻想，亲自用行动赢取地位。他们也识时务：“他们不留恋过去，他们不会只准读《基督徒的一

---

* 勇士查理（Charles le Téméraire，1433—1477）是勃艮第公爵，以勇气和残忍著称。他为了保证勃艮第独立，向法国国王路易十一宣战，成功地扩大了他统治的版图。——译者

天》,使他们的孩子变得愚昧无知。”*但是为了这些成绩,他们付出了什么代价?奴性的代价:内务部长德·韦兹伯爵为了几千法郎而贪污腐败,在能保障他赢利的证券投机商面前,他卑躬屈膝。怯懦的代价:这些最勇敢的将军刚刚富裕起来,就变成了懦夫。冷漠的代价:葛朗台夫妇残忍地对待圣米歇尔山穷困的囚犯。最终还有愚昧的代价,因为一心只想获得,很少有时间反思和学习:可笑的葛朗台认为每天牺牲一小时就可以“了解我们文学的动态”,这个说法表明了他的无知。德·韦兹先生被迫同意购买伦勃朗的一幅画,请求他的顾问们告诉他这位伦勃朗先生在最近一次绘画沙龙**中展出了什么作品。收银台的精神毒害了灵魂,也腐蚀了智力和品味。

现在,资产阶级成了这个世界的新主人,他们残忍、卑劣、庸俗、笨拙,对心智事物闭目塞听。现在,沉闷的资产阶级社会凯旋了,激情凋谢,想象枯竭,一切伟大的事物变得荒谬不堪。在这个贪婪的社会中,那些醉心于精神上自由交往的人何处安身?一个年轻人自此之后可以为什么样的事业全力以赴,甚至舍生取义?如果把吕西安·娄万的生活比作一场纸牌游戏,那么从

* 译文参考司汤达《红与白》,杨元良译,湖南文艺出版社1991年版,第362页。——译者

** 绘画沙龙(Salon):最初是指法国旧制度时期皇家绘画雕塑学院在17、18世纪之交举办的绘画雕塑作品展览,此后,展览沉寂了一段时间,1725年恢复,地点转移到卢浮宫的方形沙龙。直到1737年,这种展览制度固定下来,时间为每两年一届。由此,沙龙演变为展览的代名词,这个沙龙也被看作是法国绘画的官方沙龙。法国大革命后,这个沙龙仍旧是政府管理的官方沙龙,但是向皇家雕塑学院(它已经变成法兰西美术学院,隶属于法兰西研究院)以外的作家开放。——译者

游戏一开始所有的牌就都被做过了手脚。

* * *

141 司汤达描写了一群迎着朝阳前去征服世界的年轻人，而吕西安是这群人中最稚嫩的。这里说的并不是年龄，而是幼稚的儿童特性在吕西安身上要比在司汤达的其他主人公身上体现得更为顽固，这应归因于他像喜欢历史一样喜欢自然。吕西安是一个帅气的小伙子，谈吐优雅，举止高贵，性情不太稳定，但也开放、活泼。他无忧无虑、粗心大意、朴素自然：是一个天真的人。他好动感情，常心由境转：每每看到一件不合时宜的纪念品，碰到一个乌云密布、阴沉乏味的日子，遇见一个无赖，他的性情都会随之改变。这是一个靠本能反应的人，疏于算计，拙于掩饰，什么都写在脸上：当他不该脸红时脸红，不该脸白时脸白，还经常泪眼汪汪，毫不防范地向他人流露感情。他有时极其害羞，有时大发雷霆。他很敏感，容易遭受他人言论的打击，他想讨好别人却笨手笨脚，不能恰当地评判他人言行举止。总之，此人变幻无常，他对这种变化并不满意，他要成为另一个人，而不是一个漂亮笨拙的小学生，一事无成，用他表兄德凡尔瓦的话说，“一个知足的孩子”。

吕西安给人印象最深的就是一事无成。司汤达一直在提醒读者：“我们仍不知道他有一天会变成什么样的人。”主人公本人也几次表达他的焦虑：“我到底是谁？”他对自己一点都不了解，这是他的苦恼，因而急着形成对自己的好印象，心甘情愿地把尼采的道德律令变为己有：“打造自己的性格。”整个小说讲到他做了种种努力走出犹豫不决的状况，由于社会本身的不确定状态，这个任务变得更加艰巨。

吕西安的家庭经历使他成为一个被宠坏的孩子，所以家庭也帮不了他多少忙。在他的成长过程中，他根本不需要面对一个敌意的世界来构建他的品性。他根本不像《红与黑》里的于连，两者差得很远。他在慈母的沙龙里长大，受尽宠爱，这个沙龙在小说中自始至终是他心灵的故乡。每次感到与它重逢，他便如 142
获新生。他在这片滋润的土地上培养了什么品性？养成了善于取悦人的习性，这一点可能使他很难接触现实生活的残酷和外省的粗鲁；还有对举止、风度和谈吐风雅的癖好，后来的人生中缺少了这些东西，对他来说确实是很残酷。在巴黎银行家夫人举办的显赫的沙龙里，有一样东西几乎是不可想象的，这就是对金钱的超脱。娄万夫人的沙龙呈现了一种从容不迫的生活方式，散发出旧制度的气息，尽管那里没有人“出生在”旧制度时期。娄万夫人的沙龙延续了一个欢快、富有魅力、注重精神享受的古老社会的生活方式，并安慰人们从失去这个世界的痛苦中走出来。吕西安在那里发展了一个爱好，再也没有丢弃它：“我需要从古老文明中获取欢乐。”

吕西安在母亲社交圈的庇护下是个幸福的孩子，他也有一个保护他、爱他的父亲。在司汤达的小说里，父亲通常不扮演好角色，但在这本书中是一个例外。吕西安的父亲很有教养、才华横溢、爱挖苦人，是一个银行家—— “自七月革命以来，国家唯银行业马首是瞻。”与其说他的父亲接近于葛朗台夫妇代表的路易-菲利普式的资产阶级，倒不如说他接近于旧制度时期的上层资产阶级。这个出其不意地进入中庸社会里的银行家视精神高于金钱；他的职业风险很大，像骰子游戏，输赢毫无理由，经常要孤注一掷，导致他情绪剧烈波动，因此他尤其依恋于精神。他从旧制度中继承了轻佻的腔调、宽容的性情甚至是对女人的殷勤（他们意识不到殷勤与爱情之间的差别）：他知道在上个世纪，女人的影响决定着大臣的任命和失宠；他的夫人由于更高的道德标准对此感到不快，他则不同，认为这是一种可爱的民族癖好。只要革命的狂热没有将国家推翻，那胜利的总是"法兰西风尚"。

这个自相矛盾的男人也是一个不按社会习俗行事的父亲。他爱他的儿子，想支持他获取成功，但担心他偏好严肃；万一他支持圣西门主义呢？更严重的是，他万一真的成了圣西门主义
143 者呢？娄万先生用嘲讽的眼光看待圣西门主义者，认为他们可憎，倒不是因为学说，而是因为他们的精神总是受到某种虔信的威胁。为了补救潜伏在吕西安身上的圣西门主义，他要求吕西安与舞女约会，在康卡勒峭壁饭店享用雅致的宵夜，在剧院有一个包厢，允许他挥霍浪费，允许他债务缠身，允许他行为放荡：他认为对吕西安这样一个由自然和历史填满的年轻男人，这才是利于身体健康的食谱。他避免说教，不再提供让人厌烦并引发道德愤怒的建议（道德愤怒与有修养的人不相符）。

然而，在这种愉悦而疏远的宽容背后是一种专制主义，它因隐蔽而显得更加有效。娄万先生很会支配一个年轻人的职业。起先父亲那只手很小心地隐藏起来，这让吕西安感到独立和自由（"自己解决"，这是小说第一部分的一个关键词）。但随着故事的推进，这只手越来越专横，让吕西安察觉到自己可能变成一

个什么样的人——没有自我意志的人，他的表兄德凡尔瓦在小说刚开始的几幕让他隐约看到了这一点，这令他十分厌恶。小说好几次提到与这位不怀好意的表兄的谈话，这次对话萦绕在吕西安心头成为他行为对照的标准。

德凡尔瓦作为道德科学学院的审慎候选人，在对吕西安的考察中，他先是给了一个定义，然后做出一种评判，最后开了一道处方。在这位表兄看来，这个年轻小伙子首先是一个共和党人，只是出生时费了点力气。他是共和党人，实际上是因为这位巴黎综合理工学校的校友，喜欢读阿尔芒·加莱尔*的《国民报》，年轻时对数学充满激情，他被学校开除是因为1832年的一次起义（如果这里说的不是1834年，那么司汤达就是想借此表明，这本处处参照历史的小说，重点不在历史），当时学校在点名，而他离开了那个街区。然而，这一点不足以给吕西安贴上一个好战的共和主义者的标签。但我们知道阿尔科莱战役让他着迷（"这对于我来说，就是荷马和塔索**的史诗，甚至还要好上一百倍！"）。尽管如此，帝国一宣布成立，加冕的场景和新的宫廷花花绿绿的侍从很快使他醒悟了：吕西安的事例既表明波拿巴主义与共和 144
主义的差别，又揭示了两者天然的相似性。

下了定义之后，就是进行评判：吕西安作为共和国的贴心情

---

* 阿尔芒·加莱尔（Armand Carrel），1830年与梯也尔、米涅一起创办《国民报》，这是一份共和派报纸，抨击查理十世的统治，对七月革命的爆发发挥了重要作用。——译者

** 塔索（1544—1595），意大利著名诗人，文艺复兴运动晚期的代表人物，代表作有《被解放的耶路撒冷》。——译者

人，没有为共和国做过任何牺牲；这是一个被溺爱的孩子，还在襁褓里的时候就有仙女们满足他的一切要求，但此后她们仍然把他留在不现实的童话里。当吕西安鼓足勇气讽刺弗洛托中校时，德凡尔瓦一语破的，吕西安的一切都拜他父亲所赐，而弗洛托中校却很有可能还要赡养身居偏僻外省的贫困老父。最后，德凡尔瓦经过分析，为吕西安开出了获取成功的完美处方：从今往后吕西安都应该装出一副严肃、忧郁、烦恼的样子。如果他至少想事业成功的话。

不过他是这样想的。与其说他想成就一番事业，倒不如说他认为有必要为自己量身定做一个角色。未来的院士讽刺性的说教触及吕西安身上最感性的一点：对自主性的渴望，这种自主性是当年轻人不是继承人，或不愿当继承人时，拿破仑主义者的狂热给予他们的。吕西安想走出优柔寡断的状态，向德凡尔瓦证明，如果历史剥夺了他成就英雄主义的机会，它或许给予了他自食其力的机会。他热切地想要回答表兄给他提出的那个可怕的问题："你独自一人能做成什么？"他试图融入社会，承担一个角色，哪怕要付出伪装的代价。这样的话，这里还是涉及了他的父亲，一个隐晦的契约连着父子俩。如果说事业成功在于满足社会期望，那它同样在于取悦一个温柔得让人窒息的父亲，那它是否能真的实现自己？是否又能证明他的独立性？吕西安的整个故事就围绕着这个问题展开。

* * *

吕西安为了寻找一种使他观照自身的试炼，第一选择是进入军队，这没什么惊奇的，因为这一决定与他的观念一脉相承：他认为年轻人应该承担义务，常提起“法国的利益”或“祖国的召唤” 145
这些热血沸腾的词汇。即使在这样一个日益变得平庸的世界里，选择军队生涯也是与他青少年时期的想法最贴近。吕西安总是梦想着受了伤，被安置在施瓦本或意大利的茅屋里，时而被一个俊俏的村姑照看，时而被一个优雅的贵夫人照看，而这两种情形最后都发展成爱情。阵亡本身在他身上唤起的是一种诗意的回忆。他感到自己在草地上慢慢地死去，头靠着一棵树，正是巴亚尔[*]的姿态。他只要看到长沙发上崭新、华丽的少尉制服，看到一身绿军装配上茺红的镶边，就会沉浸到一种纯净的幸福中。

青春的激情并没有妨碍他的思考：在军人这条路的前方等待他的是什么？吕西安像贡斯当一样，能够做到一分为二地看问题，虽然顺从地开始了从军生活，但幻想破灭；在这个政府的统治下，没有任何机会在战场上扬名；路易-菲利普最关心的是限制外国列强军备，以秩序保护者的身份自居；吕西安如同这个世纪的其他人一样，是共和主义者、波拿巴主义者，甚至是正统主义者，他叹息政府的对外政策如此谨小慎微，令祖国在傲慢的外国面前蒙羞。此后他有过一丝短暂的希望：或许欧洲专制君主不能原谅“光荣三日”复活了1789年，复活了革命的希望；说不定最后年轻人有机会打一场仗呢？然而，深省之后，他又一次失望了：在一个祖国的观念已不复存在的世界里，等待着少尉的

* 巴亚尔骑士（Bayard，1476—1524）是多菲内贵族，在法国对意大利战争中表现英勇，成为中世纪晚期法国骑士精神的象征。——译者

大概只有待在外省的兵营里,逛逛军队咖啡馆,吸一支雪茄烟、打打台球消磨时光。他或许确实打了一仗,只是“为了争夺几片白菜帮子”*,便把枪对准起义工人,还妄想成为“特兰斯诺南街的英雄”。

当这个骑兵英雄想象着在拿破仑的伟大阴影下的另一个世界里察觉他自己的行为时,突然出现了对这种光荣形式的阴暗
146 的嘲讽。然而希望再次出现:在这个军队中,尽管一切显得沉沉欲睡,一个下士腾空而起,他能向巴黎进军,能再做第一执政,能为被羞辱的民族复仇。很快,吕西安不悦的精神使另一种反对意见出现了:如果民族渴望光荣,那就放弃自由吧。无论如何,应该痛下决心,以此结束:“好吧,我就当枪骑兵吧。”

这些幻灭倒是可预料的,比起接下来等待这位枪骑兵的,根本不算什么。首先是他与弗洛托中校的相遇,弗洛托中校18岁就是“骠骑兵”,是参加过革命时期和帝国时期所有战役的勇士。自执政府时期,他觉察到自己唱了太多的《马赛曲》不够谨慎。在波旁王朝统治时期,他初领圣体,他明智地认为这是件好事:这次道德上的背弃得到的奖赏就是十字勋章和荣誉军团勋章。吕西安起初对他失望透顶,但随着军队挺进南锡,这种情绪逐渐驱散,吕西安陷入纯粹的狂喜;然而这种喜悦极其短暂,最终他还是要面对预料中的生活:必须打的台球,外省生活的无聊,应付夜生活的年轻人,人们举止粗暴还带着伪善。更有甚者:官员

* 译文参考司汤达《红与白》,杨元良译,湖南文艺出版社1991年版,第19页。——译者

受人操纵,奥茨特里茨战役和马伦戈战役的英雄变成了懦夫,变着心思骗取酒钱;还有一些荒谬的禁止措施:禁止离开南锡超过两里的距离,禁止读报;一个宪兵队自此之后要干警察的活儿。更糟的是,他的同事们嫉妒这位来自巴黎的公子哥,此人花钱不眨眼,买了一匹英国马,看不上营房的饭菜,这些举动一下子就招来了上级的怨恨。

尽管如此,有四个共和派的下级军官,他们以罗马人的名字给吕西安写信,使他有了获得友情的机会。但这一希望很快因他没有预见到的情形打破了。他来那一天,从马上跌了下来,正好跌在一个金发女人的平纹细布的窗帘下,他的这一跌逗乐了这个美人。他认为自己出丑了,永远不得翻身,先是因为自尊心受到伤害而关注她;然后打听她的消息;接着就梦想要征服她。但应注意的一点是:人们告诉他,这个年轻女人是德·夏 147
斯特莱先生的遗孀,他1830年后"因受不起惊吓死在南锡"。这个女人是一个狂热的极端保皇党人,是正统派高明的布道者。而吕西安是路易-菲利普手下的一名军官,带有雅各宾派的声名,还被冠以这样倒霉的名号——"被巴黎综合理工学院开除的学生"。这样的他怎么才能走进她的世界?无论如何,应该无视四个共和派军官伸出的友情的橄榄枝。"去共和化",这也是吕西安父亲的忠告。

与此同时吕西安发现,他的家仆因为经常光顾教会总有好事临门。于是他也成了一个笃信宗教的人,买了最厚的祈祷书,尽管穿着一条洁白的裤子,他也乐意跪在悔罪人小教堂的石板地上,露出庄重的神情,身边围着几个"思想端正"的仆人,订一份极端保皇党人的杂志，聆听受布拉格*启发的谈话，既不发牢骚，也不偷偷地狂笑。为了证明自己不是共和派，他甚至可以决斗。于是，正统主义者的小集团开始叽咕道："他是我们的人"，认为他适合做他们那些既不漂亮又没有嫁妆的女儿们的配偶。反过来，那些叫罗马人名字的年轻人抨击他为叛徒，这才令他悲伤，而他本来可以与他们成为朋友。但他最终深得那位美丽寡妇的爱恋，她可是南锡所有年轻贵族觊觎的对象，正是这一点让这部小说成为喜剧。

漂亮寡妇爱上了吕西安，那些毛头小伙子可受不了。德·普瓦利埃是极端保皇党人该死的灵魂人物，在他的帮助下，他们筹划了一个旨在消灭吕西安的阴谋。他们制造了一出怪诞、卑劣的闹剧，伪造了一个秘密的分娩场景，这对德·夏斯特莱夫人是种侮辱。德·普瓦利埃和一个忠实的奴仆串通好后，打算趁着吕西安藏在德·夏斯特莱夫人的候见厅时，抱着一个婴儿走过房间，包裹婴儿的襁褓还沾着血，这一切吕西安一览无余。其实这个婴儿根本不是新生儿，这场演出一点也不真实，但吕西安很幼稚，很容易被哄骗。他能做的就是失望地离开南锡。由于这
148 次严重的开小差事故，他的军事生涯结束了，他强迫自己经历的人生的第一次试炼也告终了。后来，他向朋友高夫承认，离开南锡是由于"一个私人的原因"。应该补充的一点是，就算不为这件事，为了逃避被派去镇压饥民的骚动，他还是会采取各种办法离开的。

* 指安顿在布拉格的查理十世和皇太子。——译者

对吕西安来说，选择从军意味着放弃他的职业爱好和孩童时期的幻想。相反，进入政界——这将是他的第二个选择和第二种试炼——迫使他的性格做出较大的改变。为了达到这一点，他必须在南锡经历一场撕心裂肺的爱情。他还需要一种强烈的愿望，摆脱表兄勾勒的命运，并通过自身证实某种东西。最后尤其需要来自父亲的挑战：父亲为他谋得一份职位——内务部部长办公室主任（这种恩惠一开始就让人怀疑吕西安的第二次选择是否是自愿的），并提醒他：在这个以弄虚作假为主要特征的职位上，他是否有勇气成为一个无赖？父亲在这个新职位中看到了儿子身上取胜的手段、疯狂的爱情和天真的共和主义。由于吕西安已经在南锡领教了爱情中的种种虚情假意，认识到要成为“无赖”还需经日累年的磨炼，不再自责有一双富人的白嫩小手。他认识到这份职业有多危险，也希望自己不会被危险吓倒。

于是，这样一个萎靡不振、遭受羞辱、悲观绝望、缺少幻想的人进入了政坛。但等待他的有多少失望啊！部长交给吕西安一连串任务，要求他按资产阶级君主制利欲熏心的方式行事：在巴黎监视生命垂危的挑衅者科尔提斯，不让他开口说话，因为有人利用此人阻挠工人和军人接近；借助于掌控职位升迁和分配烟草专卖证，确保在布卢瓦的选举取得胜利；在卡昂，采取同样恶意中伤的方式阻止一个十分诚实的男人当选；允许人们在投票开始前传播敌对一方的候选人破产的虚假消息；允许人们在 149
邮局拆开别人信件；允许人们用银行纸币豢养政治联盟；在竞选旅行时有人当面冲他扔了一铲泥，他要忍受屈辱；更糟的是，他随后听到一个现场的观众大叫：“你们把他的灵魂全涂在脸上了！”吕西安为此感到愤慨、厌恶，而且他遭受这些苦难时，仍旧像个孩子，所以他在朋友高夫面前泪流不止。高夫是他在巴黎综合理工学院的老同学，是他从圣·贝拉吉监狱营救出来的。这位高夫具有实用主义精神，成功地使狼狈的主人公明白他的职业本来就让人鄙视，如果想让自己的言行保持一致，就不应该“脸皮那么薄，经不起屈辱”。

然而对于所有的侮辱有一种弥补措施。如果吕西安不能消除他卷入其中的卑鄙龌龊之事，至少他对自己的行事风格还是很自豪的。在科尔提斯事件里，需要收买一个垂死的人，让他封口，他协商时充满尊严，而且表现出了人们在相似的情势下最大的诚意。在面对省长和法院院长时，他能做到口是心非，为了使人敬服，他能故作高傲，在这个过程中，他能品味到一种驾驭言辞、掌控人事的极高层次的乐趣。在故弄玄虚的过程中，堪称奇迹的是他仍保留了自己的纯真：他玩弄的伪善并没有伤及他的灵魂。他把这看作是一支舞曲，他应该尽量优雅地跳出强加给他的舞步；这种训练要求具备聪明才智，而且还能向吕西安揭示他是谁。

这种“成功”很快露出了局限性。在此期间，娄万先生对政治感兴趣，让人们在阿韦龙选举他为议员，借助于一小撮软弱盲从的议员，靠一次次好酒好菜招待他们，他在议会呼风唤雨。凭借这支“南方军团”，娄万先生控制了议会。但他还要面对一个困境：如果他在新政府中当选部长，他会被人笑话；如果他什么都得不到，他也会被人笑话，因为他看上去被剥夺了权力。至于
150 吕西安，他当部长还太年轻。于是父亲想到让儿子经受新的一场试炼。他想让葛朗台先生，一个十足的傻瓜当部长，但有一个

条件：在官方宣布任命葛朗台先生之前，让吕西安成为葛朗台夫人的情夫。人人都将明白是娄万先生操纵了议会选举。吕西安于是开始向葛朗台夫人发起追求的攻势。但他发现这位夫人极为庸俗，便不断地把她与他在南锡的爱慕对象进行比较（即便是德·普瓦利埃的阴谋也没有玷污德·夏斯特莱夫人），一心只想逃离她。但他让自己确信：勾引名媛让他身心愉悦；可他耳朵里老是充斥着德凡尔瓦的话，说他没有能力自由行事，更可悲的是，没有能力让自己被人爱。

正值此时，父亲娄万犯了一个致命的错误：他向儿子吐露了设想好的剧情以及与葛朗台夫人达成的交易——她完全知晓这个交易并进入其中。吕西安很愤慨，他做出了第一个恢复自由的举动。无疑他的虚荣心受到了打击，但他也明白父亲从未停止过向他实行带有温和暴力色彩的教育。所以，他决定让整个计划搁浅，向葛朗台夫人直言他不爱她，而葛朗台夫人在那期间已经爱上了他，对这一切感到始料不及。以此事为起点，他开始抛弃契约，摆脱父亲的约束，脱离政治生涯。而就在这时，娄万先生突然去世，成为他背叛行为的最后一把推手。吕西安准备不再“无赖”下去。这是第二次临阵脱逃，但这次背弃表明他重新认识了自己，并依照自己的意愿行事。

* * *

吕西安准备好动身去罗马，司汤达曾经设想在那里使他成为一名外交官。司汤达也设计了一个幸福的结局，让吕西安与德·夏斯特莱夫人重逢，并喜结良缘：他拟了提纲，但是没有写

出来，或许是因为娄万父亲的去世——他直到那时都是小说的
151 牵线者，他的去世让作者在构思这个年轻人的未来时遭遇困难。

那么到底发生了什么？由于娄万先生曾强迫吕西安与葛朗台夫人交往，又透漏了把葛朗台夫人收为囊中之物的伎俩，这一招使德·夏斯特莱夫人的形象以及吕西安对南锡的迷人回忆复活了，使吕西安背叛了“对不属于他自己的情妇忠心耿耿”的职责。对于这种爱情，吕西安首先激烈地反对：“这颗政治头脑历来蔑视爱情。”*在一个共和主义者看来，爱情值得怀疑：它使人忘记祖国，优先选择私人幸福，对公共利益鼠目寸光。谈一场恋爱并不是这位激情四射的年轻人渴望的命运：“我尊重自己，因为我感到为国效力高于一切，而且我感到需要高尚的灵魂存在……而我却在这个时候选择成为一个外省极端保皇党人的奴隶！”

这令情形更加复杂，因为除了这份感情让他偏离职守外，情人之间还夹杂了社会等级和观念障碍。他是一个共和主义者，而她像狂热的斯塔尔夫人，在沙龙里高谈阔论支持查理十世。考虑到割裂两人的鸿沟，司汤达一度想到参照他的作品《红与黑》。为了爱情，他们必须放弃各自的主张，战胜他们的偏见，无视他们的习俗。一考虑到婚姻，她便意识到这是不可能的：她想，我的父亲绝不会同意我嫁给娄万先生，“一个敌对派别的人，一个共和国士兵，而且不是贵族”。除了这些外在的障碍，疑虑也在增多，尤其是一方对另一方的猜疑也逐渐累积起来。她担心这样一个风流倜傥的年轻人，善于讨好和引诱人，因而会不诚

* 译文参考司汤达《红与白》，杨元良译，湖南文艺出版社1991年版，第294—295页。——译者

恳。她与吕西安本人一样痛苦地去思索他到底是怎样一个人：这是一个自命不凡的人？一个艳福不浅的人？他则很难从心里清除他从马上跌下来时（他认为）留给这个美人的滑稽形象。两人都担心轻率地向他们的习性让步。两人犯的蠢事不断增多， 152
误解也不断加深。他在树林里草率地写了一封信，幼稚、真诚、务实，他又写了第二封书函来纠正，搬来约定俗成的爱情辞藻来当救兵，这使她很不悦。她有一次在舞会上率性而为，之后认为还是应该一板一眼；吕西安担心，她是否只是一个“矫揉造作的风情女子”？

两人因为信仰的分歧以及共有的焦虑产生了不和，然而，这种不和达到极限时，又使两人惺惺相惜。吕西安为自己辩护：她是什么时候有极端保皇党人思想的？这是她所属的社会等级的思想。勉强可以说，这些思想，不如说反应，一早受到基督教教理问答的熏陶。他向她坦露，只有对她，他才无话不谈，“即便是在政治话题上，我们如此敌对”。她呢，在人们讥笑路易-菲利普的沙龙里，很担心看到这个中庸派的军官被人们对君主的讥讽所伤害，这位君主正是吕西安被迫要服侍的。她很快便安心了：她爱的人“只为祖国服务”。这个外省极端保皇党人的头脑里闪现出一个惊人的看法：她难道不是正在改变吗？“或许正在变坏”，正如她担心的那样。她不是已经开始怀疑人们在圣心修道院讲给她的都是谎言吗？

然而，她没有支持吕西安的观点，他也没有拥护她的立场。当然，吕西安“为她牺牲了自由主义思想，她则为他牺牲了极端保皇主义观念”。这里说的是双方一种轻微的牺牲。两人中谁也没有抛弃他们的信仰,只是暂时忘却了信仰的存在。两人根本不是在政治舞台上握手言和,而是在理想的爱情国长相厮守:理想国超越了政治舞台,使政治褪色,也免去了他们各自放弃自己政治信仰的痛苦。还需要证据吗?比如在巴蒂尔特*与吕西安的交往中,政治是不存在的,而在吕西安与葛朗台夫人的交往中,政治始终存在;当这位夫人晕倒在这位年轻男人的怀抱中时,司汤达评论道:“在爱情这幕戏中,吕西安是派性很强的人。”

153 从哪些方面我们能认出通往幸福的大门?从一拍即合上,这点在两个年轻人第一次谈话起就很明显,当他们在假面舞会相遇相知时,他们之间“这种微妙的亲密关系,两人都感同身受”。从计谋的失效上。从两人深情对视、会心一笑上。从两人沉默不语上;巴蒂尔特和吕西安很少想打破这沉默:“他们就这样在一起已经够幸福了。”从两人的互相信任上,伪装与本真之间的所有界限荡然无存。从逃到城市之外这一件事上,两人躲进茂密的森林,安静地聆听绿衣猎人咖啡馆的音乐,这是小说中的一个乌托邦。最后是从记忆上,因为吕西安和圣普乐一样:如果让他失去记忆,他也就没有了爱情。当吕西安踏上第二段人生旅途,遭遇政治耻辱的时候,对巴蒂尔特的回忆也没有一分一秒离开过他。因为她,他不能忍受葛朗台夫人的诱惑。她也是吕西安行为的裁判。如果她看见了我,她怎么想?在吕西安学习成为一个无赖的过程中,这个纠缠不休的问题一直伴随着他。到最后,他发现为了与她共度一个梦寐以求的良宵,他愿意付出一

* 巴蒂尔特是德·夏斯特莱夫人的名字。——译者

切，包括荣誉和共和主义者的公民责任感。

在司汤达讲述的故事中，爱情是评判价值的真正标准。正是爱情使娄万老夫妇充满魅力，两人的关系非常坦诚。葛朗台夫人容貌大变，这是爱情魅力最好的明证。她最初把吕西安的假情假意看作是实现她野心的工具。尽管她怀抱野心，她还是坠入爱河，她愿意"自己付出代价，而原本她是想让那个部门付出一个部长职位的代价的"。自从被恋爱触动后，葛朗台夫人这么一个追求私利的人，在人生中唯一一次避开了讨价还价。司汤达认为，即便一个平庸的人也能展现他深层次的信仰：爱情，超脱了那个斤斤计较、处处算计的世界，从容地把不属于它的东西一脚踢开：厌恶、怨恨、政治与历史。

* * *

在司汤达给他的著作写的几篇序言中，他承认《吕西安·娄 154
万》可以有两种读法：一是把它读作一个共和主义信徒的故事，这个信徒追随罗伯斯庇尔和库通；另一种是把它读作一个保皇党人的故事，他热烈地希望回到波旁王朝的长支和路易十九的统治。我们可以认为这里体现了那样一个人习以为常的提防心理，他总是担心被人识破，疯狂地热爱化名、乔装改扮和暗语。而这两种观念的平衡也表明他一直在旧制度与大革命之间摇摆不定。更确切地说，是在两种旧制度和两种大革命之间摇摆不定。因为，一方面，特权丛生的旧制度令人憎恨，那些具有拿破仑式狂热思想的人不能接受被限定的等级和命运，将1786年看作是法国走出野蛮的日子。另一方面，旧制度充满闲暇和乐趣，注重技巧,人们的交谈趣味横生,舍此司汤达不能生活;在这个世界中,仪表、符号、风度使生活丰富多彩,变得讲究,趋向高雅。因此,旧制度具有两面性。

但大革命也是双重的,如同它酿造的民主一样。民主无疑令人向往,因为它建立在平等、自由、诚实和美德的基础上:吕西安在南锡经常往来的唯一一个朋友是共和主义者戈济埃。但民主也令人厌恶,它带来了风度的简化,这也是一种不加修饰的舆论的专制,它宣布无聊将占据统治地位,它也许是合理的,但却是有局限的。无聊占统治地位愈发使写过《拉辛与莎士比亚》的司汤达不能接受。它首先危及文学,因为文学只能因生命的独特而绽放,因命运的绚丽而存活:共和国无视这些,强加上"统一的道德风尚"。它还危及爱情生活,吕西安如同司汤达一样发现"这(爱情)是世上唯一实实在在的东西"。尽管戈济埃对吕西
155 安一片同情,一旦涉及爱情,他还是不能够给朋友任何建议。为什么共和国在谈及爱情时如此笨手笨脚,如此麻木迟钝?那是因为恋爱的激情把心爱的女人放在了一个神台上,她遥不可及,完全超过自身。司汤达读过伯克的著作。他是否认识到了这一点?在柏克这位大革命的猛烈攻击者看来,共和国对于玛丽·安托瓦内特犯下的真正罪过在于,把王后还原为一个妇女,剥夺了她的威望,使她的处境毫无遮拦地展现出来。无论如何,他相信爱情要求形象具有魔力,能产生有魅力的幻觉:严峻的共和主义者把这些当作不真诚的事物拒而远之。

无论是司汤达还是吕西安都不能接受民主,他们认为民主"在他们看来太粗鲁",在民主这种体制下,人们如同在美国一

样,人不是“被考虑,而是被算计的”。每当两人梦想着跨越大西洋时,他们坚信在那里,他们将生活在一群正义和完全具有理性的人们身边。但他们也预想到,在这样一个没有恩典和考究的世界里,无聊会把他们吞没。两人的理想在于使他们时代的共和精神与另一个时代的君主道德联姻。由于不可能庆祝这场希望不大的结合,他们只能试着找到通往另一个世界的通道。

因此,无论是司汤达,还是他的主人公,都不是中庸派:吕西安喜欢人民,却不能忍受与他们经常接触;他热爱共和主义,但这位布鲁图斯在正统主义者的沙龙里阿谀奉承;他崇拜拿破仑,但专制主义使他反感;他是一个民主派,却讨厌生活在平庸的美国;他的生命被撕裂成两半,根本找不到平衡点,而且厌恶资产阶级君主制虚伪的平衡。资产阶级君主制想要施加的“歇脚”是借用自拉马克将军的术语;雨果也将使用这个词。这个术语被断章取义了,将军说的是“在淤泥里歇脚”。雨果保留了歇脚而不是淤泥。而司汤达看到的只有淤泥,小说从头到尾到处是淤泥,它成了恶棍的隐喻,吕西安在布卢瓦收到的一铲泥既喻示他从事的职业很龌龊,也说的是整个体制。

或许,只有吕西安的父亲代表了“中庸派”可接受的一个人物 156
形象,他活得很洒脱,爱奚落人,忠实于过去的风格,还坚信法国大革命取得了胜利。但这个榜样无法模仿。吕西安声称他的独特性是不可还原的,以此反对父亲。《吕西安·娄万》非常精确地描述了整个法国大革命所代表的父子间的决裂,不管这里的父亲指的是天父、父亲般的国王还是血缘上的父亲:自此之后,幸福的亲子关系不复存在。

157

第六章 《悲惨世界》：共和国或被打发走的过去

《悲惨世界》

1845年，雨果动笔写作这本小说，后来的几年由于遭遇双重震荡，他的写作中断：对于个人来说，他因犯了通奸罪*而备受指责，为此痛苦不安；对于民族来说，在法兰西历史上，共和国又开始走运。他花了17年时间完成这部壮丽的史诗，这期间不断地修改，增添内容，还曾偏离主题。他自己也从资产阶级君主制的贵族院议员变成共和国议会的左派议员，后又遭到新帝国的放逐。

在他被流放到泽西岛期间，仍在为这部巨作增加新场景，并放大时间跨度，尽管1832年起义是这本书一个明确的时间坐标。

---

* 1845年7月5日，雨果与莱奥尼·布里阿尔德（Léonie Briard）在巴黎的一家旅馆通奸，被后者的丈夫、画家奥古斯特·布里阿尔德（Auguste Briard）抓了个现行。雨果由于刚当选贵族院议员，免去了牢狱之灾，而莱奥尼为此坐了两个月牢，后来，在雨果夫人的请求下，她又被关到了奥古斯丁修道院。——译者

最初，书名是《苦难》，他弃之而选择《悲惨世界》*，“命中注定的词”，他认为“既能囊括不幸的人，也能囊括卑贱的人”。实际上，时代的大罪不仅仅是制造了物质上不幸的人，而且是杀死灵魂，制造了精神上不幸的人。它不仅让一些人成为犯罪的牺牲品，而且让穷人与恶为伴。这就是《悲惨世界》给我们隐晦的忠告，福楼拜和巴尔贝** 没能领会这一点，他们猛烈攻击这本书，后者认为该书洋溢着“幼稚的福音式的道德观念”，前者认为该书是为“信奉天主教–社会主义的贱民”而写。

共和国或被打发走的过去 159

马吕斯，这位《悲惨世界》里的男主角背上了恶名。他犹豫不决、平庸无能、自私自利，自炫其美。因此作者在写了几百页之后才让他出现并没有什么让人吃惊的。他除了俊朗的外表、鬈曲的头发，别无可称赞之处。他完全被一个悔过自新的苦役犯、后来成为他岳父的冉阿让盖过了风头。马吕斯这么一个太漂亮、太得体的人却被曲折多变的剧情卷入颜面尽失的地下世界，这既是指有人犯罪的下层社会，也指为了发动暴动而精心策划的藏身之地，更是指冉阿让拖着他走过污水坑，使他免于一死，躲过警察的追捕。他被到处安置、到处丧失社会地位。尽管他一贫如洗——我们猜测这只是一时的，然而在小说里，只有他

* 直译是《悲惨的人们》。——译者

** 指的是朱尔·巴尔贝·多尔维利（Jules Barbey d’Aurevilly），19世纪法国小说家、评论家。——译者

有可靠的血缘关系，有一个为人熟知的名字，由于他有这种社会基础，我们不会把他看作属于《悲惨世界》里那群卑微的人：这些人有的只是偶尔碰到的家人、临时的居所、转瞬即逝的绰号而不是真姓大名。我们甚至可以说，这个年轻的傻瓜几乎不理解他卷入其中的故事，在整本小说中，他先是误解，然后演化成蔑视。

因而，很难让这个小伙子担当主人公。巴尔贝作为最无情的批判者，认为雨果笔下的柔情难以理解，傻里傻气："人不能因为
160 有个女孩儿爱就成了主人公。"然而，我们很容易理解，这是作者给予他的角色、他的同类、他的兄弟的宽容。雨果把自己的经历投射到马吕斯身上。这个小伙子的父亲是帝国的一位上校，雨果的父亲是位将军：对于两人而言，父亲的形象充当了他们从青春年少时期的保皇主义转变成长大成人后的共和主义的介质。雨果是通过他的母亲，马吕斯是通过他的外祖父（这个人施展计谋让孩子与父亲断绝关系，以免受到牵连），认同了郊区贵族的正统主义，并回忆起——小说家将来就是让他这样做的——"那些使他与过去紧密相连的深情而值得尊敬的往事"。马吕斯因此是雨果的化身，旨在解释一个人怎么能从对波尔多公爵出生*的颂扬转向对共和国的颂扬，期间还经历了对旺多姆广场圆形

* 波尔多公爵（1820—1883）是被暗杀的贝里公爵的遗腹子，查理十世的孙子，也称尚博尔伯爵。随着他的祖父在1836年去世，他的伯父昂古莱姆公爵在1844年去世，波尔多公爵成为法国王位最正统的觊觎者，拥护他的人被称为正统主义者。1870年，随着普法战争的失败、法兰西第二帝国的倾覆，正统主义者和奥尔良主义者都支持波尔多公爵继承王位，但由于他在国旗问题上不肯妥协，导致君主主义者阵营出现分裂，法兰西第三共和国借机在法国站稳了脚跟。——译者

铜柱*的颂扬，这个过程并不是一马平川：这是一个迂回曲折的历程，为数众多的孩子都经历过，当滑铁卢永远地结束了英雄时代时，他们长大成人。他们被剥夺了成为一个英雄的所有机会，随着这个世纪的跌宕起伏，他们发展出了一连串的忠诚。

在这个热情不失冷峻、激昂不失纯洁、腼腆不失威严的马吕斯身上，我们感到雨果重新发现了自己的经历——他也曾身处险境，极有可能失去爱恋的年轻姑娘，找到了他年轻时的激情，他用温和的讽刺对待这种激情：“马吕斯就这样成年了，当严峻的形势出现时，他做了一个傻瓜该做的事。再使把力气的话，他就崇高了。”这个年轻人对自身感到不确定，但他有力量对抗苦难带来的残酷考验，除此之外他最坚信的就是他欠了过去一笔债，他在获得幸福之前必须还清这笔账，因此他长期漂泊，就是为了寻找他的恩人们——在滑铁卢战场上他以为“救了”他父亲命的那个人，以及在下水道的泥坑里“救了”他一命的陌生人。

马吕斯身上一些突如其来的冲动，赋予这个有些过分雕琢的年轻人一种青春年少式的热情和纯朴。每当外祖父——他心中仍然滋生着对革命和波拿巴的恐惧——的挖苦击中和侮辱了他 161
刚刚重组的对父亲的回忆时，马吕斯就发作了：“打倒波旁王朝！打倒路易十八这头大肥猪！”这声怒吼有些不合时宜：一来路易十八去世已经4年了；二来这声怒吼对外祖父和姨妈而言，不外乎是一声惊雷掉在了客厅里。在震惊和沉默过后，脸色苍白的

* 旺多姆广场圆形铜柱是在1805年奥斯特里茨战役胜利后，拿破仑下令用历次战役中缴获的大炮为原料修建的，雨果在1827年写过一首诗《旺多姆广场圆形铜柱颂》来表达他对拿破仑的敬仰。——译者

外祖父给贝里公爵的半身像敬礼，然后说一声“你滚出去”。这句话经这个生性多疑的年轻人一丝不苟地揣摩，就决定了他的命运，也决定了整本小说的叙事。

然而，雨果知道不能从深情的默契转向好意奉承。这个冒失的年轻人缺乏洞察力，他并没有掩饰这一点。马吕斯误解了他的父亲，因他外祖父的讲述而迷失了方向，他的外祖父是极端保皇党人，他认为自己当上校的女婿是一个强盗，这个人在那个邪恶的时代是个能干的刀斧手。马吕斯来到他垂死的父亲床前时已经太迟了，但他并没有显露出应有的悲伤：只有等到去圣绪尔比斯*望弥撒时，他遇到一个理财神甫，才发现父亲爱他，理解了父亲的慷慨和英勇，还有他把孩子的教育交给外祖父是受了要挟。他误解了外祖父，没有猜测出这个粗暴、爱抱怨的老傻瓜的离奇古怪的行为背后是对他的一片深情。后来，他还误解了冉阿让：当此人已经成为他岳父，在一个戏剧性的场景中向他透露苦役犯身份时，马吕斯没有能够从头脑中驱走“苦役犯”这个词无意识地带给他的那些可耻形象。雨果评论道：“尽管马吕斯认同民主，但他把社会的惩罚看作是文明的过程。”我们可以理所当然地认为，这正是冉阿让本人的情感。

听了这番悲壮的供诉，小肚鸡肠的马吕斯对这位老人极尽羞辱之能事。冉阿让常常悄无声息地来到一间昏暗的底层屋子看望珂赛特，但是他坐的扶手椅被拿走了，后来炉火被熄灭：这一切都是为了让这个老苦役犯明白，他在这对年轻夫妇的私密

* 是指坐落于巴黎六区的一座天主教教堂。——译者

空间中是多余的人；这表明，马吕斯的轻率近乎残忍。最终，马吕斯和珂赛特身上都有一种利己主义，雨果以爱情的名义给予 162
宽恕，这种激情使恋人逃脱了平庸的世界，把他们禁锢到自己的幸福中去。但这种利己主义在一个光彩夺目的天真少女身上是可以容忍的，况且她经历过冷漠童年，终于触摸到幸福的温柔乐土；但这种利己主义在这样一个男人身上就不能让人容忍了，他曾被卷进历史的大风大浪，投身街巷战，他本应该在这期间获得一种政治和道德意识。

不过，起义者马吕斯摆脱街垒的公民启蒙——仿佛没有这段插曲似的，急切地投入到外祖父温暖的怀抱，心满意足地与珂赛特生活在一起，最终娶她为妻，过起了安定的资产阶级生活，很少考虑曾与他并肩前行的“悲惨的人们”。我们可以为马吕斯辩解，他在小说末尾发现这位当过苦役犯的岳父是他在下水道的那位神秘的施救者，于是理解了基督-冉阿让做出的巨大牺牲，对他充满了感激之情，因此算是弥补了罪过。但是我们应该对这种赎罪式的发现有所保留，因为这一发现是别人不小心泄露的，而不是他努力追求真相而调查来的结果；更吊诡的是，这一碰巧得知的真相是小说中那个恶神说出的，那是个说谎和犯罪高手。

马吕斯不是一个完美的主人公，这一点并不重要，因为他对雨果来说是小说中珍贵的媒介。马吕斯揭露小说中其他主角的身份，使他们改变面貌，发生转化：他的一瞥让珂赛特心花怒放；爱潘妮，这个年轻的精灵为人慷慨，衣衫褴褛，她在对马吕斯的爱情中获得了力量，并从为他赴死中获得了凄切的幸福；冉阿让，马吕斯向他强加了最深重的痛苦，他背着马吕斯走过地下水道的污水坑时，就像人们托起赎罪的十字架，即使这个老人把他视为征服珂赛特心灵的敌手而憎恨不已。上述人物身上的变化都是马吕斯造成的，他虽然不知不觉，但身手不凡。

他还充当了处境、地点和人物的联结。这本巨著耗时17载，作者不时偏离故事的主干，不时插入一些内容，又不断地扩
163 展、讨论，人物不时被吞没，一些线索丢失，然后又出其不意地重逢，难以置信的巧合使人物的命运时而交织，时而分离，由此很难进行任何概述，马吕斯则穿插其中，为这片混乱寻找意义。在滑铁卢那个被战争打穿的月牙似的火山口上，死尸堆积在一起，马吕斯的父亲“被救了”，实际上是被一个十足的恶棍从死人堆里硬拉出来，为的是抢劫他，并不是救他一命。上校给儿子留下遗言，要他找到这位德纳第，向他致谢。马吕斯开始寻找，但一无所获，因为这个家伙后来隐匿起来干各种卑贱的营生，用了不同的假名。后来，一位小姐与一位白发苍苍的老人在卢森堡公园偏僻的林荫道上散步，马吕斯爱上了这位姑娘，但难觅其踪，他又急忙投入新一轮的寻找中，想与这位小姐重逢，并弄清她的身份。

马吕斯的两种寻找可以合二为一，但他要经历整个故事才能理解这一点。他不知道德纳第夫妇就是这位珂赛特凶狠的后爹后妈，经过千曲百折，冉阿让才使她逃脱了他们的魔掌。他不知道他住在简陋小屋时（他与外祖父决裂，被迫躲藏起来）曾与他们为邻，那时他们叫戎德雷特。那时，他在戎德雷特的阁楼里发现了一个诡计，德纳第在一帮恶棍的协助下，把陪伴这个姑娘的

老人引入圈套(突然他明白了,一下子惊慌失措,原来他父亲神圣的嘱托关涉的是一个强盗)。马吕斯很快就要明白,他对父亲救命恩人的寻找以及对那位小姐的寻找都与这个人有关,然而两个线索又断开了,标志变得模糊起来。

但马吕斯固执地想找到这位姑娘,这对老苦役犯是极大的危险,因为他本想无声无息隐藏起来、平安无事过活,结果德纳第夫妇和沙威(这个警察从小说开篇就追捕越狱者)同时发现了冉阿让的行踪。最终,马吕斯认为珂赛特是彻底丢了,绝望之情使他投入到街垒战,与那些信奉共和主义的朋友为伍。马吕斯 164
百折不挠,并且任凭自己误打误撞,这种本领一直在推动故事情节向前发展:一旦他最终醒悟,能够解释他卷入其中的故事了,小说戛然而止。

由于马吕斯在寻人,所以他是《悲惨世界》里所有人物间的摆渡者,他也是这本涵盖了几乎一个世纪民族历史的小说的所有情节的摆渡者,这一点更具有决定意义。通过他的外祖父和老姨妈*,这个年轻人既与复辟时期极端保皇党人的沙龙建立了联系,又与旧制度的传统沾上了边。通过他的父亲,这个在奥斯特里茨战役中获得了十字勋章、在滑铁卢战役中获得了男爵爵位的人,他分享了帝国的神话。通过故事展开的日期,他经历了七月王朝。通过参与共和主义者的地下活动,他参与了颠覆这个温和君主制根基的活动,这个政权想结束并彻底埋葬大革命,

* 老姨妈(grand-tante)疑是姨妈(tante)之误。在《悲惨世界》中,这是马吕斯的姨妈,而不是姨奶奶。——译者

却不断地为大革命仍旧勃然的生机提供证明。马吕斯最终参与了由拉马克将军的葬礼引发的起义。拉马克将军是百日政变的英雄，既是波拿巴主义者，又是共和主义者，是一名象征性人物，在帝国和复辟时期都展现出了这两个时代——战场的时代和讲坛的时代——必要的“勇敢精神”。雨果本来从容自信，看不起所有的年代，这场街垒战却让他试着在1832年的骚乱（他的主角正在这一年成名）和1848年的骚动（他对其进行了如此严格的评判）之间进行比较。

旧制度、大革命、帝国、复辟君主制、资产阶级君主制，还有今后即将到来的共和国，如果不算迫使作者流放的新帝国的话，这本书几乎讲述了一个世纪奇特的民族史，不断重复，毫不连贯，讲述了一些伟大的日子，也讲述了传统是如何遭到挑战的，把不同的政体和一些场景摆上舞台，这段历史不断地纠缠着他。雨果被拿破仑一世拙劣的替角流放后，他在泽西岛写道，看到的只是悲惨的结局。马吕斯为这一切提供了一套生动的剧目。他接受的是正统主义者的教育，然后皈依了波拿巴主义者，后来
165 浸染了共和主义思想，他从根本上说，就像雨果自身一样，是一个温和的资产者，将就着一个“温和的”君主制，偏好改革胜过革命，能毫不费力地回到出身的阶层。他从老姨妈那里继承了一笔资产阶级的财富，从父亲那里继承了帝国的头衔；他是一个姑娘骄傲中意的夫婿，这个女孩被一个苦役犯收养，她的母亲是妓女；他出于七月王朝时期一种共同的、似是而非的然而又是平庸的情感而服膺共和政体，服膺波拿巴主义和自由，因此马吕斯身处不同的政治和社会领域的边界。

雨果的年轻主角见证了这样一个时代，它正处于转型时期，混乱无序，离奇古怪。在这个时代，马拉的尸体被裹在侯爵夫人使用的轻薄的细麻布里，扔在巴黎的下水道里腐烂；此后穷苦人炫耀着那些自命不凡的名字，爱潘妮、阿兹玛，而子爵们对皮埃尔或雅克这样的普通名字感到很知足；我们会碰到一个受异端威胁的主教；会发现有的资本家是极端保皇党人，有些资本家却是共和主义者——这说明观念不是由阶级出身决定的；还会发现恶棍的孩子慷慨大方。在《悲惨世界》里，历史决定主义并不能解释剧情的每一个转折。马吕斯决不是巴尔贝眼中那个平庸的男主角，他的身上尽是让人出乎意料的地方，如果我们想了解这本小说在让人们理解民族历史方面扮演的暧昧角色的话，就应该跟随他富有启示意义的足迹。

*　*　*

马吕斯还是一个孩子时，漂亮、聪明，经常和外祖父到一个
极端保皇党人T夫人的沙龙里去，那里的人们窃窃私语，为他有
这样一个父亲惋惜。这是另一个古物陈列室：在灯发出的绿光
下，人们围着一把微弱的火，他们中有两个侯爵，三个子爵，几个
右派议员，一些神甫，还有穿着过时长袍的贵族老妇人，这一群
疲惫不堪的幽灵聚在一起；我们知道，雨果认为，复辟王朝的所 166
有成功都得益于疲倦。他说，在经过一番喧闹和不安之后，人人
都“需要一张床”。沙龙没有年纪，它既天真，又衰老：年轻人自
此之后没有了未来，已进入暮年；反之，老人感到年轻，因为没有
人愿把他们流亡在外的岁月算进来，这正是复辟王朝的政治根

基。50多岁的人已经把流亡在外的经历从他们的履历上一笔抹去，感到有权从25岁算起，这就如同路易十八在宪章前言要了个杂技，使宪章起自他统治的第25年：他假装从路易十七在唐普尔监狱去世时就登上了王位。

在T夫人的沙龙里，谈话的音调时而因为回忆起断头台而显得忧伤，时而因为路易十六被指控而显得愤慨。在谈话中，悲伤的调子会夹杂着一些无意识的粗暴用语。他们谈起马吕斯的父亲就像谈"卢瓦河的强盗"一样，这是对1815年仍旧忠于拿破仑的士兵的称呼。塔列朗*是"恶人阁下"，拿破仑是"科西嘉的吃人魔鬼"。路易十八让遗忘成为他统治法则的做法，已经被当成雅各宾派了。沙龙把所有的希望放在"亲王殿下的党派"**上，这是那些遭到兄长不信任的男人的唯一依靠。派别之间的仇恨简化了一切评判，人们根据他说拿破仑或波拿巴时字母"e"的发音来划分派别，这无疑是一种嘲讽。混在一起是王道：对马吕斯的外祖父来说，拉法耶特、邦雅曼·贡斯当、九月大屠杀参加者，都是一回事。

这位姓吉诺曼的老先生虽然是资产阶级出身，但明智地取了"明慧"的名字，他吹牛说没有上断头台多亏他的风度和言辞，也正因为如此，他成为那个他带着小外孙常去光顾的沙龙里的权威。90岁高龄时，他生命中只有一个难题：那就是想要活到100岁就必须经过93岁这个邪恶的数字，这让他很悲伤。他属

* 塔列朗（Talleyrand，1754—1838），法国政治家、外交家，在督政府、执政府和第一帝国时期，担任外事部长，在复辟时期担任驻外大使和外交部长。——译者

** 指的是路易十八的弟弟、未来的查理十世阿图瓦伯爵。——译者

于18世纪的放荡不羁之士，不信宗教，快乐过活。他常常得意地想起那些看上他的舞蹈演员和喜剧演员，因而，如果说他曾是一 167
个忧郁的丈夫的话，他也是一个可心的情人。他在玛莱区的家里最钟爱的房间是一个雅致的小客厅。他上衣翻领，短裤，长燕尾，这套装束自执政府时期就没有变过，那是最后一个让他感到年轻的时代；他还沿袭着旧俗，只在晚上接待客人。在小说的末尾，他总是高高兴兴的，他让马吕斯娶了珂赛特，他把衣柜里花哨的装饰品，还有从前被他的情妇们炫耀的波纹织物和镂空花边送给这个眼花缭乱的小新娘。他对婚礼的安排慷慨献策，他希望办一场奢华离奇的婚礼，以对抗这个严肃且丑陋的时代，这可是大革命把法国人带进的时代。

在小说中，这位吉诺曼先生最为鄙视的，就是民主平淡无奇的一面。他对年轻人说，你们的19世纪是“贫瘠的”。“无论如何，它是被削平了。”它还假作正经：人们严肃地对待美德，轻率地对待邪恶，“一个20岁准备结婚的小厮的愿望是像鲁瓦耶-科拉尔*先生一样”。（吉诺曼是敏锐的观察者，能够捕捉《环球报》周围严肃刻苦的年轻人的精神状态和行为举止。)但是第三等级到处得志，使得老人时而愤怒时而狂笑：报纸上灰暗的文章让他感到窒息。他希望婚礼办得奢侈就是为了反抗这个沉闷和没有差异的世界，它“乏味、平淡、无味、丑陋”，民主把他的同时代人带到了这样的世界。婚礼的奢侈是为了向另一个世纪致

* 鲁瓦耶-科拉尔（Royer-Collard，1763—1845）是空论派的领导人，主张温和的君主制。——译者

敬，那个世纪“娇艳、光鲜、闪亮、飞逸、优美、雅致”。吉诺曼先生的言谈使18世纪戏剧的帷幕被掀开了，舞台上尽是晶莹闪亮的幻影。

雨果为了呈现18世纪，通过吉诺曼先生的言语使用了华丽和戏谑的语调，这冲撞了拉马丁，他从中读出了嘲讽，对此很苛刻。他指责雨果对过去不尊重：“夏多布里昂卓越的孩子（雨果）[*]不应该为读者提供笑料，去嘲弄一个老人的不幸和衰弱。”
168 但这是一种误读，过于草率。雨果对吉诺曼生动的素描中没有嘲讽，也没有对18世纪的不敬（恰恰相反，他很肯定这个老人对生活于其中的世界的厌恶赋予他的洞察力）。唯一确定的是雨果把吉诺曼的言行设计得很过时。雨果把吉诺曼先生的所有演说看作是一座消失的剧院中优美的亡灵跳的芭蕾舞：这个不真实的场景根本不能诱惑马吕斯，也没有让他挂念于心。我们还可以在祖父和外孙第二次决裂中再找到一个论证：当马吕斯告诉外祖父他恋爱了，想结婚时，这个场景突然出现了。每当人们谈起“女孩子”，老吉诺曼总是激情澎湃、宽容大度，但却并不明白爱情和拈花惹草之间的区别，他建议外孙做个聪明孩子，把小珂赛特变成他的情妇，并送给他这套生存之道：“做人要圆滑，别结婚！”

马吕斯感到惊愕和愤慨，更加认清了老家伙的丑行：他不仅

* 雨果青春年少时崇拜夏多布里昂，他曾写道：“我愿成为夏多布里昂或什么都不是。”他的文学才华也很早就展现出来，频频摘得大奖，1820年，夏多布里昂读到雨果写的《贝里公爵之死颂歌》时，可能说过这句话，即雨果是一个“卓越的孩子”，于是这种说法流传开来，成为关于雨果传说的一个组成部分。——译者

侮辱马吕斯的父亲，还侮辱他的女人。如果说这位快乐放荡的外祖父的外孙纯洁严肃，讨厌这种享乐主义，这是不够的；他甚至不理解这种享乐主义。那个已然逝去的世界尽管光彩诱人，但没有使他产生任何代际间的忠诚，没有产生任何情感上的依恋。他也不是忧郁的幽灵：在这一点上，雨果的男主角与斯塔尔夫人和司汤达的想象相差十万八千里。马吕斯可以冷漠地观看复辟王朝的谢幕，正如法国人冷漠地看着波旁王朝长支的最后一位君主在诺曼底的道路上渐行渐远。*作为这个世纪典型性的孩子，他可以轻松地接受没有祖先的事实。

相反，马吕斯想有一个父亲。当圣绪尔比斯的理财神甫向马吕斯道出真相后，马吕斯从对已逝去的旧世界的冷漠中走了出来，对刚刚过去的事情，尤其是对今天仍有影响的事情充满了热情。马吕斯原本认为他父亲很冷漠，其实他父亲常常藏起来看他做弥撒，充满爱怜。他屈服于老丈人的要挟仅仅是为了让儿子得到财产、获得幸福。教堂执事吐露的秘密犹如闪电击倒
了这个年轻人。他先是目瞪口呆，然后一阵眩晕，他看到群星在 169
闪耀，他听到了军号声和大炮声。他兴奋地读着大军的战报，他仿佛跟着父亲走到宿营地，在战场圆炮弹的轰鸣声中，踩在雪地里数着父亲从敌人那里夺下了几面军旗，吟诵着自此之后熠熠生辉的名字以及父亲征战过的地名。在这之前，拿破仑在他心目中是“篡位者”“暴君”，现在他把皇帝当作传奇人物，敬他爱

* 指的是七月革命爆发后，查理十世宣布退位，离开圣克鲁宫，途经诺曼底，逃往英国避难。——译者

他，因为他征服了欧洲，代表着法国，“迫使所有民族说‘伟大民族’”。马吕斯充满了新信徒的虔诚，他放弃了所有批判精神，性格原本温和的他现在开始迷恋能人，推崇实力，对他来说，帝国与大革命不可分割。

他清点着他的偶像征服的每一块国土，发现帝国与大革命是一个整体，帝国是大革命的果实；在好比太阳的皇帝之前还闪耀着其他星辰，米拉波、维尼奥*、圣茹斯特、罗伯斯庇尔、卡米耶·德穆兰和丹东。他学着“从远处”看法国大革命和帝国，这是两个孪生而又互补的插曲，大革命“把至高无上的民事权利归还给民众”，帝国“把至高无上的法兰西思想强加给欧洲”。** T夫人沙龙早为马吕斯的这些发现做好了准备，因为他们常把大革命和帝国简化为一体，给予一股脑的憎恨。就这样，马吕斯成了“彻头彻尾的革命者、民主主义者，也几乎是个共和主义者”。

雨果用“皈依”这个宗教词汇描写这种转变，他证实这也是一种离奇古怪的结合，但是复辟王朝和那场被窃取了果实的七月革命巩固了这种结合：这是帝国的信徒和大革命的信徒的结合，在那种不计较会员的政治倾向的秘密会社，我们常常能碰到这种结合，这种不协调的结合最终赋予法国的民主传统一种伪自

---

* 维尼奥（Pierre Victurnien Vergniaud，1753—1793），法国大革命中著名演说家，吉伦特派代表人物，在1793年被雅各宾派送上断头台。——译者

** 译文参考雨果《悲惨世界》（上），郭庆才译，天津古籍出版社2004年版，第597页。——译者

由主义[*]色彩。至少一段时间以来，马吕斯将波拿巴主义者和雅
各宾派合二为一，这种混合与其说出于理性，不如说带有感性， 170
与其说是有意为之，不如说出于被动，来源于伟大民族的意象。

马吕斯是否可以长期体验两者的联合而感受不到诸多矛盾呢？当他结识“ABC友社”时，他就吃了一惊。这是一个近似于秘密会社的小团伙，他们喜欢在米赞咖啡馆的后厅里，在共和国时期一张发黄的法兰西地图下交谈。这里没有人谈到“皇帝”，很少有人说起“拿破仑”，有时有人说到“波拿巴”（Buonaparte），像老吉诺曼一样把重音放在“u”上，而不是放在“e”上。这些新朋友中有一个人胆敢说雾月十八日是一场罪行，马吕斯厉声反驳，而且口若悬河、激情澎湃，这同样让他的朋友们惊呆了。马吕斯从记忆里搜寻出了一连串神圣的地名：马伦戈、阿尔科莱、奥斯特里茨、耶拿、瓦格拉姆，激昂地为这个在历史长河中吹出“巨人的凯乐”的人伸张正义。一个伙伴让他审慎地观察到，光荣应该屈从于更高的价值，这就是自由，让他隐约看到英雄战士的华丽外表下掩饰着一个暴君，这时，他顿然醒悟，犹如获

* 伪自由主义（illibéralisme）是罗桑瓦隆最早提出的概念，他认为当前法国的问题不是反自由主义（antilibéralisme），而是伪自由主义，因为法国根本不知道自由主义是什么，所以还谈不上反自由主义。他认为，当欧洲尤其是英国在17、18世纪进入追求个人权利时期时，他们是通过扩大普选权、推行代议制政府实现的。而法国是在“合理化”的迫切要求下推行绝对王权的，重农学派认为要符合自然法而不是人为法，只有前者能保护自由。因此，理性不能被投票表决，只能通过精英间的讨论，建立统一而合理的权力，这就是“合法专制”。在英国模式中，对自由的保护是通过建立来自于政治代表机制的反权力（contre-pouvoirs）来实现的，法国则提出了一种与此相反的法兰西式的理性主义模式，罗桑瓦隆认为这是一种与自由主义反向行之的自由，一种没有中间团体的自由。为此，法国人一直迷恋公意，对压力集体充满怀疑。——译者

得了神启。这是否会令他与朋友们间出现一条裂缝？他是否要要个杂技把波拿巴主义者的虔敬和共和主义者的信念结合起来？当时这种困惑只是让他心头一震，还没有立刻让他背弃什么。

是什么样的动机使马吕斯接近共和主义信仰？一方面，是人们下意识地把共和国与恐怖相提并论，马吕斯正是在这样的氛围下被养大的。但更重要的是他对父亲的怀念和对拿破仑传说的向往。街垒战让他的朋友们出尽了风头，当他准备加入其中时却犹豫了：他意识到父亲那把“华丽、清白”的剑从来没有对准同胞；它的荣耀只是因为追随皇帝征战国外，热那亚、亚历山大、米兰、都灵、马德里、维也纳、德累斯顿、莫斯科。相反，尚弗里街进行的是内战，是“法国人之间的夜战”。马吕斯在蒙德都街，在离街垒两步远的地方突然停了下来，他思前想后，一会儿担心显
171 得胆怯，一会儿感到应为友谊承担责任，一会儿害怕挥洒法兰西的鲜血。

他经过了很长时间的思想斗争，最后让街垒战融进了他的灵魂。他又经历了一次信仰转变：他确信权利被剥夺了；而且，只要我们承认人类之间有兄弟之爱，就不会有对外战争；骚动为未来的和平铺平道路，虽然充满暴风骤雨，但过程极为必要，因为众多民众容易陷入冷漠，需要人们用有点粗暴的方式唤醒他们。总之，“在奥斯特里茨打了胜仗固然是丰功伟绩，攻下巴士底狱则是千古壮举”。当他看到一个无辜的看门人被一个密探谋杀，他的眼睛仍然睁着，这张恐怖的脸迫使他不管面对什么样的阵营，都会加入其中，当这场新的风暴在头脑中平息下来时，马吕

斯迈过了使他和起义者分开的最后一步，自此以后对他们充满了深深的同情。他，对自己的爱情不抱希望，愤而赴死。他们，深知事业已经失败，没了希望，舍生取义。

马吕斯的决定是否值得他全盘接受1793年，并使罗伯斯庇尔和马拉在身后得到赦免？再也没有比这更不确定的了。马吕斯是在不现实的失重状态下参加了街垒战："他像一个局外人一样注视着发生的一切。"*如果说他感到并不是真正地在从事巷战的话，这不仅仅因为他离开时快断了气，没有了意识，已经接近死亡了。雨果认为，这正是所有战士的共同命运："我们曾经身处险境，但忘却了。"而且还因为他与街垒战的首领安灼拉不同，他仍然认为不要混淆手段与目的。而安灼拉，这个新圣茹斯特**认为有战争就必然有暴力，主张使用"过去的方法"，枪决密探和叛徒。马吕斯从天性上说属于公白飞那类人，对他来说，即便是一个"好公民杀了人"，哪怕有必要，具有解救意义，也不能消除他因侵袭了一个人而产生的内疚心理。他认为——又一次弄错了——冉阿让对沙威实行了民众审判，并处决了他，这时他情绪非常悲观、低落。

法国大革命打开了潘多拉的盒子，释放出了各种各样的残忍，为此，马吕斯很不情愿接受这场革命，显示了年轻人天真的

* 译文参考雨果《悲惨世界》（下），郭庆才译，天津古籍出版社2004年版，第1134页。——译者

** 圣茹斯特（Saint-Just，1767—1794），法国大革命时期政治家，山岳派成员，罗伯斯庇尔坚定不移的支持者，他发表演说主张处死路易十六，宣称"国王是敌人，我们与其要审判他，倒不如说要打倒他……我们不能天真地统治"。引自Jacques Godechot, *La Révolution française, Chronologie commentée, 1787—1799*, Paris，p.123。——译者

172 性情：追逐幸福，却讨厌冲突。这也解释了他为什么不由自主地拥护七月王朝，这个政体是个歇脚战，是半途而废的革命的产物。法兰西民族的历史到处都有冲突和争执，对于时代之子来说，一个主要的困难就是能够辨认谁才是民族历史的继承人。既然如此，我们为什么不能接受整个法国的历史呢？即便是作为大革命的原教旨主义者，安灼拉也看到在未来老人祝福孩子，过去宽恕现在。

至于马吕斯，他身上有某些空论派*思想的痕迹，奇怪的是，他可能是在复辟时期的沙龙里接触到了这种思想，这些沙龙看上去一成不变，然而空论派成员开始现身，为自由君主政体辩护，呼吁"既要为鹰讨句公道，也要为百合花讨句公道"，**也就是说尊敬民族的全套遗产：雨果的说法是，复辟王朝尽管很狭隘，但没有忽视大的思想争辩。马吕斯也有他的空论派时期，颜色"像个安分的小灰老鼠"***。（这是与雨果的另一种契合之处，他对《悲惨世界》进行大修大补时，意味深长地把他到那时认为是自己的思想归到空论派头上。）马吕斯认为在拿破仑身上看到了查理曼、路易十一、亨利四世、黎塞留、路易十四和救国委

---

* 空论派是复辟时期和七月王朝时期的一个政治派别，代表人物有鲁瓦耶-科拉尔、基佐、雷米萨等知识分子，他们奉行介乎民主与保守之间的中庸路线，提出了"理性主权""能力合格原则"和代议制政府等主张。——译者

** 雄鹰是拿破仑的徽志，百合花是王室的徽志。此处翻译参照雨果《悲惨世界》（上），郭庆才译，天津古籍出版社2004年版，第590页。——译者

*** 译文参考雨果《悲惨世界》（上），郭庆才译，天津古籍出版社2004年版，第628页。——译者

员会*的延续。此外，还有一个重要的迹象，人们发现“1830年革命使他安静了下来”。这就是说，像街垒战的朋友格朗泰那样，他并不憎恨“用棉布小帽做衬里的王冠”。

马吕斯是一个调解者，小说里只有他一个人潜心于个人的安宁幸福，从而让雨果得以体现出他对待1830年的公正态度和对法国贵族院议员的宽容（他自己就曾是其中的一员）。《悲惨世界》中有两章内容就像双连画一样，“好好切开，草草缝合”，**涉及的就是这样关键的问题，在这两章内容里，帝国的流放者与被资产阶级君主制授予桂冠的诗人对话。1830年标志着权利对事实的胜利，这是雨果赋予1830年的荣耀。因此，断裂受到欢迎，并确证是完全合法的。在这之后，“好好切开”的东西被“草草缝合”了，尽管很多政治家，包括基佐，用机敏的办法又快又好地缝 173
合了一场新革命撕裂的内容。这就是说机灵的人总是跟在贤哲后面。他们想中止革命，使人们停下来歇歇脚（这就是马吕斯的经历，七月革命使他“镇静下来”）。为了做到这一点，他们寻找的不是一个人，而是一个家族，换句话说是在过去与将来之间寻找妥协，找办法否定突如其来的断裂，或减轻它造成的影响，磨去1830年的革命本质，甚至是法国人存有的对另一场革命，也就是对大革命的回忆。

---

* 救国委员会是雅各宾专政时期国民公会的下属机构，由12名国民公会议员组成，其中罗伯斯庇尔起着主导作用。救国委员会的权限很大，对雅各宾派统治起到了支柱性作用。——译者

** 指的是《悲惨世界》的第四部《普吕梅街缠绵的情愫 圣德尼街慷慨的悲歌》第一卷的第一章和第二章。——译者

总之,他们非常机灵,晓得在歇脚期间尽可能找到最好的国王,一个“与君主制毗连的国王”,能够体现秩序和大革命,与迪穆里埃*是同伴,而且他身上有流放的神圣标志。正因为如此,马吕斯不甘心把路易-菲利普看成是暴君。他赞同雨果的话,我们唯一可以反对这个新式国王的,只有他的宝座。反正这个宝座半真半假,侥幸拼凑而成。马吕斯经过一番思索,认为尽管路易-菲利普有很多优点,但是他代表的是对权利的剥夺:这些原则是不能被切割的。爱好和平的人有义务进行街巷战。他甚至在街垒战的启示下可以变成救星,由此阐明了这样一项原则:在神圣意志的作用下,大事件能使凡夫俗子得到提升。

正因为如此,街垒一个个接踵而来。1832年的街垒战是一场道德起义,本质上是合理的,它针对的不是路易-菲利普,而是他的神圣权利。反之,1848年6月的街垒战则充满狂热和荒谬(雨果果断地在主人公们的意识中增添了后人的证词)。这一次,群氓向人民、向原则、向普选民主开战。这并不是说他们不是被激怒的,并不是说他们没有理由呼吁劳动权。但这次战斗并不是因此而打响的,它其实是一场因绝望而引发的起义,一场人民
174 谋杀自己的行为;它攻击进行普选的集会,以革命的名义让革命丧失信誉:这是政治丑闻,人间乱象。1848年6月的战斗象征性地以一场阴森的战斗谢幕,街垒战中的英雄相互残杀,提醒人们法国大革命也是这样吞噬了自己的孩子。如果把这个人物搬到

* 迪穆里埃(Dumouriez,1739—1823)是法国大革命中投敌叛国的将军,当时的沙特尔公爵、后来的国王路易-菲利普在他的军中服役,两人一起策划阴谋进军巴黎、推翻共和国,阴谋破产后两人一起逃奔奥军。——译者

16年之后的1848年的话，马吕斯会与雨果一样，产生一种悲痛的情感，认为共和国有职责镇压骚动。这一次，事情并没有被“好好切开”。它重新缝合得应该比上次还差。

还剩下一个大问题：是否永远不可能很好地缝合？难道历史总是注定在动荡中跛行吗？难道就不能在中途歇息的时候稳定下来吗？雨果站在格恩西岛的悬崖上痛苦地沉思“拿破仑小人”*的统治，认为这是真正的倒退，难道历史本身就不能了解这一点吗？很明显，这提出了关于进步的一个可怕的问题。

* * *

小说中有一些人热情地拥护法国大革命带来的进步。法国大革命虽然有很多令人失望之处，许了一些没有落实的诺言，有一些明显的倒退，但它只是暂时不讨人喜欢。在整本书中，正是法国大革命赋予雨果讲述的这个故事许多传闻。读者在小说的最初几页就会碰到一个场景，值得尊敬的主教米里哀大人拜倒在一个国民公会议员的脚下，这个场景遭到巴尔贝的奚落。米里哀主教一开始就相当谨慎地祝贺这位革命者没有成为弑君者，后者勇敢地反驳道，他通过另一种方式成为了弑君者：他没有宣判路易十六，但他曾投票赞成消灭暴君。准确地说，是什么样的“暴君”？这个暴君让“妇女卖身，男子受奴役，儿童愚昧

* “拿破仑小人”这一说法来自雨果1852年在流亡期间写的一篇抨击拿破仑三世统治的小册子《拿破仑小人》。但是在中国，长期被译成“小拿破仑”，2011年，程曾厚将其更正为“拿破仑小人”，参见程曾厚：《“小拿破仑”：一个广为流传的错误译名》，《中华读书报》（2011年1月19日，09版）。——译者

无知”。国民公会议员很清楚，如果他帮助摧毁了旧制度，但旧制度仍然在观念和风俗中存在。在1814年，退回到过去看来是必然的。尽管如此，旧世界伴随着偏见和错误一同被打倒在地。
175 尽管向后倒退的行为是如此辛酸，1789年革命的任务并不是没有完成，这种想法减缓了人们对革命失败的痛苦。

在安灼拉的话语中也可以看到他受到进步的启发。在他那些不太严厉的朋友的影响下，这位圣茹斯特呆板的追随者变得温和起来，但他仍然倡导用暴力的方式对待动荡的形势。在街垒战中，他高声庆祝业已取得的进步：汽船、机车、气球。他还宣布光明的未来：世界就像乌托邦-设计师创造的巨大花园城市，绿意盎然；人民联合起来，不再有军队、暴君，不再专断地瓜分国土、离间人民；没有人再遭受剥削，没有人再忍饥挨饿。人们再也找不到断头台和战争。新婚的马吕斯与他焦虑不安的岳父的对话虽然没有安灼拉那些闪光的预言，虽然有点暧昧，但也关涉人类命运的普遍改善。

雨果把这本书献给所有热爱进步的人。雨果在《悲惨世界》的《哲学序言》中明确讲道，这本书名副其实的标题应该是《进步》。雨果在序言中写道：“只要因法律和习俗所造成的社会惩罚仍然存在……只要本世纪的三大问题——贫穷使男人潦倒，饥饿使妇女堕落，无知使儿童羸弱——还得不到解决……只要世上还有愚昧和灾难”[*]，那么这样一本书以及与本书相似的作品

* 译文参考雨果《悲惨世界》（上），郭庆才译，天津古籍出版社2004年版，第10页。——译者

就有益。归根结底,雨果对他写的这几句话很满意。

这一连串"只要",使雨果的观念和安灼拉的观念不只存在细微的差异。最后,他成功地超越了历史——这是1789年的曙光给他的希望,这也是整个19世纪人们的梦想,只要提一下米什莱就够了。他能够最终走出"事件的丛林"。安灼拉写道,20世纪 176
将是幸福的:也就是说幸福的人没有历史,而不幸总是不由自主地与一段充满苦楚、谋杀、饥饿、狂暴和哀伤的历史相连,喧闹不已,噩梦连连,血迹斑斑。雨果本人也差不多是把历史延续等同于不幸。但与安灼拉不同,他认为最高的价值不属于历史,历史无关好,也无关真。他绝对不会对将人类分隔在他们曾经非常幸运地逃避了历史时间束缚的惬意时光之外的这一段时期发表意见。对"只要"纠缠不休的重复足以表明,幸福不是为了明天。街垒战战士临终时的英雄壮举绝不是期盼进步的人们要历经的最后苦难。这是因为,虽然革命能给历史运动一种重要的推动,但它们很凶残,会带来毁灭性的后果。

应该听任这一点:进步不是连贯的,也不是一条直线;人类的征服并不是很温顺地出现在时间的中轴线上;破坏、酝酿、再次破坏,接二连三,令人疲惫不堪,好在没有泯灭人性。外祖父吉诺曼认为进步不过是法国大革命发明的一个虚幻的跷跷板,因此他不能把握长远的未来,但万幸的是可以掌控眼下的未来。

然而,进步不只是人类的憧憬,还是上帝的法则,这正是雨果的宗教中最坚定的一个教义。上帝是历史的导演:它写剧本,分配角色,用一只看不见但不容置疑的手进行策划。但是,在上帝与人类的相遇中,一切都是未知数,因而提出了众多问题,既关涉上帝的行为,也关涉人类自由。首先关涉上帝的行为,格朗泰在街垒战中想象着“如果我是上帝”,就不会像造物主那样求助于残忍的事件、北极光或革命。但在别无他路时,上帝采用特
177 别的手段,甚至求助于野蛮的方式,激发野蛮的阴暗力量,这也是可以理解的。但为什么上帝自己也临时抱佛脚呢？如果我是他,格朗泰杜撰道,“我不会时时刻刻受无意识支配,我会机敏灵活地引导人类,我会像编花边那样把人间事物安排得井井有条,不弄断一根线,我不会采取任何临时应急措施,我也不会演出特别的剧目。”(格朗泰在这点上与波舒哀[*]不谋而合,后者赋予上帝一种权力,可以在应对“特别事件”时,跳过能把事件正常地联系在一起的因果逻辑。)对温和的格朗泰来说,这种喧哗的剧目制造的总是一种忧郁的历史。此外,这个剧目既不容易被理解,也不能被改变,它把人从历史中驱逐出来。最后,格朗泰认为,上帝也无能为力,这个论断骇人听闻。

雨果不怎么喜欢动荡的历史,也不喜欢大革命囚禁它的孩子这种暴力的循环。但他理所当然地认为,上帝的政策是“在缓坡上”追求进步。这是一种平和、缓慢的进步：与赞成暴力捷径的安灼拉-圣茹斯特不同,雨果把公白飞(此人是个孔多塞主义者,他希望通过“公理的教育和人为法的颁布,逐渐使人类与其天命相协调”)深思熟虑的同情与马吕斯自发的同情联系在一起。

---

* 波舒哀（Jacques Bénigne Bossuet，1627—1704），法国莫城主教、君权神授理论家、历史学家。在他为了教导皇太子而写的《世界史教程》（1681）中，他把人类历史描述为上帝的意志在尘世的体现。——译者

让世界缓慢地走向善，追求这种“好的进步”，这也是为了解决人的行为以及他们与上帝合作的棘手问题。假设残忍的行为不自觉地促成上帝所希望的高级进步，这一定是因为人类是上帝手中的工具，人类心中的意愿并不是发自内心的，而且隐晦不清，不具有行动能力，没有自由只有幻想。每当《悲惨世界》提到法国大革命的参加者，我们就能瞥见这种宿命论的踪迹。为什么是丹东？为什么是罗伯斯庇尔？他们的经历中没有什么能预示他们会承担这样闪耀的角色，问题的唯一答案“由命运 178
决定”（Ananké）*：“因为他必须这样做。”但这一切是违反常规的：在缓坡式的进步中，不需要激进和停滞，而应当由上帝与人类联手，相互支持，齐心协力。

这也可以解释进步为什么要靠学校来完成，雨果只有对进步才给予坚定热情的拥护。所有“务实的”人都乖乖地站在了这面旗帜下，它宣扬“应该慷慨地献出字母表”！安灼拉、公白飞，甚至马吕斯和冉阿让，在他们艰涩的谈话中都谈到学校有义务变成协商的场所，他们都坚信——尽管这种信念此后遭受重创——安灼拉从街垒上发出的宣言：学校能够照亮平等，因为“平等的社会出自一视同仁的学校”。我们可以指望学校，也只能指望学校清除整本小说所描绘的根深蒂固、猛烈滋长的东西：社会底层的恶习，层出不穷的腐败、犯罪和野蛮。即便是猫老板谈到一群恶棍和强盗这样悲伤的话题，在结束时也是宽慰地坚信：“没有

* 阿南刻（Ananké）是希腊神话中代表命运和必然性的神。莫娜·奥祖夫在该书中写成Anankè，估计是Ananké之误。——译者

一只蝙蝠不怕黎明。”选择学校作为进步的工具，这是把希望寄托在雨果所珍视的缓慢的改善上：每个学校禁止粗暴，建议在学徒期要耐心，要肯花时间。学校能保证携手共创神圣的伟业，消除人类自由与历史必然间的冲突，而上帝的印记就镌刻在历史必然中。

尽管《悲惨世界》中有这么多鼓吹进步的热情洋溢的套话，但这本书并不能让人相信明天存在一个希望之乡。“未来到来了吗？当我们看到如此多可怕的幽灵时，我们仿佛可以提出这个问题。”在书中，阻碍人们预言幸福的是这样一种强烈的情感，也就是对人类不幸的无力感。人们可以对抗一个不公正的社会加之于苦难之上的恶意。恶意实际上可以被战胜，甚至被消灭。
179 但人们不可能不受苦不衰老，也不可能不死去。这里说的不是物质上的贫困，而是精神上的痛苦：这种痛苦无法医治，与这个小说的故事无关。人们只有战战兢兢地注视苦难；苦难提醒人们，与大革命狂热地承认的东西相反，人并不是自己的主人。当珂赛特是个孩子时，冉阿让给她买了丧服，纪念她去世的母亲。雨果评论道：“珂赛特不再衣衫褴褛，她穿着丧服。她走出了苦难，进入了生活。”我们最好说生活就是一场丧事。意味深长的是，小说中唯一一个对幸福发表乌托邦演说的人，是他们中最超脱的人，这位严峻高洁的安灼拉没有任何私人的眷恋，没有家庭，没有情感，没有激情，除了大革命之外别无牵挂。

正因为如此，小说与社会乌托邦保持距离。雨果厌恶这种纯粹发生在物质层面上的改善以及这种社会主义学说的阶级观念，他把这种主张称作“肠胃社会主义”或“兵营社会主义”。他反对“兵营社会主义”，因为它在名义上让每一个人都安逸幸福，实际上却剥夺他们的自由，用国家代替自发的活动。雨果在《威廉·莎士比亚》中写道，“兵营社会主义”以权利倒退为代价获得繁荣，“这是一个卑鄙的问题”。他反对“肠胃社会主义”，因为倘若他退一步承认“人人安逸就已经不错了”，那他同时也确信“如果这就是一切的话，这什么都不是”：如果满足人的物质需要就能满足他们的期望的话，这无疑是愚蠢的想法。最终，雨果把学校看作是进步的工具，这使他倾心于这种建立在能力基础上的平等，即便是主角中最具“社会主义者”色彩的安灼拉也绝不会羞辱这种平等：平等，这决不是“所有的植物长得一般高，一些乔木和小的橡树相结成群”，*而是“有天分的人都有同样的用武之地”。最高的价值不是体现在集体生活中，而是体现在个人的才华、功绩和果决中，体现在精神进步中。

《悲惨世界》的结局就持有这种看法。从表面上看，它涉及的只是一个虚构的故事：丑姑娘变成了俏佳丽，卑贱的穷人身上
洒满黄金，她遇到了迷人的王子，然后嫁给了他。从此之后她不 180
会再受冻挨饿，不会再有恐惧，因为那个不断阻碍她获得幸福的人畏罪自杀了。很明显，一个仙女从那里走来了。但这个仙女有一个姓氏：这就是苦役犯的姓氏，他两次逃脱苦役犯监狱，投进大海，进入修道院，走进坟墓，进入地下水道，有时在空中，有时在地洞中逃脱，他力大无比，能举起马车，他能力惊人，能在雾

* 译文参考雨果《悲惨世界》（下），郭庆才译，天津古籍出版社2004年版，第1139页。——译者

漫大街时逃身。这种种壮举被珂赛特用来浇灌她的玫瑰,自此之后,她唯一的悲伤只有死亡,不是一只小猫的死亡,而是被小猫扑食的小鸟的死亡。

我们会取笑花了这么大的力气换来的却是如此狭隘的幸福,这是因盲目和自私造成的。但更糟糕的是:我们不能理性地讨论幸福。马吕斯和珂赛特幸福的爱情是一座幸运的孤岛,周围是苦难的海洋。他们的爱情造成了爱潘妮的痛苦,她爱马吕斯,直到做出牺牲。他们的爱情造成了冉阿让的痛苦,这个救命恩人、圣人很快被这对以自我为中心的年轻夫妇所忘却。冉阿让总是把自己看作是个过客,他碰巧掉进这个孩子的生活,待她长大成人后,注定从她的生活中消失:他的椅子在婚宴上是空的;马吕斯缓慢但坚定地把他从年轻夫妇的生活中推走;珂赛特被幸福冲昏了头脑,变得残忍和愚蠢起来,同意了这一点;但更严重的是,她几乎没有察觉这一点。冉阿让的坟墓上没有名字,不知谁在石头上写了四句诗,最后一句是“当白日西沉”,更让人确信他是消失了。尽管冉阿让有着奇才异能,但也只是匆匆而过,好比一颗阴暗的星体,映衬着整个人类的处境。

整个小说的结尾沉浸在一种悲伤的氛围中,无可救药。我们看到冉阿让因珂赛特的小黑袍而内心受尽折磨,正如他在地下水道对马吕斯血迹斑斑的身躯感到痛苦一样。我们看到他因他们忘恩负义的举动而心碎。如果人世间的过客退场的时候留下某种遗产的话,那么这本书所传递的苦难会为进步奏响颂歌,赎
181 罪般的爱无疑也会变得舒缓。但这一点并不确定。在行事风格上,马吕斯没有从吉诺曼家族吸纳任何传统:外祖父的旧制度在

他看来是完全过时的。尽管有儿子对待父亲的忠诚在里面，但帝国的英雄世界在一个资产阶级社会也是过时的，这个社会不再懂得为祖国献身：自此之后不再有勇敢的军人了。法国大革命的一个特点就是，它不能够建立一种传统：从这种绝对断裂中能总结出什么样的规范呢？

冉阿让周围环境的任何一种明显改善都不能补偿他个人的苦难命运。这本书所列举的弊端一个也没被克服：总是有强盗、妓女，总是有悲惨的人们，社会专制原封不动。因此政治介入有什么用？街垒战的起义者有很明确的革命计划，这一套计划最开始是国民公会议员讲述的那一套。历史总是在反复。当马吕斯明白他的公主是一个苦役犯的养女时，珂赛特撞到了这场重要而悲怆的谈话，她不明白这意味着什么，只是感到其中含着悲伤和苦恼，便喊道："我敢说你们在谈政治！"政治因而让人不快。不过，冉阿让最不关心政治，他只打算隐藏他的过去，使自己处在幸福的失忆状态中。当他打算逃到英国躲避敌人时，他思考道："待在法国或待在英国，这有什么两样？只要珂赛特跟着我就行。珂赛特是我的祖国。"至于马吕斯，他一离开街垒战，就忘记了它。此后，他只是与岳父含糊地谈起必不可少的"改革"。

然而，这本令人幻想破灭的小说留下一个遗嘱，这是冉阿让留给马吕斯和珂赛特的，他们在临死的冉阿让床前泣不成声、懊悔不已。但这份遗嘱也有它模棱两可的地方。这位快死的老人坚持写下他发明的工业程序，这种方法使黑玻璃获得成功，使滨
海蒙特勒伊繁荣起来，先使马德兰先生，然后使变成男爵夫人的 182
珂赛特拥有了财富。那么他为什么这样做？难道是这个苦役犯

身上有一股资产阶级的傲慢，想表明他是一个深思熟虑的企业家，知道怎样将本图利，“靠秩序和思想致富？”在某种程度上确实如此。马吕斯刚结婚时不愿意用冉阿让的钱，担心来路不明，冉阿让这样做是否想让女婿从此以后安心使用这笔财产？在某种程度上也有这个考虑。正是凭仗着这笔财富，这个奄奄一息的人叮嘱年轻人：“要幸福。”

要幸福，就要“富裕起来，安心过日子”。只要我们稍微让财富有助于减轻苦难，雨果就绝不会对这个世界上可憎的财产进行价值评判。他从不相信，从一些人手中夺走的财富会被赠予另外一些人。他使悔过自新的苦役犯持有这个信条：财富有助于幸福。正因为如此，冉阿让强烈建议珂赛特拥有一辆车、一个剧院的包间和几套舞会服装，并筹办精美的晚宴：他的建议与另一个祖父的享乐主义不谋而合。

但有更烦恼的事情。这个临死的人重复着：要幸福，尽管他确信人的幸福是很狭隘的：“幸福是很可怕的事情！他们是多么满足啊！他们认为这足够了！他们抱有错误的人生目的，忘记了真正的目的，忘记了职责！”读者确信马吕斯将是忠诚的丈夫、仁慈的父亲。自从知道冉阿让的钱是诚实所得，他将精明地管理这笔钱财。他一有机会就行善，正如塞居尔伯爵夫人*小说中

* 塞居尔伯爵夫人（1799—1874），原名索菲·罗斯托普钦，出生于俄罗斯贵族家庭，父亲曾任莫斯科总督。由于她父亲在1812年拿破仑入侵莫斯科时制造了大火，这不仅导致法国军队溃败，而且招致了在大火中房屋和财产毁于一旦的贵族和商人的愤慨，他们全家被迫流亡国外，后来辗转来到法国。索菲嫁给了塞居尔元帅的孙子欧仁·塞居尔，成了塞居尔伯爵夫人。她五十多岁时开始文学创作，为子孙写了很多童话故事，一些小说中出现过爱做慈善的有钱人形象。——译者

那些乐善好施的有钱人一样。他用革命热情换取一种模糊的符合人性的宗教,幻想进行模糊的改革。对雨果这种类型的改革者,德拉克鲁瓦说这是学习苦涩爱情的学校。这种说明可能适用于马吕斯的未来,一种可预见的平庸的未来。

这本小说如此尖锐地批判了这个时代的物质主义,难道这就
是我们应该从中吸取的全部教益吗?大概不是。在冉阿让传给
珂赛特的一箩筐财富中有两个蜡烛台:这是值得尊敬的主教在
迪涅送给他的,自那时起,他良心上有了转变。不要忘记这些蜡 183
烛台。这银光闪闪的蜡烛台反衬的不是物质上的遗产,传达的
反而是精神上的信息。这种白银不是任何盘算的对象,一想到
主人公未来的命运以及他们空虚的社会生活就会产生焦虑,白
银能驱走这些焦虑。它把人们引向耶稣基督,雨果正是希望把
人们从教士那里拉开,"让他们摆脱基督教"。多亏白银投向未
知世界的这缕亮光,它照亮了《悲惨世界》的结局,弥补了雨果
所说的"尘世的卑劣"。

* * *

雨果讲述的故事与司汤达在《吕西安·娄万》中讲述的故事正好属于同一个时期。拉马克将军的葬礼引发了雨果笔下的骚动,这也是吕西安从巴黎综合理工学院被开除的背景。司汤达不久后谈到这场起义,这是他小说的核心:当吕西安得知葛朗台夫人的丈夫参加了镇压,他对葛朗台夫人的愤怒久久不能平息。不同的一点是,司汤达在1835年写了这个发生在1832年的故事:因此与这个事件很接近。雨果写作《悲惨世界》是在法国

的一个国王[*]又一次逃跑之后，随他而去的还有此后备受指责的君主制。然后出现的又是一个共和国，然后又出现了帝国。我们感到从《吕西安·娄万》到《悲惨世界》，时代在变迁。这一路走来，颠三倒四，乱七八糟，雨果自1832年起就在他的著作中以一种天马行空的自由方式呈现这种现象，正因为如此，《吕西安·娄万》与《悲惨世界》两书的视角截然不同。

司汤达与雨果两人都知道旧制度死了，大革命余威未减。《吕西安·娄万》里的贵族与《悲惨世界》里的贵族一样都是受人支配的傀儡。只是在司汤达笔下的外省，贵族在一段时间内仍在地方上有影响，他们看不起所有的代理人、省长和军人，认为这些人的权力是篡夺来的，他们对宗教充满兴趣，他们估量着再来一次复辟，而雨果剥夺了他们这种对权势的幻想。在雨果看
184 来，旧制度没什么指望，所剩的只是关于它的放荡的回忆，极少涉及教权，零零星星、支离破碎。雨果和司汤达也知道，此后人们生活在大革命开辟的新世界里，这是自由平等的个人组成的世界，两位作者不断地就此得出结论。但是不完善的民主的降临在雨果身上激起了一些和司汤达身上不同的反应。司汤达根本没有把共和国看作是新时代的黎明。雨果则认为，共和国是清晨的福音。

但还要等很长时间才能天亮，诺言尚未兑现。一方面，这是因为雨果很难对共和国的权利做出抽象思考：芳汀面对奴役，甚至是面对马德兰先生慈悲的父权主义，又有什么权利？这也是

---

* 指的是路易-菲利普在七月王朝灭亡后，流亡到英国。——译者

为什么安灼拉的共和国不能仅限于是政治意义上的共和国，还应该囊括对社会公平的承诺。另一方面，任何奠基在社会权利基础上的政治权利的觉醒，即便受到欢迎，也不能就此弥补这个世纪的精神空虚，这个世纪没有为灵魂留下任何东西。

185 第七章 《已婚神甫》：被诅咒的革命

《已婚神甫》

巴尔贝打小就痛恨和解。一份关于他家族的传说这样写道：他的祖父在路易十六被处死后就再也没笑过；他的父亲则因为当时太年轻，没办法参加舒昂党叛乱，而变得性格暴戾。巴尔贝在这部《已婚神甫》中重现了这种违拗的传统，故事用一个名词（神甫）和一个形容词（已婚）构成一桩骇人听闻的罪行。当巴尔贝在1865年撰写这部小说的时候，他清楚地知道自己的立场违背了这个世纪推崇的理念；违背了人性的温情；违背了奥克塔夫·弗耶*沙龙里"带给人慰藉的基督教"；违背了自然神论，因为自然神论将上帝的形象贬低成一个抚慰人心的老祖父；违背了宽容，因为宽容是对完美的放弃；违背了平等，那只是"现代生活的浮石"。

这本书认为，即使一个已婚神甫具备令人钦佩的品质，但他

---

* 奥克塔夫·弗耶（Octave Feuillet，1821—1890），法国小说家、剧作家，法兰西学院院士，著有《驼背矮人历险记》《卡莫尔先生》、剧作《一个穷酸小子的浪漫史》等。——译者

的罪孽仍然要比最冷酷的凶手更深重，但让同时代人接受这样的看法并不容易。小说发表后的反响验证了人们的不理解。巴尔贝自己也隐约感觉到故事的情节缺乏真实性，因此解释道，他把小说设置在“一个遥远的年代”（第一帝国）和“一个国家的角落，在那里宗教还没有被铲除”。小说仿古的背景描写和人物的落后状态曾遭到左拉的大肆嘲讽：按左拉的说法，一个真正的天主教徒会选择在巴黎的中心与现代社会做斗争，过去如此，今天依旧如此。然而左拉的评论有失公道，因为巴尔贝压根不乐意“与时俱进”，仅仅是这个想法就让他不寒而栗。他的过时主张远不是轻率之举，而是一种宗教信仰。

被诅咒的革命 187

巴尔贝讲述的故事今天听起来很难听，这一点在1865年的时候就已经体现得一清二楚。天主教界对此书大为不满：当小说在《祖国》上刊印连载的时候，报纸接连不断地出现了退订的情况；1879年，巴黎大主教甚至出面严禁小说再版。小说给人震慑的一点是，里面充斥着对历史和心理的扭曲描述，即使是在《现代谬误学说汇编》颁布的1865年*，这本书依然显出对时代精神的尖锐挑战和对人的同情心的冒犯。关于哪一点使这部小说让读者感到惊愕，左拉在总结这部书的精髓时说：“科学是被诅咒的［……］，上帝偏爱无知，好人

* 可能1865年是1864年之误。1864年12月8日，教皇庇护九世颁布《教皇通谕》，附以《现代错误学说汇编》，列举当代主要谬论80条。例如，第80条为：凡认为罗马宗座应该或能够与进步、自由主义、现代文明和解并与之妥协的见解都是谬误。——译者

为坏人抵赎，孩子为父亲偿罪，命运掌控一切，我们生存的世界苦难深重，饱经上帝怒火和魔鬼的摧残。”

然而巴尔贝在那篇夸张的序言里写道，只要我们稍微竖起耳朵听一下他将要讲述的这个奇异的故事，就会发现它具有一种不可抗拒的魅力。那就让我们听听这个故事吧。让·松布勒瓦尔从前是个神甫。他借着革命引发的骚动离开故乡科唐坦，先是背离上帝，将生命献给科学；接着打破恪守的戒律，和一个女人结了婚。已婚的神甫一生都在偿还他这双重背弃，甚至还要搭上他深爱的女儿。有一次，这个秘密被泄露出来，让他的妻子获知了丈夫的真
188 实身份，在生这个叫嘉莉柯斯特的孩子时，他的妻子难产而死。这个天生就悲苦的孩子，出生时前额带着一个十字形的胎记；在她初领圣体的时候——母亲的悲剧再次上演——神甫向她透漏了父亲的真实身份，她因震惊突发神经衰弱，终日被痛苦折磨。从此，松布勒瓦尔活着只为了一个目的：尝试用尽一切办法治愈他年少的女儿。他返回家乡，认为那里的空气益于健康。他狂热地进行科学实验，希望从中找出解药。一个邻村的英俊少年恰好又在这时爱上了嘉莉柯斯特，面对恼怒的村民们，他像骑士一般勇敢地站出来守护这对父女。松布勒瓦尔非常倚重这位年轻的尼埃尔·德·内乌，把他当成是自己的儿子，预支了女儿与他成婚的全部益处。

但一切都是徒劳，因为少女已经把自己献给了主，并且秘密发了加尔默罗修会*的誓愿，她只是获准暂时留在父亲的身边。

---

* 加尔默罗修会，俗称圣衣会，是天主教隐修会之一。12世纪中叶，由意大利人贝托尔德（Bertold）创建于巴勒斯坦的加尔默罗山（又译“迦密山”）。会规严格，包括守斋、苦行、缄默不语、与世隔绝。——译者

她爱自己的父亲，渴望他能重拾祖先的信仰。松布勒瓦尔一次次的失败实验令他心灰意冷，再加上乡间盛传他乱伦的谣言，称他整天作践自己的女儿。走投无路之下，松布勒瓦尔使出最后的手段，佯装自己重新皈依天主教，并且重返教堂。一名神甫又一次向少女揭穿了父亲的骗局，松布勒瓦尔的罪行在原有的基础上再加一等。这一次，泄露的真相直接杀死了这个不幸的孩子，引发了因果报应的连锁反应：她的父亲投入池塘寻死，她的爱人则在帝国的一场重要战役中英雄献身。灾难殃及的还不止小说的三位主人公，因为他们的死亡还意味着附近两个贵族家族——李欧圣家族和内乌家族的覆灭。由此，小说在无以挽救的失落感中终结：嘉莉柯斯特没能拯救自己的父亲，松布勒瓦尔拒绝忏悔，注定难逃厄运。但人们对尼埃尔甚至是对嘉莉柯斯特的得救也抱着迟疑的态度，嘉莉柯斯特的遗言令人心碎："我们都是被诅咒的。"

我们发现，巴尔贝在小说创作中并不担心向历史上和心理上的真实性让步。松布勒瓦尔定居魁奈城堡后，引来周遭如此
凶恶的仇恨。这一点很难让读者理解。巴尔贝自己也意识到这 189
点，于是干脆将情节转移到另一个时间和场景里。在时间上，巴尔贝把小说设置在拿破仑帝国晚期，拿破仑当时刚刚迎娶奥地利公主玛丽·路易斯，这个时代的上空还盘旋着对大革命的回忆。在地点上，巴尔贝将故事封锁在一个偏远的地区：守旧的科唐坦，那里道路不通，与世隔绝，人们固守残缺就像那里不变的道路一样；这一地带的人们倔强地抵制接纳新思想，在历史的现代意识面前无动于衷，尽管大革命也波及这个地方，但是招致人

们的排斥和厌恶。为了让读者看清，这个还俗的神甫遭受的不幸的确来自农民大众：巴尔贝在这个被断绝一切往来的人周围制造了一圈物质和道德的真空，把他终日禁锢在以不正当方式获得的像坟墓一样的城堡里，就像巴朗什笔下处死路易十六的弑君者（小说经常让人想到他）。

但故事缺乏历史真实性带给人的震撼远没有三个主人公的美德与遭到惩罚的对比强烈：松布勒瓦尔有识有谋、勇气可嘉、怜爱女儿，嘉莉柯斯特圣洁无瑕，尼埃尔具有大无畏的牺牲精神，可最终他们都遭到残酷的惩罚。人与人之间的依恋，父爱、兄妹之爱、亲子之爱，我们统统称之为爱——因为他们三个彼此之间相亲相爱，却都一股脑受到惩罚。但另一方面，小说里“受人爱戴”的神甫们，一个是于贡神甫，一个是梅奥蒂斯神甫，却将神圣逼至非人性，向嘉莉柯斯特强行灌输致命的真相。他们的干涉最终导致了灾难性的后果：于贡神甫造成嘉莉柯斯特得了神经官能症，而梅奥蒂斯神甫则直接导致了她的死亡。

这个故事最怪异的地方，就是谁也不能为别人做些什么，但是巴尔贝在昭示这个结局的时候没有设置任何悬念。小说里到处掩藏着秘密，但所有秘密在小说最开头的地方已经公然告知了读者。读者从序言里知道，已婚神甫和他女儿居住过的魁奈城堡，如今已经从诺曼底的大地上消失了。随着文字的继续，这部小说真正的主人公，村子里一个通灵的人登场，她告诉读者书中所有的人物都无法“逃脱命运的安排”，这位年老的预言家紧
190 接着就为读者展开了一条不可抗拒的命运之线。在《已婚神甫》里，一切都在开始前便终结了；人生没有憧憬；每个人都被事先

打上命运的标记,无可回转;谁也没有未来,因为未来已经事先注定,没有任何余地给人发挥主观能动性。由此,巴尔贝摈弃了小说中的惯用素材。

最后要对小说每一页散发出的令人着迷的混沌感做一些说明。这自然要归功于叙事者令人眼花缭乱的叙事功力。但这种混乱也动摇了读者的信念,让他们彻底改变自己的观点。读者会被鼓动抛弃自然世界而选择超自然的世界(小说里越来越多的迹象和征兆会帮助他们实现这一点),会被鼓动忘掉尘世的幸福,会把灵魂的救赎看作是唯一能引起人们兴趣的事情。如果读者不准备接受这套说教,那小说在他们读来仍旧是荒诞不经的。但如果他们屈从巴尔贝的要求的话,再没有比《已婚神甫》更合情合理的故事了。因为巴尔贝在小说中呼吁的是一种彻底皈依,这一点是让当时的时代精神感到反感的,因为这种时代精神不倾向于赞成一种既没有宽恕也没有慈悲的宗教。即便如此,巴尔贝却凭借自己的才华让读者瞥见这至少是可能的。贝古伊*就非常理解巴尔贝:"您无法令我们彻底转变为保皇派或是天主教徒,但您非常成功地让我们意识到,当我们声称我们不是这二者时,我们并没有说出全部。"

* * *

对巴尔贝而言,大革命就像一条"血淋淋的车辙,随着时光

---

* 夏尔勒·贝古伊(Charles Péguy,1873—1914),法国作家、诗人和评论家。他年轻时是社会主义激进分子,读书的时候是德雷福斯派成员。后来他的政治倾向转向天主教义和保守主义,他撰写了多篇时论反对现代主义。——译者

的流逝一天天拖向远方”，谁也没有巴尔贝更不相信大革命已经结束了。在《已婚神甫》里，大革命的影子随处可见。巴尔贝聪明地使出浑身解数，将让·松布勒瓦尔塑造成一个伟大的悲剧形象，就好像是大革命的化身。

但是这种以人物对应革命事件的方式，在小说中的表现并不明显。松布勒瓦尔1789年受主教委命，前往巴黎执行任务。这
191 个巨大的城市一下子将他“生吞活剥”，他没来得及参与任何一
次大屠杀；他没有在恐怖统治时期受到牵连；他没有见过“标枪杆上插着的头颅”，也没有见过“白石竹花丛里颤抖的心脏”。在那个动乱的时代里，他把自己的身体和灵魂全部浸没在他的化学实验里。他甚至没有迷恋过民主平等的幻影，因为他对大自然的观察足以让他明白，自然界到处散落着不平等的现象，而科学实践让他深信至少人在天分上存在差等。此外，巴尔贝并不吝惜将美德赐予松布勒瓦尔，这些美德在尼埃尔·德·内乌心中激起了尊重和爱戴，但并没有在他身上恰如其分地发挥作用。它们是：力量，勇气，智慧，洞察力，狂热的父爱以及英雄主义，乃至诚实。他坦诚地剖析过自己的信仰，有哪些部分一去不复返，又有哪些部分一息尚存。因为如果他不能再相信上帝——这个上帝他并没有拒之门外，只是自己“从他灵魂里滑落”，如果他平静地实践对上帝的信仰，那他会拒绝其他的信仰，也就是对人间亲情的信仰，例如对家庭的爱，孩子对母亲的爱，母亲对孩子的爱：在小说中，松布勒瓦尔的言行从始至终都在遵循人伦常理，读者根本无法将他的形象和大革命中泯灭人性的疯狂帮凶联系起来。

但这是为了让他完美地展现大革命的精神。当松布勒瓦尔回到家乡时，科唐坦的农民这样评论他，难道结婚就是要“在女人臂弯里堕入泥沼”吗？毫无疑问，这是一桩罪恶，当他已婚神甫的身份被揭露出来时，先后令他的父亲和妻子悲伤致死。他的妻子刚被提及，就成了小说中一个忧伤的影子。遭天谴的与其说是肉体的交融，倒不如说是神甫结婚得到认可，甚至说是松布勒瓦尔在结婚之前的经历：他年轻时就向往进入“学堂”——地狱真正的入口，成年后他又狂热地爱上科学——灵魂的毒药。除此之外，他否认死后的彼岸世界，他对现实存在的规划打算只建立在人类理性的基础上，只依赖理性本身。他对人的爱超过了对上帝的爱，这才是松布勒瓦尔真正的罪孽。巴尔贝不想把松 192
布勒瓦尔塑造成一位弑君者，而是尽可能塑造成一位弑神者。

正是因为松布勒瓦尔用人类取代了上帝，他所有慷慨或符合人情味的情感也无法得以正名。他疯狂地爱着自己的女儿，但由于他将上帝从理应属于它的地方驱逐出去，他的父爱也是一种罪过。他可以拯救与他境遇相似的人，包括朱莉·拉·嘉玛斯，一个对他恨之入骨的令人讨厌的老乞丐，但这仅仅是因为他相信自己才是“生命的主人”（这正是他在两名黑人家佣心目中的形象）。他随后再一次证明了身为主人的傲人权威，这一次乞丐威胁他的女儿，他亲手杀了她。“我就是上帝”，他在事后平静地说。松布勒瓦尔的人物形象中给人印象最深刻的，就是他带有英雄色彩的喜剧性的皈依，松布勒瓦尔伪装忏悔直至自行体罚。他的皈依不但引来尼埃尔·德·内乌的崇敬，也引来读者的赞叹，这种彻底的渎圣行为，赶得上“每天喂食无神论者一块圣体饼”*。

科唐坦就像是世界的尽头，时间在那里停滞不前。那里的居民，无论是农民还是显贵，都把松布勒瓦尔当作被上帝弃绝的人来对待。并且他们认为，已婚神甫在购买魁奈城堡的举动里，明显带有报复色彩。这座城堡原是历史悠久的贵族家族衰落以后变卖的财产。松布勒瓦尔入住后，将这座破旧的宅邸大规模翻新，墙壁上装饰了柔顺的绿色丝绸和闪亮的镶嵌细工。他这么做并不是出于虚荣——尽管他有时会用确认的口气，有时又以挑衅的口吻，称自己就是个暴发的新贵，但他这么做主要是希望给嘉莉柯斯特一个华贵的居室，好配得上她如玉的美貌。这里奢侈的排场让年轻的尼埃尔心醉神迷，但他只能住在那座“摇摇欲坠的碉堡里”，这是内乌家族的四座高塔里唯一一座在大革命的劫掠中幸存下来的。尼埃尔的父亲在不得已的情形下造访了魁奈城堡。他看到松布勒瓦尔毫不在意地畅饮着来自托卡伊的葡萄烧酒，半是惊讶半是愤慨，因为他知道松布勒瓦尔“从小是在装黑面包的木箱子和纺织机之间长大的”。松布勒瓦尔自己倒是没有等级观念，他心平气和地考虑着将女儿嫁给身为贵族的
193 尼埃尔，尽管这桩婚事门不当户不对。他甚至有一个私人的贵族梦想，在他看来，那些精力充沛、能力超群的个体可以组成一个全新的贵族阶层。在一个人人都把血脉传承当作贵族身份的唯一合法证明的地方，这种幻想无疑是一种该死的狂妄。

---

* 由于被祝过圣的圣体，不再是一块不发酵的面包，而是基督的肉体，所以不信教或者有罪的人领受就是对基督的亵渎。——译者

邻里痛恨松布勒瓦尔,一方面是由于他的行为确实破坏了社会等级制度,但是更重要的是一种模糊的迷信心理:即使是结了婚的神甫,人们仍然能在他身上找到圣职留下的痕迹。松布勒瓦尔确实不自觉地被圣职打上了烙印:随着年岁的增长,他头顶脱发,当教士时剃过头发后的圆顶又重现了;他的语言也保留了宗教词汇,他会对嘉莉柯斯特说"你就是我的上帝"或者"愿你心愿达成"(Que ta volonté soit faite)*。毋庸置疑,巴尔贝这么写是为了强调松布勒瓦尔将上帝赶下它本应合法占有的场所犯下的罪恶,但也正说明这些词汇已经成为他职业化的口头禅。松布勒瓦尔一辈子也摆脱不了神甫的身份,所以周围的人也只能将他当作现世社会的瘟疫来看待,这有点类似巴朗什笔下的"无名氏":在巴朗什的笔下,弑君者没有自己的名字,人们用他的罪行称呼他,就像松布勒瓦尔的名字无人知晓,大家称其为"已婚神甫"一样。但这两部作品的立意却大不相同。在巴朗什的小说里,邻人的仇恨正在消退,赎罪已经接近尾声,弑君者最后重新融入到生者的世界里。但在巴尔贝这里,神甫经受的惩责无休无止。松布勒瓦尔确实没有露出过丝毫悔意,自始至终都在拒斥上帝。巴尔贝这么写,很明显是为了让松布勒瓦尔的形象显得更加高大,因为松布勒瓦尔讨厌人类中不温不火的态度。

只要稍微随着故事情节往下看,读者就会相信,否认上帝是大革命导致的巨大的信仰危机造成的,是滔天罪行。至此,读者

* 此句出自《圣经·马太福音》第六章第十节,原句是愿你的旨意在地上实现,像在天上一样。马太福音里的旨意是上帝的旨意,但单就此处而言,该句的用法接近于固定俗语,语意上类似心想事成。——译者

已经做好准备接受小说里最不能接受的故事。同时，读者也开始明白，为什么巴尔贝要安排松布勒瓦尔在受诅咒的同时，还拥有那么多美德；也会明白巴尔贝为什么要宽恕将嘉莉柯斯特逼向痛苦和死亡的两个神甫。读者还可以明白为什么巴尔贝在嘲讽神职人员时有很多保留。神职人员的形象充斥了那个时代的
194 小说作品——福楼拜笔下的布尼贤神甫*见识短浅，是被“故意漫画式的人物”；左拉笔下的穆莱神甫**，是个“神经过敏的小教士”，一个“被神学修业弄蠢的人”；此外还有雨果笔下的米里哀主教***，他道德高尚，不受教条束缚，把“这个怯懦的时代要求神甫们，甚至要求上帝的宽容做到了极致”。与那些嘟囔着蠢话的人不同，梅奥蒂斯神甫在嘉莉柯斯特死后，每次想起她都痛不欲生，但他凭借非人的勇气承认，他是“为了表达对上帝的敬意”杀了她。这才是巴尔贝期待的神甫形象。

* * *

尽管在小说中没有和解，但否定大革命不代表回到旧制度。《已婚神甫》里的贵族作为一个没落的阶层，早在大革命之前就空留一副躯壳。巴尔贝这样评论道：“我们不清楚，18世纪的腐化堕落究竟在多大程度上侵蚀了人们的生活，使它失去了青春的朝气。”魁奈城堡的封建主早就丢弃了这座家宅，而最后一个姓魁奈的人干脆把他的尊严也丢弃了（他终年关节僵硬，有时因

---

* 《包法利夫人》中的人物。——译者

** 左拉于1875年出版的小说《穆莱神甫之过》中的主人公。——译者

*** 《悲惨世界》里的人物。——译者

为痛风,有时只是因为懒惰)。但塔楼损坏和纹章破裂,都远远比不上贵族阶级在价值精神方面受到的创伤。小说里的两个老贵族,尼埃尔的父亲艾弗朗子爵和他的同伴伯纳蒂·德·李欧圣——两人做主让自己的孩子结亲——在流亡结束后回到这片伤痕累累的土地,从此逆来顺受,甘受孤独,不乐意与显贵来往。他们还刻意保留着旧时代的装扮——老艾弗朗还梳着年轻时的发型,也就是他流亡时候扎着的“德国小辫”。他们是18世纪的传人,在宗教问题上相当随意(不过他们那个时代的教会也确实没造出几个令人激动的好榜样),艾弗朗子爵也只是在重大节日才屈尊出席一下弥撒。读者们还发现,他们对松布勒瓦尔还俗的事情并不以为意,但却不能容忍这个“就该一辈子喝池塘水” 195
的男人在自家屋檐下品尝托卡伊葡萄烧酒。

此外,这两个男人总是架着一副明显的“法式态度”(巴尔贝如是说):他们对天主教不温不火的同时,对女性态度轻佻。他们一点儿不在意嘉莉柯斯特是神甫的女儿,双双倾倒在她的美貌和青春面前。艾弗朗子爵看到自己的儿子向嘉莉柯斯特献殷勤,一点儿也不恼怒,尽管在两人成婚的问题上他有所保留。照巴尔贝的话说,如果子爵在18岁时遇到圣母玛丽亚,也会同样向她献媚。巴尔贝用讽刺的手法描绘出一幅18世纪的图景,这是一个既无原则也无深度的时代。同时我们不应忽略对开明贵族的描写,比如说时常坐在壁炉边读蒙田的老埃尔医生。这是一个怀疑论者、实用主义者,一个和蔼可亲的老来俏,他还穿着上个世纪的带领大衣和带丝绣纽扣的短裤,他在小说中的作用就是承认他不知人世之恶要了嘉莉柯斯特的命,而通过此举向读者展现了世俗科学的局限性。

这个日暮黄昏的社会阶层，与其说在求生不如说在苟延残喘，但它仍然具备能引起巴尔贝同情的东西。内乌和李欧圣就是法国贵族的悲剧化身，从他们身上反映出贵族在社会中的角色危机。艾弗朗子爵曾经是亲王军队*的军官，他的职责就是“效命”。但是舒昂党起义被镇压，子爵是个正统派，无法为拿破仑皇帝效命：他就是为了避免儿子服军役，才特意安排了儿子和伯纳蒂·德·李欧圣的婚事。但就算他跟那个“科西嘉人”**赌气，他心里还是模糊地意识到，帝国的荣耀无论如何是法国人的荣耀。贵族们还保留着捍卫荣耀、为国效命的传统，尊重延续性。道义责任仍旧能够阻止街坊四邻的乡绅在拍卖魁奈城堡时分一杯羹。

这群遗留下来的贵族仍然信奉历史久远的骑士传统，但在这群人当中，巴尔贝对尼埃尔这个人物情有独钟。这个年轻人受
196 到双亲的影响，天生就是打仗的料子：他的父亲在流亡途中娶了一个波兰贵族，所以他的血液里还翻滚着斯拉夫人的狂热。他本来就对寡淡无味的包办婚姻不报指望，只希冀着刀剑能成为他一生的伴侣。况且与父亲相比，他更愿意接受“那个科西嘉人的证书”。可他无力违抗父亲的政治偏见：内乌家族的成员只能效忠波旁家族。于是这个符合时代特性的孩子开始被无聊一点

* 1792年，当法国大革命中的国民议会向奥地利开战时，法国的流亡贵族集合起来对抗革命政府，划分为三支军队，分别是：亲王军队（L'armée des princes）、波旁公爵兵团、孔代亲王兵团。——译者

** 指拿破仑。——译者

点啃噬心志；再加上他年轻时冒险出游，导致同伴丧命，让他长年经受着负罪感的煎熬。他的精力和悲伤无处排遣，只能消耗在狩猎和骑行中，日复一日地游荡在荒原上、荆棘里。他谈不上同彼岸世界有任何沟通，他全部粗浅的宗教常识都来自一个半吊子的神甫。此人更擅长教授他如何爱抚马匹，而不是实践库汤斯地区的教义问答。不过用巴尔贝的话退一步讲，这个人“无论如何”算是个基督徒，一个“无论如何”在这里显得意味深长。

但对于尼埃尔而言，他最终得以逃过对一个趋于没落的贵族阶级的全面谴责，正是由于他在无能为力的状态下，仍然保持了骑士的风范。当他第一次与嘉莉柯斯特进行眼神交流时，他就被爱情的魔咒紧紧攥住。他此前刚刚冒犯过松布勒瓦尔，此时立即受到自我谴责的惩罚。这个富有怜悯之心的女孩儿只是在他额上洒些清水，他便即刻成为她的俘虏，眼里只有她一个人：首先被他忘掉的就是他的未婚妻，一个金发、丰满、清丽的诺曼底姑娘。这个女孩儿面色好比熟透的桃子，浑身洋溢着勃勃向上的生命力。可尼埃尔偏偏不爱她，而是钟情于像珍珠一样惨白的嘉莉柯斯特，连嘉莉柯斯特自己都说，她已经被许诺给死后的乐土，语气中还带着兴奋的满足感。这种显而易见的痛苦像一道魔咒，让尼埃尔摇身一变成为这对父女的保卫者。当父女两人在弥撒散场后遭到村民讥笑凌辱的时候，他挺身而出为他们保驾护航。

嘉莉柯斯特几乎是立即就明白了，尼埃尔的爱情里包含着他对骑士精神的怀旧情结，而尼埃尔对骑士传统的忠诚也很快就大白于天下。尼埃尔在吐露了自己的爱情之后，得到的却是一 197
个惊人的秘密，嘉莉柯斯特已经暗地里宣誓成为一名加尔默罗修会修女。他在绝望中做出最后的疯狂举动：他身着新婚的盛装，给未驯化的马匹灌上红酒，套上马车，驶过凹凸不平的路面，一路穿破篱笆，砍断荆棘，斩杀沿途一切阻碍他前行的牲畜和植物，直到马车一头撞到嘉莉柯斯特的台阶上七零八落，而他跌得浑身鲜血淋漓。他希冀用自己的壮举激起嘉莉柯斯特的仰慕之情，这也许是唤醒她内心潜藏爱情的最后机会，但嘉莉柯斯特只是用她温柔的同情回应了尼埃尔。尼埃尔徒有一腔豪情、万种魅力，效仿一个骑士用伟绩向他的贵妇人致敬，可这种不合时宜的行为带着一种非理性的癫狂之美，在今天和在过去一样无济于事。嘉莉柯斯特已经选定了此生的伴侣（耶稣基督），而尼埃尔无论如何无法与其比肩。

谁也不能比这个疯狂的鲁莽行动更好地注释巴尔贝的理想世界，这个世界与旧制度没有任何关联。巴尔贝所处的年代里，国王们坐着四轮出租马车潜逃，颜面扫地地终结他们的统治。他永远也不会忘记，是保皇党的责任让历史的遗产遭到遗弃。他希望用小说带领读者离开旧制度的堕落年月，穿越这个腐朽透顶的时代，回到那个古老的能淹没一切的骑士时代：这个时代犹如人间仙境，人们无所谓斤斤计较；这个时代犹如悬置空中，远离历史的动荡，甚至耶稣基督的善良民众也会提及这个时代，他们不知道内乌家族的老祖宗，也就是这个世系的创始人，具体生活在哪个年代，他们仅限于说“从前”。“这种对年代的无知多可爱啊”，巴尔贝这么评价道。

巴尔贝对主人公周围小人物的描写最贴近现实。小说里出现的农民们没有被过分地理想化，他们唯利是图，斤斤计较，喜欢道人是非，乐于播撒流言蜚语，但同时他们也可以表现得非常凶恶，巴尔贝想通过对农民残酷态度的描写来推导出他们能做出是非曲直的判断。在巴尔贝的世界里，人们为了对抗魔鬼的势力不惜发动残酷的战争，但任何战争都不会比“为人类灵魂而 198
战”的内战更加神圣。刽子手身上体现出的宗教狂热值得颂扬，信仰薄弱的人在他们面前永远无理可据。在巴尔贝看来，农民们相信事物万古不变，正是这一信仰拯救了他们。他们对贵族阶级尊重如初：领主在教会还保留着领主长凳*，针对这项特权，法国很多地区的农民群起攻之。农民对领主的忠诚还反映在弥撒散场时，当时尼埃尔向嘉莉柯斯特伸出臂膀，护佑她穿过恼怒的人群，农民们再愤怒也只能强压住内心的反感；怒气平息后，他们甚至还行了脱帽礼。

神甫们对他们的道德影响同样强大。正是靠着这种影响力，梅奥蒂斯神甫才能说服村民相信这位令人愤慨的神甫已经改邪归正，才能帮助他恢复名誉。巴尔贝笔下的农民是传统社会外层最坚硬的表面。他们就是僵化不变的科唐坦的化身，民主平等社会的精神风尚还没有渗入这个地方，对于这部以顽强拒绝为主旨的小说，农民发挥的就是这样的功能。

* * *

小说的主旨还是对一切宽容和慈悲的拒绝，没有谁能比尼

---

* 领主长凳是指在教会为领主准备一张专门的长凳，一般有扶手，上面刻着家族的纹章，纹章上还有题铭。这是法国旧制度时期领主特权的具体表现，法国大革命爆发后被废除。——译者

埃尔和嘉莉柯斯特这两个无辜的受害者，更好地凸显这个主旨。正如老马尔根涅*所说，尼埃尔自从“陷入”疯狂的爱恋后，整个人像是受了春药的刺激，虽然表面上看起来很单纯，但最后还是被情欲拖进灾难。一方面，当他站在嘉莉柯斯特的床前时，无论是她因为蜡屈症而肢体僵硬的睡床前，还是她死后尸体安息的灵床前，他都无法排除色欲的强烈挑拨和激烈的性欲冲动，尽管这些欲望最后都被他压制住了，但他不管是面对死人还是一个半死的人，他都在无意识里被欲念所侵。另一方面，他像松布勒瓦尔一样，相信可以摆脱权威的束缚：如果摆脱不了上帝的威权，至少可以摆脱父亲的威权，小说里多次提到父亲就是“地上的上
199 帝”。如果尼埃尔的父亲和伯纳蒂的父亲从家族和社会利益考虑，有意让两个孩子联姻，其目的就是为了维系宗族和姓氏的延续。尼埃尔并不觉得自己必须履行和伯纳蒂的婚约，于是公然违抗合法的父权。更糟的是，他还成了松布勒瓦尔的同谋，为他保守渎圣的可怕秘密。因此就算尼埃尔最后从那潭被诅咒的池塘里捞出了嘉莉柯斯特的尸体（松布勒瓦尔跟着她一起在这里投湖自尽），并将她安置在基督徒的墓地里，他能否因此获得救赎仍然是一个疑问。

那嘉莉柯斯特呢？在上帝拣选选民的时候，没有谁比她更神圣、更纯洁和更安静：巴尔贝也意识到自己在塑造这一人物时将遇到的困难，如何能让读者对一个“完美的造物产生兴趣”，让这个不食人间烟火的年轻女孩看上去真实可信，她对殉教一事满

* 松布勒瓦尔的奶妈，思想守旧，极端痛恨成人后的松布勒瓦尔。——译者

怀热情，崇拜基督，将变形走样、沾满血迹的巨大的耶稣受难像安置在她修行的房间里。当她夜晚梦游的时候，她像受到磁石的吸引，自己走向基督像。“她走向她的十字架”，尼埃尔这么说，用“她的”这个所有格强调，他的心上人就是这样走向婚姻的。

可就算嘉莉柯斯特与尘世的联系再薄弱，她也不至于放逐掉所有的人类情感：她并不抗拒尼埃尔带有罪恶感的倾慕之情；她用一种慰藉的温柔回应他的感情；在一段微妙的爱欲情节里，她甚至同意摘下那条掩人耳目的红色发带，为他露出前额上十字形的胎痕。这个场景发生在甜蜜的乡村，两个年轻人沐浴在苹果的芳香里，此时正值小阳春，诺曼底最好的季节，下了好久的雨停了。这一故事情节为这本癫狂的小说打上一处美好的停顿，即使转瞬即逝，读者还是能从中感受到嘉莉柯斯特对世界的认同。至于她的父亲，一种充满焦虑的柔情将她与他联系在一起，以至于她自己知道、自己也想要打上父亲犯罪的烙印：作为始终如一的迈斯特主义者*，嘉莉柯斯特由于太虔诚，她不可能否认做儿女应当为父辈的过错负责任。那看在她承受痛苦、牺牲自我的份上，我们是不是可以估计，最后至少她是可以被拯救的？但即便 200
是嘉莉柯斯特，这点仍然要存疑。读者得到唯一的确认说法，来自一个不识字的老女人，她在某种程度上算得上一个巫婆，每次小说出现剧情转折时，她都会预言即将发生的事情，而每次她的

* 迈斯特（Joseph de Maistre，1753—1821），法国思想家，反启蒙和反革命的代表人物，他的代表作有《论人民主权》《论法国》。他主张摧毁18世纪建立起来的一切，认为从世界历史上划时代的伟大制度到微乎其微的社会组织都有神意基础，批判法国大革命无视传统与神意。——译者

预言都不会落空。正是她“看到”嘉莉柯斯特升了天。

巴尔贝在小说里借这个女农民之口，阐释了迈斯特的思想主张。在她看来，嘉莉柯斯特是“因父亲的罪过而脸色苍白”；嘉莉柯斯特、尼埃尔和松布勒瓦尔就像“一排房屋”，一场大火就能把他们一齐烧尽；每当小说中出现一种同情的腔调，暗示圣洁的眼泪也许可以拯救罪人，只要罪人肯悔过就永远不算晚，这个女人就会跳出来，让这种希望灰飞烟灭。马尔根涅的上帝像迈斯特式的上帝一样，对一切无辜和赎罪的德行置若罔闻。正像这个女预言者所言，必须有“善者、无辜者和正直者，自愿为此生的罪人代罪，替他们偿还罪恶”。

* * *

马尔根涅的形象令人不安，她的脸遮在压低的斗篷下面无法辨识。她不怀好意地游荡在故事的每个角落，读者随时随地都能撞到她的身影。她会从岔路口的阴影里冒出来，藏在她自己披风投下的影子里，蹲在十字架下面，掩藏在墓地一座坟墓的后面，她在人们最意想不到的时候出现，然后又以同样的速度消失在夜晚的迷雾里。这个年老的纺纱工人，就像大路上、荒野里一条不知疲倦的毛毛虫。她的身高给人印象深刻，令她和松布勒瓦尔一样，受到乡邻热切的关注，然而在小说中她就像松布勒瓦尔截然相反的对立面——松布勒瓦尔学识渊博，她则愚昧无知，用帕尔卡女神*之线纺织不可逃避的命运；而松布勒瓦尔则相

* 罗马神话中掌握一个人从生到死命运的女神。——译者

信人类生存的自由意志。她亲手养大了让·松布勒瓦尔，在她心里他仍旧是她的"让诺丁"[*]，她对让·松布勒瓦尔的温情是很真切的。她年轻的时候践行过巫术，之后又放弃巫术重返教堂。但谁也不能轻易就摆脱这种来自地狱的力量，更别想彻底抹去身为"巫婆"的过去。她也无法消除村民对她的复杂感情，这种感 201
情里掺杂的一半是恭敬一半是畏惧。正是因为这种可怕的猜忌让她一辈子守得处女之身。尽管她不承认她保留了某些"能力"，但她仍然能够听到"召唤"。是她让小说的叙事停滞不前，故事一开篇她就抛下两个预言，在这之后所有的故事情节都是对这两个预言的不断重复。

第一个预言出现在松布勒瓦尔青年的时候：当时马尔根涅用草药致幻，在一潭池水里看到松布勒瓦尔将获得神职、缔结婚姻、购买魁奈城堡、最后死在水里。这个预言让男孩大笑不止，当时一道闪电劈下来劈断了钟楼，让他的大笑戛然而止，这是上帝的第一次警告：这次警告让马尔根涅放弃了巫术，回归祖先的信仰；但对于叛教者松布勒瓦尔则完全没起作用。当小说开始讲述这出四幕预言时，一开场前面的三幕已经实现了，只剩下最后一幕。对于第四幕的开场，读者能做的只有等待，就像等待一场噩梦的终结，虽然读者对这一结局没有丝毫疑问：松布勒瓦尔也一直将那个神秘的预言保留在心底，在他成为魁奈城堡主人的那个晚上，他沿着池塘漫步，凝视着凶险的池水，想起马尔根涅预言的四个征兆。他被噩梦惊醒的时候，这个怀疑论者的头

* 让的昵称。——译者

脑里迅速地闪过一个念头:"到目前为止她都看得相当真切。"

第二个预言相对故事的主线联系较远。当小说里的另一个"土地测量员"尼埃尔·德·内乌,因懒散和爱在旷野闲逛时,经过一个叫作"断骨原"的地方,年轻人要求马尔根涅将"断骨者"的故事讲给他听。故事发生的时候马尔根涅还是一个年轻的巫婆,一天她在客栈纺线的时候,一个来投宿的白衣士兵向她问卜,她从他的手纹里读出死亡和致命的祸水。士兵对她的预言一笑了之。但此后不久,他为了抢劫一个流动商贩将其杀死,很快就被
202 活着撕裂*。他在一群看热闹的人面前被行刑,其中包括他可怜的瘸脚未婚妻,她不久后也死去了。而令他丧命的正是清水:饮水对一个受刑人而言是致命的,而断骨者饮下的那杯水最后要了他的命。

这故事没有任何意义,只是让人觉得谁也逃脱不了马尔根涅的神谕。但这个故事不旨在彰显这个老女人,这只灾难之鸟的能耐。它更是对听故事人的一个警告。尼埃尔·德·内乌当然没有谋杀过任何人,但他与"断骨者"有着潜在的相似之处:他像"断骨者"一样,年轻帅气,对女预言家的话半信不信;他们的命运都与一种致命的水有关:尼埃尔的水像春药一样让他坠入爱河,"断骨者"的水则让他一命呜呼;他们最后都落得粉身碎骨:尼埃尔先是驾着疯了的马匹赶向嘉莉柯斯特,倒在她脚下时摔

* 这里指的应该是车刑,这是从1535年左右在法国施行的酷刑,主要针对犯有抢劫罪的强盗。刑罚将犯人绑在巨轮上,轮子边缘镶有凹槽将犯人固定住。刽子手用铁棒击打犯人,致其肋骨断裂,接着用铁棍刺穿胸部。然后将犯人手脚折起来,吊在车轮的轴上一直到他断气。——译者

得骨节脱臼,随后导致残废,而在故事的结尾他到帝国战争的战场上寻死,让自己和马匹一起断成四节。

在这部地狱式的小说里,所有人都是断裂的。因为除了以上的两个人,还有松布勒瓦尔,他曾经对自己的身体行刑,让自己皈依的行为显得更有说服力;还有嘉莉柯斯特,她每次神经衰弱发作时,她的柔弱身板都有可能被折断。书里不断地重复开篇几页提到的预示,读者经过小说三番五次的提醒,也很难忽略这些预兆的严肃性。到处都有致命之水的威胁,乘船游览的时候它在那儿,嘉莉柯斯特梦游时沿着池塘游荡的时候它也在那儿,这种有规律的征兆反复出现,直到动摇了松布勒瓦尔的强大意志。《已婚神甫》是一部反复叙事的小说,里面的所有人物都不停地回到他们受诅咒的地方:松布勒瓦尔回到故乡;尼埃尔在爱情的吸引下回到魁奈城堡;不幸的"断骨者"被迫永世飘荡在那片荒原。

马尔根涅的能力算得上天主教的力量吗?这种力量与智者 203
的智慧正面冲突,也与神甫的信仰间接对立。梅奥蒂斯神甫和马尔根涅之间的无声对抗贯穿小说始终。梅奥蒂斯知道马尔根涅重新回归教会,这一皈依行为如果让波舒哀来说,是上帝想由"自己亲手促成"的结果,所以才在她预卜未来的时候用天火击倒教堂。她为此进行了九日祈祷*和圣地拜谒,并在意识上让步,认为人类有能力改变自己的命运。然而,马尔根涅继续听到"召唤",看到"幻象",她所见之物在巴尔贝的小说里任谁都无法改

* 天主教徒用九天九夜的祈祷来请求上帝的特赦。——译者

变。马尔根涅告诫松布勒瓦尔，她是出于维护真理，并不希望他能做出改变。神甫梅奥蒂斯在这种神启的宿命论里嗅出异端的味道，因为他认为，自我救赎永远都不嫌晚，而马尔根涅在故事的一开始就知道，一切都太晚了，结局是无法改变的。

他们之间最大的一次真相之争，是在松布勒瓦尔前往库汤斯的神学院进行忏悔的时候，当时松布勒瓦尔演的那场戏让上至主教的整个天主教会都感动不已。神甫梅奥蒂斯也相信了他的忏悔，为这个被天主弃绝的人感到高兴，更为他的女儿高兴。但马尔根涅面无表情地泼下一桶冷水，因为只有她**知道**，这是松布勒瓦尔在逢场作戏。神甫用信仰挑战巫婆的智识，但故事后来的发展表明，有道理的是巫婆。马尔根涅在这场斗法中大获全胜，她赢了松布勒瓦尔（也就是说神秘的力量战胜了科学），她赢了尼埃尔（也就是说惩罚的宗教战胜了宽恕的宗教），她赢了梅奥蒂斯神甫（用于斯芒斯*的话说，就是魔法战胜了祈祷）；这是下等人的宗教在教会话语前的胜利，这帮小民更相信巫术和魔鬼的神秘力量。小说的结尾又回到魔鬼身上：松布勒瓦尔自沉池塘之后，人们怎么也找不到他的尸体，这表明魔鬼来过，收回了属于他的财物。

梅奥蒂斯神甫想在文人和下等人的宗教信仰上寻求一种调解。他在第一时间，先是抵制这个阴森的老预言家，作为教会传
204 统的合格继承人，他长期排斥民间崇拜，并与迷信做斗争。但在

* 乔里-卡尔·于斯芒斯（Joris-Karl Huysmans，1848—1907），法国作家、艺术评论家，代表作《逆天》被称为颓废主义的“圣经”。——译者

接下来的时间里，他发现民间信仰并不是注定消失的宗教残余，而是民间渴望进行宗教实践（我们可以这么说）的证据。自此他做好了承认民间宗教比天主教理看得更远的准备。巴尔贝认为，迷信的人比其他人更能意识到世界的统一性，更能意识到天国与尘世的联系。他们高人一等之处就在于他们感官的深度和强度，这种感受赋予他们更强的天分来解读征兆。巴尔贝最终让梅奥蒂斯也接受了这种信念。自从马尔根涅让他预感到，也许松布勒瓦尔真的是在自导自演一出喜剧，梅奥蒂斯神甫就变得极度不安。他迫切需要一些“征兆”，而“征兆”就真的对他显现了。一次在尼埃尔和梅奥蒂斯都在场的情况下，嘉莉柯斯特梦游时产生幻觉，她房间里的耶稣像在流血，而且血不是一滴滴渗下来，而是像潮汐一样向嘉莉柯斯特袭来，这一预示彻底揭发了他父亲隐藏的罪恶。幻觉一出现，转瞬从嘉莉柯斯特的记忆里消失，但在场的两个证人却将此牢牢铭记，虽然他们解读这一预示的方式不同：尼埃尔因为事先从松布勒瓦尔那里得知了秘密，他是那场壮丽演出的知情者；梅奥蒂斯通过此事确认了马尔根涅的预言，也确认了松布勒瓦尔又一次弑神灭教，还把犯罪现场搬到库汤斯神学院，他一方面觉得恐惧担忧，一方面又觉得意料之中。

* * *

对于一个善于观察的人而言，这篇讲给我们的故事里到处都是征兆。首先是风景：巴尔贝用来迷住读者的文字很多来自环境描写，他描写了一个违禁之乡，潜伏在犬与狼、土与水、荒野与树林之间。不祥之水无处不在：那里有施了魔法的诅咒之水，有阴沉静止的池塘里能吃人的水，有维伊河暗藏杀机湍流不息的水，有路面的坑洼里黏稠危险的烂泥，有梅雨季节绵绵不断的降水。那里还有模糊的地平线，被阵雨擦花，被草火熏花，被雾
205 气蒸花，在陆天相交之处日与夜的交替悄无声息。这是一个既混杂又暗淡的地方：农庄俯伏在阴影里，教区懒洋洋地蛰伏在沼泽间。在这里，死水不加区别地吞食被谋杀和自杀的人，林野小路埋藏在谷物下，人们在十字路口停步不前，人类的痕迹逐渐消失。哪个地方也没有像这里能更好地展示出人生的虚无，化作《圣经》里所说的一道“轻薄的蒸汽”。

这个阴霾的地方同时也充满了反差：树林这一边代表封闭，好处在于贪婪的农民可以用两道篱笆，把幽闭谨慎的生活围起来，好在里面小心翼翼地数钱；荒原这一边代表自由、野性和无价。因为无人居住，盘踞在这里的更多是超自然的存在，受刑致死和遭到天谴的魂魄在荒原上游荡。唯有逃避社会的边缘人、乞丐、牧人、羊倌儿，才知道如何在荒原上择路前行，他们或多或少都算得上巫师，在可见和不可见的世界间穿行，他们深信身处的这个世界与另一个世界相比无足轻重，因此对人类历史充耳不闻。

这些有预见能力的人，以足够的谦卑态度探索着所有隐秘的存在，预示终极灾难的征兆随着故事的发展不断增加：尼埃尔发怒时额头暴起的青筋，神似嘉莉柯斯特额头的十字；嘉莉柯斯特像安妮·博林*一样，长着一条纤细柔软的脖颈，好像事先约定好

* 安妮·博林（Anne Boleyn，1500—1536），英国国王亨利八世的王后，伊丽莎白一世的母亲，后因通奸、叛国罪被捕入狱，并被斩首。——译者

要被勒死似的；岁月引起的脱发像主教给修士行的剃发礼，在松布勒瓦尔的头上留下讽刺的提醒，一个神甫就算结了婚也抹杀不了圣职的痕迹；风会粗暴地吹灭蜡烛；烛火照亮魁奈城堡的阁楼，松布勒瓦尔就在那里进行化学实验；他工作室里的曲颈瓶和蒸馏器"就像地狱之蛇一样扭曲"；猫头鹰在嘉莉柯斯特临死前，向尼埃尔发出警告，不幸降临了；伯纳蒂和尼埃尔成婚的那天，伯纳蒂身穿一条灰色的连衣裙，像一个真正的寡妇那样出席一场虚假的婚礼。松布勒瓦尔抵达魁奈城堡的那天是一个黑色星期五*，这个弃教者是家族的第13个孩子，虽然这个家族在世的人口已经寥寥无几。

这些都是渎神的迹象——虽然对于巴尔贝而言没有什么是真正渎神的。但最具有说服力的迹象，还是那对最主要的、极其相像的神圣标志：血和十字架；耶稣十字架上的血，发带下的十 206
字形血痕。我们可以用一条红色的血线将整本小说串连起来：嘉莉柯斯特额头上的血环，像是荆棘的王冠，不是人类而是上帝的杰作；马尔根涅在"断骨者"手心看到的血；松布勒瓦尔喝下的黏稠又绛红的液体，就像是魔鬼曾对他说过的"这就是我的血"；尼埃尔的骏马在疾驰穿过荆棘时流的血；尼埃尔自己在摔折时流的血；还是尼埃尔，在明白嘉莉柯斯特永远也不会属于他时，用牙齿咬碎酒杯后的血；嘉莉柯斯特死后，尼埃尔为了确信

* 在西方，13 号正逢星期五，被称为"黑色星期五"，星期五和数字13 都代表着坏运气，两者碰到一起就是极其不幸的一天。说星期五和数字13都代表坏运气，这有一个原因，背叛耶稣的犹大是最后的晚餐中的第13 个客人，耶稣遇害的日子刚好是星期五。——译者

她真的走了,用烧红的烙铁灼烧嘉莉柯斯特的脚,那脚上流出的血;那个伸出光腿钓取水蛭的小女孩儿腿上的血;在回顾里提到的,松布罗耶小姐在九月大屠杀中喝下一杯鲜血拯救父亲的传奇;*每天晚上松布勒瓦尔在库汤斯神学院,佯装忏悔对自己鞭笞严惩时,溅到墙壁上结成硬痂的血。所有这些红色的对立面,是嘉莉柯斯特的清白,她苍白的皮肤配上珠色的长裙,白皙得像一朵百合又像一粒珍珠。然而,这名白色天使全部的纯洁加起来,也不足以抵挡象征着罪恶的红色汇成的汹涌潮流。

另一个对松布勒瓦尔纠缠不休的标志就是十字架。他女儿藏在发带下的十字,既是上帝的指示,也是女孩儿的意愿。然而让松布勒瓦尔更煎熬的,是这个十字让他想到另一个十字,那个圣职压在他身上的无形的十字架。他还是个年轻神甫的时候,常在一个石制的十字架下祈祷,弃教后年老的他暗自盼望这座十字架已经毁在大革命的圣像破坏运动中:事实上,它确实被人推倒在地,但当他回到故乡距那座山丘越来越近的时候,他看到原来的地方又竖起了另一座十字架。与前一座相比,这座农民自己立起来的十字架黝黑粗糙,却更有震慑力。就是在这座十字架下,他回到家乡后碰到马尔根涅,这个老女人的预言和非难让松布勒瓦尔觉得,她才是十字架上的那个人。这已经不是荣耀的十字架,而是痛苦和焦虑的十字架。所有这些十字架既

* 当时有传说,年仅25岁的松布罗耶小姐(Mlle de Sombreuil)在革命者前来扣押父亲的时候挺身而出,立在革命者与父亲之间。革命者钦佩她的勇气,提出交换条件,如果她肯喝下一整杯死人的鲜血,就暂时放过她的父亲。革命者从被斩首的犯人那里接满一杯鲜血,松布罗耶小姐当场一饮而尽,从而让父亲暂时逃过一劫。——译者

预示着也象征着小说里面人物背负的十字架：嘉莉柯斯特背负着受惩罚的父亲的十字架，梅奥蒂斯背负着疯子母亲的十字架。207
在巴尔贝眼里，所有的人类痛苦都表明我们是背负十字架的人。

* * *

惩治法国人，拯救法兰西：这就是约瑟夫·德·迈斯特从法国大革命中读出的神意。他认为不应当将这一事件狭隘地归结为因人而起；在这场运动中，不论狂热的革命者还是坚定的反革命者，都一样被卷进大革命的旋涡里，虽然他们自以为历史是由他们引领的，但实际上他们的意志并不能影响革命的发展；而大革命造成的破坏是上帝公正的惩罚，因为在大革命之前很长一段时间里，人类都受到诱惑，自恋胜过恋天父，这一切都来自人类的原罪，为了治愈这种罪，上帝只能动用更加骇人听闻的恶。

巴尔贝崇拜迈斯特，不只是崇拜他的先见之明和华丽文采——“他就是我们基督徒的伏尔泰”，他还和迈斯特一样痛恨区分神智和心灵，同时崇敬君主权威。他从迈斯特那里学到对人类意志的轻视；这可以解释小说里的这种现象，松布勒瓦尔进行了两次谋杀，一次是在现实中有意识地杀了那个令人厌恶的老乞丐，另一次是在象征意义上、非自愿的情况下，杀了自己的父亲、妻子、女儿和尼埃尔，但前一次谋杀却没有后一次谋杀显得重要。巴尔贝支持迈斯特的观点，认为人类不管做过什么，或是在做什么，都应当受到惩罚。没有人是因为正直受到惩罚，每个人身后都拖着一长串的罪恶，要说“有德之人在世上受苦”，那是错误的说法。所以永远不能说上帝的惩罚太严厉，因为在历史演进中，上帝的法则是，秩序一旦被破坏，只有用泼洒的鲜血来重建；无辜者本着罪恶可以转让的原则必须为有罪者偿罪，儿女则必须补偿父辈的过错；历史上的任何行为都无法补救其无
208 可救药的腐败性质。不管是祈祷、施舍、眼泪还是其他人为的干预，都不能影响每个人注定的命运。

如果我们把《已婚神甫》看作是迈斯特式的寓言，我们就能更好地理解故事中的荒诞之处：迷恋酷刑，故事从头到尾都在提及它；设置刽子手的必要性，因为每个人都是别人的刽子手，松布勒瓦尔和梅奥蒂斯神甫是嘉莉柯斯特的刽子手，尼埃尔是伯纳蒂的刽子手，嘉莉柯斯特是尼埃尔的刽子手；鲜血的救赎价值；无情的惩罚，因为巴尔贝像迈斯特一样相信，一门宗教只有坚持无人性化才能保持它的威力和持久力；天命的命数永远压过人类的意志；故事所有的主人公最后都一败涂地。我们甚至可以认为巴尔贝走得比迈斯特还要远。巴尔贝眼里的人类被“一条柔软的锁链”套在最高主宰的王座上，被迫行动，但感到是自由的。在巴尔贝这里，“锁链”一词让他的词汇有了比喻意，同时每当他为了说明世代之间利害一致的时候，他都会用到这个词语——这里的“锁链”确实存在，但没有一丝柔性可言。小说里每个章节的安排，都旨在引出一个新的转机，虽然“上帝支配下的人类自由行动”让迈斯特深深地着迷，但巴尔贝笔下的主人公一刻也没有感受过自由，只有被上帝的征兆所压迫的感觉。

嘉莉柯斯特说过，“远古时代”有许许多多这样的“征兆”，宣布了重大灾难的降临，并揭露了罪大恶极的犯人。巴尔贝就是希望把小说的主人公和读者带回远古时代的无尽长夜里。小说

的叙事跳跃在三个时代之间。先是叙事人身处的时代，小说的叙述者罗兰·朗格鲁恩就是另一个巴尔贝，两人一样自命不凡。他在巴黎的一个阳台上向聚精会神的听众们讲述了嘉莉柯斯特的故事：他气喘吁吁地连讲了3个晚上，只被“12个小时的无聊白天”打断过。接下来是第二帝国时期，人们开始反思这个世纪的癫狂，参悟其中的奥义。《已婚神甫》的故事本身则发生在第一帝国时期，这段时期不利于我们对它进行分析，但对情节设置意义重大，正是在这段特别时期里，像尼埃尔这样的人受不利因 209
素的限制，陷入无所事事的状态。但小说涉及的真正年代是人类内心深处那个远古时代，它不属于历史，只属于永恒。这个时代远没有近到肤浅的18世纪，18世纪对巴尔贝来说从来不是失乐园，尽管他在这方面根本不是一个嗜古者。

没有历史的时代设置正是令此书与众不同的地方，它更多是一部悲剧而不是一部小说。这个世纪所有的文学作品，都竭力描绘旧制度和大革命之间的种种妥协，必要的话不惜让过往穿上现代的外衣复活。但巴尔贝讲给我们的故事里不存在这样的和解。一个对灵魂救赎要求严苛的宗教，无法接受信经被各种乏味的形式软化在具有调解意图的天主教中。往日和今日之间也没有妥协的余地，巴尔贝也没有重建时间链的意图：这是复辟王朝的卑劣企图，它该死的宪章承认了大革命的合法性；这正是它的失误之处。巴尔贝将这个世纪连同其他时代，统统扔进地狱里。

尽管如此，这部以拒绝为主题的小说里还是包含了一种妥协。虽然小说里勉强表明这种妥协是真实的，还特意透过专制帝国来体现。在书的最后几页里，尼埃尔接受了皇帝的军官委任状，他很珍惜这个为拿破仑赴死的不期而遇的机会，好与嘉莉柯斯特相聚。但艾弗朗子爵是带着喜悦的心情看着儿子出征的：毕竟，尼埃尔要报效的是法兰西。他的一句话点中要害："好在三色帽徽*里还有足够的白色，让我们可以毫无妨碍地佩戴。"

整个小说的基调是不宽容，然而结尾处尼埃尔归顺第二帝国使小说出现了裂缝，那巴尔贝是如何解释的呢？他认为之所以要归顺，是因为路易·拿破仑阻止了法兰西"坠入鲜血的河流，也就是红色革命"。然而这一解释显得有点儿简略。最好是猜想一下巴尔贝的真实信仰，他在写给特雷布迪恩**的信里承认，他相信如果权力消失的话，"法律将只是一个抽象的概念，它的旗帜因此变得卷曲、静止、无力、无能，只会遭到人们的践踏"。正是
210 这一信仰令巴尔贝成为一个有点特殊的正统主义者。此外，尽管巴尔贝是一名权力的崇拜者，这个非同寻常的正统主义者却对王位的世系传袭嗤之以鼻，反而支持上帝直接任命国王；他完全可以"在一个废铁码头，选取第一个走来的叫花子为国王"。巴尔贝吸取了波舒哀的观点，丝毫不怀疑上帝有权力将权威赋予任何一个人。同时上帝高高悬置在人类之上，超越了种族、朝代还有一切尘世的荣耀和尊严，他的意旨是人类永远别想猜透的，而这就是《已婚神甫》最终要说明的道理。

---

* 1789—1815年法国的标志，构图上是一个三色相套的靶状圆形，最中间是蓝色，外面套一圈白色，最外围是红色，其中白色代表波旁家族。——译者

** 纪尧姆-斯坦尼斯拉斯·特雷布迪恩（Guillaume-Stanislas Trébutien，1800—1870），法国翻译家、东方学家和出版编辑。他与巴尔贝交往的时候，巴尔贝还是大学法学系的一名学生。——译者

第八章 《布瓦尔和佩库歇》：微不足道的平等

《布瓦尔和佩库歇》

福楼拜自1877年6月开始写作《布瓦尔和佩库歇》，把一生中最后的三年时光倾尽其中，他写道："我的脑海里整天都是布瓦尔和佩库歇这两个人物，我都要被累死了。"马克西姆·杜康*说他曾将其称为"复仇之书"。可对谁复仇呢？马克西姆·杜康并不知道问题的答案。然而，福楼拜已经解释过很多次了。他曾向路易丝·科莱**透露，这本书写的是对"人类无休止的愚昧"的仇恨，他要"弑杀伟人为愚人献祭"，他要证明"多数人总是正确的，少数人总是错误的"。总之，他要"书写平等的现代民主思想"。

---

* 马克西姆·杜康（Maxime du Camps，1822—1894），法国作家、摄影家，法兰西学院院士。他是一名外科医生的儿子，1843年与福楼拜相遇后决定投身文学。他曾与福楼拜于1847年徒步游历布列塔尼。——译者

** 路易丝·科莱（Louise Colet，1810—1876），法国女诗人，在巴黎开设过自己的沙龙，一度是福楼拜的情妇。——译者

他写作时如此投入，乃至于抛弃了小说这种文学类型的规范，即必须承认人与人之间的不平等，承认境遇的千差万别：如性格上的差异，地位的悬殊，相遇的偶然性，历史事件的震荡，甚至讲述故事时采用的委婉笔法。有必要叙述些对福楼拜来说总是“枯燥无味的事”。他的《布瓦尔和佩库歇》很有限度，里面的人物都隐没在匿名的集体里，平庸的意见不但抹杀了生动的激情，甚至对情节这一观念本身提出质疑。

213 微不足道的平等

没有鲜明的形象特征，没有家庭，没有历史：在这个令人昏昏沉沉的三伏天，从波登大道上面对面走来两个人，他们就像两撇几乎抽象的剪影，可以是任何人，也可以来自任何地方。但是人们还是可以凭借一些特征来区分两名来者：他们一个浑圆，一个纤瘦；一个乐天随和、放荡不羁、爱夸海口、慷慨大方，一个脾气暴躁、步步为营还省吃俭用；一个常表现出男儿的果敢，一个带着阴柔的稳重；一个大步流星，一个慢条斯理；一个喜欢吃奶酪讲黄色笑话，一个爱吃果酱还常常脸红；一个挖苦宗教，一个敬畏宗教。小说从头到尾都充斥着这一鲜明反差。我们能不能把这种“强烈对比色”用到布瓦尔和佩库歇这对人物身上？巴尔扎克认为这种“强烈对比色”对小说来说是必要的。

奇怪的是，每当有一对反差出现时，对比也随之立刻消失，好像两个不同的人想马上放弃他们的独特之处。这首先与双方的一见钟情有关系。“一见钟情”这个词用在这儿不算过分，福楼拜称之为“魅惑”,它令两人由不同蜕变为相似。他们欣喜地发现彼此都处在中年(不老也不年轻,五十出头的样子),都有一份不好不坏的工作(抄书匠,也就是说同在乏味的政府部门供职),都有些无聊的烦恼(把名字绣在帽子上),还有对女人、工人阶级和 214
医学同样没有新意的见解。从此凡是两人同在的地方,总能听到“我也是”“我也一样”的声音。从第一个晚上开始,两人就陪来陪去,共进晚餐,抱怨他们单调的生活,活像一对双胞胎:小说中反复出现的一个场景,就是冬天里两人倚在壁炉的两端读书。即使在各自的房间里,他们也会根据不同的场合同时朗诵诗歌或者齐声打鼾。他们在共同生活的过程中都受到对方的特性的影响,最终佩库歇也变得像布瓦尔一样有点儿粗暴,而布瓦尔则染上了佩库歇阴郁的毛病。他们的思想也相互影响,到最后人们已经弄不清到底谁是教权主义者,谁反教权,也不知道最有男子气概的那个是不是也是最感性的那个。

他们才华平庸,同时也了无牵挂。佩库歇是单身汉,我们很快就会知道,他还是个处男。布瓦尔经历过一次短暂的婚姻,婚后不久老婆就跑了。佩库歇从未见过自己的母亲。布瓦尔的亲戚里就只剩一个伯父,但也人间蒸发了。他们认识之前各自有一个朋友,但是为了对方他们轻易就放弃了之前的朋友,让人怀疑这友谊也坚固不到哪儿去。佩库歇从事过上百种职业,但好像都没给他留下任何印象。两个人似乎都没有童年。他们的过去暗淡无光,回眸过往除了岁月的积累什么都看不到。直到小说过半都没有任何描述说明两人生活年代的历史背景。书里讲的是何年何月?无所谓。何种社会?不清楚。但是很明显,这是一个因革命而诞生的平等的社会。但大革命和旧制度,这是一回事,在民主的阳光下什么都看着差不多。

215 为了给这种一成不变的生活注入些活力,必须有一位仙女下凡。像童话里一样,这个仙女化身一封公证人的信,让布瓦尔继承了一笔小财产:原来他那个失踪的伯父是他的生父(用伯父这个不太扎眼的亲属关系掩盖父子关系),临终之前突然想到了自己的私生子。当佩库歇第一天知道这个消息,就做出一个疯狂的举动——脱掉从不离身的保健背心——向布瓦尔献忠(这个出奇的举动其实是布瓦尔暗示他做的)。布瓦尔也毫不犹豫用慷慨的举动回报了朋友的壮举:遗产两人共有,早早退休,找一间田间小屋开始他们的自由新生活。

他们于是上路了,去寻找理想中的乡村:那里既不能太干燥也不能太潮湿,既不能人满为患也不能人迹罕至,既不能有布列塔尼的伪君子也不能有地中海的蚊子。福楼拜自己也出发寻找一块能满足他们的地方,他最后选中了卡昂和法莱斯之间的一块"愚蠢的高原":这个地方一望平川没有秘密。当这两个新来的乡下人开始练撑杆跳的时候,全村的人都看得见他们训练,就像是地平线上清晰可见的怪诞的皮影戏。查维格诺尔这地方如此平凡,最适合人们重新来过。在这个空无一物的地方,从自由元年(这是那笔幸运的遗产为他们带来的)开始,布瓦尔和佩库歇可以幻想一种脱胎换骨的生活,他们的座右铭是"做令我们愉悦的一切事"(很快人们就发现这一极端自由主义的主张就庸俗地体现为:"我们要把胡子留起来。")。查维格诺尔本是个普通至极的法国乡村,有谷仓、有教堂、有白杨树林,但它却能让两个抄写员发出阵阵惊讶的呼喊:“啊! 胡萝卜! 啊! 白菜!”

然而这两名资产者的退休自有它的独特之处:两人都抱有一腔不懈学习的热情。从相遇的第一刻起,他们就像回到了从未拥有过的青年时代,立志要学遍人类知识,这是他们在可悲的日常生活中无法做到的。查维格诺尔适合进行这场狂热的探索, 216
他们将在这里经历开悟、幻灭和重整旗鼓这整个历程。

在这个故事的头几章里,主人公们决定首先从实用性最强的农业开始进行学习,作为一个农庄和一个果园的幸福业主,这种实践完全符合他们的需求。可很快实践扩展到理论学习,由此开启了知识的循环,在接下来的7年中,他们先后涉猎化学、天文、地质、考古、历史、文学、文法、美学。7年过后,1848年革命爆发,小说写到这里戛然而止。而这一连串的学习都有一个同样单调的过程:首先是激动人心的喜悦,两个伙伴幻想着堆积如山的水果蔬菜为他们的农业事业加冕,还幻想着他们的医药治愈了大批对他们感激不尽的病人。在这种激情燃烧的状态下他们无节制地挥霍自己的力量。他们的日程表排得满满的,堪比《巨人传》里的庞大固埃*,他们又翻土,又嫁接,又放血,又听诊,又负重,还胡乱使唤各种刚拿到手的工具。夜里他们还起身为伟业锦上添花,通过贪婪地阅读积攒的成堆图书解决面前遇到的难题。

他们所涉及的学科都离不开使用方法、说明书、专用词汇和

* 庞大固埃是拉伯雷《巨人传》中的人物,他接受了一种注重身心全面发展的人文教育,不仅学习七艺,还骑马、耕种、射箭。——译者

字典，这些都是他们进行实验的纲要，而且他们尤其重视书里的词汇和推荐的姿势动作。佩库歇倚在铁锹上摆好一个园丁的标准姿势，自以为这种架势就足以让奇迹发生。经过他们疯狂的阅读，这两个没有判断力的学生打造出一个奇形怪状的植物园，在一块正方形的菠菜地中央有一座伊特鲁里亚墓[*]，菜豆地上架着一座里阿尔托桥[**]，园里还有一座中国塔。

唉，这些受人尊崇的书给他们接连不断的工作提出的异议和带给它们的启发一样多。首先书与书之间相互矛盾，没有一本
217 书能给出健康、疾病、轮作的合理定义。什么叫难以捕捉的美？什么叫难以企及的善？更糟的是，这些书里有一本会时不时对他们自身的一些习惯提出质疑，比如背心、鸭舌帽以及烟斗的用法。但只要这种又刻苦又困惑的夜读能让这两个天真的人感到值得，让他们觉得读书的时光是快乐的，那前面提到的这些就都不算什么："他们享受了巨大的乐趣。"此外还必须考虑到人心和天气的突变带来的噩耗：农民的贪婪，邻居的讽刺，病人的腹痛，冰雹，霹雳。最后，一场火灾把他们的草垛烧毁了，用来做实验的可怜动物们都死了，他们照拉斯帕耶[***]的手册医治的病人病情加重了，连宝贝蒸馏器都爆炸了。

这都该怪谁？怪他们的计划太宏大？怪他们太想让邻里对

---

* 伊特鲁里亚：意大利中部一个古代城邦的名字。这一地区的墓葬很有特点，在《布瓦尔和佩库歇》中提到他们建的伊特鲁里亚墓很像一个狗窝。——译者

** 里阿尔托桥：威尼斯运河上一座著名的桥。——译者

*** 拉斯帕耶（François-Vincent Raspail，1794—1878），法国医生、化学家，主攻微生物领域。——译者

自己刮目相看？怪他们选的书过时了？怪他们选一些废书来读？怪他们缺乏经验只会死读书，却没有动脑子理解消化？怪他们没办法把读过的资料和积攒的物品对上号，东西就毫无章法地堆在房间里，让屋子变得像个旧货铺？怪科学知识，在所有命题面前都设立了一个反命题？怪专业术语跟不上现实的变化，就像天上云朵，两人还没来得及命名它，它就变换了形状？怪现实本身，它不断地变化发展和自我否定，以此来打破旧有的体系？还是应该怪民主社会，在革新的名义下悄无声息地侵蚀了所有可靠的行为模式？

不管是布瓦尔还是佩库歇都不知道如何回答。灾难一旦降临，他们就只能痛苦地记录下来，这只是简单的观察，不包含对他们使用方法的任何思考。对他们而言，错了也是白错。最终他们总是得出结论，这项特别的研究不可能实现。于是他们立马抛弃了崭新的仪器和前一天还当成圣经的书，转向研究其他东西，重复着他们机械的三步曲：选择一个新的领域，一头扎进 218
浩瀚的书海，最后进入实验阶段，因为实用永远是他们的信条。再然后是一败涂地，然后重新开始。

* * *

博尔赫斯*说，不能用时间概念来描述布瓦尔和佩库歇，他预言福楼拜笔下的这两个主人公是永恒的。在不断尝试、失败、重

* 博尔赫斯（Jorge Luis Borges，1899—1986），阿根廷诗人、小说家、散文家。他的作品打通了历史、现实、文学和哲学之间的界限，在梦境与现实、真实与虚幻之间转换，代表作有短篇集《虚构集》（1944）和《阿莱夫》（1949）。——译者

来、放弃、最后开始一项事业的过程中，没有憧憬也没有教训，两个主人公似乎都没有变老，可几年时间过去了。两个人都没有离开查维格诺尔，这个地方像是处于历史之外，会永远待在那里似的。他们想到死亡了吗？只有一次，但这并不是指整个过程的终结，而更像是一个新鲜的尝试，但这件事就像之前所有的事情一样，当突然感到有必要完成另一件事，也就是写遗嘱时，死亡这件事就被他们忘掉了。但也不能说故事完全忽略了历史进程；一个惊世骇俗的传闻在小说进行到一半的时候传到主人公们的耳朵里，这个传闻震撼了查维格诺尔：巴黎爆发革命了。

革命，这个火热的字眼，并不完全令布瓦尔和佩库歇感到意外。他们已经当过"历史学家"了，所做的可不仅仅是读过革命这两个字：他们在藤架下不仅阅读梯也尔*的著作，还博览了比歇和鲁合编的多卷本的大部头著作**。比歇和鲁的这套论著有着不同寻常的洞察力，因为布瓦尔和佩库歇通过阅读它晦涩的序言，了解到新天主教主义和社会主义之间的隐秘关联，了解到一个时代的秘密，如福楼拜在1868年写给乔治·桑的信中所言，"正在圣母无染原罪教义***和工人的饭盆之间"酝酿。他们甚至还

---

* 梯也尔（Adolphe Thiers，1794—1877），法国政治家、历史学家，以研究法国大革命知名，著有多卷本的《法国大革命史》。路易-菲利普时期曾出任政府总理。1848年大选后他进入立宪会议，是右翼自由主义者的领袖，反对社会主义。——译者

** 指的是比歇和鲁两人合编的40卷《法国大革命议会史》，该套丛书于1834—1838年间陆续出版。——译者

*** 这是天主教有关圣母玛利亚的教义之一，由教皇庇护九世1854年12月8日颁布通谕确立，指的是天主教相信耶稣的母亲玛利亚，在灵魂注入肉身的时候，即蒙受天主的特恩，使其免于原罪的沾染。——译者

给经历过1793年的老人们做了口述史，通过老人的叙述构想出大革命的片段——大路上的骚乱，矛戟顶端苍白的人头，断头台上的哀嚎——并且通过在乡下的见闻与读到的内容做对比：被风搅乱的葡萄藤，八哥的鸣叫，大麦迎风飘动。他们的性格图谱决定了随和灵动的布瓦尔更倾向吉伦特派，而一板一眼的佩库 219
歇则支持山岳派。在布瓦尔看来，丹东的腐败毋庸置疑，在佩库歇看来，维尼奥[*]的腐败铁板钉钉。让他们紧密相连的远远不是他们的个人倾向，而是一种共同的困惑让他们沉湎于历史研究：因为他们幻想宫廷可以更坦诚，保皇者可以更爱国，革命者少用暴力，路易十六一行的瓦伦之逃[**]有一个圆满的结局，自此之后世界面貌为之一变，“最终他们头脑里没有一个稳定的、符合逻辑的想法”。经过这段不务正业的历史研究，他们很快又达成一致，放弃认知历史转向其他兴趣。

但在现实生活中，革命的爆发完全是另一回事，尽管人们对它有思想准备，而步步紧逼的传言又削弱了它的震撼力。我们不是看到正统派的伯爵出于对路易-菲利普君主统治的痛恨，散

---

* 维尼奥（Vergniaud，1753—1793），吉伦特派成员，法国大革命时期重要的演讲家，曾几次担任立法议会和国民公会主席，在大革命期间一系列重要事件中扮演了关键角色。——译者

** 随着法国大革命的进行，路易十六逐渐坚定了逃离巴黎、向外国势力求援以恢复王权统治的想法。1791年6月20日，在王后的密友、瑞典贵族费尔桑伯爵的布置下，路易十六携家眷向法国东部边境小镇蒙梅第逃去，那里是保皇主义者的一个防御据点。然而在6月21日晚上走到瓦伦时被拦下，次日，制宪议会下令将国王押回巴黎。瓦伦之逃是法国大革命初期的一件大事，导致国王形象一落千丈，促进了共和主义运动的深入发展。——译者

发有关改革的宣传册并鼓吹……以至于普选吗？（佩库歇，这位查维格诺尔的托克维尔，精明地看到这会乱起来的。）如果我们不考虑外部环境这个特征的话，查维格诺尔的社会则因循守旧得让人吃惊，读者已经在主人公们做东的一次晚宴上（为了让人们欣赏他们的奇异花园）认识了这个地方。无论医生、公证员、镇长、神甫或富裕的食利者，他们的舆论被自己在这个小社会中的地位所局限，但彼此间的争执只是表面上的，根本上讲他们都热爱稳定，其主导思想就是：谁也不能改变现状。当一个从阿尔及利亚回来的流浪汉突然出现在这个保守的圈子里时——他曾是镇上一个酗酒的可怜细木匠——愤怒的人群炸了锅，这种愤怒正是他们内在一致性的体现。布瓦尔还一如既往是个好好先生，给了流浪汉一口瓶底的酒喝，但人们一致对他进行谴责：伯爵的总管以地产的名义，镇长以政府的名义，热弗雷神甫以宗教的名义，伯尔丹寡妇则以对共和国强烈憎恨的名义。至于这位医生，这里只有他拥戴进步，他也是一个阶级忠诚的代言人，这
220 个阶级抗议选民范围太狭窄，应该就“才能”扩大范围。

在这个与世隔绝、按部就班的地方，到目前为止每个人都为了自己的利益活着，无所谓别人的眼光和评论，巴黎暴动的新闻搅动了这里的空气。首先，这场革命让人们走出家门，竞相前往邮局搜索新闻，翻阅报纸，然后人们又集体聚集到镇政府门口那张宣告共和国成立的蓝白红三色的政府公告跟前。在这个乏味单调的乡村里，突然有了值得看一看听一听的东西：火把燃烧，旗帜飘扬，鼓声阵阵。早被人遗忘的国民自卫队又戴着筒状军帽出现了，消防队员举行阅兵式，其中一支仪仗队护送的

自由之树[*]是布瓦尔和佩库歇捐赠给社区的。新鲜的词汇因为记忆的力量显得很了不起，连神甫的嘴里都会出现博爱、共和的字眼。

在这股潮流下，人们也走出了自己的常规角色。就伯爵来
说，城堡安置在村广场，这可不算小事，谁能想到他也像医生一
样，为移植到那里的自由之树“着迷”呢？谁能想到他会在杂货
铺买酒喝？[**]谁能想到神甫会为共和国泼洒降福的圣水？谁会想
到奥尔良王室在查维格诺尔会像在巴黎一样被迅速抛弃，还遭
到当地居民的一致憎恶？原来被体面社会排挤的细木匠高尔居
获得了新的尊严：他摇身一变成了民主主义者，守卫自由之树，
还同时担任国民自卫队的教官，敏捷地指挥这支不专业的军队。
为了装备这支军队，伯尔丹寡妇都捐了5法郎，不久前她还唠叨
自己有多痛恨共和制。在这种亲密无间的氛围中，查维格诺尔
简直就像一个热情的小镇。人们本来以为自己的职业生涯已经
到头了，谁知突然又有了新的发展空间和抱负。国民自卫队队
长、医生、教官，包括神甫自己都开始憧憬。就算布瓦尔和佩库 221
歇与他们的同乡断然不同——尽管这种不同只是表现在他们随
时准备开始新的无益的学习而已——他们怎么能对这一突如其
来又没有商量余地的事件无动于衷呢？它让布瓦尔的心中充满
了对人民的爱，让佩库歇看到自己的预言实现而感到无比满足。
总之，革命这件新鲜事风靡一时。

---

* 这是一棵挂满蓝白红彩带的白杨树。——译者

** 村民晚上在杂货铺举行集会。——译者

但好景不长。小说的第六章就像一记枪声，在接下来的沉闷日子里还会在突发事件发生的时候听到它的回响。伴随着每一声“枪响”，小镇其乐融融的面貌就一点点破碎，资产阶级最初便潜藏在内心的恐惧也一点点苏醒。先是3月15日针对在波兰发生的事件*，村民们像巴黎的共和主义者一样分为两派，并且谨慎起来：主张介入的一派（布瓦尔所在的阵营）被迫偃旗息鼓，而主张废除死刑的一派（佩库歇所在的阵营）则以社会恐惧的名义为事件喝倒彩。几个星期之后又传来六月革命的消息，大家都想去拯救秩序拯救巴黎，但大家都放弃了。没有什么能比马克思的著名论断更好地描绘这一幕：如果第一次革命以悲剧结束，再发生的革命就会演变成闹剧。查维格诺尔的“暴动”只是巴黎暴动的拙劣模仿，国民自卫队马上投入战斗，但这次暴动的唯一胜利就是关押了造反动机不纯的高尔居。

查维格诺尔发生的事还验证了马克思的多次诊断：大革命仍然保留在国民记忆里，助长了查维格诺尔人微不足道的焦虑。大恐慌再次发生了，有谣言称军队正在向小镇集结，在苹果树上有可疑的人影晃动；国民自卫队又佩戴起拉法耶特指挥下的肮脏肩带和老旧的筒状军帽；人们又唱起《吉伦特派之歌》**，这歌是新作的，但透过新填的歌词人们还是能听出《马赛曲》的调

---

* 可能指的是1848年3月15日，克拉科夫的无产者、工匠与学生聚集在当地监狱门前，要求释放犯人。贵族和资产阶级代表劝说警监释放犯人，以避免革命的爆发。——译者

** 《吉伦特派之歌》是1848—1852年法兰西第二共和国时期法国的国歌。——译者

子。佩库歇要建一个俱乐部,他让1793年复活了。这些怀旧的行为,让我们看清了1848年革命的真面目:它承诺创新,最后只 222
沦为陈词滥调。

查维格诺尔曾一度颠覆了自身的传统,但对红色恐怖的畏惧使人民又重新变得团结一致,这让布瓦尔和佩库歇对这个小社群感到很陌生、很失望,随着"重大事件发生的日子"使这个时代愈来愈步调一致,这种陌生、失望的情感有节奏地逐步加深:12月10日,路易·拿破仑·波拿巴以600万选票当选,使布瓦尔和佩库歇对普选热情减退(查维格诺尔人投票时就像是一个人);第二年波拿巴远征罗马;再过一年,法卢法案*颁布,食不果腹的国民教师只能在镇长和神甫的监督下讨生活。英雄变成了可怜虫,主人公们的心里也随之越来越不满:自由树被砍成几段,树桩被神甫拿去当柴烧,东西再神圣也不如实用;谷一老爹糟蹋了他们的草坪号称这就是"劳动的权利";巡逻的国民自卫队除了睡得正酣的夫妻们谁也吓不着,而且这种巡逻总是在觥筹交错的多米诺牌局里结束。

这些怪异的行径也有它残酷的地方。可怜的高尔居在监狱里关了三个月,罪名是"言论过失罪",此举激起了佩库歇的愤怒,他发现当局的反应能够利用所谓"公共安全"(salut public)

* 法卢法案(La loi Falloux)是指1850年3月15日立法议会通过、以教育和宗教事务部部长法卢命名的法案。该法案放宽了办学人的条件,极大地增加了宗教界人士办学的可能性,并规定初级教育中的公共学校和自由学校须受双重监督,即来自各级学监与行政部门的监督和本堂神甫、各教派中的圣职人员监督,学校中的宗教势力明显加强。——译者

的理由,“公共安全”对他的偶像伟大的马克西米连*来说是很重要的概念。而可怜的国民教师则受到调任和撤职的威胁,他是罗伯斯庇尔的信徒,拥护人民专政,但神甫强迫他参加弥撒和复活节圣餐,他不得不屈服。伯爵、镇长、公证员、神甫继续在公共广场上抛头露面,但这次是为了散发敌视主张均分财产的人的传单。医生也抛弃了赖德律-罗兰**的主张。在查维格诺尔发生的大转变喜剧化地描绘了托克维尔形容的,民众为了适应历史突发事件集体做出的努力。小镇的适应能力非常出色,最好的证据莫过于法韦日伯爵为显贵们举办的午宴,这次午宴一方面
223 为了祝贺他获选立法议会议员,一方面为了庆祝道德秩序回归。在银器闪闪发光的奢华餐厅里,在鳌虾的香气和索泰尔纳酒的温热里,查维格诺尔消化了它的革命。

但在这场嘈杂的宴会里怎么分得清谁说了哪句话呢?某些特别针对革命弊端提出的补救建议,比如削弱、解散议会,可以找到像镇长、伯爵、公证员这样对应的发言人。但大家经常只是人云亦云,就像倒进杯里的索泰尔纳酒。到底是谁说起上世纪贵族与哲学之间灾难性的联盟?又是谁说起路易十八合法掠夺贵族和教士的财产?我们不知道是谁,这实际上也无所谓,因为结论是所有人都渴望救星并憧憬权威,这里用的是不分你我、此后以胜利者自居的“大家”(on)一词。在这段紧凑的对话里,不

* 罗伯斯庇尔的全名是马克西米连·罗伯斯庇尔。——译者

** 赖德律-罗兰(Alexandre Ledrun-Rollin,1807—1874),曾是1848年法国总统大选的候选人,进步的共和主义者。在担任第二共和国临时政府内务部长期间,颁布法令确立法国男性普选权。——译者

是每句话都指明了出处，我们可以将它看作是普选的一种讽喻。医生听说用蜜蜂社会论证君主制时气得够呛，但这不足以破坏意见一致的大局面。

索泰尔纳酒灌得人昏昏沉沉，只有布瓦尔和佩库歇尚能微弱地发出一丝麻木但并不趋俗的声音。小说里两人做尽傻事，被人指指点点，但在这个场景里读者对他们的感情产生了动摇。一面是无味浅薄的谈吐，一面是富丽堂皇的装饰，“高耸的屋檐下不是应该谈论高尚的思想吗？”这种反差到底是令布瓦尔还是令福楼拜感到震惊呢？离开午宴令人窒息的氛围，两个得到解脱的好朋友呼吸着树林新鲜的空气，终于忍不住愤怒地咒骂起同席者们的卑劣言谈，并且像写通信集的福楼拜借用了资产阶级无能的沉重感觉。布瓦尔和佩库歇，这是两个蠢蛋？他们在这里不蠢，也不是一直都蠢。

蠢仍然是他们屡试不爽的招牌，因为他们对现实政治感到失望后迅速转向理论研究，可读者知道这次还会像之前一样搞得一塌糊涂。他们一头扎进书堆，埋头阅读卢梭的《社会契约论》，进行着一个接一个的发现：卢梭堪比1793年的上帝，民主制度 224
的大司祭（福楼拜对此久久不能释怀，正是因为卢梭，接下来的一个世纪里历史走上曲折的弯路，而非“伏尔泰的康庄大道”），他同时还轻视科学和艺术，劝诫公民服从国家的最高权力。圣西门令他们惊讶，傅立叶让他们幻想有一个和谐社会，那里彩旗飘飘，节庆喧天，每个女人只要愿意都能拥有三个男人。这种图景让布瓦尔兴奋不已，却让佩库歇很困惑。

但有一点与此前不同：之前他们的生活中没有历史和政治的

现实影响，他们读书读到矛盾的地方时，会因为两人都无法确定谁是谁非而放弃，然后一起进行新的知识探险。但这次两人产生了意见分歧：布瓦尔反对空想社会主义者，因为它与威权社会主义有着模糊的亲缘关系，他试图向佩库歇证明空想社会主义者是为新式独裁者们——如工业家、立法者、神甫——开拓殖民地；佩库歇则坚决认为乌托邦很美，即使它美得绝望，他也不排除自己有可能创建一个乌托邦。“就你？”布瓦尔笑得前仰后合。佩库歇只能一摔门蜷进自己的房间里，窝在软座圈椅里生闷气。他一旦消了气就会继续歌颂进步，可布瓦尔已经不相信进步了。

这是他们之间第一次产生裂痕。12月3日，伯尔丹夫人走了进来，她带来了政变的消息，这一变故让两个伙伴取得暂时的和解。他们前往小镇打算宣泄他们的不满，却发现整个查维格诺尔一致支持巴黎发生的武装镇压和大道屠杀*。连国民教师都为梯也尔的锒铛入狱感到欢欣鼓舞。心烦意乱的佩库歇认为所有人都是一丘之貉，资产者、工人、神甫，甚至包括人民，都随时准备弯下自己的脊梁：他们连同他们的意志消融在随大流的过程中。政权的更替都大同小异。之后不久，布瓦尔和佩库歇就在镇政府阁楼里发现了一堆杂乱的旗帜，连同地上的石膏像：“没
225 戴王冠的拿破仑、戴着肩章的路易十八、查理十世、路易-菲利普”，他们在苍蝇的陪伴下，在平等的灰尘中重聚；面对这间政治杂货铺，他们对所有的政府心生怜悯。佩库歇生出一丝希望，决

* 1851年12月2日路易·波拿巴发动政变后，4日早上，抗议群众在蒙马特大道、朗布朵大道等多条大道上架设路障与军队对抗，军队冲破街垒后肆意扫射，致使大量无辜市民被枪杀，史称大道屠杀（Fusillade des boulevards）。——译者

定重新开始他们的研究工作,而这次的研究对象是军事艺术,因为政治实在太令人失望了。可布瓦尔从此确信,意识形态的本质就是消灭其他意识形态,他打断佩库歇的话称自己已经“厌烦了一切”。精力泄光了,计划取消了,重新振作的能力消失了,他们打着哈欠看着表,懊丧地发现打发时间竟变得如此艰难。

* * *

政治引发争端,在福楼拜看来1848年将法国政治分为一前一后两段。而小说的第六章,也是书中最热闹的一章,把布瓦尔和佩库歇的生活分为两段。在小说的前几页里,查维格诺尔的乡村总散发着一种令人惆怅的乏味气息,但平淡中不乏甜美。人们在那里度过平静愉快的时光,空气中飘散着当归和薄荷的香气,白蜡树迎风摇曳。可经历过1848年那次充满希望的激荡后,不管是在一年中的哪个季节,小镇都只剩下闷死人的无聊。夏季酷暑难当,万物俱寂。而萧萧秋日里,一丁点儿的声音和动静——雨滴、落叶、路上行人的脚步、母牛的叫声和小镇的钟声——都被戏剧性地放大,在这片荒漠的周围回响。当人们正要享受阳光的温暖、燕麦的波涛和溪水的呢喃时,一只腐烂发臭被苍蝇叮咬的死狗提醒人们,死亡就盘旋在田野上空。

难道生活和它承诺的经历都没有盼头了吗?表面上,1848年过后的日子里,两个主人公相继对爱情、哲学、宗教、教育燃起的新希望都被逐一磨灭了。依然是表面上,他们的学习节奏 226
和1848年以前并没有不同:依然是学习,囫囵吞枣地吸收一大堆知识,然后进行实验,直到遭遇失败放弃。不过他们宏伟的挫折史里还有几次短暂的成功：他们用电磁疗法“治愈了”谷一老爹和老妈家里浑身鼓胀的母牛和芭贝的精神病。但这些都是歪打正着，完全没有必要显摆，他们由此获得的敬重也转瞬即逝。

由于他们跟镇上的显贵们存在政治分歧，他们变得更加孤独了。镇民仍然会把他们看成是略有些蠢的怪人，但此后他们的每一次实验都使自己越来越孤立。他们练习体操、通灵术和魔法，被当成巫师：农民举着叉子追赶他们。他们坚持要缠着神甫解答他们的宗教疑惑，这一举动不但引得神甫不快，也引起城堡主的怀疑。接下来对宗教的研究前所未有地填补了他们与他人产生隔离的痛苦时期，这发生在故事里一个稀少的完美场景之后：圣诞之夜，查维格诺尔的男女老少不管贫富贵贱都欢聚一堂，注视着新生儿躺在稻草堆上的圣洁一幕，沉浸在深切又单纯的喜悦中。

布瓦尔和佩库歇只是意外路过却被看到的景象征服，两人最后加入和平又和谐的人群里唱起颂歌：“他们觉得就像心里升起一线曙光。”到了第二天，这种神奇的感觉还在持续，雪消融了，空气带着温热，世界不再空洞了，布瓦尔和佩库歇彻底放松下来，与邻里其乐融融，不再努力地做什么了。但这份安宁没持续多久：两人很快又展开令人不安的求索，福音的安慰不足以满足他们。他们一如既往地采用书海战术，在不同的书以及教谕权
227 威之间做对比，挣扎在自相矛盾的理论里。同时他们也讲求实践，各自都追随自己的天资倾向：佩库歇对自己的模仿能力很有自信（他相信人靠衣冠马靠鞍，穿上僧侣的衣服就是僧侣，于是

给花园翻地时要穿上僧袍），同时他的自罚精神让他进行忏悔、苦修、鞭笞、朝圣等活动；布瓦尔则拥有资深反教权主义者的缄默，深怕被人当成是教士，同时他对享乐主义有需求，这种享乐主义呼吁从宗教中获得给人宽慰的优雅图像、充满女性柔美的圣母、胖嘟嘟的小天使和圣母月*的丁香花。

不管是布瓦尔的平坦之路还是佩库歇的荆棘之路，都没能将两人带向他们所期盼的宗教之光；特别是领圣体仪式，没能让他们的灵魂绽放。热弗雷神甫的理论（崇拜不需要理解）在他们看来没有说服力，而神甫总是躲着他们也让他们慢慢厌倦了，直到有一次神甫和佩库歇遇上暴风雨，肚子贴着肚子分享一把小伞，浑身湿透了还紧紧攥着雨伞，争辩着在基督徒的肉刑和宗教裁判所的酷刑，以及天主教殉教者和圣巴托罗缪之夜的殉教者之间有什么差别。两个伙伴又被反教权的魔鬼和邪恶的书籍诱惑了——佩库歇又开始读梅斯里耶神甫**的书了。最终有一件事让他们决定把精力从宗教上移开，那就是自从他们参加过圣诞弥撒后，尽管他们不是伯爵城堡里的晚宴嘉宾，但依然被纳为荣誉市民。他们因此明白宗教已经沦为政府管理的有效手段。高尔居自己不也归顺了吗？他们被怀疑过有造反意向，也被逮着

* 早在13世纪，卡斯蒂利亚国王阿尔方斯五世已经在他的一首歌中将圣母玛利亚与5月联系在一起。在18世纪，耶稣会士提议把5月份定为圣母月，用来敬礼圣母玛利亚。19世纪教皇颁布通谕，正式确定每年的5月份为圣母月。——译者

** 让·梅斯里耶（Jean Meslier，1664—1729），他终身担任法国阿登省埃特雷皮尼镇的神甫，生前默默无闻，死后被发现写有大量哲思性散文，谴责一切宗教，主张无神论，他自称这是写给教区居民的遗嘱。他的手稿被伏尔泰编成《让·梅斯里耶遗嘱》于1762年出版，在法国启蒙运动中产生了重要影响。——译者

听过歌颂旧制度的演讲，他们得读点儿霍尔巴赫*来清洗心智。

小说的最后一部分讲述了他们被驱逐的过程。他们对两个孩子进行了最后一场教学实验，用上了之前学过的所有知识——结果自然是一塌糊涂。他们使上自己融会贯通的本领，将希望倾注在成人教育上，为镇民策划一场“报告会”；并且总是自恋地幻想在某个大会做报告。在这次座谈上，佩库歇掉书袋而布瓦
228 尔则显得不拘小节，他们向查维格诺尔的居民提出令人堪忧的改革建议（削减军队和礼拜开支，为罪犯平反，甚至包括设立一家妓院——这显然是布瓦尔在乌托邦概念上特别留下的印记），一切注定惨淡收场：警察们拿着只是用来吓唬他们的逮捕令轰轰烈烈地找上门，小孩子冲他们扔石头，他们负责教育的孩子也被人们带走了。

这些挫折还不算最糟的。因为镇民的专横决定让他们得到一种优越感的满足：他们比另类更加另类，他们打心底里也一直这么认为，这种与别人都不同的感觉使两人更加亲密团结。只有发觉他们两人彼此间的不同才是最苦涩的，而政治篇结束后的新经历让他们体味到这一点。我们自然是期待有一个关于爱情的章节，让他们还原自己的独立性从而分道扬镳。毕竟他们对于爱情的诉求不同。佩库歇快55岁了，他寻求爱的启蒙：他一次震惊地撞见可怜的卡斯蒂永夫人（她的头发已经花白了）和自负的高尔居在一起；老女人向细木匠细述他们间炽热的回

* 霍尔巴赫（Paul-Henri Thiry d’Holbach，1723—1789），法国启蒙哲学家，小册子作者。他通过一群志同道合的朋友圈子“霍尔巴赫小集团”的活动，成为捍卫无神论的主要斗士。——译者

忆，还发誓永远都是他的奴隶，听到这些佩库歇心乱如麻。这一场面尽管骇人，也只是衬托出佩库歇可悲的老处男形象，他继而沉溺在无休止的白日梦里。他开始觊觎梅丽，这个颈后长着细发、轮廓精致的小女佣，并向布瓦尔用专业术语讨教魅惑的有效技巧，学着说恭维话，不断地献殷勤，甚至于冒险献吻，但梅丽始终无动于衷。而布瓦尔则更欣赏伯尔丹夫人，她能妥善地操持房屋和餐桌，而布瓦尔希冀有一个舒适的栖身之处。他还幻想用无可反驳的论证向住所的女主人求婚：他们两个都是自由人，他们的姓氏都以B开头，这样就不用再绣一套新嫁妆了。 229

在这些平行发展的故事中最令人担忧的是，他们开始向对方隐瞒各自的计划，他们的计划本可以令两人各奔东西：布瓦尔想住进伯尔丹夫人家，佩库歇想和梅丽逃到阿尔及利亚去（也就是所谓的世界尽头）。可是白日梦碎了，他们只能重新相依为命。布瓦尔在签署婚约的那一刻才发现，伯尔丹寡妇看中的从来就不是他的人，而是他的财产。而佩库歇带着梅毒走出了与梅丽滚柴堆的地窖。他们痛定思痛后重新回到彼此的身边，懊悔差点为了女人这种令人失望的东西牺牲了他们的友情。

这是一次短暂的复合：两人的隔阂还在逐渐加深。不管他们学习什么都会产生意见分歧。在宗教问题上，他们在践行和信仰的方式上意见不同：这在故事叙述中本来很常见，但这一次罕见地在章节的末尾造成了决裂的事实。当发现他们的工作台在一次狂颠的祈祷中被损坏时，布瓦尔只觉得可笑。可笑的还有佩库歇认为，不开化的人也许能看到受过教育的人所看不到的东西。信仰的内容是什么有什么关系？哲人佩库歇认为，最重要的是相信。而布瓦尔此时少见地保持了沉默。“以上便是佩库歇反对布瓦尔的话”，福楼拜轻描淡写地总结道，记录下两个朋友的分歧，但这次再也没有回旋的余地。至于本应让他们变得睿智的“哲学”时段，却引发了书中最激烈的场景，出于愤怒或者更像是疯狂，两人又摔盘子又对骂，佩库歇最后评价他们两人的生活：“这样的生活就是活受罪，我宁愿死了算了。”这番话，加上他的思考和自杀的决定，在这个看似排斥悲剧的故事里掺进悲剧的论调。

从故事开始直到1848年的事件，叙述跨越了九个年头，可读者从没觉得布瓦尔和佩库歇有衰老的迹象。阅历从他们身上滑
230 过就像流水之于鸭子的羽毛，他们什么都没学到，也不曾反躬自问，从没有气馁过。但现在他们开始正视自己的生活，从而变得更加明智更加忧伤，也更接近了造就他们的东西：“一种可怜的能力正在他们的心中生成，促使他们看到自己的愚蠢并无法再忍受它。”自此他们认定宇宙只是查维格诺尔的无限延伸，“感觉仿佛整个地球的重量都压在他们身上”。以前他们总是对未来充满向往，如今他们开始缅怀过去，清点那些无疾而终的白日梦，惋惜他们当年追随收割者、跑遍各个农场收集古董的快乐时光。最可悲的是他们对二人生活回顾性的评价，而更无聊也更深刻的是，两人如今难以忍受彼此。曾几何时，即使他们不在一起也会拥有相似的想法，可如今当他们在一起时，却难以互相容忍。这一苦涩的事实令他们产生了自杀的念头。但这个滑稽的想法像他们其他的尝试一样被迫中止，因为自杀前有个必要的准备：撰写遗嘱。

这样一个故事需要一个回顾总结。两个主人公教导两个孩子的学习经历，让福楼拜有机会从说教的角度重新审视到此为止他们探索过的知识。这也是这部沉闷阴郁的书里最残酷的一个章节。为什么会如此残酷？首先两个同伴面对的不再是书本和物品，而是两个个体。可怜的维克托和维克托里娜是苦役犯的孩子，福楼拜为他们勾勒了楚楚可怜的外形：维克托里娜有一头金黄的小发卷儿，经常哼着同样的曲子，就像一个制帽小女工；维克托背着背包，大胆果敢，吹着口哨，向麻雀扔石子，就像草丛里的士兵。我们可以预见，如果教育实践在他们身上失败了，后果要比修坏花园严重得多。

在这对苦役犯的孩子身上，查维格诺尔的显贵们只看到该上绞刑架的坏蛋，可布瓦尔和佩库歇与他们不同，用他们发自内心的宽容对待这段经历：尤其当他们得知维克托里娜注定要进修 231
道院，而维克托注定会加入“少年犯”的行列，这些都使他们心生怜悯。此外，他们的教学法号称是进步主义的，强调顺从孩子天生的兴趣，比如女孩儿对衣服、男孩儿对食物的喜爱；同时也是平等主义的，他们认为单纯把维克托里娜培养成好妻子的想法是狭隘的。因此他们为了实践这个世纪的乌托邦信仰，把赌注押在教育上，赌定学校可以改变命运：他们认为活着必须先拥有知识，没有什么是天生的，一切都是后天培养的，他们还相信人之初性本善。所以他们的失败——这种失败是一早就注定的——就成了整个世纪失败的证明。

这场实验延伸到整个社会，完美地体现了《布瓦尔和佩库歇》里的教育核心理念。这对好朋友事实上是一套系统的创始者,这一系统分三个步骤总结了19世纪的一项规划,它以共和二年为参照:他们提议首先用户籍号码代替家族姓氏,通过这种方式废除普通名词里的专有名词,反对世袭和血脉传承,将过往一笔勾销;然后将功绩作为唯一的等级基础,消灭等级特权;最后禁止一切惩罚,全靠坊间日常流传的有关善行的传闻,将全部赌注押在楷模的影响力上。

不过最终正是孩子们用最尖刻辛辣的方式揭露了这些动人的教育设想的谎言。维克托和维克托里娜身上展现出已然苏醒或仍在沉睡的反叛本性,不久前霍尔巴赫就将这种本性作为依据驳斥了爱尔维修的教育幻想。两个孩子对诗歌和观星都毫无兴趣,他们面对可资借鉴的例子无动于衷,无论面对正面榜样,还是反面榜样*,都是同样的态度。他们足够现实,怀疑美德的效用,尽管他们阅历尚浅也目睹了众多辛勤的劳动者得不到酬劳。
232 特别是他们天生崇尚力量。他们为吃掉羊羔的狼鼓掌;还把送给他们、帮助他们培养同情心的小猫丢进沸水锅里:这是维克托的一项新奇实验,面对责备他带着胜利的口吻说:“它是我的。”这个假设纯洁的灵魂已经拥有了所有权的意识——查维格诺尔共同道德的基础。

事情后来发展成一个灾难:维克托偷窃,维克托里娜白天与裁缝媾合,简直是本性向文化发起的双重造反。看破一切的佩库歇得出一个结论——这次布瓦尔不得不表示赞同——“有些人天生没有道德”;教育因此也就无能为力,他们透过这个结论

* 由布瓦尔和佩库歇筛选的代表美德或恶行的人物形象。——译者

响应了福楼拜自己的主张,点出作品的主旨:“我希望表明教育不能代表什么,自然决定一切。”这与一个世纪以来的信仰背道而驰。

* * *

这真是一个让评论家们寻思良苦的怪故事。通过这两幅既荒谬又可怜的人物肖像,福楼拜针对的究竟是谁?资产阶级?可能如此,如果我们想想查维格诺尔那些微不足道的显贵们。但布瓦尔和佩库歇都不是具有标志意义的资产阶级。他们无疑享有年金,也有条件脱离生产,但他们没有资产阶级应有的获取的欲望:他们对钱的超脱态度简直不可思议。他们也不具备资产阶级典型的情绪:怨恨和嫉妒。他们不受任何专业的限制,被无限的好奇心所吞食。他们更多地是资产阶级愚蠢的完美诠释者。虽然他们偶尔也会展现出推理的能力:在反驳相信奇迹的人时,他们就用到了伏尔泰式的论证;在撰写昂古莱姆公爵*的传记时,他们也批判过还原历史真相的野心。

难道作品批判的是英雄(小说主角)?我们知道福楼拜自诩是第一个有能力取笑他小说中的男女主角(英雄)的小说家。 233
布瓦尔和佩库歇让他有机会描绘民主时代真正的英雄,也就是无力推动情节发展、毫无个性的反英雄。尽管我们从书里读不到对主角的憎恨和彰显他们存在的情节,但我们能得出一个简单又双重的结论:在这个拒绝一切毛刺突起的时代里,英雄就像

* 昂古莱姆公爵(duc d'Angoulême,1775—1844),查理十世的长子,1824—1830年是法国的皇太子。由于查理十世在1830年革命中退位,他从来没有登上王位,但1836年查理十世去世后,他被正统派看作是路易十九。——译者

小说一样很难存在了。因此这就是为什么问题主要不在于这是一本“一地鸡毛的小说”,这也是福楼拜曾向路易丝·科莱坦露的,他渴望有一天能写一本这样的小说。更应该说,这本小说论述了民主引发的生存状态的平庸化,论述了平等工作的完成,托克维尔预感到,这项平等工作也将是一种微不足道的工作。阅读《布瓦尔和佩库歇》,就是要赋予这本小说完整的意义:它并不只是一本嘲讽的书,如果单纯理解为嘲讽的话,这本书就完全无意义可言了,所以它还是一本用于报复的书。福楼拜称之为“复仇之书”。

如此一来我们就能更好地理解这本未竟之作的著名结尾,布瓦尔和佩库歇最后决定投身于世上最平淡的工作:抄书,在致力于制造副本的同时自己也变成了副本。他们找回了先前一模一样的工作,职业上的相似令他们满心欢喜。福楼拜在一个版本里写道“最后人们看到两个正在抄书的老好人”;而在另一个版本里他补充道“像先前一样”。不过我们现在知道这句“像先前一样”是福楼拜热心的外甥女卡罗利娜·德·科芒威尔添写的。福楼拜的研究者们就这句话展开了无休止的讨论:“像先前一样抄书”强调文本的循环和主角的不变性;而简短的一个“抄书”,则能激发人们对主人公抄写内容的联想,以及由此展开的新旅程。但实际上这两种意见真有不同吗?抄书的工程在最初确实能启发他们思考如何筛选和组织抄写的文本,从而产生新的没完没了的困惑:十一章的草稿就是这么写的。但是这种令人晕眩的
234 想法在结论中被严厉地否定了:“不要思考了,抄吧!”

抄写让布瓦尔和佩库歇得到精神的安宁,并且看法也一致起

来：他们同时想到一个好主意——抄书，并且同时动手干起来，“俯身在同一张办公桌上”。尽管这里没提到“像先前一样”，结局却一目了然。布瓦尔和佩库歇又回到相遇时一模一样的状态，回归到现代平庸的生活里：他们已经消退的躁动将这种平庸隐藏起来的时候，已经宣告了它的回归。然而在他们的周围，常年静止不变的查维格诺尔却发生着变化：梅丽先是嫁给贝尔让波，后又嫁给高尔居，成了客栈的老板娘；公证员先是在勒阿弗尔，后又在巴黎发了财。只有布瓦尔和佩库歇没有变化。讽刺的是书里只有他们不断地尝试寻找新的兴趣，也只有他们尝试创造自己的生活。在福楼拜看来，两人精妙地揭示了持续更新的原则是民主的精髓，但吊诡的是，持续更新最终会走向静止不变。

235 第九章 《普拉桑的征服》:被烧毁的世界

《普拉桑的征服》

如今,《普拉桑的征服》是左拉最不知名的一本小说,在它刚出版时就是这样,福楼拜在写给乔治·桑的一封信中气愤地说:只卖了1700本,报刊上没有一篇书评。福楼拜说“这本书有胆识”,马拉美说这是一本“出色的著作”。

既然有这样的钦佩者,这本书为什么始终不受人关注呢?《普拉桑的征服》是《卢贡-马卡尔家族》这部史诗的第四幕,与《卢贡家族的家运》——这本探讨家族起源的小说最初大概叫作《起源》——一样,都从艾克斯-普罗旺斯开始。在接下来的两本小说《欲的追逐》和《巴黎之腹》中,左拉在描述卢贡家族的升迁中不断推进剧情发展,从小职员升到高官,从外省搬到巴黎。然后又把场景迁回艾克斯-普罗旺斯,使他的读者看到这是对《卢贡家族的家运》的场景进行了修改。从表面上看,巴黎和外省的来回迁移只是加强和承认了家庭地位:但在某种意义上,这种征服是一种收复。

但左拉过去一直都想在他创作历程的某个点上回到最初

的城市。1874年，他在《世纪报》的专栏发表了《普拉桑的征服》[*]，回到了这个城市，由于处理的是一个新主题，他感到这样做很正确。这个主题就是家族两个支系的联合，也就是卢贡这个正统支系与马卡尔这个私生子支系的联合。这是一个阴暗的“血缘混杂”的故事，充满了悲剧色彩，与复杂的地方政治纠缠在一起：这就是《普拉桑的征服》讲述的内容。

被烧毁的世界 237

在19世纪的小说中有很多神甫。我们在其中遇到一些正直的神甫，如巴尔扎克笔下乡村的本堂神甫；但还是在巴尔扎克笔下，也有《图尔的本堂神甫》中的脱鲁倍那样的人，他和《普拉桑的征服》中的富雅一样邪恶。但在《贝娅特丽克丝》里，也能发现两种类型的神甫，一种神甫心灵淳朴，一种神甫爱玩弄阴谋，以救赎做交易。我们还会遇到一些严厉、严肃、正直的神甫，犹如司汤达在《红与黑》中描写的彼拉神甫[**]；但他的对立面是像福利莱神甫[***]一样的权势之人。在《巴马修道院》中，可爱的布拉奈斯由于过于沾染上了占星术的色彩，巴尔扎克不承认他是“符合教规的好神甫”。巴尔贝笔下有一些原教旨主义的教士，与其

* 普拉桑就是艾克斯-普罗旺斯的化名。——译者

** 在《红与黑》中，彼拉是贝桑松神学院院长，是个严厉的詹森派，正直、虔诚、不搞阴谋、忠于职守。——译者

*** 在《红与黑》中，德·福利莱神甫在贝桑松组织了一个圣会网，费尽心思解除彼拉的神学院院长职务。他可以左右省长的任免。——译者

相对的是持犹豫不决的正统教义的教士，如《悲惨世界》中的主教。或许还有福楼拜笔下的神甫，他们完全脱离了神圣意义。在这个由各色各样的神甫出入其中的世界里，我们很难揣摩透上帝的意图。透过左拉在小说开篇勾勒的那个引人担忧的侧影，读者就更难明白上帝的意图了，那会儿读者刚刚有时间认识莫莱这户住在艾克斯-普罗旺斯的寻常人家。

《普拉桑的征服》的开端笔调平和、明晰。在外省一幢房子的晒台上，莫莱一家等着父亲归来一块儿吃晚饭。在9月温暖的阳光下，一对神态安详的母女缝补着衣服。两个欢快的大男孩跑了进来。他们说音乐开始演奏了，满城的人都在那里，撒娇地问
238 他们的妈妈为什么从不出门。她说她更喜欢家里的平静、花园的安宁，更何况还有鸟儿的歌唱。仆人低声抱怨，因为父亲晚归，晚饭要烧焦了。最终，一家之主从乡下回来了，他为了杏仁和油的买卖跑遍了乡下。马尔泰·莫莱温情地注视着孩子们。她的丈夫，很明显自视为家庭空间的主导者，整理了一下散乱在地上的工具。然后他们开始温馨地就餐，餐厅里弥漫着来自花园的光亮：餐桌上铺着桌布，金属杯子和瓷盘碟闪闪发光。这就是外省循规蹈矩的平静生活，习以为常的安逸，这几乎就是幸福。

几乎就是。在这种平静的几近麻木的氛围中，隐藏着一丝不安。在母亲脚下缝衣服的大个子女孩智力发育迟缓，家人温柔地关照她，但带着些许悲伤。丈夫从杜莱特回来，每当杜莱特这个名字在这个平静的家庭被提起时，总是令人想起那里的精神病院，马尔泰的祖母被关在那里，她同时也是丈夫弗朗索瓦的外祖母——因为两人是近亲结婚，马尔泰出自卢贡家族这个正统

支系，而弗朗索瓦出自马卡尔家族这个私生子支系。狄德大姨[*]作为整个故事中缄默但又至关紧要的人物，从来没有现身过——如果这不是家族的意图的话。最终，一个新人搅进了这个家族圈子：莫莱没有和妻子商量，就把家里的三层租给了一个不知名的神甫。莫莱大致上是一个反教权的人，根本不喜欢神甫，在他眼里，那是一群游手好闲之徒；但他指望租户精深的辨别力，指望他们及时付钱。对于丈夫没有与她商量做出的这个决定，马尔泰有一种隐约的憎恨，担心她有意选择的与世隔绝的生活将被弄乱，担心莫莱一家的平静局面将被打破。

事实上，马尔泰很快因神甫不是时候的到访而感到震惊。掩护着神甫一起到来的母亲有种农民式的不协调的粗鲁，她那双四处窥探的眼睛很快把房子扫了一遍。而神甫看上去很古怪，“他高大的黑影”映衬在白墙上，显得很晦气，他那袭长袍看着很悲凉，他固执地要在三层还没有放家具的房间里过夜。他到底 239
从哪里来？我们很快知道他来自贝桑松，人们窃窃私语道，他在那里卷入了一个人们永远不知道底细的事件。他想要什么？在普拉桑无人知晓。但神甫自己很清楚。他来到莫莱家的那天晚上，从三楼俯瞰这座沉睡的城市，张开双臂，好像要抱紧普拉桑似的，喃喃地说道：“那些傻瓜们，看到我从街上走过还笑！”

* * *

* 狄德大姨也就是阿黛拉依德·福格（Adélaïde Fouque），《卢贡-马卡尔家族》系列小说就是从她开始写起的。阿黛拉依德嫁给了园丁卢贡，与他生了一个儿子皮埃尔·卢贡。卢贡死后，她又与走私贩马卡尔同居，与他生了女儿于勒·马卡尔和儿子安托万·马卡尔。于是这个家族出现了三个支系，卢贡支系、莫莱支系（于勒与制帽工人莫莱结婚，其实这也是马卡尔支系）和马卡尔支系。——译者

在19世纪上半叶的著作里，教会遭到攻击、教士维持独身、信徒忏悔告解，这些主题很少得到正面论述，可是到了第二帝国时期，它们成了小说情节不可错过的组成部分。这是因为专横的绝对主义至少在初期以神职人员为支撑：多亏普选，神甫——农民社会的核心人物，成为选举斗争中的关键人物，正当此时，对社会革命的恐惧使资产阶级归附宗教。总之，整个时代的鲜明特征是向开明人士宣扬晦涩的宗教教义，乃至在1870年，向他们宣扬罗马教皇不犯错误的信条。教会对居民思想的控制很久以来遭到共和主义者的指责，但因拿破仑三世的纵容而得到加强，又因法国教师团在宗教上遵循惯例而恢复活力。教会对人的灵魂的掌控自此之后成为国家政治生活的一部分，成为小说的一个重要主题。

左拉从各种资料中吸取灵感。1863年，奥克塔夫·弗耶出版了《女预言家的故事》。女主人公西碧儿[*]是个神童，被极其讲究的城堡主人按贵族方式抚养成人。西碧儿因精神需求拒绝初领圣体礼，促使她背离宗教的是一个目光短浅的虔信者[**]和一个神甫，这个神甫虽然温厚，但是太笨拙以至于不能回答小女孩提
240 出的一些抽象问题。随着形势的发展，这个有点迟钝的神甫在孩子的眼中完成了一次英雄般的救援。再次被征服的西碧儿，皈依了父辈的宗教。紧接着第一次皈依，后来又出现了两次：年

* Sibylle是女预言家的意思，在这本小说中同时还是女主人公的名字。当提到女主人公时，译者将其音译为“西碧儿”。——译者

** 这里指的是西碧儿的家庭教师Miss O’Neil，她是新教徒。——译者

轻女孩改变了神甫,使他成为圣洁的化身,同时让一位信仰清教的家庭教师开始转变信仰。爱情随后突然降临,她爱上了一个浑身都是优点的小伙子,除了不是基督教徒。西碧儿虽然钟情于他,但拒绝了这个没有信仰的男孩。为了慷慨地献身宗教,她因做出牺牲而死去,临终时完成了一次彻底的皈依:这里指的是她未婚夫的皈依,后者将永远忠于她。

这个主题令乔治·桑着迷,但也刺激了她。她的兴趣被挑拨起来,决定立即用一本新小说予以反击。让我们与西碧儿告别,认识露西*。拉奎缇妮小姐和乔治·桑本人一样,接受了双重教育:首先,她被一个信奉伏尔泰哲学的祖父在没有宗教信仰的氛围下抚养成人(对小奥罗尔而言,她是被祖母养大的),然后被送到修道院,在那里,一个仁慈的神甫劝说她尊重祖父(奥罗尔也是被一个宽容派神甫劝说不要强行折磨一个不怎么虔信的祖母)。露西的祖父是一个伏尔泰主义者,父亲是一个将军,一个浮皮潦草的教皇主义者。她像西碧儿一样,将爱倾洒在一个年轻的自由思想者身上,此人恰恰就叫爱弥儿。要获得这段温柔纯朴的爱情,有很多障碍。父亲阻拦她。有一个神甫,摆脱不了过去那点乱七八糟的事儿,他曾是露西母亲的精神导师,他不断地恐吓露西。他有理由把露西当自己的女儿,因为他听说露西的母亲在受孕期间经常想起他,所以他发誓要使露西变成一个

* 露西是乔治·桑的小说《拉奎缇妮小姐》的主人公露西·拉奎缇妮。——译者

修女。在虔信的阵营内,有一个狂热的嘉布遣会*修士,是一个入迷而粗暴的苦行者。两个神甫在将军提供的苛刻、有限的帮助下,极力阻止露西与教会的敌人结婚。

站在他们对立面的是“哲学家”——这种二元对立正是本书的缺陷:爱弥儿及其父亲,还有露西的祖父都属于这类人。他们都厌恶基督教的禁欲主义,拒绝接受地狱观念,相信人性本善。
241 爱弥儿坚决摒弃教会理解的婚姻,也就是说神甫与妇女的重婚:未婚妻在婚前找到一位信仰导师,在他看来,是在提前离婚,因此他不同意在“灵魂分离”的制度下结婚。与奥克塔夫·弗耶叙述的故事不同,这次让-雅克的宗教获得了胜利,完成了逆向皈依。拉奎缇妮小姐完全信奉自由思想,她把人们强行放到快死去的祖父嘴边的十字架挪开,向丈夫发誓自此之后远离告解座。当神甫自己认识到他的意识形态崩溃时,开明阵营取得了胜利。

几年之后,轮到龚古尔兄弟阐述妇女面对神甫这样的主题了,但他们的视角截然不同。在他们那里,妇女是自由思想者。与乔治·桑不同,他们指出妇女逐渐被一种狂喜的、差不多是西班牙式的天主教主义征服。与弗耶不同,他们的女主人公信仰的转变并没有建立在灵魂解放的基础上,而是建立在对身体奴役的基础上。他们明确地说道:“乔治·桑与弗耶在我们看来是神经质的历史学家。”他们的小说《杰凡赛夫人》就是很好的临床试验。

* 16世纪20年代成立,是方济各会的分支,尊持方济各会原始简朴的生活方式,关注穷人的灵修,在世界各地进行传教工作。——译者

龚古尔兄弟使他们的女主人公具有了男性的文化修养。她与洛克、孔狄亚克和苏格兰哲学家同行。她在架子上放上了喜爱的书：儒弗鲁瓦*和康德的著作。她在父亲和政治家朋友的影响下长大成人，这些哲人使她一直存有对大革命的记忆。她是巴黎人，伏尔泰主义者，一个“心高气傲的妇女”（femme supérieure）。她并不很幸福，最初受到肺结核病的折磨，然后嫁给一个中庸又爱慕虚荣的男人，尝尽了痛苦，在这之后，她一直在智力和道德孤独的状态下生活。生活中她唯一珍爱的是儿子，这是一个俊美的孩子，但却患了失语症，柔弱得经常受人欺负。她定居罗马进行疗养，这个故事是一个被罗马掠走芳心的故事。

在她看来，单是罗马城的美就足以让她着魔：温婉的氛围、赭石色的石头、芳香的花草气息悄悄地包围着她，也开始麻痹她的辨析精神。古代的罗马首先向她掩饰了天主教的罗马，当她 242
后来看到天主教的罗马时，她带着某种厌恶看待这些表现：如此多的装腔作势损害了常识和人的尊严。后来，由于生活的忧虑，她在昏暗的教会寻求安静，求得安慰。她还不需要神甫，天主教艺术就能对感官产生吸引力：巴洛克华丽的装饰、音乐、焚香的气味、节日的花卉、五颜六色的游行队伍麻痹了少妇的精神，使她如痴如醉。她给弟弟写信时说道：“我感到似睡非睡，心智在漫游。”她一次次在大教堂驻足，在阿皮亚大道的墓地散步，逐渐被蒙蔽了心窍。龚古尔兄弟小心翼翼地追随着她的脚步，为杰

---

* 儒弗鲁瓦（Théodore Simon Jouffroy，1796—1842），法国哲学家和政治家。——译者

凡赛夫人安排一次真正的精神震荡：她儿子患病，是“神迹”将他治愈，在圣周*彻底攻陷她之前，她就跪倒在雕像的脚下。

后来她遇见了神甫。有两个神甫，就像乔治·桑的小说里一样：一个是耶稣会传教士，他爱指手画脚，擅长曲迎奉承，充满了慈父般的热忱，他拒绝向这个少妇施与她渴望的道德鞭笞；另一个神甫是位粗暴的三位一体论者，是一位修道士加战士，他向女主人公表明了他对“等同于灰烬和尘土的人”，尤其是当这些人是妇女时的蔑视，他要求她做出最苛刻的牺牲。于是她放弃了自己的喜好和精致的巴黎举止，搬出了西班牙广场奢华的公寓，换到特拉斯提弗列**阴暗的住所，脱离了朋友们，甚至排斥她的儿子：残忍的神甫让她看到孩子是她灵魂得救的最后一道障碍，甚至激发她对母爱产生了一种“神圣的憎恨”，这是“对血缘的残酷、扭曲的胜利”。杰凡赛夫人的弟弟从巴黎赶来，想让她摆脱罗马有害的影响。最后，她没有接受弟弟的劝告。太晚了：她已经与活人的世界隔绝，只有一个念想，得到教皇的祝福。在书的最后，她死在教皇脚下。巴尔贝严厉地批判了这种圣宠破坏天性的
243 龌龊故事。在巴尔贝看来，这并不是龚古尔兄弟宣称的反教权主义，但对于“这些从字里行间参透龚古尔兄弟真知灼见的人，天主教思想还没有在一本书里受到这么明显的抵制、攻击”。

《普拉桑的征服》1874年成书，但其故事情节发生在1857年至1863年之间。为了写作这本书，左拉从《杰凡赛夫人》中借

* 复活节前的一周，是基督徒礼仪生活的高峰。——译者

** Trastevere，罗马的蓝领社区，在台伯河的右岸，在19世纪比较荒凉。——译者

鉴了很多东西。他的女主人公也受到一个智力迟钝的可怜孩子的折磨。《杰凡赛夫人》的女主人公是个寡妇,《普拉桑的征服》的女主人公在一个墨守成规的丈夫身边变得日益娇弱。两人都痛苦地感到了生命的空虚,马尔泰更甚,因为她远没有杰凡赛夫人那样的思想资源。两人都对教会很冷淡,并逐步向教会回归,与此相伴的是病痛不可抗拒的加重:两人都得了痨病,而马尔泰因为遗传的神经疾病病情不断加剧。两人都经历了这样的阶段:先是轻度忧郁,然后是焦虑,恍惚,呆板,失望。在告解座的阴影下,她们双双成为邪恶的神修导师的猎物。她们都达到了狂热的巅峰,犹如圣周的仪式一样。最后在沮丧中死去。

左拉说他最佩服龚古尔兄弟作品的地方就是分析宗教感染的逐步发展,把它当作传染病一样。左拉试着在《普拉桑的征服》中再现这一点。在两本书中,人的激情未能展现人的根本存在,于是相对于个人意愿的外力出现了。杰凡赛夫人是一个见多识广的巴黎人,马尔泰是一个不起眼的外省人,她们一个热爱书籍,一个忙于刺绣,两人都是躯体的囚徒。

但左拉对这种囚禁的处理截然不同。在杰凡赛夫人这个人物形象上,人起的作用小,事物起的作用大。正是罗马的美丽迷醉了她,并颠覆了她的人生。罗蒙诺索夫伯爵夫人作为朋友向她宣布了一些誓约,对她施加了影响,但这种影响如同神甫的影响一样,是很晚才出现的。而左拉在小说一开始,就让一个不吉 244
祥的高大身影进了马尔泰的住所。他自己在为此写的评论中说道,龚古尔兄弟的叙述一成不变,缺乏连贯性,指望唯一的女主人公保障小说的完整性,因此他编的故事有点苍白,人物稀稀拉拉。相反，左拉描写的是普拉桑的整个社会，它变动不居，具有多种面目，它见证、目睹甚至促成了马尔泰乃至整个家庭的毁灭。故事横跨6年的时间，一连串的事件协同发挥作用。最后，小说给出了一种政治教训，这在龚古尔兄弟那里很难觉察到。

* * *

在普拉桑，有一个人察觉到了高深莫测的神甫来普拉桑的意图：这个人就是费莉西泰·卢贡，马尔泰的母亲，1851年煽动暴乱的波拿巴主义对城市的第一次征服就和她有关。费莉西泰这个靓丽的名字为她不漂亮的黑发棕肤增添了色彩，多亏这位小个子女人的固执与狡诈，胆小怕事、从根本上说保守的普拉桑接受了政变。费莉西泰把她的丈夫、一个小粮油商人变成了受人尊敬的显贵，把她的沙龙变成了专制政治的心脏。自此之后，他们就财运亨通，摆放着摇摇晃晃的扶手椅的破烂的黄色客厅变成了奢华的绿色客厅，费莉西泰希望自此之后把沙龙变成正统派与波拿巴分子协调的领地。应该指出，城市刚刚经历了震荡：1857年，随着目光狭隘的正统主义者拉格雷弗尔侯爵当选，在共和派与正统派之间达成了违背常理的联盟。在选举那天晚上，专区政府的花园一直漆黑无声，而保皇主义者照亮了这一切。皇帝的权力遭到奚落，波拿巴分子的军队聚集在专区区长周围，发现自己被耍了。这个区长和蔼可亲，头发梳得过于整洁，但没
245 有任何才能。这就是为什么1851年被帝国征服的普拉桑需要被再次征服。

重组政治空间在这里并不是一件简单的事。当富雅神甫第

一次进入社交界，河流森林管理处主管、政府派系的心腹向他解释道，有三个普拉桑。这位德·孔达曼先生是位老怀疑论者，说话尖刻，爱琢磨，对整个故事心知肚明，给这个新来的人提供了理解这个城市政治图景的钥匙。普拉桑被分为互不往来的三个区。在悲惨的老普拉桑，没有什么可说的，“人民不存在”。至于那些能替人民发声的共和主义者，他们只占街区人口的少数：当人们想与共和主义者联合时，他们就成了不可忽视的次要力量；但当人们想孤立他们时，他们也不会伤人。此外是一个全新的街区，这是专区政府的街区，帝国的一帮公务员在那里为所欲为。最后是圣马克区，这是正统派的街区，德·孔达曼先生说在那里只能遇见“干瘪得像竹竿一样的寡妇和一贫如洗的侯爵”，这是新的古物陈列室。在这个充满怨恨的街区，暗中反对皇帝命令的阴谋正在进行。至少在普拉桑，没有多少奥尔良派*：德·布尔丢先生是资产阶级君主制时期的一个老省长，因1848年革命被罢免了官职，自此之后服膺了正统派。问题是要在1863年新的选举之前与这样一些充满敌意的圈子达成和解，这是一劳永逸地赶走劳动阶级的唯一机会。为此，富雅神甫还有6年时间。

他走进了一个意见几乎一致的神职人员的小世界：从根本上说，普拉桑的神甫总是对正统派阵营和拉斯图瓦沙龙充满兴趣，并印象深刻。他们不理解拿破仑三世的政治，无论如何不会归附于他，并继续对第二帝国持保留态度（应该说，波拿巴分子的圈子不怎么虔诚，养成了一种持怀疑态度的反教权主义，对普

* 指的是拥护波旁家族奥尔良支系的君主立宪主义者。——译者

拉桑的神甫充满了不信任）。鲁斯洛主教大人并不是一个名副其实的政治领袖；他是一个可爱的神甫，怕冷，有文学修养，把平静
246 看得比什么都重要，不做虚情假意的祝福仪式，自愿与夫人们喝点马拉加香葡萄酒，翻译贺拉斯的颂诗，让颇有魅力的秘书朗读阿那克里翁*的作品。这位苏兰神甫“脸上红扑扑的像个姑娘”，袖口白而精美，善于打羽毛球，他的风度使小姐们着迷。但主教身边还有一个令人生畏的副本堂神甫，费尼尔神甫，“像一把刀一样又扁又尖”；他公开宣称自己是教皇绝对权力主义者，他曾为拉格雷弗尔的选举立下汗马功劳，自知被巴黎憎恨，让主教胆战心惊，他一开始就成为富雅不共戴天的敌人。此外还有一个善良的教士布莱特神甫，但他只是富雅神甫手里的一个傀儡。

为了形象地描绘富雅这个孤僻、粗野、不修边幅、行踪诡秘并精于算计的人，左拉忆起19世纪著作中到处可见的诡计多端、足智多谋的神甫。但他的富雅不只是一个阴谋家，还是一个魔鬼附身的人。每一次他出现在书中，黑暗的教堂如影随行。他的黑色教袍就像花园绿草地上的污点。他有一双浓黑的眼睛，他出现的第一个晚上，我们看到他阴暗的侧影划破夕阳余晖。黑色的大十字架横据在灰暗的房间里。富雅总是与黑夜，甚至与死亡相连，他的周围总是弥漫着一种引起恐慌的神秘气息。人们从来不能确切地知道把他从巴黎派来的幕后操手是谁，富雅只是任凭人们猜想这个幕后操手有着神秘莫测的巨大权力。

在小说的中间，我们发现他使自己的形象变得文雅起来，尽

---

* 阿那克里翁（Anacréon，公元前550—前464年），古希腊抒情诗人。——译者

力做到谦恭有礼，强迫自己戴上手套，穿上得体的长袍。费莉西泰在她的绿色客厅见过神甫之后，完全没有对他犯下的错误手下留情：他举止粗鲁；（太早、太明显地）与波拿巴分子团伙牵连在一起；无谓地把费尼尔神甫变成无情的对手。他能变得文雅起来全亏了费莉西泰的建议。但他一感觉自己征服了普拉桑，就又穿起了他那身"破旧衣衫"，举止又蛮横起来。他不知不觉又回到了最初的野蛮状态，由于他挑战了资产阶级习俗，所以更能享受自己的胜利。在神甫衣衫褴褛的高大身影背后，再次揭 247
示出他就是撒旦：这个城市掀开了她的新主人的面纱，感到"他像个魔鬼一样，穿着污秽不堪的破旧衣服，散发着一股强烈的气味，须毛红发，城里人们着实吓坏了"。*

* * *

他怎么可能征服普拉桑呢？神甫通过施展一系列阴险设计，玩弄深思熟虑的花招，历经挫折攫取了房屋，征服了城市。他安顿在莫莱资产阶级式的家中绝不是出于偶然：这是一块纯洁的地方（与费莉西泰的绿色客厅不同，经过主人的仔细盘算，它保持中立）。然而，莫莱以共和主义者自居，他的家庭并不虔诚，马尔泰也不参加宗教仪式。但是，人们在莫莱家呼吸到的空气不带政治气味，尤其是房子的位置处于政府与正统派之间，是谋划的理想位置。在这个层层叠起的山坡上，莫莱家的花园一边朝

* 译文参考爱米尔·左拉《普拉桑的征服》，花山文艺出版社1986年版，第262页。——译者

向区政府的公园,另一边朝向拉斯图瓦家正统派的花园。从这个安静的围墙内,人们看得到专区政府突起的高高的晒台。另一方面,人们控制着自命不凡的拉斯图瓦的府邸。自从那一晚住进来之后,富雅神甫就明白了此地的战略意义;他在第三层的窗户上窥视,先看了看区长的栗树,又看了看拉斯图瓦家的梨树。稍晚的时候,他捕捉到了这块地势的一个新的有利之处:在几家花园的高墙之间有一条小街,它通向政府的花园,但在拉斯图瓦家这边和莫莱家这边都有一扇门。弗朗索瓦·莫莱知道一些神秘的阴影晚上从这儿经过,他小心翼翼地关上了门,把他的小领地看作敌对派系之间大门紧闭的天堂。

最初,神甫及其母亲悄无声息地来到楼上的房间,对莫莱一家造成的只是某种不便,在房主那里激发了窥探的本能,这与富
248 雅的窥探本能如出一辙。然后蚕食开始了。一天晚上房客被邀请到饭厅玩皮克牌,这个习惯由此确立。莫莱和富雅母亲这位老农民热情高涨地玩着,马尔泰则小声地向神甫一点点地吐露隐藏在家中的所有秘密,最沉重的秘密就是疯祖母被关闭在杜莱特。然后,又来了一对不祥的夫妇——特鲁施夫妇,神甫的妹妹和妹夫。马尔泰这次没有接受弗朗索瓦·莫莱的意见,把他们也安置到了三层。然后在神甫的默认下,住宅开始被这伙贪婪的人掠夺,莫莱感到"他们像群狼,蹲在那儿伺机而动"。说他们是狼,是因为他们在女仆洛丝这个冷漠而不怎么虔诚的人的帮助之下吞噬了整个房屋。

特鲁施夫妇先是获权下楼到花园来,然后占据了一个男孩的房间;他们榨取马尔泰钱财,着手卖掉陈旧的家具、首饰和瓷

器；他们最后成了莫莱用于存放钱财的写字台的主人。然后轮到神甫的母亲占用厨房，强占共同的餐桌。自此之后，在厨房里，他们把神甫的椅子放到火炉边，请他喝波尔多酒，品尝金黄色小面包；而屋主在一旁沉默不语，吃差的食物。房子里充斥着特鲁施一家的吵闹。在这伙掠夺者入侵的时候，男孩们逃跑了，最年轻的赛尔日进了神学院，因为神甫的影响也达到了那里。可怜的德西雷被母亲疏远了，她被放逐到乡下。富雅一家成了房子的主人，这处避难所遭到他们的掠夺、侵蚀和破坏，在风雨中飘摇。

在他的亲属负责兼并房屋时，神甫自己负责占领城市：莫莱家的花园既躲避了政治激情，又向它们敞开，发挥了必不可少的作用。神甫首先仅限于拖着长袍走动，在棚架下读他的祈祷书。医生帕斯基耶*的儿子是普拉桑的一个纨绔子弟，他参与了一桩 249
不太光明正大的疑案，神甫慎重地处理了这件事，得到了他那忧伤同时也是波拿巴分子的父亲帕斯基耶的认可。帕斯基耶医生从专区区长的晒台上向莫莱家的花园俯身张望，表明心愿想和善良的神甫握手言和。对他来说，要绕过死胡同，对富雅来说，则要打开被莫莱封死的那扇门。与此同时，从拉斯图瓦家的花园走出了玛弗尔先生，他是彻头彻尾的正统派教士。三人在小道上相互道喜。正给西红柿支架子的莫莱看到了这些和解眼界大开；他揣测着在他家花园打开的这个缺口将会带来什么后果，

---

* 在小说《普拉桑的征服》法文版中，是le docteur Porquier，奥祖夫这里写成“le docteur Pasquier”。——译者

随着敌对派系的和解，不幸的莫莱家将会坠入深渊："就差本堂神甫把两伙人全领到这儿来了。"

很快神甫在小巷立足，向敌对的花园敞开大门，开展了一场至关重要的羽毛球赛，让莫莱的猜测迅速变成了现实。苏兰神甫经常与拉斯图瓦家的两位丑姑娘昂日莉娜和奥雷莉打羽毛球，发现这块地方很适合用于打球。羽毛球飞来飞去，跨过了莫莱家的围墙，立刻被神甫捡起，他即兴当起比赛的裁判。专区政府的人从晒台上出神地注视着这一幕；市长和漂亮的德·孔达曼太太明白神甫在普拉桑施展阴谋的用意，他们催促区长下来向神甫问好。于是，区长加入了观看的人群，观看苏兰和小姐们蹦蹦跳跳，把政府的欢呼声融进了正统派的叫好声中。后来，小个子神甫[*]身体有些不适，富雅把他抱进莫莱家的花园，让他坐在椅子上，人们也都跟了进来。女仆张开双臂欢迎这些不速之客，人人都喜欢这里井然有序的平静。漂亮的奥克塔菲[**]保证该隐和阿贝尔在这里也会言归于好。[***]然后人们走开了。玩球的人又开始打起来，"羽毛球在墙上有规则地飞来飞去"，在空中团结起了帝国和正统派。

建筑物正面保留着传统的标记，维持着体面，恪守着秘密，建筑物后面的花园是进行重要活动的场地。剩下要做的就是在
250 几套房子面前完成政治交融。1863年选举是天赐良机。选举中

* 指苏兰神甫。——译者

** 这是德·孔达曼太太的名字。——译者

*** 该隐（Caïn）和阿贝尔（Abel）是传说中亚当和夏娃的儿子。兄长该隐因嫉妒弟弟阿贝尔将其杀死。——译者

的重要事项又一次在莫莱家的花园里敲定。区长*与年轻人一起喝酒时,宣布这次选举普拉桑没有官方候选人。城市难道还没有大到拥有它自己的代表?众人愕然,布尔丢先生这个归顺的奥尔良派,燃起了当选的希望,正统派则陷入一片恐慌:如果路易-菲利普的区长是个叛徒的话,正统派的拥护者是不会投票支持他的。直到最后,富雅及其同盟都没有公布他们隐藏的牌局,对候选人的名字严守秘密。他们明白,如果奥尔良派布尔丢、正统派拉格雷弗尔和共和派帽商像以前一样悉数出现,这三组投票将大体相当,会出现投票无结果的危况。整个城市都在小声议论第四个神秘的候选人会是谁,他当然会是富雅选择的人,虽然他向费莉西泰隐瞒了这一切。

这个人就是市长德朗格,他早被牵连进了一系列问题成堆的事件中,以至于我们能轻易记起他。此外,此人自夸位于派系之上,是秩序的纯粹捍卫者。德朗格这个名字在讲道台上被人赞美,在忏悔间里被悄悄提起,在普拉桑很快传播开来。拉格雷弗尔与布尔丢出于怨恨,放弃了候选人资格。在选举时,只有贵族区几个执拗的极端保皇党人弃权了。乡村被富雅恰如其分地实行分区控制,一致选举波拿巴分子。持各种立场的贵族在家庭、财产、宗教这一共同术语中握手言和,这些术语对于明智地治理一个国家是如此重要。此后,人们不再需要从谢维奥特死胡同不引人注目的门口进出了。在这个习惯于监视的城市里,人人

* 莫娜·奥祖夫的原作中说是省长(le préfet),其实应该是专区区长(le sous-préfet)。——译者

站在窗前，在帘子后面窥视着邻居，拼凑关于陌生来访者的一部部黑色小说。成功的窥探意味着看到一切的同时不被人察觉。而人们从前门出入正是富雅胜利的标志，当事人以他高傲、谨慎的方式品味着这一胜利。

把莫莱一家的家庭空间占为己有明显没有达成目的。富雅的阴谋还在于调和年轻人与妇女。他组建了一个年轻人俱乐部，
251 目的是为城市浮躁的年轻人提供诚实的娱乐活动：由此在恐慌的父母身上赢得了许多选票。他创办了一个针对少女的慈善机构，旨在防止工人的女儿们学坏，由此联合了上层社会的妇女：多亏了这个“圣母慈善机构”，根据他可恶的妹夫的说法，他又赢得了两三千张选票。自从神甫踏入绿色客厅，费莉西泰就给他煽风点火：“如果您想让普拉桑属于您的话，就取悦妇女吧。”

* * *

他事实上做到了（取悦妇女）。如果他没有诱惑女房东，厉害的费莉西泰的女儿，无论是城市还是房子都不会属于他。这位温和谨慎的马尔泰为莫莱的家增添了“一种清洁的衣物和阴凉处采撷来的花束的气味”。晚上，当皮克牌游戏使莫莱和富雅老太太狂热时，马尔泰则任凭自己说些伤感的知己话：莫莱与她是表兄妹，他们长得很像，以至于布莱特神甫[*]对他们的婚姻存有顾虑，每天墨守成规的生活以及对孩子和家庭的操劳使两人精神

---

* 《普拉桑的征服》小说原文写的是龚帮先生（monsieur Compan），奥祖夫在这里写的是l’abbé Bourrette。——译者

上也很相像；这种相似又带来无聊。马尔泰让神甫意识到，她从两人共同的祖母*那里继承了轻度精神失常，为此她感到隐隐的担忧：她想起自己还是少女时就经常头晕，还会偏头痛。富雅感到潜藏在这种循规蹈矩的生活中的焦虑，考虑到可以利用这个年轻女人的同情天性，保障他的好名声。因此，他建议她在慈善机构帮他拯救年轻的姑娘们。虽然她不虔诚，难道她没有一副好心肠吗？自此神甫开始俘获她的芳心。

马尔泰的人生轨迹忠实地追随着杰凡赛夫人的足迹。首先在她身上出现的是令人心醉的麻痹，几乎是一种麻醉。她经常去教堂，那里使她感到安宁，还有玻璃花窗上的宗教图案，这些都使她沉醉。她的家庭责任心变得不那么强烈，在神职服务面前退为其 252 次。她开始忽略女儿和家庭，把家事丢给了专断的洛丝，这让莫莱大失所望，因为他喜欢衣服被仔细熨烫，房间被整理得井井有条。然后出现了更狂热的一幕，信仰的狂喜与爱情的狂喜混为一谈，这种情势因富雅神甫的存在一直维持不变。马尔泰希望由他做告解神甫。他精明地拒绝了她，建议由仁慈的布莱特神甫代行此事。马尔泰在慈父般的神甫的指导下开始了宗教修行，在此期间，她的皈依在整个普拉桑引来了闲言碎语，她发现在教会有一扇“巨大的窗户通向另一种生活”。她变得美丽年轻起来。富雅半推半就地答应不久后会取代布莱特做她的告解神甫，这使她一直生活在对幸福的期待中。当富雅神甫最终同意指导她时，她以为触摸到幸福，但他粗暴地带领着她，吝啬地估量她的告解和修行，

* 对马尔泰是祖母，对莫莱是外祖母。——译者

使她为自己炽热的虔信感到耻辱。与杰凡赛夫人一样，她在这种耻辱中又获得一种阴郁的满足，享受着绝对的顺从带来的乐趣，她在领圣体时感到身体一阵痉挛，失去了知觉。

她除了要遭受杰凡赛夫人那样精神上的折磨，还总是对神甫抱有过多不可言说的期望，这种期望折磨着她，使她产生反抗，迁怒于她的丈夫（虽然她丈夫已被特鲁施夫妇降服了，自此之后没有什么危害），这就像再现了卢贡家族的正统支系（她的支系）对马卡尔家族的私生子支系（她那不幸的丈夫的支系）的厌恶一样。在她的疯狂发作史上，圣周成了决定性的一个环节，这一天，马尔泰在椅子上重温了耶稣受难的场景。于是，这个年轻妇女的夜间危机开始了，晚上他们发现她坐在房间的地上，衬衣被撕碎，皮肤上有一道道伤痕，莫莱双目迟钝地注视着她，手里拿着烛台。难道在这个柔弱的女人身上，家族性的精神失常又发作了？祖母的精神危机又一次出现了？这种相似是否多少是一种有意识的行为，旨在除掉莫莱？马尔泰被这种不吉祥的影响掌控着，对此一无所知，自此之后成了自己身体的奴隶。

253 这是把这个家庭置于死地的信号，一切早在疏散孩子们时就已经开始了。现在只剩下一家之主莫莱。特鲁施夫妇、女仆、狂热的母亲富雅太太这帮匪徒尽力把马尔泰的疯狂归咎于残忍丈夫的折磨。马尔泰没有攻击她丈夫，但也没有否认，整个普拉桑都相信是这个魔鬼附身的人等着半夜痛打他的妻子。集市上流传着这样的谣言，莫莱家住着一个疯狂的被魔鬼附身的人。这个可怜的人最微不足道的手势也成了他疯狂行为不容置疑的标志，街上的淘气鬼跟在后面嘲笑他，上层社会决定待他夜间出行时窥测他；人们小声叽咕他在夜里跑到菜园，手里拿着大蜡烛，匍匐在生菜前面。

为了确保一切属实，应该从区长的晒台上观看。对贪婪、好奇心重的拉斯图瓦来说，这是一个机会，可以用来对抗他最近的政治偏见，向政府空间迈进新的一步："在普拉桑，正统派就这样第一次踏进了一个波拿巴分子官员的家里。"他们不相信莫莱在夜里游荡只是为了捉蛞蝓，这帮"正直的人们"用计成功地把莫莱遣送到杜莱特，他老祖母的身边。对莫莱的迫害巩固了两个阵营的和解，他被赶出自己的家园，在左拉看来，这标志着第二帝国犯下的普遍掠夺的罪行。

莫莱出局了，房子归洛丝和特鲁施一家所有，财产中令他骄傲的花园也被劫掠：特鲁施夫妇决定拔掉黄杨，把矫饰的铁枝子弄到边上，模仿野树杈子。这个悲惨的故事所涵盖的天堂的一角被关闭了。马尔泰得知丈夫在疯人院，内心充满恐惧，在家族反复出现的悲剧中，等待着幸福的降临，富雅向她承诺，如果她接受神对她的考验，就能得到幸福。在对幸福狂热的期望中，她急着向神甫表达她欲求不满的激情。可富雅不仅避开了她，而且粗暴地拒绝了她，流露出了对她的蔑视，甚至是对妇女的厌恶。 254

左拉最初考虑在他的小说中引入一个神甫，使其成为女主人的情夫，让他更为果断地把她丈夫排挤出去。但他倾向于把富雅塑造成一个禁欲和守节的人，一味地迷恋权力，他在任何时刻都没有让同情征服，虽然他意识到了马尔泰奉献给他的炽热的情爱。他一向很吝啬对自己进行精神分析，却严峻地对他那准备好支持他谈情说爱的母亲说："守节的男人最强大。"神甫认为肉欲是不纯洁的,是场灾难,他对恋爱中的女人的恐惧让他变得具有攻击性。当马尔泰向他坦白,他正是她爱的人,他嘟囔道:“我们应该把你们当作污秽和被诅咒的人赶出教堂。”你们,也就是说你们这些妇女,在丑行面前是同伙。女性是神甫真正的敌人,她们能成为阻碍顽强的意志的不祥的障碍。小说行笔至此,随着富雅在政治上风生水起,马尔泰的激情一路水涨船高。但这种野心和痴狂走到了终点。现在轮到死亡登场了。

* * *

这个故事缺少阳光,即使那些令人感动的人也会精神错乱,随着故事的展开,不好的预兆越来越多。自一开始,我们就听到莫莱给富雅描述他的花园,说这是“一个关着门的天堂,我防止魔鬼进来”,殊不知魔鬼就在身边。更晚一些时候,他预见他的花园最终将掩护“这两伙人”。主教以一种可爱的超脱情怀掩饰他的看法,相信结局会很悲惨,建议他年轻的下属不要与富雅走得太近,“他不会寿终正寝的”。可恶的特鲁施向他妻子小声说道:“富雅会把命送掉的,你看着。”我们听到不怎么明智的安托
255 万·马卡尔预测道,这个家庭在杜莱特定居,任务是盯着祖母:“当我坐在这个地方,面对着这个讨厌的大房子,我总是想着这伙人或许有一天会到这里来。”神甫自己隐隐约约地担心马尔泰的狂喜,预感到“这个有用的妇女,这个可敬的女主人”会使他迷失方向。他向富雅太太坦白:“母亲,这女人将是个障碍。”

这些预兆使整个小说的氛围变得阴郁起来,小说悲惨的结局是对这些预兆做出的回应。马尔泰受到神甫的侮辱和粗暴的

拒绝，意识到她那些空虚的愿望终将导致失望，怀疑富雅欺骗了她，开始明白到底发生了什么，并承认她赶走了自己的孩子，把房子丢给特鲁施夫妇劫掠，没有完全掩盖好精神错乱，让人指责甚至最后驱逐了她的丈夫。她呻吟道："是我把他送到了杜莱特。"她现在想立刻找到弗朗索瓦。她跑到疯人院，在那里她知道自己犯下了多大的过错，是多么恐怖。最初，莫莱很平静地接待了她，和她谈房子和花园，但他突然间发狂起来，完全变成了另外一个人，在地上扭成一团，用拳头捶打着脸孔，撕碎衣服，发出嘶哑的喘息声：他模仿着妻子的狂热，这一幕再次出现，让人无法忘记它的家族渊源。马尔泰认识到"是她造成了这个悲剧"。她神情沮丧地返回普拉桑，乘坐着马卡尔叔叔的四轮小篷车，回到母亲家时，已奄奄一息了。

但这一晚还发生了其他悲惨事件。马尔泰避难借住在安托万·马卡尔家里，他是卢贡的私生兄弟，自称共和党人，1851年卷入反抗政变的乡村起义中。他在杜莱特有一间房子，过着收租人的生活。无人知晓"这只循规蹈矩的狼"从哪里拿到钱，但很可能是卢贡给他一份租金让他照看母亲[*]，同时作为他的封口费。因为他掌有家里所有的秘密，可以讲出一些令人不舒服的往事。卢贡一家害怕他，他则心怀憎恨。侄女的突然出现让他明白了普拉桑发生的一切，他又为这个故事自编自演了一个情节：在政 256
治上失利的费尼尔神甫（他也在乡村反复咀嚼他的痛苦）的帮助下，他说服疯人院的看护打开监狱的门，放了莫莱：把非理智

* 原文中是祖母（aïeule），但应该是卢贡和马卡尔的母亲。——译者

和野蛮引向了普拉桑。

疯子走回普拉桑，来到巴朗德街，发现花园惨遭破坏，高大的黄杨树失踪了，此后就是一个“墓地”，房子遭到“蹂躏”：厨房里刚刚办过一餐盛宴，污秽不堪，储备的食物都被啃过，客厅面目全非，在他看来房间里充斥着可怕的黑影。马尔泰一走，特鲁施夫妇就占据了他们夫妇的床，现在他们在床上陶醉。富雅太太正在酣睡。神甫隐蔽到三层，正在工作，然后躺下睡觉。莫莱小心谨慎地从底层游荡到顶楼，失去了理智但悄无声息，他声嘶力竭地吼出了这个绝望的悲惨故事的真相：“马尔泰不在家，家没有了，什么也没有了。”

他耐心地等待着这伙歹徒完全睡熟了，他在底层堆满了拔掉的黄杨树枝，专心致志地做了一个柴堆。这些黄杨莫莱以前充满爱意地修剪过，使他的花园像天堂一样和谐。然后柴堆着火了，引燃了地狱之火。很快房子也哗哗作响，火花驱赶着这些阴影，特鲁施夫妇酒醉尸焚。富雅太太醒来了，她把儿子扛在肩上跨过火堆，但疯子从她身上扯下神甫的身体，掐死了他；富雅太太抓他的脸，撕打他。三人滚到了火堆里，而这时莫莱的房子塌了。疯子的暴力，还有疯狂的母亲的暴力，完成了这件由富雅隐秘的暴力启动的作品。整个普拉桑的人赶来看热闹，在闲谈中，德·孔达曼先生撂下一句简练的评论，这是对整个事件的明智看法：“疯子们心里充满了仇恨。”

这是妇女对富雅神甫的报复。这几乎是死后的报复，因为与此同时，马尔泰在母亲家奄奄一息。她看到了从神学院回来的儿子在红光辉映下的长袍，突然惊恐起来：红对黑。但这也是另一

个女人的报复。费莉西泰毫无顾虑地让女儿为她的政治抱负牺 257
牲，造成她家破人亡。特别是看到选举的事情木已成舟，她不满地看着她效忠的这个人从舞台上消失。这个结局使马卡尔叔叔恶心。他与费尼尔神甫策划让疯子逃跑，他认为这样就再一次报复了卢贡一家。他认识到他又一次上当受骗了。费莉西泰非常高兴，她继承了神甫的政治斗争，而不用考虑她那讨厌的同盟。神甫这位可怕的灵魂人物从造成五个人死亡的悲剧中及时脱身。

* * *

这本小说的众多诽谤者总是强调左拉混淆了年代。1857年，富雅猛袭普拉桑时，法国天主教和皇帝仍然关系和睦，皇帝采取了很多支持教士的措施，增加了祭祀的财政预算，增加了神甫的人数，使宗教团体繁衍起来。但在普拉桑，支持教皇至上主义的神甫看上去忽视了这些慷慨举措，只愿意参加正统派那些无望的沙龙。相反，当左拉描述普拉桑的教士与波拿巴主义在1863年结盟时，拿破仑三世已经开始执行关于意大利的一项政策[*]，这

---

* 1858年，拿破仑三世断然改变以往的政策，支持意大利统一。他秘密会见皮埃蒙特首相加富尔，一起绘制新意大利的版图：皮埃蒙特通过牺牲奥地利和教皇的领地扩展自己的版图，形成上意大利王国。托斯卡纳获得教皇国的部分地盘，将形成一个中意大利王国。领地大大缩小的教皇只统治罗马城及罗马平原，并获得由三个王国组成的联邦总统的称号。为此，拿破仑三世允诺出兵20万对抗奥地利，作为回报，他将获得萨伏依和尼斯。这一政策导致罗马教皇的不满，也遭到法国天主教世界的反对。但根据1849年条约，法国军队必须驻扎在罗马周围保护教皇的利益，所以后来拿破仑三世在罗马教皇国驻军，保护教皇国免遭加里波第红衫军的侵占。参见乔治·杜比主编：《法国史》（中卷），吕一民、沈坚、黄艳红等译，商务印书馆2010年版，第1094—1095、1101页。——译者

使他失去了教皇，最终失去了整个天主教。因此，正是此时皇帝失去了法国天主教徒的支持，而获得了外省神甫的支持。

如何解释这种不协调？我们可以说外省比巴黎发展迟缓。还应该指出教权主义仍然显示出咄咄逼人的架势。左拉更确信，如果他是从第二帝国中期开始写这部小说的话，这时道德修会建立了圣心大教堂，使朝圣者在街上络绎不绝，他们在权杖的末端摇动着白手帕，正如《辩论》杂志描述的那样，把上帝变成“政治人物，与右派站在一起”。我们从历史中得出的这些论据并不
258 是最重要的。左拉能逃避混淆年代的指责，因为他并不是要写本精确的历史著作。他对帝国的发展以及自由的变化无动于衷。在他看来重要的是，把这个体制描写成一个无休止的角逐，一个几乎不动的固定的形式。他自己也承认，帝国的衰落虽然是不可避免的，但却突如其来，出人意料，把他的小说变成了“对灭亡朝代的描绘”。

对于这本匠心独运的小说，我们也指责它不协调，在没有互动的爱情故事——莫莱爱马尔泰，马尔泰爱富雅，富雅只爱权力——与一个外省城市悲惨的选举阴谋之间左右摇摆。这并不是没有看到把政治征服的故事与爱情征服的故事绑在一起的紧密连接。《普拉桑的征服》这部小说处理的正是神甫占有妇女这个共和主义的老题材，女人们的身体既让神甫感到好奇，又让神甫对她们产生蔑视，甚至反感。左拉笔下的富雅正是米什莱在《论神甫、妇女与家庭》中大肆攻击的人：神甫傲气十足，掌握隐秘的权力，占据了把公与私分开的边界地带，并毫不迟疑地要跨过这个地带；他总是在夫妻关系中充当第三者，是男女之间隐

秘的屏障,鼓动他们在精神和道德上离婚,并导致家庭破灭;他们借助于忏悔,在夫妇的床上也要安插一只眼睛。

然而,神甫与丈夫之间的敌意以及对神甫独身的揭露并不是左拉笔下的重要主题。《普拉桑的征服》中使他感兴趣的,并成为小说创新之处的,是这种世俗的控制与新颖的抱负的会合;无疑,第二帝国之前的神甫们并没有忽视政治算计。但拿破仑三世把他们作为社会秩序(与道德秩序混为一谈)的柱石,开启了他们渴望拥有权力的新事业。自此之后,权力的激情占据着他们,特别是在这个时代,没有什么东西能填补他们精神的空白。费尼尔和富雅,是《普拉桑的征服》中一对敌对的神甫,两人的共同特征就是对权力的疯狂迷恋。对主教来说,想去除这种亵 259
神的激情,能驱动他的只有个人利己主义和舒适感。因此,左拉的叙述与沉思和内心生活不搭边。宗教只是迫使大众服从的工具和保证,目的是与正统派联合——只要它的力量足够强大,保证民众顺从,并彻底孤立共和派阵营。波拿巴分子与共和派长久以来暧昧不清的亲密关系就此结束。法国政治领域本来丰富多彩,千差万别,如今也得以简化。只剩下秩序阵营和自由阵营面面相觑了。

这就是说旧制度完全失去了精神和品质。确切地说,左拉对正统派和奥尔良派正在进行的协商以及君主制复辟的计划了如指掌。但他认为这不切实际。这倒不是因为他知道尚博尔伯爵古板、苛刻,紧紧地挽着白旗,而是因为他像同时代的乔治·桑那样,认为“对王朝的可怕的厌倦情绪”占据了法国人的心灵。正统主义自身封闭、胆小怕事,已经做好了退让的准备。尚博尔伯爵徒劳地下达了许多弃绝选举的命令,除了圣马可区几个顽固的人，普拉桑已经没有人听他的了。

法国大革命还存在于人们的思考中，至少人们对骚乱的恐惧就说明了这一点。但对大革命的回忆没有在左拉身上挑起任何激情，共和国没有在左拉身上激起任何希望。他大概在第二帝国时期是一个空头共和派（un républicain atmosphérique），是利特雷[*]、泰纳和米什莱的忠实读者，敌视绝对权力，相信这个体制必将走向终结。当他写作《普拉桑的征服》时，他坚决支持共和国，当时共和国还是哇哇啼哭的婴儿。但这种支持没有热情。新生儿使他失望：1871年，检察官为出版《角逐》[**]设置障碍，左拉感到愤慨，认识到共和国的一个检查员会因一本书过分讽刺
260 帝国而生气。但左拉的幻灭感还有更加深远的原因，就好像法国对政治体制长久以来的迷恋在普拉桑的大火中灰飞烟灭。毫无疑问，他确信，共和体制以后得到了保证，并相对来说变得无足轻重，将很快不再是小说中的一个法宝。

---

* 利特雷（Émile Maximilien Paul Littré，1801—1881），法国词典学家、哲学家和政治家，编有《法语词典》。——译者

** 《角逐》（*La Curée*）是左拉《卢贡-马卡尔家族》系列小说中的第二部，它以19世纪五六十年代奥斯曼巴黎城市改建为背景，描述了第二帝国时期的财富投机和暴发户们的生活。——译者

第十章 《榆荫道》《柳条篮》：憩潮期的共和国

《榆荫道》《柳条篮》

布鲁内提耶尔*是阿纳托尔·法朗士的老对手，他访问梵蒂冈后，1895年在《两个世界评论》**上发表文章，引起强烈反响。他在文中质疑科学的有效性，为信仰在现代世界中的必要性做辩护。阿纳托尔·法朗士写了一系列专栏文章反驳他，这些文章以《新教士》为标题，发表在《巴黎回声》***上：他创作了一些虚拟人物，赋予他们疑问和抱负，让他们搅动政治世界。接下来的几年，他继续写作专栏，并将话题延伸至时政评论，他还引入贝尔格莱先生这个人物，此人注定会成为小说的中心。因为阿

---

* 费尔迪南·布鲁内提耶尔（Ferdinand Vincent-de-Paul Marie Brunetière，1849—1906），法国文学史家、文学评论家。——译者

** *La Revue des Deux Mondes*，自1829年起发行的法国月刊，是法国最早的期刊之一。——译者

*** *L'Écho de Paris*，法兰西第三共和国时期创办的日报，于1884年到1944年间出版，论调偏向保守主义和民族主义。——译者

纳托尔·法朗士随后利用《巴黎回声》上的文章，写就了四部小说，统一冠名《当代史》。小说的情节以德雷福斯事件为分水岭，共和政体从这次事件起重新奠定了新的政权基础，作者的政治理念也发生了微小的变化。

这里仅选取丛书的前两部《榆荫道》和《柳条篮》，阿纳托尔·法朗士将两部小说的场景设置在同一个外省城市，起用了同一批小说人物——如果我们忽略第二部小说里出现的那几个新的人物剪影的话。我选择停留在德雷福斯事件引起震荡之前，停留在一个时代的终结处。我们从两部小说里还看得出，文章最先以专栏的形式出版后留下的影响，它们更像是编年史而不是小说，特别是阿纳托尔·法朗士一点儿也不担心连贯的问题，在篇与篇的组织上显示出镇定与洒脱。

263 憩潮期的共和国

在评论家看来，《榆荫道》和《柳条篮》更像是历史而不是小说。他们有时会在“历史学家阿纳托尔·法朗士”的章节里讨论他的作品。他们主张，阿纳托尔·法朗士的本意就是写一部现时事件的编年史，他们中的某些人还认为，阿纳托尔·法朗士还想开一门历史研究方法论的课程。没有比这更真实的说法，也没有比这更错误的说法。

没有比这更真实的说法，如果我们注意到两篇故事里涉及的时事都精确标明了时间。在叙述里占到最大比重的讨论和论战，都与当时的时代背景和他采撷的众多信息密切相关。跟随阿纳托尔·法朗士，我们遇到一个省长和一个神甫一起探讨在1895年由里博内阁*表决通过的向宗教团体征税的决议。书里提到在1893到1894年投票通过反对无政府主义者的《恶棍法》**。书里还评论了布儒瓦***内阁的衰落。在榆荫道的尽头，我们看到一尊圣女贞德的塑像还没揭幕，贞德刚刚被宣布为"可敬者"****，向封圣跨进了第一步。我们听到省长拒绝接受所得税，称其为"苛捐杂税"，这是布儒瓦实现平均主义政治的矛头所向。我们还看到同样是这位省长，忙前忙后组织"俄国宴会"，用以庆祝随着俄国沙皇到访巴黎，法国孤立局面的结束*****；然而美术监督则称，他耻于看到"自古以来人民的解放者"与一个专制 264
君主缔结联盟，不但抛弃了希腊的事业，还在1894到1897年期间，眼睁睁看着土耳其人对亚美尼亚人和克里特岛人展开大屠杀却放任不管。我们还碰到一个崇尚唯美主义、把自己收拾得

---

* 亚历山大·里博（Alexandre Ribot，1842—1923），法兰西第三共和国政治家，1895年担任财政部长。——译者

** 《恶棍法》是指1893到1894年间，法兰西第三共和国颁布的一系列惩治无政府主义者的法律，旨在威慑无政府主义者在前几年实行的谋杀活动。——译者

*** 莱昂·维克托·奥古斯特·布儒瓦（Léon Victor Auguste Bourgeois，1851—1925），法兰西第三共和国政治家，激进派议员，社会连带主义（solidarisme）的理论家。他曾于1920年获得诺贝尔和平奖。——译者

**** 教会封圣有一套机制，从"候选人"死亡开始，历时多年完成。首先由教区主教调查"候选人"的生活事迹、著作及言行，再由一群梵蒂冈的神学家进行评估。如果得到评估小组及教廷封圣委员会枢机主教们的认可，教宗就宣布"候选人"为"可敬者"，这是封圣的第一步。——译者

***** 这里指俾斯麦当政后在国际上孤立法国外交，而法国通过和英国、俄国结盟，打破这种孤立局面。——译者

光鲜亮丽的上尉加入玫瑰十字会*，他为国旗上粗糙、浅薄的三个颜色感到惋惜，幻想着用精致的玫瑰色或丁香色旗帜代表法兰西。

连学院教授和大神学院院长之间的神学争论都与时事密切相关。两人都提到不久前刚变得棘手的有关《圣经》真伪的问题。接着他们又讨论了奇迹发生的可能性，因为不久前一个光明会**的巴黎女人声称，天使加百利探访过她，并且她可以预知未来，且通常是灾难性的未来（而在外省也出现和她类似的预言家，只是加百利天使换成了圣拉德贡德***）。他们甚至还谈到集体赎罪，法国人民必须补赎大革命中犯下的罪恶，1897年5月4日刚刚发生在义卖商场****的火灾就是某种例证。最后，连故事情节的起伏都呼应着1895到1897年的时事动态，越来越频繁的政府危机为叙事加重了动荡的感觉。

除了上述琐碎的信息，有两大问题搅动着青春年少的第三共和国，像阴影一样笼罩着这两本小说。首先是政治丑闻：省长

---

* 玫瑰十字会又称蔷薇十字会，是基督教隐修士们组成的秘密社团，追求人类灵性和德性的完美，他们在文学作品里常被描写成圣杯或圣殿骑士团的传承人。——译者

** 光明会用来指近现代欧洲处于边缘、隐秘状态的宗教团体，他们声称直接从上帝获得了启示。——译者

*** 圣拉德贡德（Sainte Radegonde，519—587），图林根国王的女儿，后来嫁给法兰克国王克洛泰尔一世（Clotaire Ier），她十分虔诚，利用国王的钱财装饰教堂，救济穷人，创建了普瓦捷的圣十字修道院。她死后不久即被封圣，围绕她有众多关于神迹的传说。——译者

**** 义卖商场（Bazar de la Charité）是1885年在巴黎创办的一个用于义卖的商场。1897年5月4日的大火烧毁了义卖商场，造成129人死亡，其中大部分是巴黎上流社会的女性。——译者

记得自己入职时正值格雷维*掌权，可不幸他有一个热衷勋章交易的女婿**。此后便是巴拿马丑闻，环球运河公司被证实收买议会选票***；在这次丑闻中，通过诉讼案的检举、揭发、翻供，共和国政府人员深受牵连；可即使大部分腐败议员最后都被宣告无罪，但舆论仍然肯定金融界、报界、政府和议会之间存在值得怀疑的关系。不过就在阿纳托尔·法朗士撰写《榆荫道》和《柳条篮》的时候，巴拿马丑闻再次引发热议，因为巴拿马运河公司的一名经纪人在伦敦被捕，据称手里握有传说中的“104位腐败议员名 265
单”。为《榆荫道》和《柳条篮》增添色彩的诸多议论多提到腐败，提到这个共和国继承了巴拿马丑闻不光彩的过去：书中的主角之一，同时也是巴黎公社前社员、艺术之友的乔治·弗雷蒙这样评论道：“我们陷入了耻辱的泥潭。”

然而小说里最主要的事件和故事情节的背景，是天主教徒出乎意料归附共和政权。一切都源于1890年，红衣主教拉维日利向法国舰队行祝酒词——他奉劝天主教徒赞同政府形式，不要

* 儒勒·格雷维（Jules Grévy，1813—1891），法兰西第三共和国总统（1879—1887），因女婿卷入政治丑闻，虽与本人无涉，却被迫辞职。——译者

** 这里提到的是1887年的勋章丑闻。格雷维的女婿利用职权便利，买卖荣誉勋章，以换取商人对他所掌管企业的投资。——译者

*** 巴拿马运河的开凿工程最先是由法国发起的，巴拿马跨洋环球运河公司是工程的筹款企业。但是工程开展后实际需要的资金比预计的支出要大得多，为了解决融资困难，公司贿赂政府官员，买通媒体记者，成功解决了筹款问题。但因气候、地形、疾病等多种原因，运河最终未能顺利开通。在政府的遮掩下，风波开始平息，但几年后遭到媒体曝光，在舆论的压力下，议会被迫成立调查委员会，最终认定有一百多名议员、政府部长和新闻界名流收受过贿赂。但大部分官员拒绝承认自己的罪行，最终免于追责。——译者

思前想后，紧接着利奥十三于1892年颁布通谕，鼓励所有法国人放弃不同政见。天主教徒对“归附”的诠释五花八门，他们中间仍然存在归附派和君主派之分，至少这一“归附”对利奥十三本人具有双重目的：对于想继续存在的教会而言，这是用最小代价进入共和政体；同时承认了共和制的正统性，但也是为了更好地表达合法地与政府滥用立法职权斗争的决心。至于共和党人，他们在接受归附的时候也做了双重应对：他们中一些人，比如斯布勒尔*，相信教会在19世纪90年代，虽然还因自己亘古不变而自命不凡，但事实上它正在经受演变，迎合后来所谓的“新思想”。但斯布勒尔对这种转变带来的威胁从没有放松警惕：教会很可能寻找机会让无产阶级重新皈依基督教，与原始基督教重新建立联系，重新对民众施加影响力。

共和政治因此呈现出两种倾向：一方面欢迎教会归顺，毫无疑问这是因为教会归附为共和国打开了新的局面，特别是在无政府主义风潮下，共和国有必要联合各方面的力量；另一方面共和国必须对教会保持警惕。所有这些都表现在《榆荫道》和《柳条篮》描述的外省里，顽固派和归顺派分立对峙。在第一个阵营
266 里，我们看到一个强硬的神甫，决不让步的神学家。在第二个阵营里，我们则看到一个多变的神甫，妥协的行家，如果有可能他随时准备去职还俗，因为在阿纳托尔·法朗士眼里，没有哪个神甫是不存二心的。同样是在归顺派里，还有一个省长是新思想

* 尤金·斯布勒尔（Eugène Spuller，1835—1896），在法兰西第三共和国先后担任教育部长（掌管政治、美术和宗教教育）和外交部长。——译者

的捍卫者,当他成功地将一个候选人、君主派的饲养员发展成归顺派时,他欢欣鼓舞。连红衣大主教都属于这个阵营,他是个没有原则的人,讨厌做抉择,因此他出于谨慎的考虑,在会客厅同时悬挂了两个敌对教皇——庇护九世*和利奥十三——的画像,而他本人更倾向宣扬对现有政权的归顺,因为他看到省长在支持"我们的学校和工作"。在这两个阵营之间是一个对新生事物不屑一顾的人:这里说的是一名学院教授,他本能地反感一个善于要手腕的教士;他确信,不管是激进派还是归顺派,都因相同的传统和相同的偏见走到一起,为了不做改变而狼狈为奸。

写作的动机看似明确了,小说和"当代史"的联系比其他任何地方都更紧密,特别是扣在两本书上的总标题更是验证了这一联系。既然故事完全忠于历史,为什么读者还是不能排除这样一种感觉,就是觉得其情节没有时间性,甚至在某种程度上脱离了历史?旧制度与大革命之间的争斗贯穿了整个世纪,同时也是《榆荫道》和《柳条篮》的主角们争论不休的话题,那读者是从哪里确认这种争斗开始退潮,而关于恩宠的争论却在盛行?哪里产生出这种失重的感觉?为了理解这些问题,应该看到阿纳托尔·法朗士使用的两种手法所起的作用与寓言故事很接近,这两种手法是:微不足道、讽刺挖苦。

* * *

《榆荫道》和《柳条篮》的情节——如果能称得上是情节的

* 庇护九世在任期间召开第一次梵蒂冈大公会议,确立了宗教永无谬论的道理。——译者

话，在时间上都有准确的定位，但在空间的设置上相对随意。我
267 们处在一个外省城市，那里有一个主教府，一个省政府，一个学院，一座法院。这是图尔吗？奥尔良？普瓦提埃？布尔日？评论家们提出的假设里没有一个能得到切实的证明。但我们可以肯定这里位于法国中部，因为这里的人把图尔宽人蔑称为“北方佬”，但会得意洋洋地提到“我们中央山丘上产的土酒”。这座城市位于法国的中央位置，因此代表着最普通的法兰西。这样的法兰西有属于她的骄傲：她有哥特式的大教堂，教堂的石块因年久而发黑；她也有古老的街区和陡峭的小路，叫作“叮叮乐铃路”或者“苹果路”，人们走在石砌的路面上踉踉跄跄。

这座城市还有些悲伤，她有一个枯燥乏味的大神学院，礼拜堂里只有一道暗淡的光线斜打在彩绘玻璃窗上。这里的节奏有些缓慢，就像当地那条静静的河流，这里昏沉的气氛就像一个都兰人或者一个安茹人萎靡不振的气质。这里很容易赢得人们的心灵，巴黎的喧嚣抵达这里时已经细若蚊声。这里的夏天比别处更庄重，连太阳都从总主教府的榆树后缓缓降落，沉入“万物广阔的安眠里”。但她同时也是一座温柔的城市，这里弥漫着近郊乡村的气息：沿着城墙漫步，河流沿岸立着成排的杨木，人们会发现对面山岗上的果园滚下来的果实；榆荫道上，风儿搅动榆叶，瓢虫沿着行人礼服的袖子爬。人们还能听着燕雀的歌唱一直漫行到乳品厂，那里笼罩在丁香的清爽味道里。

在这个疲惫、沉默，大部分时间都空无一人的城市里，有几处地点格外有活力有灵气。这些地方囊括了外省的喧闹，人们甚至在这里交流思想。奢华的咖啡馆就是这样的地方，这里是

唯一热情洋溢的场所,在黑夜降临后显得有点儿明亮。人们来这里逃避无聊的家庭生活:喝上半升酒,周遭是多米诺骨牌洗牌的响声。帕利奥书店也是这样的地方,这里主要出售弥撒经书和军官手册,还有罕见的小说,被夸大其词、名不副实地称作"文学书籍"。但这里也向城市少有的博学之士提供一个"旧书角"和 268
三把椅子,每当书店逢年关门的时候,这几个博学者就感觉成了孤儿,异常苦恼。这样的地方当然还有榆荫道,这里除了举行庄重的开幕仪式和民众盛典之外,还有石制的长凳位于阳光斑驳的树影里,人们坐在石凳上进行哲学论谈。总之,在这座普通的城市里,到处是普通的人,热衷于普通的公共舆论,这里可以是法国的任何一个地方。

这里几乎什么事都没有发生过,或者说发生的都不算个事儿。《榆荫道》的中心情节就是两个神甫争夺图尔宽主教的职位。省长这么评论道,那是一个三等的主教辖区,"犄角旮旯的地方"。更糟的是,图尔宽那儿从来就没有过主教,阿纳托尔·法朗士用这种方式凸显这场争夺有多可笑。依照《教务专约》,教廷大使和省长必须在主教人选的问题上达成一致。于是围绕着这两人,就有了贿赂企图、揭发、推荐,各种各样的手段。但是这实在是件芝麻大点儿的事和一场微不足道的对抗,以至于《榆荫道》最后落在一条令人气馁的情报上。这个主教职位一共有18个申请者,但谁也说不准最后谁会得到委任,省长留给归顺派候选人的唯一希望就在于省长夫人的支持,他用这样一句干瘪的话安慰候选人:"娜奥米有能力成就一个主教。"这句话为故事画上一个讽刺的结局。

这件事在《柳条篮》中再次被提起，但始终得不到解决。互相敌对的神甫究竟哪个能登上图尔宽的主教之位，仍然是一个巨大的悬念。我们几乎不能说归顺派神甫的机会变大了，因为省长警告他的红人，共和国的要人隐约地为这种联盟感到担忧，不断怀疑那些向政权示好的教会人士。然而在第二部小说里，另一个事件取代了这件事的地位：那就是学院副教授的不幸婚姻。给他戴绿帽子的是他最好的学生，拉丁韵律学的希望之星。
269 不过，这个故事还算有个交待，教授和妻子的婚姻最后破裂了。

这场离婚由始至终波澜不惊，没有一丝火药味。双方都谈不上辜负对方的感情，更提不上真正的痛苦。双方只进行过一些乏味的争吵和普通的纠纷。被欺骗的丈夫自己从里面总结教训。他的妻子和学生在沙龙沙发上的一幕，纵然使他痛苦地感觉受到了冒犯，可很快这一画面就在他头脑里退化成一幅"不雅的图像"，就像淫秽书刊上的插图。一些次要情节也像插图一样穿插在主要情节当中：比如那个好用格言警句的光明会的女人，乱七八糟地预测到葡萄园的霜冻、教皇生病、所得税，给养路工人的关节硬化施以神迹；还有一个寡妇被人用无耻的手段谋杀。背叛、罪行、热恋、嫉妒、预言、信念、欲望：人类所有的激情和信仰在这里都变得平淡无奇起来。

我们清楚地感觉到，阿纳托尔·法朗士写作的主要目的并不是为了满足读者快意阅读的预期，也不是给他们一个拍案叫绝的结局。他笔下的人偶没有内在的灵魂，他也不考虑把他们的命运交织起来：即使他们表面上是在进行对话，每个人物实际上都在进行独白。有时候我们读到一个人物，以为他会在故事里扮演一定的角色，结果作者写着写着把他给忘了，比如说那个可怜的费尔曼·皮耶达奈尔，他在《榆荫道》里刚出场就被抛弃了，只是在《柳条篮》里又被漫不经心地提了一句。阿纳托尔·法朗士描写的人物不会有很多出人意料的举动，也不会发表奇谈怪论。每个人物的举动都完全符合最初的人物设定，他们只说自己该说的话，很是无聊。惊喜的感觉，作为小说阅读不可或缺的一部分，完全倚赖小说家讽刺的才能。

阿纳托尔·法朗士满足于将他的人偶放置在各式场景里，一
些与主要情节还算有联系，另一些则完全无关。《榆荫道》用几 270
页纸讲述的一个事件，是拿破仑三世即使动用他手中的所有权力，也不足以委任南特一个第六等级的代理检察长。书里还提到一件逸事，与中心情节毫无关联，除了这件逸事是学院教授自己写的并且在书店里读给外省一小撮开明人士听。因此这种无意义的设置可以说是故意的，而且是双重的：一方面，它对情节而言毫无意义；另一方面，它自身就没有意义，除了能将这种无意义展现得淋漓尽致。

这些随意书写的不连贯片断，只是为了让读者认识这群省会生活的本地人：针对这些人，我们都说了，他们中的大部分人发挥的作用没那么大。在这座小城里，一个爱说教的医生，专给显贵看病，被人们看成是能人。一个法院的检察官，他自认为永远不会犯错。在一个将军那里，服从和指挥的能力得到精妙的平衡，因此他被看作是第一流的军官。腐败的议员是做买卖的共和国的象征，但城市的居民很明智地不疏远他。省长是个犹太共济会会员，更是随大流的典范。红衣大主教对现政权曲意奉

迎。书商根本没教养。两个敌对的神甫：一个是善于耍手段的虚伪的归顺派，一个是死脑筋的原教旨主义者。学院教授是卑微的维吉尔专家，注定了一生操劳无所成。政府官员的妻子们忙于“强迫”自己的丈夫，好在施行善行和敬奉圣安东尼*（她们会把请愿用密封信的方式寄送给他）的较劲中赢得先机。

总之，在阿纳托尔·法朗士的魔法灯罩下，接连投下军队、政府、法院、教会、大学的固定标识。当我们用边缘人物来代替这些庄重的机构时，这些人物乖乖扮演着他们的角色，像其他人一样被严格地贴上了标签。书里讲到一个屠夫，他血淋淋的档铺传达了血色和暴行的信号。一个盗猎者几乎算得上是官方人
271 员，因为他既为主教也为省长的餐桌提供猎物。还有一个谋杀者，他为监狱长和城市的名声大大地做了把广告。

* * *

每次我们以为自己和这座城市更亲近了，阿纳托尔·法朗士就会用滑稽剧的手法让无意义的感觉更深一层。全国性的事件抵达这里时已经不足为人道了，地方上的传闻都是一些鸡毛蒜皮的小事。圣女贞德的雕像即将揭幕接受人们的崇仰，酒水商赶紧围绕此事做文章，打出一些不合体统的招牌：“圣女贞德纯啤酒”“童贞女咖啡”。在积满灰尘的省府档案里，沉睡着外省毫无意义的秘密。档案管理员因为没能获得学术棕榈奖——这

* 圣安东尼（Saint Antoine），罗马帝国时期的埃及基督徒，被尊崇为基督教隐修生活的先驱。——译者

在他看来是拥护共和思想应有的奖励——而变得尖酸刻薄，行为反常，专事挖掘这些档案的秘密。他从中挖掘出隐藏的乱伦关系，私生子的出生；他还追溯到可疑的直系尊亲属，就像那个充当教会中流砥柱的君主派的祖先：那个《圣吉约坦纳颂》的作者，他当时以“马拉-珀普利埃”[*]这个“革命化”的名字对城市进行恐怖统治。

阿纳托尔·法朗士自己就是个可怕的暴徒，他乐于赤裸裸地展现人物在名声和行为上的不一致。将军被当作一名英雄，是一个陆军上校的女婿，他因把1829年的军事操练守则背得滚瓜烂熟受到颂扬，但从未真正操练过军队，只是纸上谈兵。他对卡诺总统[**]抱有异乎寻常的崇敬之情，总统“受难木偶”一样惨白的面孔留在他的记忆里，就像“一面旗帜卷曲在旗杆上，放进匣子里”[***]：一幅悼念的画面。贝鲁庭长的过去乌七八糟，但他在判处三个讨厌的无政府主义者五年徒刑后，一次性赢得了同乡的尊重，他们的罪名是散发传单呼吁人民团结。议员拉普拉-特雷通过议会的调停，特别是通过不予起诉的敕令成功洗白，他出现在 272
城里时就像“一棵披上三色彩带的橡树”，装点了各种头衔和美德，只是他壮丽的人生路最后还是通到了监狱里。拉丁格律专家手里挥动着步枪，呼喊他对人类的爱。

---

* 尼古拉-厄斯塔什·泰雷蒙德尔（Nicolas-Eustacher Terremondre）是《柳条篮》的人物，他是《圣吉约坦纳颂》的作者，这是法国大革命时期人们咏唱的一首歌曲，他把自己的名字改成革命化的名字马拉-珀普利埃（Marat-Peuplier）。——译者

** 玛利·弗朗索瓦·萨迪·卡诺（Marie François Sadi Carnot，1837—1894），法兰西第三共和国的第四任总统。——译者

*** 这是将军在听闻卡诺总统去世后，想象总统死后在棺材中的样子。——译者

至于女人们，有体态优雅的格罗芒斯夫人，她灵活的腰肢引起学院教授单纯的审美情趣，当城里人尽对她表示蔑视的时候，他将这种美视作“道德法官”。如果格罗芒斯夫人算是女人中的例外，那阿纳托尔·法朗士对其他女人的描写则更加残忍。拉普拉-特雷夫人是刁滑议员的妻子，她从小就“浸透在宗教里好比浸泡在油里面”；她丈夫一旦以要挟为筹码从丑闻中脱身，她就向圣安东尼奉上一支大蜡烛，连同她的还愿词：“为这一意外的恩典，一个笃信基督教的妻子。”虔诚的省长夫人足够精明，让自己在一个仇视犹太人的社会里得到承认，她是蒙马特街头的一枝花，她就是在那里伴随着周遭“神甫”的仇恨长大的。长着小胡子的将军夫人损坏了丈夫的英勇形象，在外人面前亲切地大声叫他“小宝贝儿”。然而最残酷的人物速写则留给了教授那个红杏出墙的妻子：作为母亲她对女儿们不温柔，作为妻子她对丈夫不尊重，她是个没有激情的情人，没有善意的施主，没有条理的家庭主妇，贝尔格莱夫人拥有“臃肿的灵魂”和“晦涩沉闷的本性”，她身上似乎凝聚了阿纳托尔·法朗士对婚姻幻灭的全部想象。

作者在详细描写几个主要人物时更是不惜笔墨。省长，意志强大，是个低调的新贵，他小心翼翼的处事原则完全遵照1895到1897年的政治状况，那就是共和政府走马灯一样的换届。他坚信所有的总理都是过眼烟云，这是他处世哲学的底线。因此他绝不向任何当权者奉献诚意，以防当权者的继任怀疑他与前任有牵连，他这么做为的是尽力保住自己的位子。他知道省长的职位并不是铁饭碗,比如说梅利纳总理*上台后,清除了一批由布儒瓦委命的省长。他经历过太多的蝇营狗苟,见过太多大人物潜逃或入狱,金融丑闻在他看来就像12月下雪一样正常。他对 273
金钱有着近乎宗教式的崇拜。一有机会,他自己也用钱收买纪特烈尔神甫,让他帮忙压制预言家出现后在城里引起的风言风语。但他很谨慎,只做“寻常的违规之举”。不过令他感到欣喜的是,乡亲们并不在意神婆的预言,他们思想“相当正确”,不会因为这点小事就一石激起千层浪。在省长满意的眼里,这是“一群绝好的臣民”。这个循规蹈矩的政府官员在事实面前一向将道义视为粪土。他洋洋自得地说:“我支持现存政权是因为它还足够稳定。”

接下来是两个神甫,他们争夺图尔宽主教职位的战争构成故事的大背景。他们的形象在一群丑态百出的神职人员中脱颖而出:学监的“食指上有一圈熏黑的痕迹”;修士们脱下长袍的时候面色潮红;圣埃克叙贝尔神甫在沉思中惊醒,发现自己来到箍桶匠的橱窗前:他的酒已变酸,他需要一些新的软木塞。纪特烈尔神甫和兰塔涅尔神甫,彼此是竞争对手,他们俩则完全属于另一个范畴的神甫。纪特烈尔神甫头脑精明,是个阴谋家。他出身于法兰西最具外省特色的乡间,受到各大城堡的款待,以至于和他打得火热的犹太省长——沃尔姆-克拉夫兰先生,则把这份交情视作自己也拥有了法兰西特性的许可证。这是一个精于算计的人:他为了巴结省长夫人,偷盗圣器,供给她老式支座(省

* 费利克斯·朱尔·梅利纳(Félix Jules Méline,1838—1925),法国政治家,1896至1898年间任法兰西第三共和国总理。——译者

长夫人回收利用后做成最新式的座垫)。此外,他还被人怀疑,当然没有根据,与女仆若斯菲娜之间关系不轨,虽然若斯菲娜的教龄还没到那个时候[*]。虽然他的生活并不缺乏声色肉欲,但他却无法得到内心的快乐。

与他截然相反的是兰塔涅尔神甫。这是一个波舒哀主义者,狂热渴求教会统一,猛烈攻击异端,中规中矩,将现世看作罪恶之境。他像圣母院讲道者一样,确信巴黎义卖商场发生的火灾是上天降下的灾难,为了惩罚罪恶的法国人放弃了东方的基督徒,还将上帝赶出公立学校。兰塔涅尔神甫是个优秀的神学家、
274 不知疲倦的辩论家。与纪特烈尔相比,他实在称不上精明,也不会使手腕儿:红衣大主教骗他就像糊弄孩子一样;他还会可笑地挥动沾着烟草渍迹的手帕,像是挥动经院哲学的闪亮大旗。

但阿纳托尔·法朗士刚一赋予两个对手鲜明强烈的个性,就让两人在一个平庸、阴险的乡镇打成平手。即使兰塔涅尔在道德方面恪守死板教条,他也知道为了感化红衣大主教,把纪特烈尔描绘成一个浅薄之徒,说纪特烈尔为省长夫人供货,制造"人们叫作座垫"的家具,还在广场的糕点屋里精挑细选"人们叫作闪电[**]和婆婆[***]"的蛋糕。兰塔涅尔就是用这两个令人厌恶的引号小心翼翼地讨论着俗世的事物,表明他对这些俗世的事情一无所知,同时凸显了对手的肤浅。与此同时,他假装对城里流传的、有损纪特烈尔品行的流言嗤之以鼻,但暗地里他很惋惜一个神甫会招致

---

* 四十开外的年纪,这是教规规定可以做教士女佣的年龄。——译者

** "闪电"(élairs)是手指形的巧克力泡芙。——译者

*** "婆婆"(babas)是用酵母发酵、在朗姆酒和糖浆中浸渍的松软蛋糕。——译者

充满恶意的流言蜚语。至于纪特烈尔，他在省长夫人的客厅里将兰塔涅尔塑造成政权的顽固敌人。他还虚伪地为兰塔涅尔洒下眼泪，惋惜这个智力超群的神甫却与一个遭受流放的家庭连在一起：看到兰塔涅尔蔑视利奥十三的教谕，他是多么悲伤啊！

两个告密者无耻起来不分伯仲，但我们预感到这场比试的胜利者将是纪特烈尔神甫，这与决疑论*的对策没有任何关系，也不涉及声誉和德行。最后将决定整件事情走向的，竟是身形庞大、行为粗野的屠夫拉富力。他是神学院的供肉商，神学院在他那里赊了不少账；锱铢必较的屠夫抓住了神学院院长的把柄：没付钱的排骨成了他通往主教大路上决定性的障碍。一切因此在讽刺挖苦中灰飞烟灭了。

* * *

《榆荫道》和《柳条篮》里没有一个正直的角色，这让评论家们很是沮丧。难道整座城里就没有一个人能逃避这场木偶游戏**吗？事实上所谓的“正面”人物用指头都数得出来。这些人从 275
某种程度来讲，也都是怪人：他们或者是因为朴质的单纯，就像随军牧师，他是士兵们的朋友，他原谅了巴赞的叛行***，因为巴赞

* 决疑论是一种处理信仰操行疑难问题的神学理论，出现于12世纪，在16—18世纪发展到顶峰，尤其是在耶稣会中盛行，但决疑论者遭到冉森派的攻击。——译者

** 木偶游戏（jeu de massacre）是一种类似保龄球的游戏，设于集市，玩者用球将木偶一一击倒。——译者

*** 弗朗索瓦·阿希尔·巴赞（François Achille Bazaine，1811—1888），法兰西第二帝国时期的元帅，深得拿破仑三世的信任，普法战争中，率领法国最后一支野战军向普鲁士投降，招致社会舆论的批判，他也被判入狱。——译者

有一次赦免过一名无辜的大兵；他们或者因为关心的事物完全不同于他们的同乡；或者因为他们是受害者；或者因为他们是被排挤的边缘人。

在受害者当中，有一个费尔曼·皮耶达奈尔，被强硬的兰塔涅尔开除出神学院，尽管兰塔涅尔也承认他是个头脑机灵又伶俐的少年，但认为他的脾性桀骜不驯，日后倘若不是长成另一个阿纳托尔·法朗士的话，也会长成另一个雷南*；无论如何，一个已然醉心于诗歌的学生（很值得怀疑，他读的是勒贡特·德·列尔**和魏尔伦***的诗歌），思想自然很容易流于无神论。因此必须把这个年轻人清除出神学院，尽管这么做会令他的生活陷入悲惨的境地，更有甚者，此举将在他心中种下对教士"熊熊燃烧的不灭仇恨"，足以"填满他的一生"。此外还有流浪汉飞燕草，他没别的嗜好，就喜欢在12月里躺在向阳的山坡上，晒晒老骨头，安安静静地抽一袋烟。他以极好的风度承认自己谋杀了寡妇乌素尔：警方答应他，只要他承认罪行就给他一袋罐装的烟丝。在发现真凶后，警局继续扣留流浪汉，为了事后为这次惩罚辩护，等他终于得到释放时，警方还没收了他的小刀，这才是让他真正难过的地方。这个单纯的人在故事里俨然是另一个尚

---

* 乔瑟夫·厄尼斯特·雷南（Joseph Ernest Renan，1823—1892），法国作家、文献学家、哲学家和历史学家。他试图从民族学和地理学的角度解释基督教的起源，引发天主教会的震怒。——译者

** 勒贡特·德·列尔（Leconte de Lisle，1818—1894），法国巴纳斯派诗人，主张科学指引理智，进行客观无人称的诗歌写作。——译者

*** 保尔·魏尔伦（Paul Verlaine，1844—1896），法国象征派诗人。——译者

马修[*]，而学院教授想到他时，“悲惨”一词就会不由自主地来到嘴边。

这之后要提到的人，他们的文化修养和精神追求与当地人的小肚鸡肠相去甚远：其中有一个文献学家兼农学家，熟识穆拉托利[**]，是科学将他与学院教授，也是他的同乡联系起来，他们的通信涉及“有关道德和政治的诸多话题”；还有一个美术监督，在巴黎公社时期是卢浮宫的副馆长助理。他心疼祖国的创伤，归顺了起义者的事业，之后被发配到伦敦等待赦免，他将自己的爱 276
国热情全部投入美学；自此以后，他再也不嘲笑勃艮第美术学校了。当他重遇他的老同窗沃尔姆-克拉夫兰时，看到他身着省长制服，差点儿笑出声来，感到既荒谬又悲伤：那么多人被杀害“就是为了让沃尔姆-克拉夫兰先生当上共和国的省长”！

这些人都是时代的旁观者，失意又宽容。但这当中最大的旁观者当数贝尔格莱副教授。这是一个笨拙又不幸的男人，一只书虫，遭到妻子和女儿们的粗暴对待。他在文学院地下室最黑暗的一间教室里给一小撮学生上课，他也不嫌弃待在一间狭小的办公室里，那里只能透进暗淡的阳光，妻子的柳条篮把空间塞得满满当当，烧焦了的晚餐的味道和家长里短的争吵时不时闯进来，打扰了埃涅阿斯[***]的幽灵，因为他已经决定将他的一生都献

---

* 《悲惨世界》中的人物，为冉阿让顶罪。——译者

** 路易-安东尼·穆拉托利（Louis-Antoine Muradori，1672—1750），意大利作家、历史学家和语言学家。——译者

*** 埃涅阿斯是古罗马的神，被尊称为“朱庇持”——“种族的缔造者”。古罗马伟大诗人维吉尔写有《埃涅阿斯纪》，是欧洲文学史上第一部文人史诗。——译者

给《埃涅阿斯纪》的评注。他既没有性生活，也没有社交生活，孤独并被世人瞧不起，他甚至连私生活都没有，阿纳托尔·法朗士把他写成一张没有厚度的剪影。

但他其实是能交际的，他喜欢和同好交际，幻想着与他们一起沿着某条伊利索斯河*漫步（林荫道充当了他的河岸），在维吉尔描绘的田野上交谈——他只在书里见过这样的田野——或者在巴黎闲逛，造访旧书商，翻阅杂志或者出席文学聚会。当然了，这些由于他的穷困潦倒都是不可能实现的；每年新年，他都必须披上那件磨损的外套挨家拜访那些白痴们，为此他痛苦不堪。路过的格罗芒斯夫人的窈窕身姿是他生活中唯一宁静的美好，因为她的美遥不可及，才更让他着迷。散步的榆荫道和帕利奥书店是唯一能让他享受哲学自由的地方，和兰塔涅尔神甫交谈也给他带来不少乐趣。他不怎么想着说服兰塔涅尔神甫，他的对手也不怎么想着说服他。当贝尔格莱论辩时，他凝望着远处的地平线，一点儿也不在意他的搭档。两个辩论家的自言自语
277 彼此交会的机会，绝不大于欧几里得几何中的两条平行线，但至少兰塔涅尔的博学能成为贝尔格莱的跳板。

就政治而言，他更倾向于共和国。他认为只有共和阵营能在为民服务时不会过于口是心非。他这样为共和阵营辩护：反对武装，反对死刑，反对建立现代人道主义监狱。但他却不是那种由人牵着鼻子走的人，他讨厌被人强行拉拢，也不相信各个派别，这些派别之间的差异其实比他们认为或声称的要大得多：他

* 位于古希腊的雅典。——译者

们称，自由思想者和神职人员在根本上伦理相通，这种一致性并不是人们以为的那样是因为法则通用，而是因为它们源于相同的习俗，是由相同的前例推导出来的，它们带着供其生长的土壤的颜色，顺应时间和地点：罗伯斯庇尔在他的美德颂词里抄袭了阿拉斯*神甫们的布道，他本人就是这些神甫的学生。

贝尔格莱先生唯一的信仰，就是相信人类的自由不会超出人类本性的界限，自由并不能创造出新人类，在这点上他深得伏尔泰哲学的真传。我们什么时候看到过，当一个政党从前一个政党的手中夺取政权后，人性会因此改变？革命最可爱的罪过就在于不够谦恭。贝尔格莱先生还借用了伏尔泰的悲观主义看待人类的本性，“这只一法分长的虱子”在宇宙的庞大机器面前什么都不是。人类只是“穿着衣服的猴子”，他们的风度不过是一层世俗的薄膜，下面翻腾着滚滚的私利和情欲，人类被自己的本能牢牢地囚禁起来，永世别想再生——那是法国大革命中的荒唐举动。

由此，贝尔格莱先生对所有那些声称为人类谋福祉的人产生了怀疑，这种疑虑——同时也是法兰西的疑虑——伴随着主人公一起来到榆荫道：在贝尔格莱的眼里没有什么比乌托邦的幻想更短暂，更虚妄。也正是如此，他赞同一种原则，就是对持久留存的事物充满同情，即使这种事物违背了所有的道德评判。他知道天主教曾经是一种残暴的宗教。但那些暴行发生在远古时期，已经变钝、抛光，就像被岁月碾平的鹅卵石一样。其实崭新的宗教才 278
更可怕。天主教的不宽容在缓和后，变成一种宜于接受的温和信

* 阿拉斯是罗伯斯庇尔的故乡。——译者

仰。《榆荫道》和《柳条篮》当中那个沉闷的外省里，谁也不曾为了改变生活奋起反抗，谁也不曾呼吁灾难或煽动复仇，除了德尼索小姐，没有人为此感到惋惜。但这个视野狭隘的小姐突然开了天眼，这事本身太离奇，以至于很难招揽到信徒。

贝尔格莱先生屈从于人类不变的平庸，走进城市宣扬他的想法，阐述给他招来一片疑虑的机巧的悖论。因此，他被世人看作奇怪又不讨人喜欢的人，但他对这些颠覆性的、超越常理的可怕想法坚信不疑：他说，“对下等人的蔑视是社会竞争的大原则，也是等级制度的基本依据。”他确信，那些披着罩衫准备参加暴动的人，如果被授予军衔，穿上下士的制服能即刻变成守秩序的人；真正的英雄是那些战败的人；所谓的“人道主义监狱”是对野蛮的细化，因为在现代没有比孤独更严厉的惩罚；贵族妇女假设应受的礼遇全是拜平民的恩惠所赐；末了，也是他哲学里的最后一句话，“对人类带着善意的轻视才是生活的真正科学”。

阿纳托尔·法朗士明言，讽刺和怜悯是人类的两个友好女神，两个称职的顾问。他将这两种品质赋予他的主人公，但并没有平均分配。贝尔格莱具有讽刺才能，他是外省生活这出小型戏剧的旁观者，另外敏于观察并勤于描绘。他没有珍惜这两种品质，他把自己看成是还算博学的学院教授，但到死也没有佳作更没有名声。在他与他的不幸之间横贯着一条巨大的鸿沟，那就是有一天回家，他撞见妻子放荡地在沙发上公然偷情。他眼前像过电影一样滑过一串反差强烈的画面，就好像人类所有阶段又重新来过一遍。他先是被一种简单又原始的嗜杀本能攫
279 住——不过他最后确实发起场大屠杀，不过屠杀的对象是贝尔

格莱夫人盖上长裙的柳条篮，紧接着他燃起惩罚妻子的欲望；随后他被一种悲哀笼罩，间或有一阵阵的愤怒袭来——他的妻子！他最好的学生！最后他转向用更哲学的方式看待整件事：通奸是一种很常见的不幸，凭什么他贝尔格莱，一块儿平凡的料子能躲过这种平庸的烦恼呢？他的教养帮助他实现超脱；当他凝视着城里墙壁上的涂鸦，看到那些下流图案里自己被画成长着犄角的怪物，他就借助罗马雕刻这门被专家精细研究的艺术，来缓解这种侮辱带来的影响。当他流着眼泪，看着自己哭泣的时候，他必须承认这不是对爱情的失望，这只是家庭紊乱引发的不快。

至于怜悯，在贝尔格莱身上则找不到太多。当然了，他是对不幸的人表示过同情，而他自己也是这群被侮辱的大军中的一员，本身就值得被人同情。但即使是最高贵的修养也不能原谅道德上的失足，他对红杏出墙的妻子保留了最残酷的惩罚：坟墓一样的沉默，这种惩罚远远超出辱骂，后者有可能带给受责人一种宽慰。这令贝尔格莱夫人难以忍受，她不爱自己的丈夫但很重视婚姻，对婚姻这种组织来说，争吵是家常便饭，连通奸都提供了一种自相矛盾的证据。因此，贝尔格莱决定从此都不再和妻子讲话，在道义上结束了两个人的生活。他是一个反对体系精神的人，追求的却是有条不紊的报复。他是一个软弱的人，但在施行报复计划时有着不懈的精力。他是一个宽容的人，但他带着恶意行动。这么做并不是因为他恨贝尔格莱夫人，只是因为她在背叛他的时候，为他提供了一个意想不到的机会，让他再也不用看到她了，她同时还给了他放逐自己的借口。报复计划成功实现，毫无疑问，这是一个几乎一事无成的人唯一一次胜利。借此，贝尔格莱也参与营造了小说中到处弥漫的、无足轻重的冷酷气氛。

* * *

280 当我们浏览过书中的人物群像后——发现他们或者是没有主见的人偶，或者是置身事外、无足轻重的旁观者——我们便能更好地理解两部小说不变的本质，这种本质的标记可以反映在贝尔格莱的一个机械动作上，他在帕利奥书店的时候总是翻开《旅行史》的同一页，那一页讲的正是一次失败的经历。两个故事里到处都在讲这种不变的本质；有时是通过常人之口，比如省长沃尔姆-克拉夫兰就直言，凡事都是由习俗“约束”的，我们绝不能改变习俗；有时又通过智者之口：对于贝尔格莱先生而言，唯一能被人接受的革新者，是那些连自己都没有意识到革新、用和缓的方式改变世界的人。巴尔扎克笔下的外省，充斥着激情、利益、奢欲、贪婪，它们交织成一曲狂热的快步舞在乡间上演。然而对比之下我们再看阿纳托尔·法朗士的外省，那里的社会生活则要平淡得多：那里既没有多少机遇也没有很多灾祸；没有急速的攀升，也没有令人眩晕的败落。能稍稍激起动荡的事件都很快被舆论抛弃。连谋杀案都只能引发短暂的好奇，很快城市又回到外省的沉闷麻木中。

“不变”是阿纳托尔·法朗士的思想基础，与之相联的，也是贝尔格莱最爱论述的主题：大革命与旧制度之间是连续的，甚至是等同的。1876年的军事法则是路易十四和路易十五的法令汇编。在共和国的军队里，对上级动粗的士兵要处以死刑，这源自那个时代军官与士兵不出自同一个门第，因此是对旧制度的纪念。只要人们意识到过去的力量对现在的影响，法国人洋洋得意地讲给自己听的两部完全对立的民族历史就融在了一起。将这种连贯性彰显出来是一种哲学乐趣，特别是能呈现出昔日两个愤怒的敌人之间的价值交流时更是如此。1897年的社会党人要求财产国有化，却没有看到这正是对旧制度的回归。在他们看来，私有财产的保卫者紧握着不放的《人权宣言》已经变成财产所有者的权利 281
宣言。我们还看到共和党人接受了旧制度下的不平等，只要对他们是有利的。至于教权主义者，也同样承认了大革命的影响。谁会以祖先购买了国家财产为由而拒绝他的遗产呢？

那大革命的记忆变成什么样了？那不勒斯一位有封地的骑士哀伤地提到过，法兰西的声音再也不能让人心潮澎湃了，人们徒劳地捕捉着哲人们和大革命的回声，这种回忆带不来一丝温存。除了他，小说中唯一一个跨世纪的人物，是与拉克戴尔[*]和蒙塔兰贝尔[**]同时代的一名87岁的老人。夏多布里昂这样描述这位老人，他“孤独地与回忆相伴”，周围的人已不再与他共用同一种语言，而暴乱的记忆仍旧令他不寒而栗。他与令人畏惧的、被人称作“基督战士”的维庸[***]为敌，并且抵制第二帝国，因此获

---

* 亨利-多米尼克·拉克戴尔（Henri-Dominique Lacordaire，1802—1861），法国传教士、记者和政客。在法国重建多明我会，在今天被看作是现代天主教的先行者。——译者

** 蒙塔兰贝尔伯爵（comte de Montalembert，1810—1870），法国记者、历史学家和政客。1848年欧洲革命后担任法兰西第二共和国的议员，之后在法兰西第二帝国担任立法会议员。他倾向于建立自由主义的立宪君主制。——译者

*** 路易·维庸（Louis Veuillot，1813—1883），法国记者、文人，狂热的基督教徒。——译者

得自由主义的名声。但这绝对是一种窃取的名声，因为他从自己害怕的大革命那里继承了这样的思想，即自由，“耶稣基督的自由”，仅仅是一种向善的自由，这种思想根本不是自由的思想。整个故事里唯一捍卫大革命的，是档案保管员马祖尔，他还活在对1793年的憧憬里，他赋予断头台一种神秘的品格和道德的美。他同时是一个下流的档案强盗，内心被怨恨缠绕，见解自相矛盾，滑稽可笑：我们可以设想在民法中保留死刑，但在普通法中废除它吗？

按照巴雷斯的说法，阿纳托尔·法朗士乐于强调法国大革命时期的革命者屡教不改的愚蠢。在他看来，革命者有一种愚蠢的自命不凡，企图用道德进行统治，罗伯斯庇尔尤其体现了这一点。他们在先前如此欢快、如此富有精神的民族生活中灌注具有说服力和表达力的道德毒药。他们铲除了人们“这种向后遥看，也就是对过去的尊重”。这种最终判决对共和政权也一样有
282 效。这一时期，新思想致力于斩断共和国和大革命的联系，但它一定能保证民主法国的未来从此就不再遭受革命动荡了吗？

兰塔涅尔神甫与贝尔格莱对共和国的评判截然对立，这是《榆荫道》里最有名的场景。兰塔涅尔神甫秉承波舒哀的思想，坚信思考的人都是异端，尤其关注信仰的统一。这一点他用三段论的形式来论证。大前提是，多样性是邪恶的；小前提是，共和国是多样化的；因此得出结论，整个共和国是邪恶的，必须剥离它多种形式的化身：自由，对抗的是上帝授予教士和国王的权力；平等，当上帝在人间和天界宣布等级秩序的时候，平等就渗入一些不尽完善的机构，比如说军队就表示拥护平等；宽容，但

罪恶是不可饶恕的；议会受贿牵扯到各部部长，而议会议员是共济会选派的；国家元首无能；公共舆论的王国掌控在广大无知民众的手中；教师都是无神论者。更不用说“亵渎宗教曾经造就的两个最强劲的死亡工具”：离婚和马尔萨斯主义。

阿纳托尔·法朗士的意识中存有一个理想的共和国。这个共和国与贺努维尔*的共和国几乎完全一样，贺努维尔把自己的心交给这个共和国，“如果他有信念这样做的话”。但法朗士缺少的恰恰是这种信念，就像他的代言人贝尔格莱先生一样。贝尔格莱成长在第二帝国时期，他的父亲，一个在圣奥梅尔教修辞学的老师，从小就培养他热爱共和国，告诉他共和国就是正义，尽管贝尔格莱很早就不再相信这一点了。因此当他反驳兰塔涅尔时，还是选择了一个他擅长的阵地，这个阵地就是刚刚从丑闻中走出的遭人质疑的共和国。贝尔格莱在辩护中几乎承认了神甫所有的指控：没错，议员们行径可耻；没错，共和国政府腐败；没错，她（指共和国）挥霍财富；没错，她政绩平平；没错，她柔弱无力。她刚一接触财富就深陷舆论旋涡，尽管她确实需要大量的财富。她既没有威严也不自爱，投机取巧，毫无英雄气概。至此法 283
朗士刚一点出主旨——金钱贵族取代贵族，他很快就准备展开论述。

争论你来我往。兰塔涅尔眼中的邪恶在贝尔格莱先生眼中也绝对不是美德，但一个有利的缺陷能让人对政权感到满意。软

---

* 查尔斯·贺努维尔（Charles Renouvier，1815—1903），法国哲学家，笃信共和国应当掌控商业和金融，通过税收逐步实现资产平等。——译者

弱的政权确保它自己不会好大喜功，而且需要和平的保障（因此成就了一个“新兴的”、可以为欧洲所容的法兰西）。她还确保不会妨害个人自由。甚至连丑闻也以自相矛盾的方式为民主政治辩护。丑闻就是揭露了直到那时仍被掩盖的事实。民主政治天然没有伪饰能力（与之相对，她善于利用宣传的力量），充满了丑闻。同时民主也使易于渎职的个体和舞弊的机会成几何倍增加，从而繁殖出大量的强盗。这也是为什么自从民主体制取得胜利后，丑闻来来去去像四季更替一般规律，而民众几乎无所谓的态度，这让省长有理由为受管理的民众的顺从而高兴。共和国难以掩饰自己卑劣的行径吗？这简直是一大优点！她缺乏后续处理的意识？那是多么幸运啊！国家元首没有一个能阻止腐败吗？毫无疑问这让人恼火，但至少不会产生暴君啊。贝尔格莱先生用奇异的方式，赞颂了这个平庸又宽厚的共和国，一个不需要英雄的国度。“归根结底，”贝尔格莱说，“我深深依恋着我们的制度。”

然而在决定性的一点上，贝尔格莱和兰塔涅尔神甫存在正面冲突。兰塔涅尔神甫认为，在共和国的众多邪恶中，多样性决定了其政权不可能持续。“她每一天都与前一天截然不同。”贝尔格莱先生否认这一点，此外兰塔涅尔的竞争对手也自愿站在他这一边。纪特烈尔神甫去巴黎旅行的途中，不合福音地偷闲观
284 看了戏剧表演。他在那里看到的青年安静祥和、带有“连想都不想一下”的民主共和思想，他们就连开总统玩笑也很保守。这也使正在兴头上的纪特烈尔神甫有了讥讽兰塔涅尔不切实际的幻想的证据，因为兰塔涅尔一直在暗暗酝酿召集幻想破灭的人们

归附君主制,或至少参加“重建道德秩序”政策*降福的日子,那些天人们听到“载着国王的白马归来”。

贝尔格莱知道,兰塔涅尔用第三共和国的持续时间说事儿只是故意找碴儿。因为法兰西已经在第二帝国之后存在了27年,在资产阶级君主制之后存在了48年,在正统王朝之后存在了66年。年复一年,她变得越来越可敬。她屹立不倒。她挺过了所有撼动她的危机。她即将形成一股强大的力量,平息政权的更替,这就是习惯。不用说,如果有人否定她的存在,她可以变得很凶恶。但只要她还存在,她就是满足的,并且是温和的,因为习俗团结一切,也安抚一切。阿纳托尔·法朗士说:“我爱大革命,因为我们是从大革命里走出来的,我喜欢旧法国,因为大革命脱胎于旧法国。让父与子和解并不那么困难。只需要智慧和同情。”

这就是说,现代法兰西与旧时代的法兰西之间有着千丝万缕的联系。也就是说,虽然共和国在一开始强烈反对传统观念,但它正悄悄地成为一种传统。撞见实证主义的敌人明目张胆地庆祝传统是一件怪事。更有趣的是,这种庆祝活动并不是出于信仰,而是出于深刻的怀疑。阿纳托尔·法朗士像他的解释者贝尔格莱先生一样,深信政权无法改变人的状况。法朗士在写给《时代报》**的主编安德利安·埃博拉尔的信中说,持怀疑论的人才能成为好公民。他为什么要反抗法律? “他不指望人们能制定

* “重建道德秩序”政策是1873年麦克马洪元帅成为共和国总统后推行的政策,旨在依靠军队的力量,重新整顿统治秩序,维护教会和有产者的利益。这一政策得到君主派的欢迎。——译者

** 1861到1942年在巴黎出版的日报,现已停刊。——译者

出好法律。”这便是为什么要对既成的共和政权表示宽容。如果我们至少理解理性对历史起的必要作用的话，就明白为什么小说虽然与“当代史”有着密切的联系，却似乎又奇妙地与历史运
285 动脱了节。时而与编年史的偶然相吻合，时而与寓言的固定不变相呼应，时而显得任意随机，时而有着符号般的象征意义，但从始至终不失讽刺揶揄：这就是《榆荫道》和《柳条篮》中讲述的故事。

结语　漫长的和解之路

在这些小说中，有一批年轻人鱼贯而行，虽然他们不属于同一时空，但都很相似。当然，他们的共同之处在于风华正茂，因爱情而心潮涌动。他们之中谁一想到心上人从身边经过就“欣喜若狂”？有人担保是司汤达笔下的年轻男子。非也，此人乃是《贝娅特克丽丝》中的卡利斯特。这个年轻的布列塔尼人虽然沉迷于纹章学、系谱学和外省历史，但仍然向往“美丽而疯狂的爱情”。[①]卡利斯特、贝内蒂克特、马吕斯、阿塔纳兹、吕西安、尼埃尔、爱弥儿，他们都视爱情为宗教，为了爱情忘记一切，乃至有时为爱情牺牲自己的生命。

他们的相似之处不仅体现在对爱情的征服上。雨果认为，他们与这个世纪的诗人和作家一起“幸运地从一切初创时期启程，在旧世界终结之日到达。他们无须再继续前行，他们已经扭转乾坤”。[②]实际上，他们之间谁也不能再满足于使这份遗产永远

① 巴尔扎克：《贝娅特丽克丝》，《巴尔扎克全集》第2卷，“七星文库丛书”，巴黎，伽利玛出版社1976—1981年版，第757页。（本章所有参考巴尔扎克的著作，如果没有其他说明的话，都来自这个版本。）

② 维克多·雨果：《威廉·莎士比亚》，《雨果全集》第12卷，第二本书，巴黎，法国图书俱乐部1989年版，第307页。

延续下去。一些人（巴尔扎克笔下的卡利斯特和维克蒂尼安，巴尔贝笔下的尼埃尔）看到这份遗产已经丧失价值。雨果笔下的另一些人（如马吕斯）领会遗嘱的寓意时已太晚了；还有一些人
288 （如安灼拉）没有遗产可获取。自此之后不可能指望过去。《阿尔芒斯》*中的奥克塔夫听到周围的人反复说，他的祖先奥克塔夫·德·马利维尔特1147年出发参加十字军东征，获得了一连串无上光荣的头衔，几个世纪之后，还值得后辈奥克塔夫炫耀。但他知道他不能这样做了。祖先不再提供权利，门第不再提供保护，这是维克蒂尼安历经磨难换来的教训。年轻人此后应该独自折腾了。

很难把他们说成是某某人的儿子，因为他们继承的是一个榜样：这就是拿破仑，不管他们在什么样的环境长大成人，尽管人们经常和他们谈起“科西嘉的吃人妖魔”，他们还是能在某个时期兴奋地迷上拿破仑。即便他们中像卡利斯特这样最没有思想准备的人，也能发现他们时代“有一个旗鼓相当的巨人，他挥舞着军旗，把这个世纪的童年揽入怀中，给她吟唱颂歌，还伴着大炮的鸣响”。[①]即便他们中像尼埃尔这样最怀敌意的人，还是愿意从皇帝手里接到一张军官委任状。还有一些人从小家人向他们有意回避拿破仑，反而使拿破仑的形象在他们心中更具魅惑，又该怎么说他们呢？阿塔纳兹是在耶拿战死的炮兵中校的遗骨，进入帝国中学读书；马吕斯的父亲是奥茨特里茨战役和埃劳

* 《阿尔芒斯》是司汤达1827年出版的小说，也是他的第一本小说。——译者

① 巴尔扎克：《贝娅特丽克丝》，前引书，第707页。

战役的英雄；吕西安是巴黎综合理工学院的学生，阿尔科莱战役让他心荡神驰。以至于在这个致力于新旧世界和解的世纪开端之时，我们可以把这个人人皆知的名字看作是一个福音，其魔力在他死后几十年内经久不衰，只不过荣耀已经淡去。

拿破仑这个名字是个法宝。这是一个从天而降的人的名字，这是一个不知从什么浓雾笼罩的疆界横空出世的新人的名字，然而却带有"名人的胆大妄为"。他是变幻无常的海神普洛透斯，"时而是旧有律条的捍卫者，时而是现行桎梏的破枷人"。[①]他是一个巫师，单凭一句话就能把希望渺茫的人立为国王，就能创建新的帝国，就能颁布史无前例的法令。他是举动疯狂的超人，《乡村医生》中的高格拉认为是上帝之手在发号施令。他有一种感染所有人的魅力："不知道他给我们鼓了什么劲儿，我们 289
日夜兼程，我们在蒙特诺特打他们，我们跑到里沃利、洛迪桥、阿尔科莱、米莱西莫*狠狠揍他们，紧紧地抓住他们不放。"[②]怎么能抵制这种神奇的冲动呢？即便是正统主义者费利西泰也逃脱不了这一点，她赶到巴黎庆祝波旁王朝的回归，没想到百日政权让

① 维克多·雨果：《悲惨世界》，《雨果全集》，前引书，第284、498页。

* 这四场战役都是拿破仑指挥下的法军在意大利与奥军进行的一系列战役：里沃利战役是1797年1月法军和奥地利军队在意大利北部里沃利韦罗内塞进行的战役。洛迪桥战役是1796年5月意大利军队和奥地利军队在伦巴第的洛迪桥进行的战役。阿尔科莱战役是1796年11月法军和奥地利军队在意大利北部阿尔科莱进行的战役。米莱西莫战役是1796年春天法军针对奥地利与皮德蒙特-撒丁盟军在意大利北部进行的一场小战役。——译者

② 巴尔扎克：《乡村医生》，第9卷，第521—522页。（此处译文参照巴尔扎克《乡村医生》，资中筠、张裕禾、刘益庾译，巴尔扎克：《人间喜剧》第18卷，人民文学出版社1997年版，第543页。——译者）

她大吃一惊。叙述这一场景的巴尔扎克也同样为之入迷。维吉妮·昂塞洛*叙述道，巴尔扎克爱上了阿布朗泰斯公爵夫人**，仅仅是因为她在拿破仑获得盛誉之前就认识他；她看着拿破仑"长大成人、飞黄腾达、名震四海"。巴尔扎克坦承，他认为她是"一个至幸至福的人，她曾在天堂与上帝***紧密相处，然后坐在了他身旁"。①

这个杰出的人物发射出一种闪耀的光芒，以至于他几乎不需要一个名字。龚德兰在《乡村医生》中叹息道："自从那一位****被免职以后，我对什么都不感兴趣了。"②《红与黑》中在神学院内院工作的工人这样说道："在那一位统治的时期。"这个获得各种荣誉头衔、名扬天下的人，实际上只是那一位，与所有其他人一样。于连评论道："他是让人民存有记忆的唯一一位国王。"③

年轻人向他身上光辉夺目的天资致敬。他们的热情中包含

---

* 维吉妮·昂塞洛（Virginie Ancelot，1792—1875），法国小说家、剧作家、画家，代表作有《巴黎的沙龙》。——译者

** 阿布朗泰斯公爵夫人（duchesse d'Abrantès，1784—1838），法国回忆录作者，热月政变后，举家迁往巴黎，拿破仑经常光顾他们家，她寡居多年后成为巴尔扎克的情妇。——译者

*** 上帝指的是拿破仑。——译者

① 维吉妮·昂塞洛：《巴黎的沙龙》，巴黎，塔迪厄出版社1858年版，第95页。

**** 指的是拿破仑。——译者

② 巴尔扎克：《乡村医生》，前引书，第459页。（此处译文参照巴尔扎克：《乡村医生》，资中筠、张裕禾、刘益庾译，巴尔扎克：《人间喜剧》第18卷，人民文学出版社1997年版，第467页。——译者）

③ 司汤达：《红与黑》第1卷，"七星文库丛书"，巴黎，伽利玛出版社1952年版，第404—405页。

着感激。“一些伟大的国王总是想让年轻人执行他们的规划”，[①]拿破仑也以这种方式招募年轻人，把箍桶匠的儿子培养成将军和最高行政法院助理办案员。对拿破仑的记忆足以使继他之后的体制变成思想僵化的老人集中的地方，他们参与国家事务时太迟了，以至于上手时已经“死了”。司汤达给阿道夫·德·马雷斯特[*]写信说：“法国塞满了20万于连·索雷尔，他们以鼓手贝吕纳公爵[**]、下层军官奥热罗[***]以及晋升为皇帝的元老院成员和伯爵 290
的所有检察官助理为飞黄腾达的榜样，您如何使他们不令上述所谓的傻瓜们错愕呢？”[②]光环下的英雄同时也是能够平起平坐的英雄。在滑铁卢战役的战场上，马吕斯的父亲蓬梅西与拿破仑一样勇敢。因此毫不奇怪，拿破仑在马吕斯眼中是“人民的代理人，正如耶稣是上帝的代理人一样”。[③]“他像我们这些人一样在雪地里睡觉”，[④]高格拉这句朴实的话说明了一切。

这可以说明拿破仑掀起的狂热在1815年没有减退。吕西安

① 巴尔扎克：《金目少女》第5卷，第1049页。

* 阿道夫·德·马雷斯特（Adolphe de Mareste，1784—1867），巴尔扎克的朋友，两人有很多通信。——译者

** 贝吕纳公爵（duc de Bellune，1764—1841），他最先是部队里的鼓手，后晋升为拿破仑手下的将军，最后成为拿破仑帝国的元帅，并在1808年受封为贝吕纳公爵。——译者

*** 皮埃尔·奥热罗（Pierre Augereau，1757—1816），他是法国将军，后晋升为拿破仑帝国的元帅，并被封为卡斯蒂利奥纳公爵（duc de Castiglione）。——译者

② 司汤达：《通信集》，“七星文库丛书”，巴黎，伽利玛出版社1967年版，第2卷，第254页。

③ 雨果：《悲惨世界》，前引书，第472页。

④ 巴尔扎克：《乡村医生》，前引书，第529页。

的母亲不像她爱怀疑的丈夫，她认为法国大革命尚未结束。她提醒儿子注意这一点，并让他明白，无节制的野心已经占据了最下等人的心灵："连一个鞋匠都想当拿破仑。"[①]此后，人们带着对拿破仑的回忆向未来启航；对拿破仑的回忆与其他的回忆不同，它没有谨小慎微地叮嘱年轻人，也没有用麻木不仁束缚他们的心灵；对拿破仑的回忆只是表明，这些年轻人有远大的前程。所有对君主制的热情回归，所有宗教情感的重现，在这种新形势面前都束手无策。拿破仑从英雄变成皇帝也改变不了这种新形势。拿破仑让教皇为自己加冕，并复活虚而不实的君主制，激发了司汤达和许多其他人感伤的情怀：然而尽管拿破仑被囚于圣赫勒拿（这可以看作是另一次加冕礼，是对第一次加冕礼的净化），这些感伤情怀仍然没有抹去意大利战役中拿破仑浪漫而又颇具骑士风度的形象。因此，还应考虑到拿破仑之后的政体反衬出拿破仑的伟大，"在他[*]之后发生的事情激起了我的蔑视"[②]，而且这种情感与日俱增。

291 对于那些担负着这种荣耀四射的天命的年轻人，此后没有什么是不可能的。在罗伯斯庇尔看来，革命的真相，也就是说，革命神奇的意义就在于搬移了可能与不可能之间的界限。自此之后，未来极大地向想象开放，新的历史启航了，命运重新翻盘。从前，由于不可能从一种状态过渡到另一种状态，年轻人虽雄心

① 司汤达：《吕西安·娄万》第1卷，"七星文库丛书"，巴黎，伽利玛出版社1952年版，第1083页。

* 指拿破仑。——译者

② 司汤达：《拿破仑的一生》，巴黎，1843年，第8页。

万丈,但也仅限于重复,顶多把过去的轨迹拉长。反之,当社会等级不复存在时,年轻人的激情一往直前;于是差距变小,障碍被推倒,优先权消失,流弊不再被人尊重,然而面对着这些变化,那些享有特权的人哀叹世风冷落。但是我们是否想到金钱会创建新型的寡头势力?我们很快意识到金钱会是这样。但现在新的寡头势力是游移不定的,不断地拆开和重组。人人都要抓住机会:年轻人可以生活、爱恋、成功,可远远超越他们的境况。

每个人的生存状况得到扩展,这甚至是19世纪的特征,因为19世纪起始于那个颠覆了时间意义的重大事件。司汤达确信,在没有发生过大革命的国家,每个人在20岁时就知道60岁时是什么样子。经受过革命洗礼的法国,没有为任何人保留惯有的位置,也没有为任何人勾勒一个明确的未来。为什么不是我?法国大革命中的革命者想在先贤祠空置的底座上刻上名字,他们身后光荣的半身像很可能会摆放在那里。自此之后,年轻人可以在上面书写他们的座右铭。不管是名望(司汤达小说中的主人公),还是爱情(斯塔尔夫人或乔治·桑的主人公),还是贪婪或成长(巴尔扎克的主人公),再也没有什么能阻止他们的事业了。每个人都觊觎他们即便在和平时期想都不敢想能得到的东西。即使他们像于连·索雷尔一样是锯木工的儿子。

因此,现在是精力充沛的青年人的时代,是司汤达所说的"性格刚烈之人"的时代,是能够选择人生的人的时代。拿破仑的举动告诉年轻人只考虑他们自己的实力。在这本书中鱼贯而行 292
的青年人群体中,凡是采纳了这个被人以各种方式说来说去的原则的人都成了胜利者。斯塔尔夫人写道,"每个人都应该永远掌控他自己的命运。”[①]甚至斯塔尔夫人笔下的年轻女子也服膺这种个人力量的原则。个体生活是为了获取幸福，这种崭新的观念成为一种前所未有的体验，一种战略，一场战斗，正如吕西安不断拷问自己：我是谁？我是否可以展示仅属于我自身的东西，它既不来自我的出身，也不来自父母双亲的谋划？在波德莱尔看来，巴尔扎克只知道按照拿破仑的形象描述“那些想实现内心愿望的人”，[②]因为拿破仑什么都想要，所以他什么都愿意做。

力量：恰恰就是对力量的信念能够超越习以为常的政治派别，把一个充满惊涛骇浪的世纪联合起来。正是这种信念使司汤达突然冒出来，成了贝里公爵夫人的爱慕者，由于“她接受了宫廷平淡呆板的教育”，所以在司汤达眼中变得更加可爱了。正是对力量的信念使司汤达对旺代贫穷而勇敢的农民充满敬意，这些农民“为了让他们在巴黎的在俗修道院院长*享用他们省三四个修道院的收入，不惜进行杀戮，而他们只吃荞麦饼”。[③]对力量的信念启发巴尔贝对他亵渎圣物的神父的高尚灵魂充满尊敬：他想象着一个平民可以建立一个贵族世系，这种想法使人在理智上感到很荒谬，但从心底里受到鼓舞。对力量的信念也赢

① 热尔曼娜·德·斯塔尔：《论小说》，巴黎，朗赛出版社1979年再版，第243页。

② 夏尔·波德莱尔：《波德莱尔全集》，“七星文库丛书”，巴黎，伽利玛出版社1954年版，第243页。

* 在俗修道院院长（abbé commanditaire），与在修修道院院长（Abbé régulier）相对应，他们不住在修道院，不指导教区的事务，不加入修会，但是与在修修道院院长享有同等的荣誉性权益，也征收教区的地租。——译者

③ 司汤达：《一个观光者的回忆》第1卷，巴黎，克雷斯出版社1927年版，第286页。

取了左拉的赞同，使他超越了对这个世纪的幻灭感。与平庸的王朝不同，“现在是有勇有谋的人该有他们自己的93年的时候了”，[1]以对抗那个由中庸之士组成的王朝。

自己为自己设定人生的目标，即兴安排生活，自由地享用，这是对现代幸福的界定。但这种荣耀也有其弊端，即使对那些拒斥惩罚观念的人也是如此。巴尔贝就很看重这种惩罚观念，他认为，厄运必然等待着那些取代上帝的人，更糟糕的，就是那 293
些承认自己就是上帝的人，例如松布勒瓦尔。这首先因为，我们永远不能摆脱死亡这一沉重的束缚；如果人们不再相信超验性，又没有亲人的安慰，死亡就是一个更富悲剧性的事件。此外，如果人们不再受到社会关系的牵绊，不再有职责的约束，只是为了自身设定的义务而活，如果他们触摸不到幸福的话，就只能咎由自取。这曾是迪·德芳夫人的信念：她认为自由行事有许多好处，但只有少数人能够忍受空虚和孤寂。这种忧虑也再三折磨着斯塔尔夫人，她把这一点传给了柯丽娜和黛尔菲娜。然而，柯丽娜和黛尔菲娜有充足的理由相信或知道自己是社会的牺牲品。但正如雨果所说，在法国大革命“解救了社会上所有无名之卒”[2]后，她们就不能改变自己的命运，更明智地选择相爱的男人吗？

有可能做出自己的选择，担负起自己创造自己这一史无前例的职责，由此人生充满了越来越多的不确定性，对障碍的感受愈加深刻，对失败更加刻骨铭心，个人的负担变得愈加沉重。然而，

① 爱弥儿·左拉：《我的憎恨》，日内瓦，斯特拉基内出版社1979年版，第3页。

② 雨果：《悲惨世界》，前引书，第79页。

拿破仑的榜样反而增加了年轻人的苦恼，因为他们决定只是重走英雄的老路，而不是创造自己的人生："拿破仑的荣耀掩盖了年轻人的不幸，他们被荒诞的愿望弄得坐立不安……；他们想在1837年重新开启19世纪的旅程，卡尔诺[*]和迪穆里埃早在1792年为19世纪剪了彩。"[①]

随着需求的增多，剧目也相应增多。19世纪集力量、工作和
理性于一身，有待做的是相信这个世纪对解放的承诺。这种信
念支撑起了所有年轻人，尽管人生阅历很快让他们知道了其中
294 的限度。在他们出生的这个时代，前进的步伐离奇、不规则，在
转弯、绕道、怀旧似的退却、讽刺似的弹回以及各种偏离之间变换，以至于他们很难把这呈现为在时间轴线上的一次庄严的漫步。历史主义胜利的步伐很快受阻，即使在司汤达或雨果的主人公那里也是如此，尽管他们最倾向于庆祝这一胜利。在这个世纪，各地年轻的轻骑兵，从原则上摆脱了过去的影响，看到周围的束缚在逐渐消失，这里指的是旧道德的阻力以及重新启用的法律的制约。被粗暴地打发走的过去回来要求它的权利，复兴的习俗破坏了个人的冲劲，由于我们认为这些权利和习俗已经被消灭了，所以更不能忍受它们。这个世纪本来准备面向未来，已经准备好动身了，但总是被退回的期望或事实纠缠：如果

* 卡尔诺（Lazare Nicolas Marguerite Carnot，1753—1823）是一位杰出的军队工程师，在法国大革命期间任国民公会议员和大公安委员会成员，负责指挥军队，对抗反法同盟和国内叛乱，被称作"军事胜利的组织者"。这个说法的来源是：当热月党人国民公会想起诉恐怖主义者和国民公会议员时，一个议员大喊道："卡尔诺组织了军事胜利"，因此他免于起诉。——译者

① 司汤达：《一个观光者的回忆》，前引书，第2卷，第346页。

后退到1789年,使人害怕,如果后退到1793年,则更糟;如果后退到说话颠三倒四的复辟时期,则使人沮丧。所有人都经历过这种紧张关系。不可能再发现革命的激情。不可能重新在旧世界安顿下来。在想到办法超越这种似是而非的境地之前,我们所有年轻人,应该留意过去出其不意的抵抗。

旧制度总是存在

失望就像冷水浇头一般很快来了。吕西安·娄万写道:"多么幸福啊!你们这些在1804年前死去的英雄们!"[①]可以这样理解:在宣扬鼓吹国王加冕礼之前,很多人本来认为所有这些确立了王位世袭原则的事物——王室的侍从、镀金饰物、君主制的傻话——永远被打倒在地了。可1815年之后是什么样子!流亡贵族回来了,国王又戴上了王冠,教士重新具有了精神上的统治权,由于遭受迫害为他们带来了威望,这种精神统治权只增不减。在特拉西的沙龙里,年轻人的失败让司汤达一览无余,人们 295
沉默地注视着他们,窃窃私语但又铿锵有力地说道:"我们已经说了,如果一个资产阶级变成国王,是不会有好下场的。"[②]于是,司汤达下了一个最终判断,他1815年7月25日在日记中吐露:"以后将在法国发生的所有事情都应该刻上这个铭文:献给会扫

① 司汤达:《吕西安·娄万》,前引书,第785页。

② 司汤达:《自我分析:司汤达回忆录》,《司汤达私密著作集》,2卷本,第2卷,"七星文库丛书",巴黎,伽利玛出版社1981—1982年版,第461页。

兴的人。”[①]他开始深入地思考，对法兰西民族而言，救赎意味着那些五十多岁的人死去。波旁复辟王朝时期的法国畏首畏尾，年轻人的能量被束缚在狭隘的条条框框中，对他们来说，已经没有什么具有诱惑力的事情了。他们遭到遣散，意志消沉，在昏昏欲睡的现实中不知道用什么点亮生活。小说中很多人物都是这种情况，卡利斯特和尼埃尔这样的贵族，《安托万先生之罪》中的爱弥儿这样的资产者，甚至是《瓦朗蒂娜》中具有乡野气息的主人公贝内蒂克特这样的农民，他们对于眼前的生活看得过于透彻。

现状毫无意义，未来模糊惨淡，过去于是重新获得了权力。过去强行显现在石头、小道、田野和某个地方的精神风貌上。如果说一些轻快小说中的剧情不能追溯到上一个世纪，所以挪动一些剧情也没什么遗憾，与之不同的是，本书选用的这些小说都带有故事发生地的乡土印记：巴尔贝描写了稀奇古怪、神秘莫测、带有一连串预兆的科唐坦，福楼拜描写了诺曼底沉闷平淡的高原，乔治·桑描写了贝里地区宁静的河谷，巴尔扎克描写了布列塔尼崎岖的小镇；随着世界聚集在一起，联合成一个整体，这些地方的特性又凸显出来。老式的生活风格在绝大程度上逃过了革命汪达尔主义的破坏，又铺天盖地地形塑着人们的生活，不管他们处在什么状况。巴尔扎克说，走在布尔日这样的大教堂[②]的影子下，很难不信教。那个有许多教堂、墓地和城堡的法国唤起所有人回顾他们的过去，也提醒某些人关注他们的命运。

---

① 司汤达：《司汤达日记》，《司汤达私密著作集》，前引书，第1卷，第941页。

② 巴尔扎克：《贝姬特丽克丝》，前引书，第650页。

人们不由自主地产生了一种惰性，历史不知不觉陷入停滞之 296
中，然而，还应该注意的是，那些久未露面的人又出现在历史的舞台上，他们同舟共济，像串通好了一样。流亡贵族在20年内从民族的历史中缺席，他们重新出现时确信，现在的国王与以前没什么两样，就像德·特雷维尔骑士，他流亡期间曾与法国作战，还娶了一位俄罗斯公主，后来突然来到阿朗松。像《老姑娘》里的瓦卢瓦骑士那样年老的放荡不羁之士*把他们的穿着和品行彻底定位在路易十五那个美好时代。参加舒昂党叛乱的贵族，像卡利斯特的父亲老杜·盖尼克，没有让任何革命性的革新渗透到他们的意识。维克蒂尼安的父亲德·埃斯格里尼翁侯爵还是张口就是密札、外省和督办官，尤其不想知道以后换成省和省长了。每当他提到自由派或宪政派议员，他将其贬称为“造反者”，是为了回避“革命者”一词：这实际上是承认某种事情已经发生了。这些贵族沉浸在对旧制度的回忆中，冥顽不灵，在他们身边围着一群仆人，例如，《古物陈列室》中的谢内尔，《安托万先生之罪》中的老家佣贾妮尔，《欧也妮·葛朗台》中的拿侬，她从来不曾想过人们能换个法子活着，由于忠诚来自这些没有任何私心杂念的平民百姓，显得更加可敬。

更让我们吃惊的是，其他政治阵营也存在这种对历史的屈从。这种屈从在共和党人身上也存在，只不过这个程序要简单得多，仅仅把回忆的法则传授给他们。吕西安·娄万那些“进步”

---

* 放荡不羁之士（libertin）：指的是17和18世纪那些持怀疑主义态度、拒绝接受教条教义、信奉自由思想的贵族或文人。——译者

的朋友也是历史的囚徒。共和派新闻记者戈济埃就是这样的人，他中了罗马历史的毒，不能克制自己不吃民主的一块"面包屑"。这次，正是对法国大革命的记忆使他们主张在新世界立足时不能不带着痛苦。他们乐意回忆法国大革命，但明白这种回忆在什么可怕的情势下被中止。他们知道民族已经进入暮年，要改变它，必须使民族"再生"。这要付出什么代价？"再生"这个词
297 如此美好，它萦绕在1793年革命者的心头，以至于在它的背后，恐怖的阴影如影随形。年轻的革命者也碰到了老化的问题，这就是法国大革命的老化。所有人都认为当前向他们的事业开启了大门，实际上当前也有着很久远的历史。1830年2月20日，巴尔扎克写道："共和国的死者、帝国垂死的人、复辟时期骨瘦如柴的人在我们中间游荡。"①

我们从什么方面能判断出过去仍在施展淫威？君主的恩惠根据上流社会的支持与宫廷的联盟分配，专断而随意。门第仍然享有荣耀，与再造新人这一不切实际的计划势不两立。姓氏仍具有强大的声望。《古物陈列室》里光彩照人的公爵夫人狄安娜·德·摩弗里纽斯建议濒临险境的可怜虫维克蒂尼安把赌注押到他的姓氏上，这是留给法国贵族的一项特权，它能保证盖朗德和科唐坦的封建主获得庶民近乎虔诚的尊敬。《已婚神甫》中年迈的艾弗朗·德·内乌要求他的儿子使姓氏永久延续下去，"青翠的树枝、老树干的傲慢和希望"是弥补大革命造成的时间

① 巴尔扎克：《对当代风俗的指责和讽刺》，《巴尔扎克全集》第22卷，巴黎，有教养之人俱乐部1935年版，第277页。

断裂的唯一机会。[①]也正因为如此,德·埃斯格里尼翁侯爵向他的妹妹说道:“您是德·埃斯格里尼翁的一员,我的妹妹。”[②]这句话很能安慰人,别无替代。侯爵的妹妹为了他的侄子,那个唯一能延续这个家族血脉的人,牺牲了她的一生。牺牲、坚贞、忠诚、威严、勇敢、荣誉:所有这些品质造就了姓氏的神秘性。正是姓氏的神秘性促使尼埃尔疯狂地效忠嘉莉柯斯特,举动超出常规。正是姓氏的神秘性使马蒂尔德狂热地认为拉莫尔的姓氏高人一等。正是姓氏的神秘性确保巴尔扎克笔下的公爵夫人们极其潇洒从容。正是姓氏的神秘性能让人忘记形体的粗俗,贵妇雍容华贵外表下掩盖着农妇一般丰满的身躯。

相反,姓氏的神秘性能毁掉一些人的生活,例如,它毁掉了 298
《苏城舞会》*中爱米莉·德·封丹纳的生活,她一心想着嫁给一位贵族院议员,这个念头折磨着她,最终与舅公凯嘉鲁埃结了婚。它也毁掉了萨宾娜·德·葛朗利厄的生活,她发现卡利斯特不仅出身名门望族,而且还是符合令人失望的贵族传统的那样一个贵族。巴尔扎克笔下的一个“勇士”亨利·德·马尔赛**,他既是花花公子,也是寄生虫,他明智地为保尔·德·玛奈维尔辩护,要求保留贵族婚约。如果一个人是贵族的话,对婚姻的唯

① 巴尔贝·多尔维利:《已婚神甫》,“Folio丛书”,巴黎,伽利玛出版社1980年版,第92页。

② 巴尔扎克:《古物陈列室》,第4卷,第971页。

* 巴尔扎克的小说。——译者

** 亨利·德·马尔塞是巴尔扎克笔下的人物,出现在《人间喜剧》中的几部小说中。他是迪德利老爷的私生子,迪德利老爷后来让他的母亲嫁给了马尔塞伯爵,所以他成了亨利·德·马尔塞。——译者

一设想就是，在激情四射的蜜月期让妻子生两个合法子女，给她提供一套与自己不一样的房子，外出旅行归家时一定要提前告知。“这种贵族生活在我看来是法国独有的，这是唯一高贵的生活，唯一为我们赢得女性的尊敬和友情的生活，也是唯一将我们与当今的芸芸众生相区别的生活。”[1]萨宾娜·杜·盖尼克是这种旧制度惯例的一个可怜的牺牲品，按照这种惯例，丈夫疏远他的妻子，只要她不采用露骨的分居方式，就给她相似的自由。而萨宾娜却以新世界的方式爱恋她的丈夫。

由于举止风尚带有一种无意识和保守的力量，因此比舆论要顽固得多；如果我们相信斯塔尔夫人的说法，举止风尚甚至要比情感顽固。18世纪的举止风尚总是富有活力，而民主时代的气氛则使仪表和礼仪失色。《人间喜剧》里的贵妇布拉蒙-肖夫里公爵夫人和沃雷蒙公爵夫人展现着上个世纪经久不衰的魅力，她们从上个世纪学会了自由的评判、优雅和才智。要不是这样，她们将是不可理喻之人。愉悦的交谈能调动人们的情绪，活跃人们的思维，减轻生活的压力，磨炼人们的性情，乔治·桑笔下的侯爵夫人们因交谈变得婉约动人。在这个意义上，风范是一种社会职责，人们有义务相互感到幸福。这就是为什么贵族总
299 是让人产生幻想：不只是爱玛·包法利这样的天真少女，她在渥毕萨尔庄园的舞会上，受到一个貌似贵族的人的迷惑，她心头那个可怜的幻影变得光彩夺目起来，尽管是虚假的，却让她心醉痴迷；就连司汤达的主人公也对风度的美妙心有戚戚焉，为贵族生

① 巴尔扎克：《婚约》第3卷，第532页。

活的风范动情不已，这种风范要求时刻审视自己的言行与外表。我们不能把举止风尚的延续归结为一出社会喜剧，而是应该在言语和思想中寻找它们的存在，考察它们的自我繁殖能力，我们是否敢把这和道德举止联系起来呢？

即便是那些对拥有这种举止风尚不抱有希望的人，举止风尚也能展现出它强大的威力。葛朗台太太那样的暴发户认为，她所有的财富不足以漂白她的出身。在银行家娄万的沙龙里，不可思议而又被认可的事情是，"金钱不是最有利的条件"，不足以界定一家之主的特点。像爱弥尔·勃龙代这样的资产阶级私生子，他把贵族表达纯真爱情的诗篇献给了贵族小姐阿尔芒德，以至于他这样写道："我总是疯狂地想象着爬上了古代庄园的螺旋梯，把埃斯格里尼翁小姐描绘成封建制度的守护神。"①

由于蒙受天宠，18世纪被看作是法国人的世纪。在整个19世纪，从斯塔尔夫人到阿纳托尔·法朗士，中间途经司汤达和雨果，对18世纪风尚和人物的敬仰长盛不衰。布弗勒尔骑士和德·萨布朗夫人这对可爱的恋人*就是他们敬仰的对象。阿纳托尔·法朗士惊呼道："他们多么聪明，多么欢快！您知道善于思

① 巴尔扎克：《古物陈列室》，前引书，第971页。

* 布弗勒尔骑士（le chevalier de Boufflers，1738—1815），法国诗人、哲学家和无神论者，生于洛林的上层贵族家庭，曾积极参加七年战争，1785—1787年任法国驻塞内加尔总督，在这期间，他给情人德·萨布朗夫人（Madame de Sabran）写了592封信，从中可窥见他的哲学思想：他对科学很感兴趣，具有正义感，关注卫生和城市规划等现代问题，赞同重农学派的主张。——译者

考的人的欢乐叫什么吗？这叫作心智的勇气。”①上层阶级仍然浸润在旧世界的价值中。即便是大众阶层，如果我们相信乔
300 治·桑的看法的话，也有交谈的癖好，也尊重艺术，也保留了男女之间友好相处的传统，《瓦朗蒂娜》中的农民莱里一家就体现了这一点。至于共和主义者，像斯塔尔夫人和邦雅曼·贡斯当，他们只需摆弄文学就够了，根据圣伯夫*的说法，他们摆弄文学为的是变成“沙龙里的共和主义者，他们带着人世间所有的善意，把旧制度的残余吸纳进来”。②

还有另一个幽灵，这就是旧时的宗教。人们说旧宗教焕发了新的活力。以往，宗教对那个放荡不羁的社会没有产生多大的影响，从《古物陈列室》到《悲惨世界》，这个社会在瓦卢瓦骑士、明慧·吉诺曼甚至巴尔贝笔下的贵族身上延续下来，他们总是有一点肤浅，宁愿为了漂亮女人的眼睛或托卡依葡萄烧酒的味道放弃信仰的义务。大革命的爆发使旧宗教迸发了活力。宗教和王权由于遭遇不幸，成为殉难者，反而具有了一种神圣的最高权力，例如，盖朗德的神甫和杜·盖尼克男爵就齐心协力地占

① 阿纳托尔·法朗士：《文学生活》第1卷，巴黎，藏书人俱乐部1969年版，第56—57页。阿纳托尔·法朗士继续说道：“这对高傲和有魅力的人（……）既不偏执，也不懂得虚伪。他们希望自己和他人都受益，他们相信，幸福是一件令人心怡的事情，尽管这种想法仍然很新奇。确实，这两个温和的异端分子最先认为受苦不好，应尽可能让人们免于受苦。”

* 圣伯夫（Charles-Augustin Sainte-Beuve，1804—1869），法国作家、文艺批评家，主要著作有《16世纪法国诗歌与戏剧批评史略》。——译者

② 圣伯夫：《夏多布里昂与帝国时期的文学群体》第1卷，巴黎，1951年版，第64页。

据着天主教小城的地盘。于是，宗教成为贵族的政治支柱，奉行教规是参加正义事业的征兆：吕西安跪在悔罪人小教堂的石板地上，不惜弄脏他洁白的裤子，这为他带来了进入极端保皇党人沙龙的通行证。贵族和资产阶级坐在教会的长凳上，要求宗教保护他们免遭共和国的侵害，向他们提供具有等级特性的学说的援助。天主教激烈地反对诞生自法国大革命的世界；它能避免个人的躁动，竭力维护秩序：巴尔扎克认为，只有对未来生活的思考能够战胜利己主义，使人们善于服从。

除了这种具有防守功能的天主教，基督教徒还有一种价值延续了下来，这就是同情，在这种笼罩着哀伤气氛的宗教中，同情显得更加重要，并且从哀怨中获得新的力量。夏多布里昂说，恐怖时期把国王、王子、贵族和教士埋进坟墓，现在“该挖开坟墓、 301
举行葬礼了”。[①]这是泪流满面的时代，泪水倾洒在因命运而连在一起的受害者身上。这是情感奔放的时代，在复辟王朝青睐的仪式中，情感极富艺术性地渗透其中，情感能影响人的精神，像于连·索雷尔这样具有独立思考能力的人，在阿格德主教的仪式中快要“丢掉剩下的那点属于理性的东西了”。[②]这是不和的人重归于好的时代：即便是布瓦尔，即便是佩库歇，也把圣诞之夜看作是一个与小镇融合的降福时刻。天主教仍旧是“悲苦之人的心灵慰藉，它对悔改的人是那么温和，对孩童是那么真诚，

① 夏多布里昂：《墓畔回忆录》第1卷，“七星文库丛书”，巴黎，伽利玛出版社1946年版，第558页。

② 司汤达：《红与黑》，前引书，第318页。

③ 巴尔扎克：《贝娅特丽克丝》，前引书，第808页。

对焦虑和粗暴的人又是那么神秘莫测”。[3]天主教在修道院接纳了这些受到生活伤害、前来隐藏悲伤的妇女。黛尔菲娜、阿尔芒斯、《悲惨世界》中的修女、德朗热公爵夫人、卡米叶·莫潘、贝尔纳蒂娜，小说中所有隐居出家的人谈的是世俗的爱情，但在修道院平寂的生活中，向上帝之爱寻求治愈。

在这方面，我们发现妇女在道德风尚的漫长演化中扮演了决定性角色。正是妇女对富有恻隐之心的宗教最动情。同时她们最脆弱，最没有力量反抗教士的阴谋举动：龚古尔兄弟笔下的热尔韦塞夫人，尽管启蒙哲学给了她武器，还有左拉笔下的马尔泰·莫莱，尽管母性的柔情赋予了她力量，但终都屈服于教士。甚至在1868年，乔治·桑还证实天主教对妇女具有诱惑力：“当人们只看到天主教温柔的一面时，它攫取了人们的心灵。”[1]我们知道在新法国，妇女看上去见证了这个民族的天主教历史。妇女给革命者的就是这样的印象：她们对旬日不满意，就吹嘘礼
302 拜天，大声欢呼祭坛上光彩夺目的宗教饰物和熟悉的钟声；她们尤其是以本能的厌恶对抗恐怖统治。

女性这种出于本能的同情让斯塔尔夫人感到震惊，她认为大革命中同情心的灭绝对妇女构成极具毁灭性的威胁，但她们全身心地防备这种威胁。以至于斯塔尔夫人认为，可以指望妇女使未来的共和国保留“法国特色”，换句话说，防止革命的严酷和恐怖，保护私生活免遭公共生活致命的侵犯，委托妇女培养家庭生活中丰富的情感，提供一个躲避残忍的民主竞争的避风港。

---

① 乔治·桑：《通信集》第21卷，巴黎，加尼埃出版社1986年版，第74页。

妇女被指派维护共同记忆，保护传统，她们是家庭的守卫者，当她们把家庭的指挥权交出时，家就塌了，房子遭到洗劫，然后着了火，我们在普拉桑看到的就是这种情况。

在一个难以把握的世界里，妇女是稳定的保障，这是19世纪涌动的主旋律，也是托克维尔咏唱的主题。妇女易与他人建立联系；她们的依恋性较强，公共舆论像绳索一样捆绑着她们：柯丽娜和黛尔菲娜的经历悲剧性地展现了妇女的受奴役状况，舆论的重压让她们屈服。她们有时受到阻挠，不能够抓住新时代的机会，她们有时讨厌追赶时代的脚步："用这样一种理论解释社会，即以巧妙地牺牲所有人的办法获得个体幸福"，这在德·莫瑟夫夫人看来是一种致命的学说。[①]有时妇女，特别是待字闺中的姑娘，能展现出世事动荡中人性里沉稳不变的东西：的确，无论是在南锡还是在阿朗松，无论是在《悲惨世界》里的迪涅还是巴黎，都体现了妇女的这一特性。

妇女能保障虔诚和家庭情感，她们身上仍旧保留了贵族夫人
那种令人仰慕的风度，这得益于她们对教养的重视；在这类稀罕
的妇女面前，即便是厌恶女人的龚古尔兄弟也改变了态度。巴 303
尔扎克持续不断地表达对这类妇女的怀念，他追求韩斯卡夫人，
就是为了赢得这类妇女的爱情。他向妹妹解释："哎，洛尔，在巴
黎，如果人们愿意的话，可以开一家沙龙，招揽四方英才，他们会
在沙龙里见到一位知书达理的妇女，威严如女皇，出身高贵，嫁
入豪门，心智开阔，学富五车，美丽动人。在沙龙那儿散发着巨

① 巴尔扎克：《幽谷百合》第9卷，第1085页。

大的掌控力。"[1]巴尔扎克让他的主人公们也迷恋上了这些妇女，《驴皮记》中的拉法埃尔·德·瓦朗坦就是这样的人。巴尔扎克认为这些妇女"在她们与世界之间安置了一道栅栏"，[2]设置的距离正适合谈情说爱，这句话让普鲁斯特读出了巴尔扎克的庸俗，让他觉得匪夷所思。

女人除了高傲受到人们的奉承外，她们身上还有其他可取之处。而且，远比高傲可贵的是妇女与贵族有亲和性，司汤达也颇为认同这种观点。《乡村医生》里的贝纳西希望相伴一生的女人不一定是个贵族，但她要具有以下理想特征：他希望她是个参谋，能抚慰他的心灵，教会他优雅的举止，助他事业一臂之力。她可以是德·夏斯特莱夫人，或者更平民化一些，是拉米尔，司汤达小说里这些起介质作用的女人，能掌控所有高潮和狂喜的时刻。她们装点生活，使生活充实丰满，她们的存在本身就是对民主整齐划一的反抗。多亏妇女，世界保留了差异、多样化和风趣。巴尔扎克明白这一点，以至于他认为在妇女被幽禁的国家，小说家没有任何未来。在19世纪将近结束时，左拉小说中的费莉西泰建议野心勃勃的教士"取悦妇女"，表明妇女仍旧在社会生活中占据主导地位。

所有这些小说表明，妇女在民主世界中享有"治外法权"的地位。谁也没有狄安娜·德·摩弗里纽斯能更好地让人明白这一
304 点，她在《古物陈列室》中以一个风度翩翩的年轻男人的面貌出现，成为女性无政府主义的象征，标志着对新法律进行审美化、

① 巴尔扎克：《通信录》第5卷，巴黎，1969年，第523—524页。

② 巴尔扎克：《驴皮记》第10卷，第143页。

个人化的解读。正是狄安娜·德·摩弗里纽斯带给维克蒂尼安毒药,万一不能使他免于法律的制裁,那毒药至少能使他免遭屈辱(狄安娜认为这个不幸的男孩和她一样内心强大,当然她弄错了)。巴尔扎克的读者会在《卡迪央王妃的秘密》中发现,狄安娜·德·摩弗里纽斯这个人物又在1830年现身,*这位不可驯服的女人是哀伤的女性主义不共戴天的敌人,她总是认为妇女可以借助自身的才智、灵巧和机敏成为命运的主人。“难道她们不是法国的王后吗?”[①]只要她们才智过人,她们就有一种相对于历史和法律的至高无上的豁免权,这与妇女屈从于历史和法律并不矛盾。“妇女只有一生不断奉献时才能与男性平起平坐,正如男人的一生要持续不断地采取行动一样”,[②]正是由于男女之间的这种差异,女人应该表现得更机灵、更勇敢、更有洞察力。由于妇女付出了这样的代价,所以她们可以继续随心所欲地执行规则。我们不应该只看到惰性在束缚她们的手脚,还应该看到她们是反抗新世界的排头兵。

……但缓期执行

妇女“可以继续”。“继续”这个动词具有一种警示作用。继

---

* 在《卡迪央王妃的秘密》中,摩弗里纽斯公爵夫人被称作卡迪央王妃。——译者

① 卡迪央王妃对德·阿泰兹说:“你们这些作家,你们把这些自认为不被赏识、嫁错了人、变得引人瞩目、生动有趣的妇女写得滑稽可笑,我认为这样做是最低级的资产阶级行径:女人们,要么屈从,这就什么都别说了,要么反抗,那就是玩世不恭。”(巴尔扎克:《卡迪央王妃的秘密》,第6卷,第981页)

② 巴尔扎克:《贝娅特丽克丝》,前引书,第841页。

续多长时间？上述所有被描述成“永远”有活力的传统也可以被看作是“仍旧”有活力，但已四面楚歌。巴尔扎克总是赞扬妇女行事极端自由，与“偷盗犯、实业家和高利贷者的极端自由行为”相
305 比拟，甚至更胜一筹，但同一个巴尔扎克，在妇女题材上也开始悲叹这种类型的妇女在逐渐消失，正如各种社会差别正在消失一样。巴尔扎克认为，应该尽一切努力使妇女免遭《民法典》的摧毁，他悲伤地评论道：“这些话多么可怕，说的是：公爵夫人死光了，侯爵夫人也死光了（……）至于贵妇，她与上个世纪的亲近一起灰飞烟灭了。”①

尽管社会有强劲的能力吸纳革命这种最具杀伤力的事件，但我们也应看到延续下来的东西变成了残余。在整个19世纪，贵族是这一切的见证。在巴尔扎克笔下的阿朗松，在司汤达笔下的南锡，在左拉笔下的艾克斯–普罗旺斯，贵族是一帮唯命是从的木偶，在巴尔贝笔下的科唐坦，贵族刻板僵化，在乔治·桑笔下的贝里，贵族向纯朴的乡土气息回归。贵族在行为方式和精神面貌上之所以僵硬不变，是因为长期的流放生涯剥夺了他们适应新法国的一切机会，当他们回来时目瞪口呆，像德·莫瑟夫伯爵*那样成了“流亡贵族的雕塑”。②在7月“光荣三日”之后，

① 巴尔扎克：《有教养的妇女》，《巴尔扎克杂集》（*Œuvres diverses*），3卷本，第3卷，巴黎，科纳尔出版社1940年版，第199页。

* 德·莫瑟夫伯爵是巴尔扎克小说《幽谷百合》中的人，他是大革命时期的流亡贵族，脾性粗暴，仰仗传统观念和特权，将自己凌驾于他人之上。——译者

② 巴尔扎克：《给韩斯卡夫人的信》，2卷本，第1卷，巴黎，三角洲出版社1967年版，第421页。（巴尔扎克补充道：“我将把流亡回家的贵族的所有特征浓缩到同一个人物身上。”）

贵族这种理解力的迟缓因他们在拒绝就职方面的固执已见加重了，这个举动对贵族造成的打击是毁灭性的，就连军事冒险对他们关闭大门，军职以后要通过考试（贵族要和资产阶级竞争）获得都不能与之比拟。贵族拒绝宣誓效忠路易-菲利普，动机显得含混不清，我们既可以将之解释成他们的荣誉感被激发出来了，也可以将之解释成他们胆小怕事，不再对法国的生活抱有希望，背弃了那份与民族的其他阶级和谐相处的古老协定。因此他们开始内部流放，出于赌气和无聊，法国贵族喜欢威望胜于职位，领主在城堡里昏昏欲睡，城堡的顶部已经因年代久远而倒塌，年轻人无所事事，他们善于打桥牌和吸烟，寻欢作乐，游手好闲，像《古物陈列室》里的马克西姆·德·特拉伊，是个附庸风雅的二 306
流子，或者像维克蒂尼安·德·埃斯格里尼翁，是个悲惨兮兮、穷途潦倒的人。

贵族本身也因此在自我检讨。既是出于愚昧，也是出于恐惧，司汤达冷笑道："他们即使在最欢快的时候，也在想93年。"[1]他们中的一些人已经知道最终的下场了。布朗蒙-肖夫里公爵夫人叹息道："我离开这个世界时正是时候，贵族阶级灭亡了。"[2]狄安娜·德·摩弗里纽斯发现阿朗松那个现代社会的人还不明就里时，大吃一惊，她说："你们疯了？我亲爱的孩子们，不再有贵族了。"[3]她认为贵族自此之后是金钱贵族，也就是说是一个资产阶级。即使埃斯帕尔侯爵也认为贵族内心的信念正在衰

① 司汤达：《吕西安·娄万》，前引书，第888页。

② 巴尔扎克：《德朗热公爵夫人》第5卷，第1016页。

③ 巴尔扎克：《古物陈列室》，前引书，第1079页。

退:“为了相信王家血统、特权出身,为了在思想上高于他人,难道贵族不需要从出生起就与人民保持距离吗?”“一次偶发事件——指的是拿破仑这个人横空出世——攫取了制造贵族的权力,将他们浸泡在战役的鲜血中,给他们镀上荣光。”[1]这个贵族阶层在军事上受挫,出身受到攻击,认识到此后他们的存在失去了坚实的根基,徒具一副“仪表”:当任何计划都不能充实贵族仪表时,信仰也有点枯竭。在这之后,我们是否还能制造贵族呢?

卡利斯特向心爱的贝娅特丽克丝表白心迹,告诉她他对杜·盖尼克家族的血统毫不在乎。我们可以说他这番渎圣的表白出于一时的激情。然而并不完全是这样,因为他补充道:“这是因为我们生活的时代。”[2]随着时光的流逝,即使带不来和解,也至少能让人忘却,有利于贵族适应新形势:从《老姑娘》到《古物陈列室》,再到《吕西安·娄万》,我们遇到的都是同样守旧的人;但是我们感到历史在流淌。阿朗松的贵族渴望得
307 到国王的保护,公爵夫人总是令惊慌失措的法官着迷,南锡那个正统派的小世界在法国东部很远的地方追念的只是国王的影子。而那个登上王位的人,是个篡位者、剽窃者、证券交易散户,正如我们在《吕西安·娄万》中看到的那样,他枉费心机地谈及他的“家世”,正如夏多布里昂不断地说的那样,让整个法国看笑话。

① 巴尔扎克:《禁戒》,第3卷,第475页。

② 巴尔扎克:《贝娅特丽克丝》,前引书,第791页。

至于宗教，总是出现在古迹、历法和宗教修行中，它不自觉地被政治拉拢过去，用不了多久就会被政治改变。只需指出竖立在南锡极端保皇党人舞会正中央那个点着蜡烛的小教堂，在那里人们崇拜的只是正统派的上帝。这种用来充脸面的宗教恰恰是政治复辟的别称。应该听听德朗热公爵夫人的话，她直截了当地向放弃信仰的自由派官员蒙特里沃鼓吹，只要认识到爱讲理的人民不好统治，就有必要回到基督教，在这方面，拿破仑是出色的楷模。最有效的是否是“接受天主教以及它带来的一切后果？如果我们希望整个法国去做弥撒，难道不应该自己就先做弥撒？阿尔芒，你愿意的话，宗教能把保守原则连接起来，让富人平静地生活”。[①]

极端保皇党人实用的犬儒主义作风使宗教信仰信誉扫地，只剩下了空洞的仪式和矫揉造作的举止：每当人们在葛朗台夫人面前提及古代的天主教时，她总是下意识地努努嘴。教士自身因在政治上随大流而受益，在小说中构成了一个粗俗不堪、雄心勃勃和目光短浅的群体：他们是《贝娅特丽克丝》中追名逐利的野心家，卷入蝇营狗苟的交易，他们是《布瓦尔和佩库歇》中粗笨的人、《普拉桑的征服》中可恶的人以及《榆荫道》中爱教训人的傀儡。甚至严守教规的人也受政治激情的掌控，《老姑娘》中的斯彭德教士在迫害仁慈的神甫、宣誓派教士弗兰西斯的过 308
程中扮演了不光彩的角色。在表面上神化教士其实暗地里加重了精神堕落。谁还相信未来呢？人们对不同于现象世界的另一

① 巴尔扎克：《德朗热公爵夫人》，前引书，第910—911页。

个世界产生了混乱的认识，只承认粗浅的、隐隐约约是迷信的思想。整个社会认为脱离了彼岸，不再像以前那样害怕罚入地狱。最终，我们总是发现法国大革命的影响没完没了："除了安魂曲之外，等待我们的未来已经被转移到现实中。"[①]

人们发现在这些小说中有一群品行高尚的教士，他们有宽恕的能力，对在生活中受到伤害的人很宽容：《悲惨世界》中的主教就是这样的人。我们还可以提及这群信徒，他们没有教士，没有教义，很少因为担心拯救而苦恼，上帝对他们来说变得模糊不清。由于他们相信所有的爱向彼岸示意，所以无论是在父亲的脸上还是孩子的眼神中，无论是在审美的情感还是正直的行为中，他们随时都可发现上帝的形象。他们指望上帝的仁慈，每个人为自己组装信条。我们在《黛尔菲娜》的女主人公们那里至少发现了三种形式的宗教：对玛蒂尔达来说，是一整套平庸琐碎的告诫；对戴莱丝来说，是一种想入非非的狂热，与恋爱的激情很相似；对黛尔菲娜自己、斯塔尔夫人这位心爱的女主人公而言，宗教是受到温情滋润的信仰，黛尔菲娜发明了一些仪式，临时充当起女祭司。

于是出现了巴尔贝训斥的声音：这是真正的宗教还是宗教的代用品？就像我们有的只是君主制苍白的复制品一样。他用严肃的笔端反对这种宗教上的人类中心论，反对宗教上的宽容和软弱，这种宗教自称是自然的，实则根除了超自然的东西，在道德上退化，没有以一种令人信服的方式捍卫淳厚的风俗。对

① 巴尔扎克：《欧也妮·葛朗台》，第3卷，第1101页。

一个坚信上帝的骑士来说，一种灵活的、与时俱进的宗教严格说 309
来没有任何意义。巴尔贝写道："不同出身的人都站出来说信奉宗教，但他们是通过对一种模糊的宗教感情的病态的期望取代了天主教纯粹的形式和固定的教义。"[1]这种源自让-雅各的宗教，变成了充满寓意的泡影、多愁善感的窃窃私语或煽起情欲的神秘主义，在巴尔贝看来，最该下地狱的例子就是这位持有不坚定的正统教义的米里埃主教。我们不能指望一个情感外露的宗教长期对抗大革命开创的世界：在这个世界里，人取代了上帝，把自己奉若神明。

贵族没有信仰，信仰也不属于贵族。现代社会的两大联合不再稳固。女性领域长久以来一成不变，避免了历史震动的影响，或很少受其触及，可如今该领域也在发生变化。如瓦卢瓦骑士宣称的那样，妇女也要被卷入世纪的风暴中。我们甚至可以看到这一天到来了，即妇女抓住机会成为命运的主人。司汤达笔下的女主人公就是这样，尽管她们像拉米尔一样，受限于几种社会障碍：贫穷、孤独、天真，而且还是平民。眼下，巴尔扎克把这种机会只留给了贵妇人，我们应该读读他的《婚姻生理学》中的相关内容，他把穷人、坏人、病人、老人和信徒排除在这种自由之外，最终让可获得自由的妇女保持在很小的百分比。反正，这个百分比可以增大。毫无疑问，这个百分比注定要扩大，为女性教育的辩护也随之增多起来。可以预见，民主运动将使妇女自主

① 巴尔贝·多尔维利：《19世纪：著作与人》，2卷本，第1卷，巴黎，法国水银出版社1964—1966年版，第57—58页。

地生活，为什么不能像斯塔尔夫人和乔治·桑的主人公那样，反抗命运的安排，尤其是反抗没有爱情的婚姻呢？对她们来说，或许尤其是对她们来说，大革命造成的文化危机刚刚开始。

310 一个由反差构成的世界

这个时代既对新事物怀有感情，又延续了旧世界的许多东西，因而走的是一条不规则的道路，斯塔尔夫人和贡斯当自世纪之初就论证了这一点。他们认为，共和国突然降临，但启蒙运动还没有为它做好准备，共和国来得太早了；另一方面，共和国激情中浸染了古代价值，显得陈旧过时，完全不适应现代社会的个人主义，这又太迟了。19世纪致力于在这太早与太迟之间寻求和解，尽管没有把握。无论是在雅各宾派统治那段插曲之后出现的政体，还是在查理十世君主统治之后出现的政体，都逃脱不了在已经民主化的时代精神和承袭自旧制度的道德风俗之间跳一曲双人舞。至于亲身经历这种过渡状态的人们，他们经历了艰难的“入会考验”。巴朗什深入思考过这种和解，他解释这些处于过渡状态的人们是怎么既依恋旧世界，又必须把进步这一不可抗拒的法则（巴朗什认为，这种法则甚至是上帝的法则）施加给他们的东西纳入到生命中：让身上体现出旧制度的老人死去，让社会因老人死去而重生。这是一个痛苦、焦虑、混乱的时刻，但处于变动之中，极具活力：在19世纪这些小说中反复出现的，正是这个变形的循环装置。

旧世界遍布差异：地位的差异、身份的不平等以及服饰和颜色传达的社会信息（如同在盖朗德那样）体现着一种有序的多样性。法国大革命以另一种不太容易辨认，但或许更有趣的多样性取代旧世界的多样性：这是关于欲望、野心和境况的多样性，人们会觊觎某种境况，拿某种东西去交换，终于达到目的，随即失去，然后又找回，这个过程周而复始，所有形式转瞬即逝，没有什么东西是牢固的。这个拼凑而成的社会不是在悄无声息，就是在狂妄自大地追求平等。只要这种追求延续下来，只要把原则上的平等变成事实上的平等的斗争继续存在，它就会不可思议地制造出“无穷无尽的差异”，这种差异如同无序一样，是小 311
说精彩的源泉。①

但愿这种随处可见的杂乱无章是法兰西的一种特性，是1789年的果实，巴尔扎克对此没有丝毫怀疑。他旗帜鲜明地怀疑在习俗中故步自封的英国以及在专制下奴颜婢膝的俄国。法国是个五花八门、变动不居的国度，法国本身具有的这两种趋势——传统与革命——痛苦地混合在一起。

我们甚至可以在地方风貌的多样性中找到这种反差：政治与社会对立也投射到空间上。首先是法国的空间一分为二：巴黎—外省。一方面，外省萎靡不振、压抑、迟缓，一切都得以存续，人人都被束缚在约定的角色中，年轻人整日为晚上干什么操心，那些“让人说三道四”的妇女被从社交界逐出。偏远的乡村道路不通，在薄雾的弥漫下昏昏欲睡，小镇与世隔绝，生活无聊

① 这可以解释巴尔扎克在《夏娃的女儿》的前言中说的话：“社会不再有生动的东西：不再有服装和旗帜。”然而，“平等在法国创造了无穷无尽的差异”（第2卷，第263页）。

透顶，陌生来客会引起轰动，省里的女神们找不到般配的男人，这就是巴尔扎克、司汤达、福楼拜和阿纳托尔·法朗士笔下死气沉沉的外省。另一方面，在巴黎，“一切在变化，在精细化，被剖析，被出售和购买，在这个百货店，一切都是明码标价的”，[1]探险的领域向一切冲动的人开放。巴黎与外省更强烈的对比是，法国不同于欧洲其他国家，她有一个独一无二的首都，聚集起了全国的能量：对这些小说中的所有年轻人来说，巴黎之行成了人生中的关键时刻，他们发出惊叹，接受启迪，受到引诱，在此沉沦，走向毁灭，或者兼而有之，维克蒂尼安就把巴黎之行变成了悲伤之旅。

这种鲜明的对比还是不足以穷尽地区的多样性。外省自身
312 远不是浑然一体的，地形上也出现了对立：在左拉的《普拉桑的征服》中，普拉桑是由三个城市合为一体的，这三个城市具有精确的政治色彩，一个新区里住着帝国的暴发户，受人尊敬的小街道上住着正统派，城郊又弥漫着共和主义精神。此外，外省的空间也开始受到现代社会交往的影响。我们可以与巴尔扎克一起辩解，如果说没有谁来到外省，一切都如常进行——即便是戏剧性事件会掀起一点波澜，人们屈从于公共舆论，只有一丁点儿自由空间，人有一种偷窥的欲望，散播的谣言越来越多，普拉桑或《榆荫道》中那个昏昏沉沉的城市就是这种情况，让人见到的都是微不足道的行为。那么巴黎则是一个万化筒，不断地变换出绚丽多彩的组合来。巴黎有一些地方没有什么改变——修道院

① 巴尔扎克：《费利克斯·达文著〈十九世纪风俗研究〉导言》，第1卷，第1147页。

和花园被围墙包围着，以前的住所保存下来，只是为了庆祝逝去的风尚，郊区留着一些荒地，好像无人问津。但仅仅几步远的街区，却处于疯狂的躁动之中，任凭锄镐翻地、推倒破坏，然后迅速翻新，财富狂热地流动，人们不知疲倦地迁移——贵族跨过塞纳河、洛莱特们来到位于欧洲街区的伦敦路和斯德哥尔摩路。巴黎这座水平和透明的城市变成了垂直和隐秘的城市，城市里有地下水道和匪窟，这是卑鄙行为和犯罪活动的躲藏之地，还有阁楼用于密谋再进行一场大革命，这对雨果很重要。在巨兽般的首都，有许多分割开来的城市：圣日耳曼区与盖朗德一样是个孤岛，只不过是按自己的方式呈现的。

在巴黎和外省，人们感受到的时间不是同一个节奏。在巴黎，时钟时断时续，甚至对时间的使用很专横。而在外省，时间漫不经心地流逝。在盖朗德，人们活在永恒的谱系中，这是对抗衰老和死亡的法宝。“杜·盖尼克家族会灭亡吗？”[①]一个不信宗教的盐场工人询问老男爵，此时老男爵正寻思着下一次轮到他死了。在盖朗德如同在阿朗松，人们保留着一切：传统、服装、
家具和名字。19世纪有关外省的文学作品发挥的就是这样的作 313
用：减缓从旧状态过渡到新状态的疼痛，尽可能推迟大革命产生的后果。再说外省也受到大革命的影响。只需考虑一下名字就行了：此后平民起了贵族的名字，贵族起了平民的名字，雨果从这种奇怪的对调中看到法国大革命在起作用。我们甚至在教堂沉闷、无声的空间听到时间那年轻的心灵在跳动。《悲惨世界》

① 巴尔扎克：《贝娅特丽克丝》，前引书，第804页。

里那个“纯贞嬷嬷”低语：“我们生活在一个思想混乱到了可怕程度的时代。”①

滋养19世纪小说的就是这种混乱，就是这种为了追逐利益和欲望带来的闻所未闻的喧嚷。我们随便翻开《人间喜剧》：就会看到一个默默无闻的热月党人，他是那些让罗伯斯庇尔垮台的人中的一个，他是那个时代讽刺词典中到处可见的“见风使舵者”中的一个。②他是阿尔西的议员，丹东过去也是，在掠夺了一个贵族家庭后暴富，获得了国家财产，攫取了贡德维尔的土地。他参与了雾月十八日政变，他与《老姑娘》里的杜·布斯基耶不同，他把赌注放在很长时间以来都不确定的胜利上，在马朗戈做命运的一搏。于是，他在帝国时期平步青云，成为贡德维尔伯爵、国家参议员，他还是一位幸福的父亲，女儿都嫁入豪门。这之后，我们发现这个雅各宾党人归附路易十八，支持完德卡兹*之后，慷慨地支持维莱尔**。他与查理十世的关系有点疏远，他在顺路获得正统主义者的投票后，成了七月王朝的贵族院议员。想想我们在《古物陈列室》看到的卑微的卡谬索女士，她的丈夫是位预审法官，目光短浅，她机敏地“推动着”她的丈夫往前走，对美丽的摩弗里纽斯阿谀奉承。然后，我们又在《交际花盛衰记》见到

① 雨果：《悲惨世界》，前引书，第408页。

② 这里说的是马兰·德·奥布，他成为贡德维尔伯爵。我们在《家庭和睦》《一桩神秘案件》和《阿尔西的议员》中能见到他。

* 德卡兹（1780—1860），路易十八的宠臣，曾任警务大臣，后掌管内阁，奉行立宪派的自由主义和解政策。——译者

** 维莱尔（1773—1854），法国极端君主派政治家，在复辟王朝时期担任首相，反对议会君主制，严控自由思想。——译者

她：这一次是公爵夫人召唤她拯救吕西安·德·吕邦普雷，作为报答，会让卡谬索当上法院院长。很快，我们发现卡谬索夫人变成了卡谬索·德·马尔维尔：她像以前一样爱玩弄阴谋，但没有 314
什么东西还需要从公爵夫人身上获取了。每一次，不可思议的命运转机表明社会高深莫测。只有在一个新生的社会才会发生如此多惊奇的事情。我们是否会在沙龙里遇到一个十年未见的无名小卒？“他成了首相或资本家。您认识他时他没有穿礼服，也不具有公共精神或私人风尚，如今他的荣耀让你敬仰。”[1]

当司汤达讲述于连和玛蒂尔德之间不被看好的爱情时，他观察到，在大革命之前，除了爱情上的壮举和尚武的精神外，一个平民没有机会赢得一个贵妇人的心。但如今出现了新情况，于连凭借异国情调和让人震撼的才华（这还是玛蒂尔德给他附加上的）引诱了玛蒂尔德。“他是否是丹东这样的人？”她自问道，半是兴奋，半是恐慌。[2]

木匠之子变成了伯爵，杂货商变成了公证人，苦役犯换上了资产阶级装扮，以工业慈善家的面貌现身：19世纪的快步舞使很多人失去了社会地位，被调换了位置，像德纳第那样介于两个阶级之间；像冉阿让那样介于两种身份之间；像马吕斯那样介于两种使命之间。《悲惨世界》提供了这类变形和混合的标准案例，所谓变形，是指隐没不见、侵入住宅、进入坟墓、再度现身、脱胎换骨；所谓混合，是圣洁与放荡、正直的战士与十足的恶棍、纯

① 巴尔扎克：《夏娃的女儿》，前引书，第265页。

② 司汤达：《红与黑》，前引书，第494页。

洁的天使与邪恶的魔鬼的两两组合。更何况不仅人与人之间没有界限,而且每一类人内部也没有界限:这个世纪出现了众多杂牌的政治人物,如极端民粹主义者、自由雅各宾派、波拿巴派共和主义者;还有出乎意料的混血儿,如哲学家流浪汉、正统派女仆、共和主义者绅士、弹琴的农民与下地的贵族。此外,这个世纪还在庆祝具有贵族风范、平民荣耀的婚礼。

这些杂交带来的不是和平,而是战争:这场战役是为了进行区分,也是为了占有这些微不足道的财产,由于这种区分是针对
315 细小的间隔实行的,因此使战役显得更尖锐。正如托克维尔感知到的、巴尔扎克展现的那样,在平等的世界里,嫉妒和自恋的痛苦迅猛增加,并且为了追求无关紧要的东西引发的残酷竞争还会使人备受折磨。等级消失了,正统性消失了,反而使得人们拼命迷恋旧时的差异,或者发明了新的自负,这是法兰西取之不尽的激情。我们既应该拉平与高级东西的距离,也应该拉开与低级东西的距离。权威本来有无可置疑的根基,但在19世纪却动摇了,每个人疯狂急切地追求特性。

首先发生动摇的是父权。代际冲突或许并不是近来才出现的。但在旧制度社会,托克维尔认为,每一代人都把比自己年轻或年老的一代看作是自己的同时代人:"每个人几乎总知道谁是他们的祖宗,并尊重他们;他认为已经见到了子孙后代*,并爱他们。他们愿意彼此承担责任,他们总是愿意为那些已经逝去或

* 这句话出自托克维尔的《论美国的民主》,在法文原文中,是曾孙(arrière-petits-fils),而在这本书里,是孙子(petits-fils),可能为曾孙之误。——译者

尚未出生的人牺牲自己的欢乐。”①反之，法国大革命承认每一代人有权不受长辈的束缚，这是孔多塞的1793年《人权宣言》明示的基本原则。大革命进行了各种实践，废除了长子继承权，把成年的年龄定为18岁，结婚无须父亲同意，确立子女之间的平等继承权。所有这些创新立刻被年轻人吸收。儒弗鲁瓦写道：“他们懂父辈们不懂的事（……），他们知道什么是革命，他们知道这点是因为他们生逢其时。”②他们现在没有义务传给后代昔日的事情和习俗。与此同时，更老的人对周围的环境很陌生，就有了夏多布里昂那样的抱怨。在雨果称作的“启程者”和“到达者”之间，分歧加深了。新来的人被更年轻的人取代。当下狂热的事件依次为他们刻上了特别的符号，“这是倒在每一代新人头上的 316
圣油瓶”：③在1789年15岁，还是在1800年或1830年15岁，对于巴尔扎克和司汤达来说不是没有区别。

还有父亲吗？在一个打击了两大父亲形象——上帝和国王——的时代，我们并不能给出确定的回答。弑神、弑君、弑父母，都是一回事儿。自上帝在人们心中死亡那一刻起，即便一个父亲可以像巴尔贝笔下的松布勒瓦尔展示父亲的所有德性，他也不再是一位真正的父亲：这就是《已婚神甫》的教训。当一个国王忍受酷刑时，所有父亲都与他一起爬上了断头台。肖利厄

① 托克维尔：《论美国的民主》，《托克维尔全集》第1卷，I，巴黎，伽利玛出版社1961年版，第105页。

② 泰奥多尔·儒弗鲁瓦：《哲学论集》，日内瓦，斯拉特基内出版社1983年版，第21—22页。

③ 巴尔扎克：《古物陈列室》，前引书，第983页。

公爵说道："大革命砍了路易十六的头，也砍了所有家庭父亲的头。"①另一方面，法国大革命的法律用来免除儿子犯罪父亲担责以及父亲有错儿子连带，在巴尔贝看来，这对代际关系的损害是无法弥补的。由此父子之间的距离从来没有这么大过。盖尼克男爵培养他的儿子参与战斗，而这个年轻人却追随一位女作家，或者说一个怪人，后来又被一个奸妇迷住了。在《安托万先生之罪》中，卡尔东奈先生计划让他的儿子成为一个谨慎实用的工业家，爱弥儿满脑子都是慷慨大方的奇思幻想。娄万先生尝试着让儿子学会泰然处之，以便能忍受官场生涯，吕西安却不能克服这种生活带给他的恶心。

这些冲突导致家庭解体，从前人们认为家庭万古长存，以后，家庭遭到个人主义的挤压。巴尔扎克笔下的一位年轻贵族告诉他的母亲："如今没有家庭了，有的只是个人。今天，人们不
317 问你是否是波尔当杜埃*家族的人，你是否勇敢，你是否是政治家，而是问你：'你纳多少税？'"②他的母亲并不能总是意识到这个变化。夏多布里昂很怜惜从父亲那里继承的贵族头衔，这使得他自认为是布列塔尼公爵的后裔，他应该承认，为此他应该从父兄身上继承"自命不凡"的气度，然而在一个没有人再把自己看作是继承人的时代，这是不可能的事情。③

儿子们无论如何厌恶这一点。他们倾向于在父亲身上看到

① 巴尔扎克：《两个新嫁娘》，前引书，第242页。

* 波尔当杜埃是巴尔扎克小说《人间喜剧》中的一个名门望族。——译者

② 巴尔扎克：《于絮尔·弥罗埃》，第3卷，第877页。

③ 夏多布里昂：《墓畔回忆录》，前引书，第1卷，第10页。

拥有绝对权力的国王的形象。“我父亲像国王一样猥亵”，这是司汤达作品中隐秘的主旋律。我们在所有这些小说中看到父亲形象似乎都具有古老的权力：《吕西安·娄万》中的寡妇德·夏斯特莱夫人拥有大笔财产，所以她父亲不同意她再嫁；《布瓦尔和佩库歇》中的平民普拉克旺打了儿子泽菲里一记耳光，就像谷一老爹踹了马肚子几脚一样：“我有这个权力，他属于我。”[①]两人的话都合理合法。但某些东西发生了根本的变化：儿子们此后知道可以把权威的雕塑放到地上，正如臣民可以摆脱他们的国王一样。他们都与家庭断绝了关系，卡利斯特是因为内心的软弱，维克蒂尼安是因为胆怯，爱弥儿是因为理想主义。《已婚神甫》中的尼埃尔是最有骑士风度、最想当然的继承人，身上还延续着祖先的盛名，即便是他也不愿意受到父亲发下的誓言的束缚，也就是说根据家族传统为他成亲。至于吕西安·娄万，他有幸有一个开明的父亲，能够与时俱进，温柔多情，但是也爱掌控人，因此他最想摆脱父亲的束缚，他这样做时遇到的困难也最多。所有这些父亲，尽管是自由派，但由于身为父亲，都站到了世代相传的权威的阵营里。我们在卡尔东奈先生的故事中看到的就是此类情况。虽然他倾心于工业现代化，尽可能不挂虑传统，但他认为爱弥儿是一个反叛的儿子，爱弥儿不是为现在鼓吹，而是为未来咏唱。 318

当父亲缺席时，与外祖父的冲突就爆发了，《悲惨世界》中的马吕斯就是这种情况：这次应归因为年轻人与男人或女人

① 古斯塔夫·福楼拜：《布瓦尔和佩库歇》，巴黎，加尼埃出版社1965年版，第350、360页。

（因为我们可以把瓦朗蒂娜的祖母放入这一群人中）之间产生的鸿沟。这些男人或女人活在一个放纵、轻浮的世界里，言语放肆，态度轻佻，马吕斯这样一个严肃端正的年轻人无法理解这种行为。明慧·吉诺曼督促马吕斯与相爱的人不谈未来，遭到的已经不只是外孙的不理解，而是厌恶。除非是像安灼拉，根本不需要一个父亲，这些品德高尚的年轻人还是感到需要为自己创造一个父亲。他们或者是像马吕斯那样，由于外祖父想抹去父亲这一血脉的印记，为了与之对抗，他重构了一个伟岸英雄的父亲形象，却迷失了方向，因为父亲那份神奇的遗嘱使儿子走上了歧路；他们或者是像爱弥儿那样，在布瓦吉博侯爵身上寻找一个有谋有识的父亲形象；他们或者是像黛尔菲娜那样，把一个威严的丈夫变成了父权监护人。我们感到，如果一家之父仍旧相信他们的合法权威，并想通过恐吓或要挟使其万古长存的话，如果往好的方向发展，他们最多也就变成立宪君主，有时甚至变成了由孩子们民主选举的代表。

丈夫也是这样吗？再也没有比婚姻更能揭示革命后法国的矛盾与冲突了。婚姻也是天性与制度、品质与利益、性欲与道德、计划与记忆进行调和的领域。在一个开放的社会中，这种调和变得更成问题。爱上牧羊女的封建主并不是文学作品中的新形象，恋爱双方的社会差距自古以来就是小说的源泉。但法国大革命扩展加深了这种差距：玛蒂尔德·拉莫尔与木匠之子之间的鸿沟要比圣普乐与朱丽之间的鸿沟深。又怎么说尼埃尔·德·内
319 乌呢？他母亲那边上溯20代是宫内伯爵和城堡主，他父亲那边是科唐坦伟大的子爵的后裔，而他却爱上了一个已婚神甫的女

儿。大革命之后，与社会地位低的人结婚在政治上合乎愿望，在道德上为人不齿，由此也将贵族分为两个阵营。一方面，对于杜·盖尼克家族、德·埃斯格里尼翁家族来说，这种婚姻总是很不体面：要等到德·埃斯格里尼翁老侯爵死后，维克蒂尼安才能够与社会地位低的人结婚；另一方面，深思熟虑的人，现实主义者，都明白路易十八政策的含义，都在努力促成这种婚姻：《苏城舞会》中的德·封丹纳伯爵，把长女嫁给一个持有领主土地但失去了贵族称号的人，把次女嫁给一位受封为男爵的法官，人们在背后议论说，这位法官的父亲是卖柴的。政治上的不和使社会差距变得更加复杂起来。在乔治·桑的小说里，她轻松地在故事中放进迷恋漂亮无产者（安德烈）的侯爵之子以及爱上农民（菲亚玛）的伯爵女儿，或许除此之外，这种社会差距带来的都是痛苦和冲突。[①] 以前那种坚不可摧的门第联姻解体了，个人如鸟兽散，阴谋诡计丛生，好不容易签订的协议迅即被取消，背叛、决裂时有发生，甚至走向毁灭，引发灾难。

婚姻这个主题不管是在广度还是在深度上都取得了胜利。这个主题之所以能具有激动人心的意义，是因为人人都想获得个人幸福，对妇女来说，婚姻是唯一令人满意的对幸福的许诺。这种幸福虽然是资产阶级的幸福，但却悄悄地抱怨外祖父吉诺曼，这位老先生总是为爱情与婚姻设置一条界限，他应该在外孙身上发现，如今一个奇怪的时尚是废除这条界限。他敏锐地观察到：建立在爱恋之上的婚姻将战胜旧式婚姻。萨宾娜·杜·盖

① 参见乔治·桑：《安德烈》与《西蒙》。

320 尼克很清楚，她不能指望一个基督徒妻子爱她的丈夫，她本人也难以想象她的婆婆会爱恋老男爵。但至于她，她承认爱卡利斯特，“就像他不是她丈夫一样”。[1] 年轻的贵族妇女青睐资产阶级风尚，试着在联姻中调和勇气、理性、爱恋和利益。

如果以后婚姻和爱情应该合二为一的话，那么婚姻的失败将具有悲剧意义。这就是嫁错人的乔治·桑和斯塔尔夫人的不幸。她们是大革命的衣钵传人，认为婚姻是一种自由协议，乃双方自愿签订。但由于《民法典》使革命期间颁布的相关法律的冲劲得以缓解，她们不能够自由地解除轻率缔结的联结。德·鲍赛昂夫人叹息道，不幸的婚姻相当于死亡。[2]对于黛尔菲娜来说，就不只是譬喻了，不幸的婚姻就是死亡本身。

妇女生活在双重奴役下：法律的奴役；舆论的奴役，这种舆论仍旧敌视逃避婚姻的人。由于妇女已经呼吸到了新时代的空气，她们比以前更难听从妇女命运的共同归宿，在司汤达看来，这使爱情成为小说家笔下一个绝对新鲜的主题。爱弥儿在《苏城舞会》中说道：“在一件仅关涉我的事中我只听从自己的心愿。”[3]《舒昂党人》中的玛丽·德·韦纳伊拒斥“周而复始、平淡无味的家庭生活”。[4]巴尔扎克笔下最具有贵族色彩的女主人公是《两个新嫁娘》中的路易丝·德·肖利厄，她设法随心所

---

① 巴尔扎克：《贝娅特丽克丝》，前引书，第845页。

② “尽管有这些法令，我还是打碎了婚姻的纽带：这是一个错误，这是一个罪过，这都是您想要的，但对我来说，这相当于死亡。”（巴尔扎克：《弃妇》，第2卷，第483页）

③ 巴尔扎克：《苏城舞会》，第1卷，第131页。

④ 巴尔扎克：《舒昂党人》，第7卷，第970页。

欲地追求新幸福，因此也最具有个人主义色彩，几乎到了无政府主义的地步。的确，所有这些解放行为付出了惨重的尝试代价。因为在这个世纪，所有为妇女自由辩护——在斯塔尔夫人和乔治·桑那里，这种辩护掷地有声——的背后，都隐藏着一部不幸的小说。

妇女的状况同样反映了法国的对立：在巴尔扎克看来，根据 321
高卢和法兰克传统，妇女被奉若神明，我们可以补充道，基督教传统和骑士传统也这样高度赞美妇女，但罗马法为妇女套上了枷锁；法国大革命不知道或不愿意思考妇女在社会中应占据的位置；然后《民法典》结束了具有解放意义的革新，尤其是杜绝了通过离婚来废除一个不幸契约的可能性。法国因此仍旧是这样一个国家：妇女在家庭生活中权力无限，她设计家庭生活，并指引它的发展，但在政治生活中却处于无力地位；她们是法律的奴隶，却是道德的主人——这是圣西门主义者的一个信条。在妇女具有至高无上地位的小说中，描述的就是一个处于变化之中的社会，不仅有很多冲突，也有很多混合。

从一个世界到另一个世界

那些说混杂的人其实说的是解决冲突。一方面，像夏多布里昂这样的人怀疑两个法国能够亲密地联合起来，即旧制度的法国与大革命的法国，《1814年宪章》想让这两个法国在同一个法令下共存，但两者却相互间很陌生。另一方面，像司汤达这样的人，不怎么愿意妥协，预言从拿破仑帝国这样高度紧张的时代到一个低度紧张的时代，转变一定是剧烈的。然而他知道这种棘手的协商将是未来的重点："怎么把这两种伟大的力量——宗教与人们对争论不休的议会（Chambres discutantes）的激情放在一起调和呢？哪一种力量在妇女心中占优势呢？20世纪的命运正在于此。"[①]由于法国大革命暴风骤雨般的历程让人怀疑在一个新世界扎下根来的可能性——娄万父亲不断地提醒这曾经是
322 一种虚幻的想法，因此必须与不相称的因素妥协：历史、自然、男性、女性、个体、家庭、相似、个性、贵族、民主、公然宣称的实力、隐蔽不宣的权力。在这些小说中，到处都有协商在进行，有时以迫不得已和时代的不幸为旗号，悄无声息、毫无意识地进行，有时说是为了颂扬自由或生活的创新，有时这种和解得不到承认，遭到嘲讽和诋毁。在小说的人物形象中，有人诋毁和解，有人默默地践行和解，有人热情地鼓吹和解。

有些主人公很悲观，并且有自知之明，对他们来说，只是注意到了事物的力量、时间的流逝以及在新社会活下去的需要，但他们在见证这些事情的同时，对人类在冷漠历史面前的孱弱无力充满忧思。他们大都来自巴尔扎克笔下，多亏巴尔扎克无与伦比的才能，他们得以感知时间的啃噬，每一次剧烈的震动，每一次引人瞩目的事件，都让他们感到社会根基在悄悄重组（这也是福楼拜写作的主题，但他的反思更悲痛）。《古物陈列室》里的管家，那个聪慧忧郁的谢内尔，知道人头切割机和欧洲战场上土地丈量员的时代——大革命的时代——结束了，但又一场大

① 司汤达：《一个旅行者的回忆》，前引书，第2卷，第200页。

革命在小打小闹地进行："他看到无数事实可以证明，即便在某些人身上有成千上万无法治愈的创伤，这些事实也无可挽回地完成了。"他与老侯爵的谈话，总是执迷于虚幻的万古不变，这使巴尔扎克有机会把反叛者置于屈从和解的人的对立面，"一个在激流勇进的现实中做中流砥柱，宛如一块长满苔藓的古岩石巍然耸立在阿尔卑斯山深处，另一个观察着水的流动，思考着如何加以利用。"[①]

如果想进一步了解这种实用习惯的话，崇尚现实主义的主人公认识到，如果他们想把握自己命运的话，应该很乐意参与当前的事务。天性有些严谨的勒内·德·莱斯托拉德不赞成贵 323
族式的赌气以及朋友路易丝的浪漫主义，她确信她能够在灵活地适应现代社会的过程中实现个人幸福。[②]天性有些严谨的保尔·德·玛奈维尔在两个公证员的陪伴下签订了婚约，一个公证人以传统而审慎的方式捍卫祖先的遗产，另一个公证人接受了一种更灵活的现代性，他宣布为了个人利益决定根据新确定的社会规则扮演自己的角色。[③]这也是狄安娜·德·摩弗里纽斯严谨的天性，但以一种更光彩夺目的方式呈现出来。我们看到她向德·埃斯格里尼翁宣讲有必要与时共进，她后来把德阿泰兹尊称为一个"穷困的绅士，他在追求个人名声中理解了他的

① 巴尔扎克：《古物陈列室》，前引书，第984页。（译文参考巴尔扎克：《古物陈列室》，郑永慧译，见《人间喜剧》第8卷，人民文学出版社1997年版，第484页。——译者）

② 巴尔扎克：《两个新嫁娘》，前引书。

③ 巴尔扎克：《婚约》，前引书。

时代”：他同意在议会中占有席位，体现了一种革新的智慧。[1]还有另一个深思熟虑的人：这就是封丹纳伯爵，他通过一位哲学家王子——说的是路易十八——而适应了时代的变迁，路易十八在这方面是拿破仑的继承者，具有调和各派的高超艺术。[2]

在这些行为中，每个人都显示出了勇气，接受了灵活的处世态度，娄万父亲在他的本性和职业中发现了这种灵活性。因此应该睁开双眼看社会——对娄万来说，这是国王-公民的社会，下定决心无所畏惧，将所有的道德评判搁置一边。面对这些顽固冷漠的态度，小说中的所有失败者之所以失败，是因为他们没有理解时间的流逝，是因为他们愿意停下来，判断哪个时代属于路易十五，哪个时代属于大革命，哪个时代属于舒昂党人，是因为他们缺少机智和能量与时俱进。

还需要做出努力，这一次，出现了一些热情鼓吹协商的人。有时，他们把协商委托给政治。斯塔尔夫人认为协商的成功取决于一个共和国的降临，这样一个共和国没有复制旧制度，也没有复制大革命，没有为习俗牺牲，也没有为暴行牺牲，没有迁就
324 庸俗，也没有迁就虚伪。雨果是资产阶级君主制的拥护者，他认为这种体制是有益的过渡，他在《悲惨世界》里对保守自由主义的发明者、改造法国的艺术家充满敬意，这种敬意是以空论派的名义拐弯抹角做出的，而不是以作者的名义。有时爱情充当了协商者，乔治·桑这样描述，爱情以从容和有点机巧的方式重新

---

① 巴尔扎克：《卡迪央王妃的秘密》，前引书。

② 巴尔扎克：《苏城舞会》，前引书。

洗牌，打乱社会等级，均等社会地位，神化通奸和婚姻，斯塔尔夫人也瞥见了这个机会，只是不太敢相信。

乔治·桑和斯塔尔夫人都认为，天生适合做媒介的妇女具有这等仙匠神功，究其原因，除了两人都认为妇女能理解不幸外，斯塔尔夫人还认为妇女天性温和，乔治·桑还认为妇女具有同情心。女性美德有望调和两种世界：一方面，妇女此后厌恶摆弄那些老套的手腕和诡计，那是旧制度传授给她们的；另一方面，她们从天性上抵制这种不适合保护个人生活的过时的共和主义。她们知道自己承担着捍卫与平衡的重要使命。我们清楚，不管是乔治还是热尔曼娜都不太关心追回政治权利。她们认为妇女有更重要的事情做。大革命后，她们的生活仅限于私人领域，她们此后应该在这个狭小的空间内创造一种新型的幸福，开创一种适合她们的权力，也就是要在社会领域实现和解。

审美价值在这种混杂的活动中发挥了决定性作用。19世纪的小说倚靠审美价值在贵族政治和民主政治之间创造出一个全新的领地，让差别和平等在其中幸福地共处。这是费利西泰·德·图希的计划，她既代表着贵族的传统，又体现了艺术的激情，鉴于一个保皇主义者十足的忠诚，她热烈地敬仰伟大的19世纪及其闻所未闻的创造品。她的朋友贝娅特丽克丝也具有这种心智上的勇敢，以至于对1830年七月革命那些充满幻想的学 325
说充满了同情。我们也看到匈兹夫人本人，她是个交际花，呼吁资助文学艺术。艺术和文学共同孕育了一种新的贵族政治。有时，人们认为这种贵族政治是以后不可否认的现象：德·巴日东太太后来成为吕西安·德·吕邦波莱的女谋士，她在死气沉沉的昂古莱姆观察到,“当绅士们不再是莫里哀、拉辛、卢梭、伏尔泰、马西荣*、博马舍、狄德罗时”,应好好地接纳地毯商,因为“他们的孩子会成为大人物”。[①]有时,人们像斯塔尔夫人那样赋予贵族政治以荣誉,她认为此后只有才能和职业的差异能够点亮或丰富这样一个社会:平等权利的思想并不是与生俱来,而是人们在婴幼儿时期播种下来的。有时,人们颂扬这种贵族政治,德朗热公爵夫人说,“一个伟大的艺术家实际上是一个寡头政治家,他代表着一个世纪,并几乎成为一项法则。”[②]最终,有时人们是贵族政治的代表:雨果把贵族政治的天性与民主能力(全体人民的共鸣)糅合到他的人物身上。

甚至连宗教也成为混杂的对象。黛尔菲娜尽力把迷信从宗教情感中收回。米里安主教把自己变成具有英雄主义的解释者。雨果在主教与垂死的国民公会成员之间设计了一段对话,胜似沟通两人的桥梁。当然了,一个人说的是上帝,另一个人说的是“无限”。但两人描述的都是人权之外的东西。雨果认为不能够给人的心灵留下空缺,致力于发明一种新的宗教,既与18世纪的不信教保持距离(在《悲惨世界》里,阅读奈容**作品的元老院成员就是不信教者),也与被极端保皇党人政治化的宗教保持距离。雨果要发明的这种宗教不能驱散上帝被隐藏带来的悲剧,

---

* 马西荣(Massillon,1663—1742),法国17世纪传教士,善雄辩说教,著有《小卡莱姆》。——译者

① 巴尔扎克:《幻灭》,第5卷,第471页。

② 巴尔扎克:《德朗热公爵夫人》,前引书,第928页。

** 雅克-安德烈·奈容(Jacques-André Naigeon,1738—1810),法国无神论哲学家,《百科全书》作者。——译者

但却信任人类，尽力把政治与精神结合起来，把对彼岸的信仰倾注到为历史进程服务中来。

这种历史进程本身促进了正在进行的和解。贯穿整个19世纪的一种信念是，人们确认自己只背负历史的重任。这种对历史的尊敬，是识破命运的新方式，是想聚合起民族自豪的所有伟大源泉，既包括旧制度时夸张的装饰和优雅精致，也包括共和国和帝国时期的英雄主义和朴实无华，这种对历史的尊敬还想把不同的历法衔接在一起，庆祝遗产的延续性。 326

雨果以豪华的场面再现这种和解，无出其右。早在写作《悲惨世界》之前，雨果就把法国大革命的爆发看作是为所有社会理论打开了一本大书："米拉波在上面挥洒墨笔，罗伯斯庇尔在上面留下字迹，路易十八在上面画了一杠。查理十世把这张纸撕了，8月7日议会*又差不多重新粘补上，这就是这一切。书摆在那里，笔也放在那里。谁还敢写？"①雨果在1834年写下这几句话，当时七月王朝竭力重新连接法国历史上的两种传统。三十年后，在《悲惨世界》中，雨果自己又打开了这本书，翻到了革命前的章节，把怀旧与力量联系在一起，重新把时代连接起来，重构了整个民族的历史。在小说的末尾，即便吉诺曼老先生也接受了民主时代，马吕斯依照18世纪的仪式结婚，老街垒战士遵循资产阶级秩序。（反之，像安灼拉那样纠缠93年事件的人，则

* 指的是1830年8月7日，法国贵族院和众议院分别投票通过在《1814年宪章》基础上略经修改而成的1830年宪法。——译者

① 雨果：《论米拉波》，《文学与哲学混编》，《雨果全集》第5卷，前引书，第219—220页。

遭到了谴责。)又过了三十年,阿纳托尔·法朗士在对一个实行妥协的共和国进行非同寻常的赞扬中,对这种协调进行了高度理论概括:“我爱大革命,因为我们是从大革命里走出来的,我喜欢旧法国,因为大革命脱胎于旧法国。让父与子和解并不那么困难。”①

爱情、艺术、宗教、历史:这些进行调解的说客尽力在新精神中超越旧精神,新精神并不否认旧精神,而是将其纳入其中。他
327 们让人明白,和解并不只是困难时期的让步,而是传承必然采取的形式:任何事物要想世代延续下去,就应该乔装改扮,以新形式示人。但在这珍贵的介质背后,还有,或许到处都是金钱的鬼斧神工;一本本小说都涉及这个问题,虽然处理的方式不一样。巴尔扎克以一种无可匹敌的精确方式描述了金钱的运作和风险。他小说中的主人公——不管是男人、女人还是一旦跨出修道院大门的年轻姑娘,都对下列问题心中有数:谁有债务?有多少债务?谁“有希望得到遗产”?利润有多少?应该怎么指望有5%收益的投资?遗产的总额是多少?有多少嫁妆?在多大程度上破产了?一辆双轮马车值多少钱?对雨果和司汤达来说,金钱是社会变化的工具,但在他们那里,金钱带来的影响总有某种魔力。冉阿让变成了一个亨通广大的工业家,读者却不知道他是怎么飞黄腾达的。娄万父亲的财富让他能够与路易-菲利普平起平坐,然而,金钱在他妻子的沙龙里不算什么,对他的儿子来说也不具有什么意义,即便吕西安领略到了一身漂亮的军服

① A.法朗士:《文学生活》,前引书,第3卷,第53页。

和一匹英格兰马的魅力。总之，在新社会中，金钱对所有人来说是实现平等的工具。这看似是个悖论，然而这种平等在每时每刻又制造了新的不平等：这无疑是个不断变化的过程，但不是来自继承。新的不平等中蕴含了未曾有过的特权、新的权利，会导致新的冲突产生。

在小说中，和解的结局反差很大。一些和解失败了（赛查·皮罗托*），一些和解成功了（封丹纳伯爵），其他和解成败参半：《贝娅特丽克丝》中的费利西泰，成功地在她的沙龙里聚集了睿智的年轻精英和年老的贵族，到头来却隐居修道院。一些和解被寄予希望，并想实现一种模糊的共和主义，在斯塔尔夫人那里就是这样。还有一些和解梦寐以求，例如在乔治·桑的小说里，在静止不变的乌托邦中进行了虚幻的和解。有一些不道德的和解，升级发财的贵族由婊子陪伴着，这些女人在司汤达看 328
来，有一种出其不意的魅力，能防止法国社会像美国社会那样无聊。还有一些和解让人羞愧：婚姻拯救了维克蒂尼安，可他却让婚姻蒙羞；马克西姆·德·特拉伊**决定娶工业家的女儿为妻，从那时起就决定背叛她。最终，其他和解或者在巴尔贝·多尔维利那里被傲慢地拒绝了，或者在司汤达那里被优雅地回避了。

龚古尔兄弟认为巴尔贝是一个垂老之年的浪漫主义者，没有任何现实意义。他杜绝尘世的一切和解，也否认天上有炼狱。“妥

---

* 赛查·皮罗托（César Birotteau）是巴尔扎克小说《赛查·皮罗托盛衰记》中的主人公，这本小说讲述了他发迹和破产的故事。——译者

** 马克西姆·德·特拉伊（Maxime de Trailles）：巴尔扎克《高老头》中的主人公，曾在《古物陈列室》中出现过。——译者

协”(transiger)是《教皇通谕》谴责的词汇，巴尔贝也认为它带有不祥之意。巴尔贝笔下的人物绝不为妥协让步。《已婚神甫》中的艾弗朗子爵为了自己的荣誉拒绝为皇帝效命：由于他在幼年时期就已经见识了军事生涯的威望，法国的荣耀很难让他无动于衷，所以这个牺牲对他来说损失更重。冷酷的神甫们为了自己的荣誉不能宽容嘉莉柯斯特，因为他们不能想象上帝之城与尘世之城并存，上帝的法则与人类激情兼容。因此他们替调停人感到羞辱，声嘶力竭地反对归顺精神，像反对自由君主制一样反对自由宗教。大革命过后，任何君主都没有因妥协和温和逃脱谴责：路易十八遭受谴责是因为他设计了《1815年宪章》(巴尔贝差不多认为他是一个“戴着百合花徽的雅各宾派”，巴尔扎克笔下的布拉蒙-肖沃里公爵夫人*就是这样的人)，查理十世本人遭受谴责是因为他签订了这个宪章。当然，路易-菲利普遭受谴责是因为他以王权作为签订《1830年宪章》的条件。他们都因不信任王权，或者说在巴尔贝看来因不信仰上帝付出了代价。拿破仑本人则在另一种方式的和解下低头让步，签署了《帝国宪法补充条款》。这是否是说巴尔贝没有看到新旧世界正在进行的和解？相反，他对正在进行的和解心知肚明，但很讨厌这些，以至于他把《已婚神
329 甫》的情节放在了过去，那个世界“仍旧”是一个二元世界：上帝与魔鬼、邪恶与美德、光明与黑暗二元对立。

和解正在进行，远没有司汤达设想的好。他的主人公们知道

---

* 巴尔扎克《人间喜剧》系列的人物，巴尔扎克在小说中描写她常常是为了烘托小说的时代背景，她被看作是“路易十五时代遗留下来的最具诗情画意的碎片”。——译者

不能无视他们的时代,于是签订和解协议,同意完成一些可疑的使命,甚至有时宣扬必须撒谎,就像吕西安·娄万在德·夏斯特莱夫人面前鼓吹的那样。然而他发现自身有一些缺乏条理的地方,为此他加以指责(只有傻子和孩子说话才自相矛盾),并感受到内心的分裂。"人会考验"对吕西安来说,既不是苦难,也不是欲念,更不是折磨,而是要适应平庸,克服厌恶心理。他不愿意在对这个职业一无所知的情况下就把自己看成是中尉。至于创造吕西安这个人物的司汤达,与吕西安很相近,很愿意接受妥协与和解,但这些政体让他很反感,因为,一切都被均等化,没有差异,工人嘲讽轻骑兵,轻骑兵嘲讽省长。与巴尔贝一样,温和与平庸也没有博得司汤达的好感。但温和与平庸在司汤达身上也没有激起憎恨。司汤达并不反对这个时代,只是不愿意把平庸的行动主义赠送给它,他担心政治和历史淹没私密的生活。他想尽力忘记这一切,进入旁边那个分裂的世界:一边是物质的世界,有阴森的建筑和僻静的村舍,主人公摆脱了那个迫使他们进行伪装的世界,反而感到很幸福;一边是理想的世界,爱情被静静地分享。

小说的幸事

在这个骚动的世界里,到处都是冲突,但也有和解和炫耀。由于失去了共同信仰,人们变得越来越焦虑,所以男男女女狂热地寻找安全感。但人们的不幸是小说的幸事。小说家对小说的这类优势反应迟钝。巴尔扎克酷爱史诗,雨果使他的悲剧处于 330

至高无上的地位，司汤达把发迹的希望放进故事里。福楼拜竭力把故事写成诗篇。小说最终如期地战胜了它的上述对手们。斯塔尔夫人承认，小说靠对比存在。正是通过对比，斯塔尔夫人领会了人的内在特质与"外在的社会习俗"的差异；实际上，这就是导致黛尔菲娜不幸的原因。但当这些社会习俗随着变化不定的政治局势发生变化时，不和、冲突以及奇特的混合也随之增加。好在小说具有弹性——正是这种灵巧性使小说受到了自瓦莱里*到凯洛瓦**这些迷恋精确性的思想家的怀疑，能使一个角色到处出现，它无拘无束、如饥似渴，尤其适合处理这些不合和冲突。在左拉为卢贡-马卡尔家族准备的注解中，他详细地列举了"各种野心的骚动、民主的冲动、各种阶级的出现以及由此造成的父与子的亲密、混杂以及所有个体的接触"提供给小说的种种机会。左拉总结道："如果在1789年之前，我的小说是不可能写成的。"①

历史学家与托克维尔一样认为，至少直到1830年，旧制度与大革命之间有一场激烈的战斗，小说家则不同，在他们勾勒的人物命运中，与其说是讲述了势不两立的交战者的战争，倒不如说是讲述了一种使命，即想方设法生存下去，历经磨难幸存下来，被迫忍气吞声，但是拥护他们的世纪。小说对变化多端的人性有得天独厚的观察力。小说想描述三六九等的人物、错综复杂

---

* 保罗·瓦莱里（Paul Valéry，1871—1945），法国作家、诗人、哲学家。——译者

** 罗歇·凯洛瓦（Roger Caillois，1913—1978），法国诗人、社会学家、文学批评家。——译者

① 转引自F.W.J.海明斯：《爱弥儿·左拉》，牛津，克拉伦登出版社1966年版，第60页。

的阴谋和各种捷径。正如巴尔扎克认为的那样，小说也懂得解释“转瞬即逝的情感、微妙的差异，这些目光、声调的变化和面部表情，或者什么也不说，或者对所有人都说同样的话”。[1]

小说仍旧并且尤其贴合时代的变化节奏。由于小说的叙述能回溯、能惋惜、能自责、能放慢、能勃然大怒、能高潮迭起、能激情回落，因而能重组变化的过程，把萌芽安置到过去，把天命 331
延续到未来。在小说中从来没有焕然一新的人物。读者遇到的任何一个男人、任何一个女人都有一个姓氏，都有薪火相传的祖系，都有团结或分裂的家庭，都生活在交相混杂的内陆，都被波涛汹涌的事件带到浪漫的海角。阿纳托尔·法朗士认为，所有小说都需要这个长长的向后一瞥，人们称之为尊敬。不管是逆子或孝子都需要向后一瞥：人人都有父亲，都有一个可以依靠的过去，不管是为了否认还是为了肯定。

但对于一个正在变化的世界来说，它的法则并不只是考虑物质文化方面的遗产，甚至在左拉那里是基因方面的遗产。它也对未来充满期望和等待，设法弄明白或快或慢正在变化的东西。主人公迈出的任何一步，任何一个举动——即便是轻率的，任何一声叹息，任何一句言语，都能产生深远的后果。正如莫斯卡伯爵所说，当他担心法布里斯任凭自己对桑塞福里纳谈情说爱时，“顷刻间，造成所有后果”。[2]因此，小说描述的是事物固有的不稳定性。它对时间顽强进行的工作充满敬意，它将事物拆开又

---

① 巴尔扎克：《费利克斯·达文著〈十九世纪风俗研究〉导言》，前引书，第1154页。

② 司汤达：《巴马修道院》，前引书，第2卷，第157页。

重组，治愈苦痛，安排不大可能相遇的个人相遇，使现在变得陈旧，并不断地将现在变成过去。小说家看到形势在发生变化，即使历史学家对此无动于衷。雨果认为，1830年到1848年这段时期表面上看似凝固不变，实际上是歇脚，而不是萎靡不振，在这段时期，每个人都在不声不响地做着自己的事，保皇党人变成自由派，自由派变成民主派，在这个善于不动声色地乔装改扮的时代，人人皆过客。[①]

随着混合的结束，我们不是看到出现了一个灰白惨淡、走向趋同的未来吗？对于19世纪的个体来说，有两条道路摆在面
332 前：在第一条道路上，人人都想成为自我，创造一种独特的个性，如果需要英雄色彩的话，就要承认它的新颖性，成为命运的主人；第二条道路与此相反，个人是民主政治的原子，是沙漠中的一粒沙子，渴望的不是脱颖而出而是卑躬屈膝地模仿，这正是波德莱尔谴责的。像国王一样强大的个人与群氓天生格格不入，这两者都具有权利，前者用于获得个人幸福，后者从四面八方围住国王，带着一些布告，言辞具有攻击性但内容一样，上面写着："我呢？"。小说中就这样出现了焦虑的情绪，规范化虽然旗开得胜，但却隐藏着衰落的暗流。

夏多布里昂低估了世代相传的功能，把拿破仑的一生看作是最后一个伟大人物的一生。傅立叶宣布伟人消失了，理想的法伦斯泰尔生活不需要伟人：这类辩护在巴尔扎克、司汤达、梅里

① 雨果说，"歇脚"一词有双重含义，各有其意又相互矛盾：其一是行军，换句话说是运动；其二是停留，换句话说是休息。（《悲惨世界》，前引书，第600页）

美、福楼拜、巴尔贝看来不合时宜，因为他们清楚伟人已经退出了社会生活的舞台。这种伟大的精神仍旧在殉道者的精神中、在遭受不幸的俄耳甫斯的形象中存在。又怎么想象一个叫查理[*]或者叫菲利普[**]的伟大国王呢？在一个私有化的社会，去哪里寻找这样的伟人，也就是说他个人的激情能代表所有人的激情？自此之后，没有骑士愿意为他的信仰、国王和贵妇去死。当船长把工人压迫得罢工时，就没有伟大的船长了。当选票可以收买，当潇洒的年轻人被迫干些低级警察的活计时，就没有政治伟人了。当这些追求荣誉的人，像斯塔尔夫人认为的那样，为了打压民主的愿望可以悄悄地放弃荣誉时，荣誉也就不存在了。当这些怀有激情的妇女在麻木的外省生活中遇不到中意的男人时，就不再有性格鲜明的妇女了。司汤达沿着索纳河漫步时，叹息道，今天在哪里能遇到罗兰夫人那样的人呢？“我们犹如古罗马人一样伟大的英雄时代”[1]过去40年了，司汤达认为他的同时代 333
人在眼前已经看不到这种精神气了。

最奇怪的是，自19世纪初开始，在一个总是有很多差异的时代，人们害怕看到没有区分的东西。这种恐惧在斯塔尔夫人身上很明显，她总是担心看到人们屈从于庸俗的社会风尚，屈从于平庸的诱惑。“巴黎不再有活力了。好奇心是一把匕首，我们将其悬挂在镀金的漂亮钉子上，我们给它穿上漂亮的外套。妇女、观念、情感都很相似（……）至少在意大利，一切都形成对照。

* 指的是复辟时期的国王查理十世。——译者

** 指的是七月王朝的国王路易-菲利普。——译者

① 司汤达：《一个观光者的回忆录》，前引书，第1卷，第90页。

妇女在那里仍然是存心作恶的动物，是危险的美人鱼。”[1]这是巴尔扎克写的话，这也是司汤达的主题，他想在16世纪的意大利寻找感情炽热的人物。巴尔贝、福楼拜、雨果都讨厌这种平淡无奇的文明，这种不愠不火的立场，这种立场不是别的，而是主流的立场。伟人就是能够蔑视这种主流立场的人。然而，所有人此后或者害怕这种文明，或者卑屈地为此庆祝；这种文明就像普选一样，能把具有自由色彩的“我”变成虽然屈从但专制的“我们”。

小说中总是有一些超出常规的人，他们用生命反对那种可怕的怀疑，反对那种对他们身上所有独特性的窥探：他们是雨果笔下的强盗、修女、越狱的苦役犯和街垒战中的无名暴徒，乔治·桑笔下极端自由主义的狩猎者，巴尔贝笔下狂热的神甫。“鲜明的道德风尚”，这是小说中必不可少的成分，我们只能在与世隔绝的人身上找到，巴尔扎克罗列了六种能让现代人保留伟大之处的情况：小偷、警察、娼妓、演员、神甫、宪兵。[2]崇高隐藏到了苦役犯监狱、寂静的修道院、漆黑的下水道、偏僻地区的边界、大城市令人担忧的蛮荒之地。在那些被社会抛弃的人、流亡在外的人、遭到排挤和反叛生事的人那里，能发现热情、随
334 性，像贵族时代那样不惜付出精力，勇敢行事，“毫无所图”。在《悲惨世界》中，街垒战的英雄明知事业失败了，还是愿意为此献身。

这些保留着某种出格的言行、为此挥洒着激情的巨人们正在

① 巴尔扎克：《三十岁的女人》，第2卷，第1123页。

② 巴尔扎克：《朝臣的荣耀和苦难》，第6卷，第425页。

消失。巴尔贝极为憎恨现代世界，给出了巨人消失的答案：平等的世界完全缺少“贵族的荣誉”这种特性。[①]在福楼拜和阿纳托尔·法朗士那里，只有微不足道的恶棍和没有才干的坏蛋。年轻人自己不再有梦想。《情感教育》首先应该叫作《一个小伙子的故事》，讲述的是没有野心的弗雷德利克的故事。又该怎么说布瓦尔和佩库歇呢？他们在用知识进行的古怪旅行中一无所获，所有的知识都毫无意义。他们酝酿着许多可笑的计划，但很快都厌倦了。巴尔扎克笔下的主人公激动得要占领巴黎，离开了昏昏沉沉的诺曼底。司汤达笔下的主人公拼命显摆自己，为他们的生活贴上仿造的民主标记。福楼拜选择一些平庸得无可救药的主人公，这很明显属于一种小说类别，但亨利·詹姆斯*不理解这一点。福楼拜不无挑衅地给路易丝·科莱写道：“人们将有史以来第一次看到一个作者嘲笑他的男女主人公。”[②]阿纳托尔·法朗士同样嘲讽《榆荫道》里那些生活陷入平庸、如一潭死水的人物。

“在侵袭一切、将一切拉平的民主的涨潮期”，[③]怎么希望逃避无聊呢？这个时期迫使人们穿上统一的服装，黑色衣服占据

① 巴尔贝·多尔维利：《写给特雷布蒂恩的信》第1卷，巴黎，贝尔努阿尔德出版社1927年版，第112页。

* 亨利·詹姆斯（Henry James，1843—1916），19世纪美国重要的小说家、文学评论家，代表作有《黛西·米勒》《波士顿人》等。——译者

② 福楼拜：《通信集》第2卷，“七星文库丛书”，巴黎，伽利玛出版社1980年版，第172页。

③ 波德莱尔：《审美好奇心》，《全集》，“七星文库丛书”，巴黎，伽利玛出版社1954年，第908页。

主导地位，男人的时装式样变成了殡仪馆装殓员的服装，或者
335 乔装改扮成公证员，巴尔扎克说，这是“让我们为死去的法国服丧”。[①]巴尔贝通过奇装异服逃避这一点，泰奥多尔·德·邦维尔*向这位伟大的作家致敬，他写道：“当人们都戴着价值8个苏的领带，他则毫无羞耻地展示他的热那亚和威尼斯式样的领带。”[②]波德莱尔虽然在丹蒂的人物形象中颂扬这种反叛，但这种反叛没有未来，它被丑陋的制服打败了。整齐划一还指语言的整齐划一。只要打开《老姑娘》或《古物陈列室》，就可以发现瓦卢瓦骑士、杜·布斯基耶、洗衣女苏珊和侯爵夫人狄安娜说话方式很相似。在福楼拜那里，所有的方言都遭到了污染，混合进了其他元素，并式微了。我们在《布瓦尔和佩库歇》中听到的只是那个匿名、愚蠢的“大家”，反映的是老生常谈、千篇一律的成见。在林荫道的树荫下，在民主广场那里，言语也变成了习癖，对话雾化为空洞的独白。

在一个充满了党派偏见的世纪，政治言论本身是很离奇的事物，它们也趋向整齐划一。然而，政治上的差异在福楼拜笔下的查维格诺尔镇仍然表现得淋漓尽致，在它的广场上出现了一个正统主义的乡绅、一个社会民主派的工匠、一个拥护路易-菲利普的镇长。但在此后出现的一系列事件中，他们很快忘记了各

---

① 巴尔扎克：《三十岁的女人》，前引书，第1123页。

* 泰奥多尔·德·邦维尔（Théodore de Banville，1823—1891），法国诗人、剧作家、戏剧批评家。——译者

② 泰奥多尔·德·邦维尔：《巴黎经历活页》，巴黎，夏庞蒂埃出版社1883年版，第324页。

不相同的立场，做出一致反应：1848年2月，人人都成了共和主义者；1848年6月，人人都呼吁秩序；1851年12月，人人都欢呼“我们的”皇帝。诺曼底的一场雨淹没了这些论战，迫使交战者躲藏在调停人的同一把雨伞下。政治主张有什么了不起呢？在一个世纪内，我们看到如此多的人，诸如《情感教育》中的当布勒兹，接连不断地欢迎一个个自相矛盾的政体，认为任何政体都不相上下，人们认为已经寿终正寝的政体又卷土重来，在这种“一切如故”的狡黠反应中，历史走向解体。福楼拜的口吻总是带着讽刺挖苦，即使他向乔治·桑承认，资产阶级共和国可以因为“缺少高贵”[1]确立起来，这句话也是带着讽刺。阿纳托尔·法朗士 336
又向前迈出了一步，面对软弱、中庸、让人安心、至少能保障个人免受专制侵害的政府，他平静地予以认可，而不是给予愤怒的指责。人们需要一个世纪的时间才能明白这样一种自相矛盾的现实：虽然缺少了伟大，但却能带来好处。

人们对交流谈话的厌倦，古老的街区被商业搞得丢了颜面、丑陋不堪，外省社会严肃得令人窒息，无聊的讲道方式——戈蒂埃[*]咕哝道：“又该下雨和说教了”[2]——，娱乐被批为伤风败俗，“奉行合乎道德的新教”，[3]装模作样的庄重：所有这些都是这个世纪压抑的标记，与前一个世纪的优雅断绝了一切联系。若弗

① 福楼拜：《通信集》第4卷，前引书，第352页。

* 泰奥菲尔·戈蒂埃（Théophile Gautier，1811—1872），法国诗人、小说家、文人批判家。——译者

② 泰奥菲尔·戈蒂埃：《莫班小姐》前言，“Folio丛书”，巴黎，伽利玛出版社，第33页。

③ 巴尔扎克：《对当前道德风俗的讽刺与抱怨》，前引书，第345页。

兰夫人和莱斯皮纳斯小姐[*]曾经在沙龙里竞相展现才智，如今，沙龙变成了“集会，一个粗鲁的人带着外省口音在谈论能力问题”。[1]如果我们再加上工商业的侵占，闲暇（闲暇使精英具有文学修养、熟悉文学规则）的消失，读者大众（这群匿名的读者大众局促不安、摇摆不定，寻求粗暴和粗劣的感觉，自觉地赞成平庸，自此之后，人们窃取了作品，提供的是“产品”）的专制，我们会明白人们为什么会感到从普遍层面上，文化受到了威胁，从具体层面上，小说受到了威胁。平均主义民主的不安从一开始就像阴影一样笼罩了19世纪。随后，从斯塔尔夫人到福楼拜的一系列作家，中间经过巴尔扎克、司汤达、托克维尔，纷纷抱怨平庸和民主的低劣品味。

所有这些可以归纳为一个名字：资产阶级。对所有人来说，资产阶级是理想的批判靶子，甚至对雨果和乔治·桑来说也是如此，尽管他们最不愿意蔑视平等这位独具匠心的产物，最不愿
337 意从她那里夺走一场革命的功绩。这是因为，经济活动足以描述资产阶级生活的特征：工作、有功利性的宗教、自私自利的算计、贪婪、无法平息的动荡，因为人们不能通过地位来获取财富，而且要通过不停的努力保有这些财富，并使其增值。本来，单凭个人功绩就可以再创造一个贵族阶层，但并不总是能够为生命奠定道德、审美和精神根基，也并不能总是以令人信服的方式取代出身：金钱是仅有的获取尊重，甚至评判德行的方式。因此，

* 两人都是18世纪巴黎的沙龙女主人。——译者

① 司汤达：《论爱情》，巴黎，加尼埃-弗拉马里翁出版社1965年版，第325页。

无论是旧制度的怀旧者还是未来社会的预言家，无论是反动的右派还是社会主义左派，都憎恨资产阶级，这是一种奇特的聚合，但在19世纪却促成很多联盟的建立，留下了重要的足迹。不管是对司汤达这样赞成变化的人，还是对福楼拜这样轻视进步的人，资产者看上去都有一股小家子气：他用无可救药的小心眼对付获取的欲望和焦躁不安；他对艺术无动于衷，拒绝参加没有报酬的活动，对激情很木讷，刻板、盲从、胆怯、恼怒、丑恶。资产者给文学笼罩上了一种致命的危险，让文学“既逃避了纯朴事物的秀美，又逃避了豪华与伟大（……），因为人民追随国王，这两种伟大人物臂挽臂地消失了，给公民、资产者、无产者、工业及其受害者腾地方”。[1]资产阶级使“现代生活的浮石”[2]穿越了平等的水平线。

时间越是流逝，动机和英雄信仰的消失导致的不安就越强烈，作家和艺术家就越会激烈地批判资产阶级的小家子气（尽管他们知道这个特性属于资产阶级，或者他们太清楚这一点了），幸福的协商就会越来越少。能成功适应的小说让位于以沉闷乏味结束的小说：“这是命定的。”[3]

到底发生了什么？虽然我们预测到远道而来的民主损害了 338
文学，我们可以设定一个日期，甚至两个让人感到幻想破灭的日

① 巴尔扎克：《济贫院与人民，人间喜剧》第10卷，M.布特罗编，“七星文库丛书”，巴黎，伽利玛出版社1952年版，第1078页。

② 巴尔贝·多尔维利：《记者与论战者》，巴黎，勒梅尔出版社1895年版，第244页。

③ 福楼拜：《包法利夫人》，巴黎，加尼埃-弗拉马里翁出版社1971年版，第355页。

期。首先是1830年：当天意在7月份展现时，政治又变得乏味、中庸起来，造就了这样一个小群体，他们深受幻灭之苦，不再期望与现代性有一个成功的和解，反对进步的预言，不再相信人性的可完善性。[①]这仅是一个小群体，它将在1848年壮大，然后又被残忍地打败。这次，希望的破灭既非来自复辟政体，也非来自粗糙拼凑而成的政体。它是共和国本身造成的。虽然一开始产生了幻想，但是只延续了一个春天的时间：六月起义摧毁了二月革命的梦想，喜悦之后紧接着是背叛，大革命的继承人又怎能逃脱失望呢？另一方面，六月起义的暴动者使一种社会秩序陷于危急，这不是旧制度的社会秩序，而是大革命的社会秩序，我们希望这次革命从前两场革命以及由普选祝圣的共和国[*]中吸取教训。最终，尤其是一场骚乱又使法国进入了老生常谈的轮回：共和国、阶级斗争、政变、镇压、警察和神甫卷土重来。看上去确定的一点是，尽管法国人——左拉在第二帝国时期说道——倾向于干革命，却不可避免地再次落入"对权力的狂热崇拜中"。[②]

对于民族历史上这种难以忍受的反复无常，任何怀疑立场都不被允许。历史仿佛自19世纪初起就是进步的工具，却变成了原地踏步的场所本身。这些热情地欢迎二月革命的人，认为六月起义是荒唐之举。雨果仍然承认在这种疯狂中存在理性，因为呼吁工作的权

① 参见保罗·贝尼舒：《沮丧的学派：圣伯夫、诺迪耶、米塞、内瓦尔、戈蒂埃》，巴黎，伽利玛出版社1992年版。

* 前两场革命指的是1789年法国大革命和1830年七月革命，由普选祝圣的共和国指的是1848年法兰西第二共和国。——译者

② 左拉：《一个收藏家的秘密》，《全集》第13卷，巴黎，珍本书俱乐部1968年版，第36页。

利是合法的,但雨果指责六月起义中发生的阴森谋杀,人们看到在这期间,法兰西的特性遭到损害。乔治·桑在六月起义爆发前回到诺昂,向托克维尔*透露了对大众暴动的担心,之后便沉默不语,只是叹息道:"人民不懂政治。"①甚至是那些希望为人民建立一个共和国的人,也不再希望依靠人民实现这个目的。 339

这可以说明为什么教育这一主题萦绕在所有人心中。人民缺少教育,即使雨果和桑也避免美化人民,"因此不可能要求人民未雨绸缪、深谋远虑、知人论事,一句话,不能要求人民能掌握构成政治理由的以事实为基础的科学"。②为了战胜这种粗野行为,雨果呼唤"增加字母表","快点,哲学家们,照亮别人,开导别人,高瞻远瞩,高谈阔论"。③但是,他们确信只有剔除这些不受欢迎的人民身上的无政府主义暴力时,才可以与之交往。因此上述的呼吁存有疑虑。尽管他们没有像福楼拜那样悲观——福楼拜将维克托和维克托里娜归因于他们难教育的本性,他们也远没有像年轻的司汤达那样保有美好的希望,相信只要接受好的教育,人们可以得到一切:知识、妇女、荣耀、金钱。

1848年前,即使描述艰难和解的著作,至少也有一种淤积的冲动。在1848年革命这一命运攸关的事件之后,关于未来的观

* 乔治·桑与托克维尔在1848年5月3日英国人Richard Monckton Milnes 举办的午餐会上相识,交谈甚欢。可能是在以后的通信中向托克维尔透露了对大众暴动的担心。参见Hugh Brogan, *Alexis de Tocqueville: Prophet of Democracy in the Age of Revolution*, London: Profile Books, 2006。——译者

① 乔治·桑:《政治与论战》,巴黎,国家印刷厂1997年版,第632页。

② 同上。

③ 雨果:《悲惨世界》,前引书,第443页。

念在福楼拜、左拉、阿纳托尔·法朗士身上隐退了。然而，人们认为左拉的规划具有进步主义色彩。可是，左拉小说中的人物总是被祖先的错误拖着后腿，旧时的顽疾仍旧存在于无辜的年轻人身上。至于政治生活，转向共和国也没有从根本上予以改变：它像以前一样，仍是“沾沾自喜的庸才”“失望的野心家”和“无能之辈”[①]的避难所。不管是福楼拜还是阿纳托尔·法朗士，
340 都认为共和国不外乎是争名逐利。福楼拜认为，即使是民族的历程，也是走向虚无：“八九年推翻了国王和贵族，四八年推翻了资产阶级，五一年推翻了人民：剩下的只是粗俗、愚笨的群氓。”[②]阿纳托尔·法朗士认为，在“永恒的幻觉中，只有一样东西是确定的，这就是苦难”。[③]

准确地说，我们是否回到了出发的地方？然而没有，这是因为，权力的正统性，这个纠缠整个19世纪的大问题，正在消失。君主制复辟的前景很渺茫。1873年11月4日，福楼拜给他的外甥女卡罗利娜写道：“我们是否让全体人民不快？我们是否要否定80年的民主发展成果，回头接受赐予的宪章？”[④]总之，缺少回到君主制的道德条件：让我们与旧制度告别吧。在较长的一段时间，人们还认为会再来一场大革命，具体表现在害怕巴黎公社引发骚乱。但这种观点也逐渐缓和下来。共和国成功地驱逐了恐怖的幽灵，疏导了大众的情绪。

---

① 左拉：《试验小说》，《全集》第10卷，前引书，1966年，第1399页。

② 福楼拜：《通信集》第2卷，前引书，第437页。

③ A.法朗士：《文学生活》第1卷，前引书，第272页。

④ 福楼拜：《通信集》第5卷，前引书，第732页。

复辟被避免了，革命被化解了，纠缠了整个19世纪的斗争缓和下来。这倒不是说达成了关于体制的完美共识；随着德雷福斯事件的发生，这个体制又要应对一场新危机，阿纳托尔·法朗士的小说触及这一问题；但这个体制坚固到足以抵制这些震荡，就像不久之后它抵制住战争一样。

当然，冲突转移到其他地方。共和国又用华丽的修辞展开了反宗教战争，《榆荫道》和《柳条篮》表明这场战争多少是在无意识中进行的。共和国的论争具有了社会蕴意。如果人们越来越清楚地看到，共和国不能促成社会福利的话，它至少能减少政治上的弊端，梯也尔说了一句著名的话，共和国是造成我们分歧最少的政体。斯万的洞见足以让我们相信这一点：在普鲁斯特 341
的贵族政治中，人们对徽章和纹章还抱有激情，但没有人再要求获得政治职务。百年战争并没有在和解的喜悦中结束，而是在与过去的妥协和疲倦的调解中落幕。与此同时，旧制度与大革命的战争不再具有政治利害，从而也不再是小说的焦点。

小说是乌托邦的一剂解药

在这个过程中，乌鸦嘴的预警人并不少：当民主和解的伟大浪潮把人与人之间的所有差别一扫而光时，他们预告小说这种类型濒临衰亡。人们能在他们隐隐约约的忧虑中发现我们对现代小说的抱怨：小说失去了与历史和社会的所有联系；主人公自此之后没有纽带，没有家系，摆脱了祖先沉重的历史，但矫揉造作、空虚无聊，淹没在昏昏欲醉、模糊不清的人群中；小说家都有恋己癖，在他们看来，只有自我的展示能支撑起小说的架构；迷恋于理论建构；专断的恐怖（瓦莱里及其侯爵夫人[*]都经历了这一点）；作者担心他是否有能力激发信仰，作者的怀疑证实了读者的怀疑；轻视故事和短篇小说；最后是放弃写小说的伟大事业。

以上这些促成了今天对小说"危机"的表述，却远没有进入19世纪小说家迂回曲折、充满矛盾的历程中。小说因会合、碰撞以及新旧爱好、利益、计划的聚合而繁荣昌盛。但我们还可以向前多走一步。小说远不是局限于让人们看到这个动荡时代数不清的和解，而是亲自促成了和解的实现：因此，小说不仅是诞生自法国大革命的那个困惑不安的世界的注解，而且还是这个世
342 界的动因。这怎么可能呢？如果我们捎带着讲一下与小说平行的乌托邦文学，就能更好地理解这一点。乌托邦文学本身很丰富，其特征更能烘托出小说独特的功能。

人们认为19世纪是"一个预言家的时代"，为什么会出现革命动荡？一个解释是涌现了不计其数的发明家，他们虚构了光彩夺目的未来和理想完美的城市：他们是新生的改革家、泛神论者、比舍主义者[**]、圣西门主义者、傅立叶主义者、伊加利亚公社[***]的土地测量员、法伦斯泰尔的建筑师、各类宗教信仰的创始人、

---

* 保罗·瓦莱里为证明小说的虚构前提全然是武断的，说过这样一句话："侯爵夫人在五点钟出门。"这句话在文学界变得很知名，莫里亚克后来发表的一部小说就以此为书名。——译者

** 比舍主义者（buchézistes）：指的是菲利普·比舍的追随者。菲利普·比舍（Philippe Buchez，1796—1865），法国政治家、历史学家、社会学家，创办有《作坊》杂志，是基督教社会主义的创始人。——译者

*** 指的是法国19世纪的空想社会主义者埃蒂安·卡贝在美国创立的乌托邦社会。卡贝著有小说《伊加利亚旅行记》，他在其中提出"和平共产主义"思想。——译者

不同教派学说的讲道者、具有创新灵感的抒情诗人。这些乌托邦的迷恋者并不满足于像上一个世纪那样，让他们的读者读一本书，或幻想一场具有异国情调的旅行。他们成了好战分子，鼓吹布道，钻进秘密会社，培养信徒，组织人远赴殖民地并安居下来，给他们的群体提供许多壮丽的生存计划。他们设计了很多体制，卡贝设计的乌托邦冷漠、纪律严明，与傅立叶设计的欢喜、慷慨的乌托邦相距甚远。再说，任何一种乌托邦体制在思想建构的过程中，都有一种欲望、一套信念和一种策略。

首先是一种欲望：人人心生恐惧，因为社会分裂成不相协调的小群体，"陷入无边而卑微的孤独中"[①]；人人都执着于建立一个有人情味的共同体，抵抗资产阶级个人主义，视其为瘟疫；人人都急着在人们中间再次建立可见而坚固的联系。然后是一种信念：他们相信有一种新的集体生活方式，建立在对普遍真理体系的认识基础上，从中能寻找到确切的行动规则，能补救冲突，能治愈疑虑（在一个"批评的"时代，疑虑泛滥起来），能把握命运。最后是一种策略：为了实现这种和谐的统一，或者再次发现它，不得不求助于一种权威，这种权威有权利在一种受保护、最好是封闭的空间中试验一些药方，这些药方是具有灵感的创始者设想出来的，即便是看上去极端自由主义的乌托邦也需要这 343
些创始者。对"社会式样"的激情促成这个世纪众多奇特联盟的出现：有福楼拜厌恶的天主教和社会主义者联盟；有戈蒂埃讽刺的天主教和共和主义者联盟："某些人在他们的宗教中注入了

① 司汤达：《通信录》第1卷，前引书，第219页。

一点共和主义精神；这是一种极其让人感到稀奇古怪的人。他们以一种最乐观的方式把罗伯斯庇尔和耶稣-基督联合起来，以一种极其严肃的方式将使徒契约与神圣国民公会的法令结合起来，修饰语也是庄严神圣的。”[①]

社会统一性，合法且不可置疑的权威，集体幸福，永恒的完美。列举这些特征足以确信乌托邦与小说针锋相对。乌托邦主义者通常怀疑写作：对他们中的某些人来说，正如对卡贝来说，手持一本书，心中怀揣真理，或者仅仅是一本官方杂志的狂轰滥炸，足以滋养精神的发展。反之，小说家怀疑乌托邦。这倒不是说乌托邦对他们中的许多人没有施展诱惑。在《乡村医生》中有一个和谐社会，在乔治·桑的小说中，人们尝试过自给自足的生活，并想建立一个“公社”，在《悲惨世界》中，也有关于街垒的乌托邦幻想。左拉最终写了《福音书》。但在小说领域，这只是一时的诱惑，不是总是被放弃，就是被违背。巴尔扎克鼓吹思想的绝对统一，鼓吹用精神上的极权政体调和罗伯斯庇尔与卡特琳娜·德·美第奇，但这已经超出他的小说内容了。小说的逻辑本身证明乌托邦是错误的。小说家总是尽力用平淡的“不属于生活”的东西来对抗金色骑士。“不属于生活”，这是《奥诺丽纳》的结尾。[②]

344 首先，所有小说反对固定不变。乌托邦或多或少总是一种固

① 泰奥菲尔·戈蒂埃：《莫班小姐》，前引书，第34页。

② 费利西泰·德·图希得出结论：“但丁诗中的天堂是关于理想的崇高表达形式，但那种永远不变的蓝天只存在于灵魂之中，向俗世去要求是奢望，随时要引起天性的反抗。”（巴尔扎克：《奥诺丽纳》，第2卷，第597页。）

定不变的期望,是一种抽象的游戏规则,它神奇地抵制了时间出其不意的袭击,或想通过持久不变的规则避免时间的图谋不轨。乌托邦计划废除历史,或使历史僵硬不动,相信有朝一日可能走出"事件的森林",这是安灼拉对街垒战的最终愿望。相反,小说从来离不开历史。并不是小说没有"圆满结局"。但阿谀奉承的结局没有吸引读者考虑可能出现的"下文",换句话说考虑剧情的突变、反弹、连接、消失、重逢,这都是小说的惯常套路,不断地制造出人意料的事情。另一方面,关于时间的令人苦恼的想法总是存在,或者是以悔恨的形式,或者是以担忧的形式,即使在惬意的安排中也不例外。小说与乌托邦不同,它使人醒悟:马吕斯和柯赛特最终重逢了,但冉阿让死于他俩的忘恩负义,《悲惨世界》最后一章的标题正可以结束这个故事:"荒草掩盖,风吹雨淋"*。

当然,我们想到小说家,他们像福楼拜一样,有义务永远不哄骗或愚弄读者。但最有趣的是,感情最外露的雨果或乔治·桑倾向于同情乌托邦。即便是乔治·桑,如此心意于幸福的未来,也受到实用主义(圣西门主义在她看来是一个"行不通的错误",舆论已经对其做出了"裁决")和讲故事才华的制约。他们中没有人能驱除焦虑。他们谈论爱情,他们知道爱情包裹着关于死亡的想法:一旦人们相爱,关于死亡的想法就要损害对幸福的期望,对此,斯塔尔夫人反复说道,司汤达也知道

---

* 译文参考雨果《悲惨世界》(下),郭庆才译,天津古籍出版社2004年版,第1395页。——译者

这点，尽管他很反感小说的浮夸风格。雨果认为人们生活中有很多不幸难以避免：可称之为短暂易逝、脆弱、有限、意识的模糊根基、恶的顽固性。总之这些不幸不仅阻止人们确立幸福人生，还同样阻止人们庆祝人性的普遍进步。人性的进步非一日
345 之功，19世纪的进程说明了这一点。即便是人性进步的步伐无可争议，它也是筋疲力尽地与死亡的思想抗争：当一个人死亡时，如果我们不认为他与生者的分离是上帝意志的展现的话，我们就会被“尘世的卑微”所震慑。雨果说，尽管如此，人们在墓前为死者念颂词时，还会提及“物质改善、安康、铁路、电报、自由-交换”。①

小说既反对可能永存的人类幸福，也反对容易组织的集体幸福。乌托邦与个人幸福没有什么重要的关联；它在共同体的幸福中冲淡了个人的幸福。反之，它不怀疑共同体的幸福。在乌托邦的设计里，最初很容易让没有归属、没有过去的个人共处在幸运岛上或光辉城市[*]里，这批亲如兄弟的人是自愿选举产生的，而不是来自于血缘纽带。乌托邦一劳永逸地调节了他们的关系，不允许他们有任何荒谬的行为，迫使他们说“我们”，禁止他们说“我”，迫使他们庄严地表达情感，把一切都摆在桌面上。乌托邦使道德依赖于伦理。进一步说，乌托邦认为道德没有价值。说到底，乌托邦要规训激情，甚至不惜求助权威抵制激情。

---

① 雨果：《哲学，一本书的开端》，《雨果全集》第13卷，前引书，第70—71页。

* 《光辉城市》是建筑大师勒·柯布西耶的著作。——译者

乌托邦的这些假定前提，小说一个接一个地反驳。小说为人物安置一种过往的经历，安置一个家系，赋予他们一种顽强的个性，一种良知，给他们装上沉重的秘密。小说让作者有机会犹豫、态度暧昧甚至表里不一。小说将对抗娓娓道来，由于自此之后，人人自视平等，对抗变得更加激烈。小说对主人公误入歧途大书特书，对合理的预见失望有余。小说不喜欢节略——阿兰认为这是形式占据主导地位，留给时间慢慢地揭示剧情。小说时时刻刻都在怀疑幸福的共同体紧密团结，都在怀疑人们之间的 346
嫉妒和仇恨会消失。小说既不讨厌无序，也不讨厌危机。它知道它将因为缺失激情而衰亡。小说证明道德政治是错误的，在米什莱这样傲慢的批评者看来，道德政治让小说变成一种腐朽和使人堕落的体裁。它知道乌托邦为了把梦想强加给别人，需要力量。没有一个小说家认为人们为了一种普遍施加的伦理规则，能成功地驱除道德。没有一个小说家认为让人类再生，不外乎是让人们惊恐不安。小说打发走了乌托邦的野心，甚至对此一笑了之，这是对虚幻梦想的一剂解药，非常有利于在读者中培育和加强对真实世界的经验和看法。

为了矫正19世纪系统化、学究式、喜欢说教的倾向，小说可以指望妇女这一珍贵的同盟。妇女天生适合读小说：夏多布里昂说，她们与小说谈情，就像从前人们用爱情写小说一样；司汤达不断地向他的妹妹波利娜说，妇女幸福的观念就是根据小说建构的。但妇女还是，尤其是不可或缺的演员。没有妇女，就没有浪漫的文学：巴尔扎克说，看看东方国家，女人足不出户，房门紧闭；文学唯一的源泉是神奇，这也正是小说的现实主义特征极力排斥的。[①]没有妇女，就没有社会娱乐，就没有多姿多彩：人们既不了解“社会，也不了解文雅，更不了解优雅的风俗”。[②]女人的出现是僵硬冷酷的民主生活的解药，也是终结民主无差异的解药，是民主生活造成的令人厌恶的单调无味的解药。托克维尔交给妇女一项使命，让她们勾勒出民主的界限，使民主成为道
347 德的平衡力量。小说更清楚地界定了妇女的角色，赋予她们许多想象、情感和观念，从而使生命活灵活现，使生活多姿多彩，使人生的境地、情节、情感和剧本不断翻新。

小说为什么反对规训一切？我们可以从小说对细节的热情关注中理解这个问题。我们读完一本小说后能记住什么？《吕西安·娄万》中森林里绿衣猎人咖啡馆流浪艺人用号角演奏的音乐，《贝姬特丽克丝》中卡利斯特在克华西克*的行李箱上看到的那个闪闪发光的致命的名字，《已婚神甫》中该死的池塘上迷人的透镜，《悲惨世界》中透过镜子看到的吸墨水纸上反映出来的字迹揭露出的隐藏的爱情，《安托万先生之罪》中涨水流经下的枝繁叶茂的山谷，太阳光透过榆荫道洒下的斑驳的光影，从普拉桑中间的墙上飞来飞去的羽毛球，佩库歇按倒梅丽招致的流言蜚语。普鲁斯特说，小说缪斯“接受哲学和艺术更高层次的缪斯抛弃的东西、所有没有建立在真理之上的东西以及所有无关

---

① 巴尔扎克写道：“妇女只是偶尔出现”，他补充道：“阿拉伯的故事大王要想引人入胜，需要加入一些奇妙的东西和异乡的奇遇。”（《夏娃的女儿》，前引书，序言，第262—263页）

② 巴尔扎克：《三十岁的女人》，前引书，第2卷，第738页。

* 克华西克（Croisic）是布列塔尼的一个小镇，这里指的是卡利斯特在克华西克看到行李箱上写着德·罗什菲德侯爵夫人。——译者

紧要的东西”。[①]小说善于回收废旧物品，与拾荒者和旧货商不相上下：凡是成体系的思想忽视或鄙视的东西，它照单全收。

因此，小说从来都不是一个整体，而是呈现出了无穷无尽的多样性。小说从来都不是一个熔炉，而是艰难地进行调和。小说从来都不是一汪清水，而是掺满了杂质。小说从来没有实现完美，而是不断地修修补补。小说探讨命运从来不讲理由。小说告诉读者的正是这种混乱无序，这与历史对待无序的方式不一样。小说给读者指明了事实与希望之间的鸿沟，指出生命在缓慢地变化，指出时间在无声地行使权力。法国大革命继续往19世纪投射它那纠缠不清的阴影，只是随着共和制的确立，大革命才真正走完了它的历程。小说的活力在于，它热衷于悄悄结束大革命，并且忘却大革命。正是在小说中，作者和读者记下了真实生活中的冲 348
突，进行着艰难的和解，放弃了改造灵魂的自负。

与大革命决裂，悄悄地进行和解，含含糊糊地进行妥协：这就是小说的供述，在19世纪，我们随时随地都能听到小说的窃窃私语。

① 马塞尔·普鲁斯特：《追忆似水年华》，3卷本，第3卷，“七星文库丛书”，巴黎，伽利玛出版社1954年版，第675页。

译后记

作为法国大革命修正史学代表人物孚雷的挚友和同道，莫娜·奥祖夫的研究独具特色，自成一体。虽然1976年《革命节日》的出版奠定了她在历史学家圈子中的地位，但这位巴黎高师哲学专业的毕业生从来没有把自己放在严格的历史学家的思考框架内，而是如鱼得水地穿梭在法国大革命、公立学校、女性、小说几个研究领域，张弛有度地在历史学、人类学、文学几个学科中采撷精华。她是年鉴学派开创的问题史学的坚定实践者，她所有的著作都是为了回答萦绕在心中的一个问题，即什么构成了法兰西的独特性。在译者对奥祖夫进行的访谈中，她这样说道："法国大革命是我国历史上一个象征性事件；学校制度是我们国家一个主要特征，这一点外国人有时很难弄明白；我们还可以说文学占据中心地位；男女在法国社会维持的关系在我看来也是独特的。我所有的著作就是围绕着法兰西的这种独特性展开的。"

奥祖夫和孚雷一样，认为法国大革命并没有在1799年或1815年结束。在19世纪，大革命远没有穷尽其动力，革命的激情和幻想萦绕在几代人心中，而与此同时，旧制度复辟的危险时刻存在，旧制度与大革命上演了一场百年战争。孚雷的两卷本著作《法国大革命》勾勒了1770—1880年长时段的法国大革命史，从杜尔哥写到茹费里*，考察了从革命酝酿到民主共和确立的整个过程。奥祖夫则认为小说更适合描述这个新旧混合的时代，《小说鉴史：旧制度与大革命的百年战争》（2001年出版）便是她的重要尝试。在这本书中，她通过分析法国19世纪9位作家的13篇小说，呈现了旧制度与大革命在19世纪的交锋，考察了新旧原则走向和解的艰难历程。

小说何以鉴史？在导论中，奥祖夫通过分析斯塔尔夫人、贡斯当、夏多布里昂和雷米萨等人的论说，提出了自己的一套小说鉴史理论。她认为，小说具有双重特性，它既与旧法国有着千丝万缕的联系，又担负着解释新法国的任务，因此可以成为协调新与旧的一个场所，适宜于描写新旧混合的现象。小说家比历史学家更理解历史，因为小说更易展现人物心灵的奥秘，“小说中的人物应该比历史人物展现更多的理性。后者要求生存下去，而前者已经生存过了”。小说更具真实性，因为它有能力解释和讲授一切典型性的东西。小说具有弹性，善于处理时间延续，形式灵活多样，叙述能快能慢，能进能退。值得注意的是，奥祖夫并没有选取与历史关系更直接、带有“历史小说”标签的著作，例如雨果的《九三年》、巴尔扎克的《舒昂党人》、法朗士的《诸神渴了》。在她看来，这些历史小说对历史事件的呈现太直接、太生硬，过于凸显大人物的光芒，很少关注政治变动对寻常百姓造成的影响。因此，在《小说鉴史》中，奥祖夫选取的是与历史看

* 杜尔哥（Turgot，1727—1781），法国政治家，曾任财政总监。茹费里（Jule Ferry，1832—1893），法国政治家，两次出任总理。

似不相干、实际上又映衬着历史的小说,她的书单从斯塔尔夫人的《黛尔菲娜》开始,以阿纳托尔·法朗士的《榆荫道》和《柳条篮》结束,中间邀请巴尔扎克、司汤达、乔治·桑、雨果、巴尔贝·多尔维利和左拉为伴。

《小说鉴史》的主体部分由10篇独立的文章构成,每一篇文章讨论一位作家的一两本小说。她透过对小说中典型人物的分析,不仅呈现了旧制度与大革命的冲突,更重要的是探讨了两者实现和解的方式。虽然有的和解成功,有的和解失败,有的和解毁誉参半,但总的来说,从复辟时期到法兰西第三共和国,妥协精神经历了一个由弱到强的变化过程,和解成为19世纪法国的主旋律。正是靠着过去与现在的和解,保皇党人与共和主义者的和解,贵族与资产阶级的和解,旧制度的法国与大革命的法国的和解,法兰西第三共和国才在法国扎下根来。和解的结果是利于资产阶级的,贵族社会的原则被逐渐抛弃。但读者会发现,奥祖夫还没有来得及花费多少笔墨颂扬资产阶级的胜利,就笔锋一转,批判起资产阶级社会的拜金、庸俗、卑劣和无聊。这的确也是19世纪法国文学作品批判的主题。我们看到《老姑娘》中的德·瓦卢瓦骑士、《悲惨世界》的吉诺曼老先生、《吕西安·娄万》中的娄万父亲,他们带着对优雅精致、光鲜亮丽的18世纪贵族社会的迷恋,痛批19世纪资产阶级社会的庸俗丑陋、平淡无味。但从另一方面看,这种批判也呼应了托克维尔的命题,那就是民主社会是一把双刃剑,它保障了人们的平等和自由,但是却带来了风度的简化和意义的丧失,让无聊和卑微占据统治地位。司汤达的《吕西安·娄万》、福楼拜的《布瓦尔和佩库歇》以及法朗士的《榆荫道》和《柳条篮》,探讨的都是这种民主社会的困境。

在中国学界,小说证史属于文史互证的一种类别,具有深厚的学术渊源。经梁启超、陈寅恪、卞孝萱、蔡鸿生、姜伯勤等几代学者的倡导和实践,小说证史已经发展成一门精深娴熟的学问。奥祖夫的小说鉴史与中国学界的小说证史有不少相似之处,两者都强调小说和历史的相通,都强调小说的真实性,都强调小说对研究历史的功用。但是,两者的差别也应该引起注意。中国学界的小说证史是在传统的训诂考据学基础上发展而来的,它不仅强调小说能让人们窥测一个时代的精神风貌,还希望借助小说的记述补正史之阙,纠正史之误。奥祖夫并不指望靠小说考证历史真伪,在她看来,重要的是靠小说解释历史,参透历史。与此同时,她还指出小说参与到历史进程之中,亲自促成了和解的实现,具体说来,就是使读者加强了对真实世界的体验,放弃了对乌托邦的虚妄幻想。

这本书的法文书名是*Les aveux du roman*,直译是"小说的供述",译者在征求刘北成教授和张艳丽编辑的意见后,考虑用"小说鉴史"做书名,原因有三:首先,"供述"有被迫的意思,如果改成《小说的心声》,则容易被人当成纯文学的著作。《小说鉴史》的法文版出版后,确实有一些美国历史学家认为奥祖夫弃史从文了;其次,"小说鉴史"更能体现该书的主旨。西方学界虽然有一些历史学家尝试用小说研究历史,例如彼得·盖伊的《历史学家的三堂小说课》、林·亨特的《人权的发明:一部历史》,但他们都是"浅尝辄止",只有奥祖夫,不仅提出了一套完整的小说鉴史的理论，还进行了系统的实践；再次，奥祖夫的小说鉴史虽然也受到20世纪六七十年代法国学界倡导的新史学的影响，但更多的是她本人单枪匹马的学术实践，还没有推而广之，更没有形成代际相传的学术谱系。以“小说鉴史”命名，也能凸显本书的方法论在法国的独创意义。我们也期望中国读者将奥祖夫的研究方法与中国学界的研究方法进行比较，促进中西学术的交流。

《小说鉴史》的导论、第一章、第二章、第五章、第六章、第九章以及结语由周立红翻译，其余五章内容由焦静姝翻译，翻译完成后，两人进行了互校，最后由周立红统校、定稿。在译竣交稿之际，译者尤其要对一些学界师友和研究机构表示感谢：本书是2007年清华大学历史系刘北成教授推荐给商务印书馆出版的奥祖夫的“革命 · 女性 · 文学”三部曲的一部，在整个翻译过程中，刘北成教授不仅给了译者很多鼓励和指导，而且还对译稿提出了许多宝贵的修改意见。在原广东外语外贸大学张庆陆老师的热心介绍下，译者就全书疑难句子的翻译求教于广外词典学研究中心王淑艳副教授，王老师向译者进行了耐心细致的讲解，广外法语系研究生李方芳、吴佳敏、吴雪菲就结语部分的译文提出了宝贵的修改意见。中国社会科学院世界历史研究所黄艳红研究员、首都师范大学历史系倪玉珍副教授和华东师范大学政治系崇明教授就本书一些词句的翻译提出了宝贵的建议。法国国家图书中心（Centre national du livre）曾在2009年资助译者周立红去法国为本书的翻译进行为期一个月的调研。最后，译者尤其要感谢商务印书馆张艳丽编辑的耐心和包容，如果没有她在质量上的严格要求和在时间上的一再容忍，本书的质量肯定是要大打折扣的。

奥祖夫文笔优美、典雅，当今法国学术界可能无出其右。译文虽经多次校阅，恐怕还是不能展现原著神韵之万一，疏漏不当之处，祈请专家和读者批判指正。

周立红

2015年7月

图书在版编目（CIP）数据

小说鉴史：旧制度与大革命的百年战争 /（法）莫娜·奥祖夫著；周立红，焦静姝译．—北京：商务印书馆，2020
（汉译世界学术名著丛书）
ISBN 978-7-100-18277-5

Ⅰ．①小…　Ⅱ．①莫…　②周…　③焦…　Ⅲ．①小说研究—法国—19 世纪　Ⅳ．① I565.074

中国版本图书馆 CIP 数据核字（2020）第 053208 号

汉译世界学术名著丛书
小说鉴史
旧制度与大革命的百年战争
〔法〕莫娜·奥祖夫　著
周立红　焦静姝　译

商　务　印　书　馆　出　版
（北京王府井大街 36 号　邮政编码 100710）
商　务　印　书　馆　发　行
北京新华印刷有限公司印刷
ISBN 978 - 7 - 100 - 18277 - 5

2020 年 5 月第 1 版　　开本 850 × 1168　1/32
2020 年 5 月北京第 1 次印刷　　印张 13 1/8
定价：42.00 元